Sie sind immer derselbe, doch nie der Gleiche.

Diogenes

Mehr über uns? diogenes.ch/friends

Diogenes Verlag AG Sprecherstrasse 8 8032 Zürich Schweiz info@diogenes.ch

d

Tammy Armstrong

Pearly Everlasting

ROMAN

Aus dem kanadischen Englisch
von Peter Torberg

Diogenes

Die Originalausgabe erschien 2024 bei HarperAvenue,
einem Imprint von HarperCollins Ltd. Canada, Toronto,
unter dem Titel ›Pearly Everlasting‹

Published by arrangement with
HarperCollins Publishers Ltd. in Canada
Covermotiv: Gemälde von Bob Coonts, ›Time For Breakfast‹

Der Diogenes Verlag wird vom Bundesamt für Kultur
für die Jahre 2021–2025 unterstützt

info@diogenes.ch · www.diogenes.ch
In Fragen zur Produktsicherheit (GPSR):
truepages UG (haftungsbeschränkt)
Westermühlstraße 29, 80469 München
info@truepages.de
100/25/44/1
ISBN 978 3 257 07339 3

Die Dinge sind entweder so, wie sie sind, oder nicht. Die Farbe des Tages. Das Gefühl, ein Kind zu sein. Das Gefühl von Salzwasser auf den sonnenverbrannten Beinen. Manchmal ist das Wasser gelb, manchmal auch rot. Aber die Farbe, die es in der Erinnerung hat, hängt immer vom jeweiligen Tag ab. Ich will dir die Geschichte nicht so erzählen, wie sie sich zugetragen hat, sondern, wie sie mir in Erinnerung geblieben ist

Charles Dickens

Den Bärenflüsterern gewidmet, die sich,
allen Widrigkeiten zum Trotz, ihre Zuversicht bewahren.
Das hier ist für euch.

ZUERST

New Brunswick, 1918

Woran erinnere ich mich als Allererstes? Vielleicht an die Graupel, die gegen die beiden kleinen Glasscheiben der Hütte klapperten – mal von Osten, mal von Westen –, oder an das Holzfeuer, das in den dunklen Wintermonaten die ganze Zeit brannte. Das Feuer heizte unser Zimmer auf und überzog alles mit fettiger Asche. Oder erinnere ich mich an das Knarzen der Rotzedern, die aneinandergedrängten Kronen vom Sturm verfilzt? Vielleicht auch an das Platschen des Regens auf den Dachschindeln oder an die Kojoten, die nachts ihre Lieder jaulten, während Eulen aus dem Geäst der windzerzausten Wildnis riefen, ohne Angst vor den widerhallenden Antworten.

Ein wenig von alldem wird mich geformt haben, während ich meine ersten Lebensmonate in einem Weidenkorb unter einem Elchfell verschlief. Er war damals auch schon dabei – mein Bruder Bruno –, an meinem Rücken zusammengerollt, die blasse Schnauze an meinem Hals, eine seiner Pfoten mit den langen Krallen stets auf meinen Rippen.

Ein Heulen, wenn der Wind auffrischt

Der ein oder andere redet vielleicht noch über uns, unten im Tal. Ich schätze, wir sind zu einer dieser Geschichten geworden, die man sich in Winternächten zwischen den Radiosendungen erzählt. Aber ich bin nun schon so lange hier oben auf dem Greenlaw Mountain, ich bin mir nicht einmal sicher, ob ich meinen Bruder Bruno und mich in diesen Geschichten überhaupt wiedererkennen würde. Kurz nach meiner Geburt im Holzfällercamp 33 geschahen jedenfalls merkwürdige Dinge, und man vermutete damals schon, dass mein Leben nicht den üblichen Verlauf nehmen würde. Zunächst einmal kam ich mit langen Fingernägeln zur Welt; solchen Nägeln, mit denen man gut in Baumstümpfen kratzen und Schlafhöhlen buddeln kann. Jeden Abend, wenn ich schlief, schnitt meine Mutter sie zurück, und jeden Morgen waren sie wieder da – gelb und sichelförmig und fester als am Tag zuvor –, bis sie nach einem Monat wuchsen, wie sie das bei einem Baby tun sollten.

Außerdem tauchte ein Landstreicher von Draußen im Camp auf, nannte sich einen *jeteur de sorts,* einen Meister der Flüche, wollte unsere Schicksale weissagen und damit ein paar Münzen verdienen. Wir hatten zwar kein Geld, aber meine Mutter lud ihn in unsere Hütte ein und bot ihm einen Becher Tee an.

Der Landstreicher warf einen Blick in den kleinen Weidenkorb, in dem ich schlief, und sagte: »Die hier, mit den Murmeltierhänden? Die wird was zu sehen kriegen im Leben.« Er beugte sich vor und betrachtete mich eingehend. »Todsicher, die wird Old Jack zu sehen kriegen. Von Angesicht zu Angesicht.«

Meine Mutter hatte mich hochgenommen und an sich gedrückt. Old Jack, das war etwas, worüber die Holzfäller sprachen, wenn sie aus den Augenwinkeln einen Schatten sahen – ein Flackern, ein Heulen, wenn der Wind auffrischte, sodass es den Wald kribbelte. *Er ist in den Bäumen, ist niemals stumm. Er ist im Wind, ist ringsherum.* Ein Geschöpf, das man eher spürte als sah, das über einen Gebirgskamm springen und mühelos einen Fluss überqueren konnte. Manchmal legte es einem merkwürdige Dinge vor die Tür. Vom Teufel berührt, ritt Old Jack seine Schindmähre heim.

»Jeder weiß«, schickte meine Mutter den Landstreicher davon, »dass es Old Jack gar nicht gibt.«

Bevor er ging, gab sie ihm noch einen Beutel Brot mit auf den Weg, denn die *jeteurs de sorts* konnten zwar jemanden mit einem Fluch belegen, aber auch ihre Sünden bereuen. Man konnte sie also noch retten.

Und schließlich brachte mein Vater, der Koch unseres Camps, ein schreiendes, noch blindes Bärenjunges mit nach Hause. Mit der Zeit würden die Menschen um uns herum den Bären als meinen Bruder ansehen, er würde den weiteren Verlauf meines Lebens bestimmen, auch wenn er dafür nicht viel konnte. Manche mögen sagen, ein Baby und ein Bärenjunges haben nichts miteinander zu schaffen, aber wenn sie die Welt durch unsere Augen sehen könnten, dann würden sie mit Sicherheit anders darüber denken.

Ich kenne weder mein noch Brunos genaues Geburtsdatum, aber ich weiß, dass er zur Welt kam, wann Bären nun mal zur Welt kommen: im Januar in einem Bau unter einer Tanne, neben einem geborstenen Findling, durch den sich eine glitzernde Ader zog. Ich kam im Februar zur Welt, auf einem Bett aus Tannenzweigen, als die tiefen Schneewehen und Eisplatten unter Nebelbänken schmolzen. Ein falscher Frühling, so nannte es meine Mutter. Man konnte ihm nicht trauen.

In jener ungewöhnlichen Tauwetterwoche vor all diesen Jahren bemerkte ein Rodungstrupp, der Unterholz und Windbruch schnitt, dass die Pferde vor einem Felsen scheuten. Ein schwaches Geräusch drang aus ihm heraus, wie die Schreie eines Babys. Beim Abendessen erzählten die Männer meinem Papa davon, halb im Scherz – da schlafe wohl Old Jack unten in einer Baumhöhle. Wie die anderen Tiere auch war Old Jack im Herbst zwischen den letzten Pflanzen, zwischen Augentrost und Wicken abgetaucht. Und nun war er wieder da, erschreckte Pferde, wirbelte Zapfenschuppen und Nadeln auf und gab so die Höhlen der Winterschläfer preis.

Mein Vater war Koch, aber er kannte sich auch gut in der Natur aus. Er dachte gleich an einen Bären; Pferde scheuen vor allem, was mit Bären zu tun hat. Selbst solchen im Winterschlaf. Nein, meinten die Männer. Bären rühren sich nicht im Winter. Als nach dem Essen aufgeräumt war, ging mein Vater los, um selbst nachzuschauen. Er fand eine Lücke im mehligen Schnee, am Fuß einer hageren Tanne – ein Atemloch, das erkennen ließ, wo ein Tier tief in seinem Bau schlief und atmete und auf den richtigen Frühling wartete. Von dort kamen die Schreie. Er grub mit dem Schneeschuh, bis er auf Farn stieß, wie er üblicherweise den Eingang zu einem Bau verdeckt. Mit seinem Beil schnitt er einen Schössling und bohrte damit tief, tief hinein in das Wurzelgewirr, bis er auf etwas Weiches stieß. Er griff in das Loch und zog ein einzelnes Bärenjunges heraus. Nicht größer als zwei Äpfel nebeneinander. Keine Spuren von der Mutter, nicht hinein, nicht hinaus. Damals wurden Bären gejagt, so wie man hundert Jahre zuvor die Wölfe gejagt hatte, bis es nur noch Geschichten über sie gab, auch wenn die Männer ab und an behaupteten, einen Wolf bei den wilden Hunden gesehen zu haben, die knapp außer Sichtweite lebten.

Schreiend, zahnlos und blind, so kam Bruno in die schwere Wolljacke meines Vaters gewickelt ins Camp. Und von dem Augenblick an, als mein Vater ihn neben mich in den Weidenkorb legte, suchte Bruno meine Nähe. Es wäre zu grausam gewesen, ein solches verwaistes Geschöpf einfach verhungern zu lassen, sagte mein Vater. Meine Schwester Ivy tanzte um ihn herum und bettelte, er möge Bruno in ihre Hände legen. Und die Waldarbeiter kamen scheu herein und hofften, mit ihren groben Knöcheln über seinen Schopf streichen zu dürfen.

Also wiegte Mama uns beide auf ihrem Schaukelstuhl mit der Korblehne. Neben ihr flackerte die Flamme der Petroleumlampe im Windzug und warf lange Zerrschatten an die rauen Wände. Und in diesem Stuhl stillte sie uns beide und sagte: »Das hier ist dein Bruder, und das hier ist deine Schwester.«

Es gibt ein einziges Foto aus dieser Zeit. Aufgenommen hat es die Liederfängerin – eigentlich hieß sie Loretta –, die unsere Lieder und Balladen sammelte. Lieder, die von Familie zu Familie weitergegeben worden waren, auf den Seelenverkäufern bei der Überfahrt nach Kanada, durch das Hochland und die Fremde, und die hier in den Holzfällercamps lebendig gehalten wurden. Im Grenzland von New Brunswick. Die Liederfängerin und ihre Begleiterin Ebony kamen, um mich und Bruno zu sehen, denn es ging das Gerücht von einem Camp zum anderen um und kehrte zwischen den Bäumen zurück, dass hier eine Frau tief im Wald lebte und wilde Tiere nährte. Um von Draußen zu uns zu kommen, mussten sie erst mit der Eisenbahn fahren und dann über schwer zugängliche, einspurige Forststraßen wandern, die links und rechts von fast zwei Meter hohem Schnee gesäumt waren. Die Geschichte von Bruno und mir muss ihnen wohl ein wenig unwirklich vorgekommen sein, eher Märchen als Wahrheit, wie sie da zwischen Birken und Kiefern unterwegs waren und unserem geheimnisumwobenen Camp näher kamen.

Noch zehn Meilen, fünf Meilen, gleich hinter dem schlimmsten Abschnitt des Weges, wo der Boden teils mit Ästen und Planken belegt war, damit die Pferde nicht im Schlamm ausrutschten, kamen sie an den Rand unserer Rodefläche. In der Entfernung waren scharfe, tiefe Geräusche zu hören: Axtschläge, Schlittenglocken, Hammerschläge auf Spaltkeilen, und dann schrie vielleicht ein Mann: »Witwenmacher!« Und ein Baum zitterte und neigte sich ganz leicht, bis er dann wirklich umstürzte; erst langsam, dann mit sausender Macht, riss die Äste von Nachbarbäumen riss, und krachte in einer Wolke aus Nadeln, Zweigen und Schnee auf den Waldboden.

Aus den Geschichten kannten sie den Weg: gleich jenseits der Fällungen. Camp 33. Die Hütte, ein kleiner Anbau am Küchenhaus, wo ein Fenster leuchtete, blass wie das Licht, das manchmal vor einem Sturm zu sehen ist. Ich stelle mir vor, wie sie unter dem grobkantigen Vordach standen. Wie die Liederfängerin zweimal klopfte und wartete, während Regentropfen auf die Holzbohlen prasselten, auf die Mama Hinkelkästchen für Ivy gemalt hatte. Vielleicht stand die Liederfängerin auf der Zwei und der Fünf und Ebony sauber auf der Zehn. Es war Ivy, die an jenem Tag unsere Tür öffnete und die beiden Frauen vor sich sah. Sie musterte sie eingehend, trat dann beiseite und ließ sie ein.

Ich stelle mir vor, wie die beiden Frauen auf unserer Schwelle stehen und ihre Augen sich ans dunkle Drinnen gewöhnen. Das enge Zimmer vom weichen Licht der Petroleumlampen erhellt und vom heruntergebrannten Feuer, das Augen bernsteinfarben glühen ließ. Die Wände bedeckt mit vergilbten Bildern aus Kalendern und Cowboymagazinen, Trockenblumen und Kräuter, die über den Fenstern hingen, dann die Betten – zwei Tröge voller Tannenzweige, darüber bunte Flickendecken. Eine Holzbank. Ein Stuhl mit Flechtsitz. Unser Anbau war in seiner Kargheit typisch für ein Holzfällercamp, wenn auch seine Bewohner keineswegs typisch waren.

Wahrscheinlich war die Liederfängerin überhaupt nicht auf diesen Augenblick vorbereitet. Die lange Reise, das Wetter, Mama auf einem Schaukelstuhl neben dem Feuer.

In unserem Zimmer hielt sich die Nachmittagsdämmerung, und das Licht vom Fenster verlieh Mamas zarter Gestalt mit den bloßen Brüsten einen Heiligenschein: ein Kind an der einen Brust und an der anderen, genau wie es die Gerüchte behauptet hatten, ein Bärenjunges; es beäugte die Frauen, die näher kamen, hörte aber nicht auf zu nuckeln.

Sicher stockte Ebony kurz der Atem. »Himmel«, mag sie geflüstert haben.

Ivy wird gedankenverloren zu Mamas Füßen gesessen haben, während eine erschöpfte Fliege in den schweren Vorhangfalten summte. Vielleicht hielt sie eine Stoffpuppe hoch, eine Umkehrpuppe. In einem Moment ein Rotkäppchen, dann ein Großmutterwolf mit Brille und Zähnen.

»Schau«, sagte sie womöglich und zog mit dem Wolf am Hosenbein der Liederfängerin. »Schau.«

Ich sah es ein einziges Mal, das Foto von Mama und Bruno und mir. Die Liederfängerin erzählte Draußen von uns, über das Leben im Wald. Aufnahmen von Brunos Schreien und Mamas Wiegenliedern sind durch die Welt gewandert, in Gegenden, von denen ich nichts weiß. Ich hatte noch keinen Namen, als Bruno zu uns kam, aber meine Eltern und alle Waldarbeiter beratschlagten bereits, wie ich heißen sollte. Es war die Liederfängerin, die bei ihrem ersten Besuch *Pearly Everlasting* vorschlug, Silberimmortelle, den Namen einer Pflanze, die gern neben glänzenden Dingen wächst. Sie hatte sich wegen ihrer Freundlichkeiten ein wenig in Mama verliebt und schickte mir von ihrem Haus in Smoke River, fünfzig Meilen entfernt, einen Löffel aus Bern zu, der Bärenstadt in der Schweiz, mit einem silbernen Bären am Griff, dazu eine Schale, in die unsere Namen und das Geburtsdatum eingraviert waren:

Pearly Everlasting & Bruno
Falscher Frühling 1918

Alle wach im Morast

Bruno und ich wuchsen also gemeinsam heran, auf umgegrabenem Land, auf behauenem, zersägtem und verbranntem Land. Auf Land, das zerteilt und ausgehöhlt worden war, gerodet, vermessen und zerstampft, als man vergeblich versuchte, den Ort zu zähmen – und ihm so kleine Auferstehungen abzwang. Doch wenn die Arbeit in den Sommermonaten aussetzte, zogen wir zurück in unsere Hütte auf dem Greenlaw Mountain.

Wir seien Greenlawer Adel, sagte Mama stets, denn schon immer hatte es dort oben eine Frau gegeben, wenn auch nicht immer einen Mann, die starben manchmal zu schnell oder zogen weiter, aber eine Frau, eine Frau hatte schon immer dort auf dem Berg gelebt. Meine achte Urgroßmutter Burunild Slaywrock war mit ihrer Sammlung aus Kräutern und Salben von Draußen gekommen – aus den schottischen Highlands – und auf den Berg gezogen und hatte ihn nie wieder verlassen. Mama sagte, sie sei von einem König geehrt worden, der im Kampf gestürzt war. Ein starker Mann hatte den geharnischten König unter seinem in der Schlacht gefallenen Pferd hervorgezogen und zu Oma Slaywrock getragen. Sie hatte seine gebrochenen Knochen gerichtet, und er hatte ihr im Gegenzug ein Geschenk gemacht: eine goldene Doppelhornhalskette, das sie vor dem Bösen beschützen sollte. Es war von Generation zu Generation weitergereicht worden und gehörte nun Mama. Ihr einziger Schmuck, und sie trug ihn voller Stolz. Der König gab Oma Slaywrock und ihren sechs Töchtern freies Geleit in ein Kanada, das damals noch viele andere Namen trug. In den Wäldern lernte meine Großmutter die Mi'kmaq-Frauen kennen und freundete sich mit ihnen an, und schon bald entdeckten sie, dass sich einige ihrer Heilkräfte glichen. Meine uralte Großmutter zeigte ihnen ein wenig von ihrem Wissen, und die Frauen lehrten sie ihre Sprache und die Heilwirkung von Pflanzen, die ihr unbekannt waren – Mama nutzte noch manche davon bei Verletzungen im Camp. Doch die Namen dieser Heilpflanzen darf ich nicht preisgeben, das steht mir nicht zu.

Jedes Jahr im August kamen wir vom Greenlaw Mountain herunter und zogen zu Papa in die Camps. Wenn die Männer neue Pferdeställe, Schlafbaracken und ein Kochhaus errichteten, bauten sie auch für uns eine Hütte mit einem niedrigen Dach aus Brettern, die einen Rahmen aus eingekerbten Stämmen bedeckten, welche mit Axt und Keil geschlagen und mit Moos verfugt worden waren. Aus den übrig gebliebenen Hölzern bauten die Männer Bruno und mir ein Baumhaus und Bruno eine Kiste für den Winterschlaf. Umgeben von zweihundert Baumstümpfen, Klafterholz, Schlitten, Schneeschuhen, Sägen, Äxten und Wetzsteinrädern lebten wir stets in der Nähe eines Flusses, wo die Männer die Stämme sägten, zogen, stapelten und herumwuchteten, die dann im Frühling flussabwärts geflößt wurden. Um all diese Camps heulte ein beständiger Wind. Er konnte einen Mann begleiten oder ihn vor sich herjagen. Einmal fragte ich Papa: »Warum ist es hier so windig?«

»Da wollen wohl wieder Wölfe unser Haus umpusten«, sagte er, drückte mir einen Melassekeks in die Hand und schob mich zur Küche hinaus.

Die Männer kamen von überallher, um in den Camps zu arbeiten, und die meisten hofften, in Papas Camp zu landen, denn er war der bekannteste Koch in der ganzen Gegend. Es waren stille Männer, gebrochene, über und über tätowierte, welche, die während des Krieges in New York Schiffe kalfatert, Getreide im südlichen Saskatchewan gedüngt oder das Holz für Melassefässer geschlagen hatten, die dann nach Barbados verschifft wurden. Männer, die Dampfmaschinen bedient hatten, in Sägemühlen und Eishäusern, Männer, die aus Dörfern kamen, welche nach siamesischen Zwillingen benannt waren und nach wilden Schweinen. Männer aus schwedischen Weilern und polnischen Pfarreien, aus versteckten Tälern und tiefen Fjorden, aus rauchgeschwärzten Hütten mit zu vielen Kindern. Männer aus der Provinz. Seemänner. *Les Canadiens. Les bûcherons. Skogshuggare. Drwal. Nujatejo'tasit.*

Viele brauchten mehrere Tage und Wochen, um zu den Wanderbossen zu gelangen, die sie wie Pferde aus den zerlumpten Reihen holten und in die Camps brachten. Manche mussten eine alte Milchkuh verkaufen, um per Versand Stiefel bestellen zu können. Manche Bosse nahmen ein Pferdegeschirr auseinander, warfen die Teile in ein Fass mit Altöl und ließen dann einen Grünschnabel alles herausfischen und wieder zusammenfügen. War die Crew dann angeheuert, schleppten die Männer in wilden Haufen Satteltaschen, Seesäcke und Vorratskisten mit sich, ein jeder beladen mit seiner Habe aus Wolldecken, Socken, Handschuhen, Stopfnadeln, Äxten und Pokerkarten. Sie alle folgten dem Boss immer tiefer hinein in die dunklen Wälder. In den Winter- und Frühlingsmonaten wurden wir im Camp zu einer behelfsmäßigen Familie. Wir alle, mit unserer ramponierten Freundlichkeit, gaben aufeinander acht, denn unser Überleben hing davon ab.

Papa hatte nicht als Koch angefangen. Bis zu seinem elften Lebensjahr hatte er mit seinem Großvater in einem alten Farmhaus gelebt, dessen Obergeschoss im Winter verriegelt war, weil dann das Hirschfleisch aus dem Herbst dort lagerte. »Arm wie die verfluchten Kirchenmäuse«, sagte Papa immer. Und dann, als sein Großvater starb, wurde er auf die Straße gescheucht wie ein alter Hund. Ein Nachbar oder jemand vom Amt, er wusste nicht mehr wer, hatte ihn in einen grob verhauenen Karren gesetzt, war mit ihm die Straße entlanggefahren und hatte den Nachbarn zugerufen: »Könnt ihr nicht einen Burschen für die Arbeit brauchen?«

Die meisten hatten gesagt: »Nein, nein, ich brauch keinen Burschen.«

»Und ihr kennt auch niemanden, der einen braucht?«

»Nee, tut mir leid.«

Schließlich kam Mr. Beecher, ein Milchfarmer, heraus und sagte, er könne jemanden brauchen. Papa blieb drei Jahre dort und arbeitete auf der Farm mit, zupfte Vogelmiere für die Schweine, hackte Holz und holte am Abend die Kühe in den Stall. Außerdem war er gut im Melken und im Hüten der fünfzig Schafe. Zweimal die Woche buk Mrs. Beecher. Papa stopfte sich auf dem Weg in die Scheune die Taschen voll; er hatte all seine Aufgaben vor Einbruch der Dunkelheit zu erledigen, weil die Beechers nicht wollten, dass er mit einer Laterne hantierte. Aber wenn er im Haus war, dann erlaubte Mrs. Beecher, dass er ihr beim Vorbereiten in der Küche zuschaute, und da lernte er ein paar Dinge übers Backen.

Die Burschen auf den Farmen ringsherum waren meist recht grobe Kerle – Waisenkinder und Zurückgelassene mit ihren namenlosen Stimmungen, unauslotbaren Wutanfällen und Kränkungen. Das machte diese Ecke der Provinz gefährlich. Als sie älter wurden, legten sie sich an den freien Samstagabenden miteinander an. Zerschlagene Flaschen, Taschenmesser und Fäuste. Es war keine Welt, zu der Papa gehören wollte. Schließlich holte ein entfernter Onkel, ein Waldarbeiter, ihn von Beechers Farm. Ein paar Monate später heiratete Papa und wurde Koch in einem Holzfällercamp. Nach Ivys Geburt schloss er sich den Sawdust Fusiliers an.

Und so fand er sich eines Tages im Baum des Königs wieder. 1916 wurde Papa auf der *Justicia,* einem Transportschiff der White Star Line, nach England gebracht. Dort blieb er für ein Jahr. Die Regierung hatte berechnet, dass für jeden Soldaten fünf Bäume benötigt würden: Einen für die Unterkunft, einen für Essens- und Munitionskisten, zwei für Gewehrschäfte und einen für den eigenen Sarg. Papa arbeitete auf den Pflanzungen der Clock Case Plantation am Rande des Windsor Great Park, im Wald rings um Schloss Windsor. Es gab dort viele uralte Eichen, die schon eine Königin namens Elizabeth I. hatte pflanzen lassen. Ein Baum, den die Sawdust Fusiliers fällten, war die Eiche »Wilhelm der Eroberer«. Er stand unter dem Schlafzimmerfenster des

Königs und hatte einen Durchmesser von elf Metern. Und da es keine Säge gab, die lang genug war, um den Baum zu fällen, höhlten die Sawdust Fusiliers den Stamm aus und schufen so ein Loch, das groß genug war, damit ein Mann von innen die Säge ziehen konnte. Papa war der Mann, der in den Baum des Königs geschickt wurde.

Im Camp stand Papa jeden Morgen um vier Uhr auf und kochte, denn die Männer erwachten im Schein der Sterne und kehrten erst des Nachts mit ihnen wieder zurück. Er schickte seinen Hilfskoch in die Schlafbaracke, um zunächst die Fuhrleute zu wecken, damit sie die Pferde einspannten, dann stand er beim ersten Schein vor der Tür, hämmerte mit einem kaputten Flößerhaken gegen eine alte Eisenstange und brüllte: »Alle wach im Morast!« Meistens arbeitete er bis acht Uhr abends und setzte sich erst hin, wenn die letzte Pfanne mit Salz glatt geschrubbt war.

Wenn ich nachts mit Bruno und Ivy in meinem Bett aus Zweigen lag, stellte ich mir immer vor, wie all die am Lagerplatz aufgestapelten Baumstämme den Fluss hinunter zu den Sägewerken trieben, wo sie zu Brettern gesägt und zu all jenen Dingen verarbeitet wurden, die den Menschen von Draußen gefielen: Klaviere und Gewürzfässchen und Betten. Machten sie sich Gedanken über uns, hier in den Wäldern, wo Old Jack bei Nacht die Hirsche aufscheuchte und Verletzungen oft genug dazu führten, dass ein Mann in Leinwand gewickelt ins Camp zurückgebracht wurde? Stellten sie sich vor, dass dort ein Mädchen und ihr Bär lebten, fernab, im Schatten der Fichten, die zu hoch waren, als dass man den Horizont hätte sehen können?

Ganz von Licht durchzogen

Im Herbst 1928 suchten uns Krankheiten und Verletzungen heim. Ansell, ein vierzehnjähriger Holzfäller, wurde gleich zu Beginn der Saison vom Blitz getroffen. Seine Aufgabe war es, die gefällten Stämme von Astansätzen zu befreien, damit sich die Pferde nicht daran verletzten. Die Männer auf den Rodeflächen arbeiteten schnell, denn die Wespen hatte waren hoch in die Bäume geflohen. Ein sicheres Zeichen, sagten sie, dass böses Wetter aufzog. Eines Tages, als Ansell an einer Fichte arbeitete, verdüsterte sich der Himmel. Sein Atem im Rhythmus der Arbeit. Seine Axt, die von seinem Rücken aus ihrer natürlichen Bahn folgte, bereit, erneut in die blassen Muskeln des Holzes zu beißen. In dem Augenblick ließ eine Bö den Himmel gerinnen, und ein Blitz schlug ihn zu Boden – die Axt hoch über dem Kopf. Der Blitz durchfuhr ihren Stiel und entfloh durch die Sohle von Ansells rechtem Stiefel. Alle konnten sehen, wo er entlanggefahren war, weil er eine dunkle Spur auf Ansells Haut zurückließ. Blitzblüten. Merkwürdige Narben, die sich auf Gesicht und Hals auffächerten und verästelten.

»Hat es wehgetan?«, fragte ich ihn einmal.

»Nein«, antwortete er. »Nicht so, wie du meinst. Es hat auf einer anderen Ebene wehgetan, eher, als würde ich dabei zuschauen. Und dann … dann war ich jemand anderes.«

Auch einige der Männer behaupteten, Ansell sei ein anderer geworden. Manche meinten, er spüre Stürme aufziehen. Das war an sich noch nichts Besonderes. Jeder der Männer spürte, wenn sich das Wetter änderte. Schlecht verheilte Knochenbrüche, Arthritis, geschwollene Gelenke – all das machte wetterfühlig. Aber Ansell bemerkte die Veränderungen noch vor den Tieren. Bevor die Krähen ihr Rufen einstellten. Bevor die Pferde mit den Hufen scharrten und zurück in ihren Schuppen wollten. Die Männer bekamen schnell mit, wie viel Zeit zwischen Ansells Vorhersagen und dem Wetterumschwung verging, und die Vorhersagen beschränkten sich nicht aufs Wetter. Ein paar Wochen nach dem Blitzschlag, als die Fächerung auf seinem Gesicht noch rot hervorstand, fing er an, Verletzungen vorauszusagen. Da reichte es den Männern mit Ansells Gerede. Man munkelte in der Schlafbaracke, er habe sich der Hexerei zugewandt. Man munkelte auch, er habe schon immer gehext und der Blitz habe diese Fertigkeit oder den Fluch, abhängig davon, wer da gerade munkelte, nur noch verstärkt.

Verhext zu werden war tief in den Vorstellungen der Männer verwurzelt, je nachdem, wo die Männer herkamen, hatte jeder sein ganz eigenes Verständnis von Vorzeichen, seinen Aberglauben und seine Amulette. Als Ansell eines Morgens aus seiner Koje kroch, stieß er sich den Kopf an einem Hühnergott, der an einem provisorischen Balken über ihm baumelte. In einer anderen Nacht ertappte er einen Mann dabei, wie der eine aufgeklappte Schere auslegte, die Klingen wie zu einem bösen Fingerzeig direkt auf Ansell gerichtet. Dann wieder fand er kleine, aus Eberesche gefertigte Kreuze in seinen Jackentaschen. Und zu diesen befremdlichen Talismanen kam noch das Gefühl, die ganze Welt wäre ihm feindlich gesinnt. Krähen und Häher griffen ihn kreischend an. Er hatte den Eindruck, schon seine Stimme allein könnte die Pferde scheu machen oder die Bäume zum Bersten bringen.

Nachdem Ansell sich erholt hatte, dachte Mama, es würde ihm guttun, eine Weile dieses und jenes zu erledigen, was so anfiel: Gestrüpp aufschichten, Wegeheu ausbringen, Brennholz hacken, doch er streifte nur in sich gekehrt durchs Camp und wich den anderen Männern aus. Sein Gedächtnis, so hieß es, ließe ihn oft im Stich oder sei überdeutlich, genau wie bei Benoît Boudreau, dem Gestellsäger, der mit einer Handvoll Orden aus dem Krieg zurückgekehrt war – »Sind nur Bänder und billiges Blech, Pearly« – und der allein am ruhigsten war.

In jenem Herbst hatte Ivy damit begonnen, Bruno in alte Nachthemden, Kappen und Schals zu kleiden. Sie hatte ein ganzes Heft voll mit Zeichnungen von Bruno in diesen Kostümierungen. Einmal legte sie Bruno eine rote Fliege von Papa um, er hatte sie mal für ein Foto getragen, das die Liederfängerin von ihm in der Küche gemacht hatte.

Die Fliege machte mich wütend, und ich schrie sie an: »Er is doch kein Spielzeug, Ivy!«

»*Ist*. Stimmt doch, oder, Mama? Er *ist* kein Spielzeug.«

»Das stimmt, Ivy. Pearly Everlasting, achte drauf, wie du sprichst.«

Ich stürmte zur Hütte hinaus, Bruno dicht hinter mir. Aber von da an schlenderte er mit dieser Fliege im Camp herum. Wenn ich sie ihm abnehmen wollte, wich er mir aus und schnappte mit der Schnauze in die Luft wie eine Schildkröte. Eines Tages hatten Bruno und ich beide entzündete Augen und blieben für uns, oben im Baumhaus. Wenn Bruno schlechte Laune hatte, erklomm er den Baum allein und verbrachte den Tag auf dem Bauch liegend auf einem Ast, ungeachtet der wütenden Pferdebremsen und des Zikadenlärms um ihn herum. Um das mit der Fliege wiedergutzumachen, hatte Ivy mir ein Kostüm gebastelt, indem sie ein abgeworfenes Geweih mit einem Lederriemen an einem alten Hut mit Ohrenklappen befestigt hatte. Dazu schwärzte ich mir mit einem halb verkohlten Stück Holz die Augen und malte mir senkrechte Linien über den Mund, als ob er zugenäht wäre. Wir spielten oben im Baumhaus gerade mit den kleinen Schwertern, die Thankful Robinson uns geschnitzt hatte, einer der Fuhrleute. Bruno ließ seines, das zerkaut und voller Kerben war, über die Holzbrüstung fallen, und es landete direkt vor Ansells Füßen. Wir sahen, wie er es aufhob und nach oben schaute. Wir kauerten uns hin, damit er uns nicht entdeckte, doch dann brüllte Bruno, ich kicherte, und meine Geweihstangen schauten über die Brüstung, also rief ich: »Ahoi, Bursche!«

Ansell lächelte zum ersten Mal seit langer Zeit und fragte: »Untersucht ihr da oben die Schwerkraft?«

»Was ist das?«

»Was ist was?«

»Schwerkraft. Eine Waffe?«

Ansell schüttelte müde den Kopf.

»Bist du ganz allein da unten?«, fragte ich.

»Ziemlich allein in letzter Zeit, ja«, rief er zurück, und seine Stimme stockte ein wenig.

»Willst du raufkommen? Wir haben Augenrot, aber sonst …«

»Wenn ich komme, zerfleischt der Bär mich dann?«

»Nicht, wenn du ihm seinen Anteil an deinen Keksen gibst.«

»Und was ist sein Anteil?«

Ich dachte einen Augenblick nach und rief: »Er drei, du einen.«

»Ganz schön happig, was?«

»Sind nun mal die Regeln.«

»Also gut, wenn er mich dann in Ruhe lässt.«

Ansell kam herauf und gab Bruno seinen ausgemachten Anteil, dann erzählte er uns von seiner Heimat, dort, wo die Stürme über das Hochland zogen. Les-Suêtes-Winde, so nannte er sie. Stürme, die gern etwas umwarfen. Sie konnten eine Scheune aus dem Lot schieben oder auf den Nachbaracker versetzen. Sein Großvater, sagte Ansell, hatte ein Suête-Seil an einem geschmiedeten Eisenring befestigt und vom Scheunentor zur Veranda gespannt. Daran band er sich fest, um nicht weggepustet zu werden, wenn er von da nach dort ging.

»So 'n Quatsch«, sagte ich, und Bruno stand auf und setzte sich auf Ansells Fuß, um so seine Zweifel kundzutun.

»Fahr doch hin, und schau's dir selbst an«, sagte Ansell.

Ich versprach ihm auf der Stelle, dass wir das eines Tages tun würden. »Es gibt keinen Sturm, der Bruno ins Meer pusten kann«, sagte ich. »Is nich … ähm … Das *ist* nicht möglich.«

Wir sprachen nicht ein einziges Mal über das Narbengeflecht auf seinem Gesicht. Ich fragte mich, ob es stimmte, was die Männer über Ansell sagten, er habe Old Jacks Weg gekreuzt, dabei konnte ich die Spuren dieses Übergriffs deutlich erkennen. In den Nachtwinden, im unheimlichen Loch unter der Treppe, versank Old Jacks Schatten und verzog sich in alle Winkel der Nacht, aber Ansell schien dieses Dunkel nicht in sich zu tragen, wie ich das bei manch anderem gespürt hatte. Ich war neugierig, ob sich Ansell nach dem Blitzschlag anders fühlte in seiner Haut. Bruno war jedenfalls ganz vernarrt in ihn. Er schob sich seitlich an ihn heran und schnupperte in der Luft, als glömme tief in Ansell womöglich noch etwas wie ein schlecht gelöschtes Feuer. Ansell war so statisch aufgeladen, dass Brunos Fell knisterte und Funken sprühte, wann immer sich die beiden zu nahe kamen.

Die ganze Zeit über hatte Papa draußen Kleinholz gemacht – weiße Birke, rote Kernbuche – und uns scheinbar nicht beachtet, aber er hatte doch gelauscht. Als es dämmerte und Ansell wieder zu Boden kletterte, pfiff Papa nach ihm, damit er in die Küche käme. Am nächsten Tag wurde Ansell ganz offiziell Küchenhelfer. Papa lernte normalerweise nicht gern Helfer an; immer waren es solche Burschen, die keine Fragen stellten, wenn sie es hätten sollen, oder Fragen stellten, wenn sie es hätten besser wissen müssen. Ansell war anders. Er arbeitete hart und vergaß nie, die Kuhbohnen über Nacht einzuweichen. Und weil Papa mal im Baum des Königs gesteckt und nichts mit Aberglauben und Hexerei am Hut hatte, kam Ansell langsam wieder zur Ruhe. Papa erlaubte sogar, dass er sich in der hinteren Ecke des Kochhauses seine Bettstatt ausrollte, gleich neben der kleinen Tür, die zur Waldsenke hinausging. Und alle bemerkten, dass Ansells Haut, die ganz von Licht durchflossen gewesen war, nach und nach blasser wurde. Ich fand, er war das Schönste, was ich je gesehen hatte.

Gleich nach Ansells Unfall war ich am Sonntag zur Schlafbaracke gegangen, um zu sehen, ob mir jemand mein Häutemesser schärfen würde, aber alle behaupteten, es sei noch scharf genug für meine Zwecke. Wenn ich lang genug drängelte, schärften sie es zum Schein, danach war es stumpfer als zuvor. Thankful Robinson griff sich mein kleines Messer und sah die Klinge hinab. Bruno gab er einen Apfel, und wir beide schauten ihm zu, wie er sich auf seinen dicken, felligen Hintern hockte und ihn wie eine Teetasse zwischen den Pfoten hielt.

»Weißt du, Pearly Everlasting«, sagte Robinson, »schätze, da ham wir Old Jack auf seiner Schindmähre gesehen.«

»Wirklich?«

Robinson nickte und ein paar der anderen Männer ebenfalls.

»Ja. Das muss was von Draußen sein. Springt nem Holzfäller, zack, auf den Rücken, weißt du? Schmeißt ihn zu Boden, dass ihm die Luft wegbleibt.«

»Genau wie's bei dem jungen Burschen war«, fügte Toby Tobique hinzu, einer der Roder, der einen Gang hatte wie ein Cowboy.

»Ja, wie bei unserem Ansell«, fuhr Robinson fort. »Man sagt, wenn Old Jack mit nem Rechen vor deinem Haus steht, bleibt deine Familie am Leben, aber wenn er mit nem Besen auftaucht, könnt's gut sein, dass jemand krank wird. Er kann Stürme heraufbeschwören und –«

»Genau wie der junge Bursche.«

»Ja, genau wie unser Ansell. Und er reitet auf seiner Schindmähre übers Land und mitten durch unsre Träume. Denk dran, wenn du und Bruno da draußen im Wald seid, Miss Pearly«, sagte Robinson und gab mir mein noch immer stumpfes Messer zurück.

Und ich wusste, dass irgendwo da draußen, jenseits unserer kleinen Hütte, Old Jacks Husten wie Löffelgeklapper, sein ächzendes Stöhnen ertönte. Einem Wildschwein gleich wühlte er im Boden, verstreute die Knochen der Männer und grub sich tief zu den Toten vor. Die Spuren fanden sich überall, wenn wir durch die alten Fällungen streiften, die ruhelos dalagen, wegen alldem, was vergangen war: eine Gabel, rostige Milchdosen, eine zahnlose Zweimannsäge – Jammersäge nannten sie unsere Leute. Ich hatte immer Angst, dass Bruno zu tief grub und ein paar dieser Knochen aus ihren Ruhestätten holen würde. Von allen, die ich kannte, war Ansell Old Jack am nächsten gekommen. Er hatte ihn kommen sehen, sah ihn vielleicht immer noch kommen.

Am Abend erzählte ich Mama, was die Männer gesagt hatten. Ich bat, sie solle unseren Rechen und unseren Besen verstecken, aber sie lachte nur.

»Old Jack ist doch nur ein Märchen, Pearly. Die Männer haben dich auf den Arm genommen.«

Ein paar Wochen später fand der heisere Winter in unser Camp. Im Dezember hielten uns die Stürme fest im Griff. Bruno war aufgewacht und trotzig auf Krawall aus. Er kletterte um die Herdstelle herum, wo der Kochtopf hing, und steckte den Kopf hinein auf der Suche nach Suppe. Wenn ich spätabends das Buchstabenschreiben übte, kletterte er die Stuhllehne hinauf und schlug mir das Buch aus der Hand, manchmal zerfetzte er dabei eine Seite. Mama regte sich fürchterlich auf.

»Ist doch komisch, ein Bär, der im Winter dauernd aufwacht«, sagte sie.

Sie ertappte mich nie dabei, wie ich um Brunos Winterkiste schlich, aufs Dach klopfte und rief: »Zweiauge, schläfst du?« Ich schaffte diese langen Monate einfach nicht ohne ihn.

Ende Dezember waren alle entweder krank oder erholten sich davon. Ivy konnte vor lauter Ohrenschmerzen nachts nicht schlafen. Papa rollte ein Stück Birkenrinde zusammen und blies ihr Tabakqualm ins Ohr, der sich wieder herauskringelte. Ich hatte einen rasselnden Husten und Bruno auch. Mama verabreichte uns einen Trank aus geschwefelter Melasse. Bruno wollte mehr. Sie gab mir Beinwelltee und Balsam-Tannensalbe gegen den Splitter, den ich mir eingezogen hatte und der nicht heilen wollte, aber Bruno leckte sie immer wieder ab. Um ihn abzulenken, gab ich ihm kleine Brotkugeln. Nachts zum Einschlafen schwenkte Mama ihre goldene Doppelhornkette über meinem entzündeten Splitter und Brunos Rotznase und Ivys schmerzendem Ohr und sang: *»Hovela, hovela, kavela streck. Es morres a fri is alles aveck.«* Eine Art Zauberspruch, den sie von einem Holzfäller aus Lunenburg gelernt hatte, der schließlich zu Gott fand und die Wälder verließ.

Ein jaulender März und noch immer von Stürmen eingesperrt. Wir stopften Lumpen um die Fenster gegen den Wind. Im März gab es immer drei Sorten Schnee: Stintschnee, Rotkehlchenschnee und Grasschnee. Der erste Schnee brachte die Stinte mit, die den Crooked Deadwater hinaufschwammen, als das Eis darin brüchig wurde. Papa schickte Ansell los, der sie mit Netzen fing, und die Männer aßen die gebratenen Fische im Ganzen, Gräten und alles. Mit dem zweiten Schnee kehrten die Rotkehlchen und ihre Regenlieder zurück und der dritte bedeckte den Boden gerade noch so, dass die frostigen Winde nicht das zarte neue Gras darunter vereisten.

Mama stopfte Socken und erzählte uns Geschichten über die verlorenen Jungen. Der Junge mit dem Schwanenflügel als Arm. Der Junge mit den Eselsohren. Und der Junge, der im Bauch eines Wals lebte. *Erzähl uns von dem verschluckten Jungen, Mama. Erzähl uns von dem Jungen, der einen Flügel hat, wo sein Arm sein soll.* Der Wind klopfte drängend an die Tür, Mama zupfte sich ein Haar aus und nähte es in die Spitze von Papas Socke, damit er stets den Weg zurück aus dem Wald fand. Ununterbrochen hatte sie etwas zu tun. Ein Reihstich in dunkler Farbe. Hinein. Hinaus. Hindurch. Ihr Stopfei hatte die Farbe eines Zaunkönigs. Wann immer sie es ablegte, um eine Socke zu wechseln, tobte Bruno um ihre Füße herum und jagte die Knäuel vor sich her. Trotz alledem strickte Mama, als habe man ihr als Kind Spinnweben gefüttert und als sei es ganz einfach, durch diese fadendünne Welt zu spazieren.

Im Frühling wurden wir wieder gesund, dafür verlor ich Milchzähne. Und jedes Mal nahm Papa den Zahn und fragte, ob er ihn hinauswerfen solle, um mein Tier herauszufinden. Wenn er ihn hinauswarf und ein Fuchs holte ihn sich, dann würde ich ein Fuchskind werden und im Dunkel besser sehen können. Ich wollte, dass er ihn Bruno zum Fressen gab, damit ich Bärenzähne bekam, aber Mama sagte, das sei alles Unfug.

Wenn Ansell am Abend mit den Aufgaben in der Küche fertig war, erzählte Papa Geschichten. Stets war darin von Old Jack die Rede, der auf seiner Schindmähre nachts zwischen den Camps unterwegs war und nach jenen lauschte, die er vielleicht im Schlaf mitnehmen konnte.

»Klippklapp, klippklapp, wo steigt er von der Mähre ab?«, fragte Papa.

Er behauptete, ihn einmal gesehen zu haben – eine geschmeidige braune Gestalt mit langem, gespaltenem Schwanz und einem Männerkopf mit Hörnern. Dazu Zähne wie ein Hecht. Old Jack tat mächtige Sprünge – zwanzig Fuß und mehr – und verschwand unter entsetzlichem Geschrei im Wald. Bis man ihn gewahr wurde, war er schon fort, ohne eine Spur zu hinterlassen. Old Jack, sagte Papa, sei so stark, dass er Felsen durchbrechen und sich tief in den Boden eingraben konnte. Er könne auf dem Land oder im Wasser leben. Eines Nachts habe Old Jack einen toten Goldzeisig vor der Hüttentür abgelegt. Ein Geschenk. Eine Warnung.

»Wegen Ansell, weil –?«, setzte ich an.

»Kein Wort mehr über Old Jack«, unterbrach uns Mama. »Er ist in seinem Schlafloch, wo er hingehört.«

Manchmal, in den langen Nächten, in denen Bruno seinen und meinen Schatten zu fressen versuchte, schlief ich schlecht. In diesen Nächten kam Mama mit einem Parfümflakon aus rot funkelndem Glas zu uns. Sie drückte auf den kleinen Pumpknopf und sprühte ein wenig über uns; es roch nach Holzrauch und Schutz und weit entfernten Orten. In anderen Nächten lauschte ich nach der Schindmähre, die durch die vom Frost knarzenden Bäume zog. *Klippklapp, klippklapp, wo steigt er von der Mähre ab?* Ich lauschte nach Old Jacks langen Nägeln, die an unserer Tür kratzten. Die ganze Nacht über hörte ich es vor dem Fenster schnaufen. Ich hörte etwas vorbeieilen, dann hörte ich nur noch die Nacht.

Dunkle Form entwuchs dem blauen Baumschatten

Es war einfach Pech, dass unser Campboss eine doppelseitige Lungenentzündung bekam, als das Wetter endlich besser wurde. Er musste in die Stadt gebracht werden, und das Unternehmen schickte Heeley O. Swicker als neuen Boss zu uns. Swicker war ein Gauner mit Schweinenacken und einem von Silber durchzogenen Bart um den kräftigen Unterkiefer. Er stolzierte durchs Camp mit dem Gang einer Katze. Manche behaupteten, er sei so gemein, dass er eine doppelte Reihe Zähne hätte. Nie ohne eine Zigarre im Mundwinkel. Meist umgab ihn eine stinkende Qualmwolke, und wenn er sprach, dann in einem merkwürdigen, schleppenden Tonfall, der ihn als jemanden von Draußen kennzeichnete.

Zu Beginn der neuen Saison gab das Unternehmen dem Boss das Geld, um das Camp zu betreiben, die Männer zu versorgen und Gewinn zu machen. Ein Campboss war vor allem mit denjenigen beschäftigt, die die Drecksarbeiten machten, stritt sich mit den Vorarbeitern, plante neue Wege zu den Fällplätzen und sorgte dafür, dass nichts aus dem Ruder lief und niemand zu lange einen Groll hegte. Doch als Swicker auftauchte, änderte sich das schnell. Er war ein Großmaul. Er hatte Ansichten. Am glücklichsten war er, wenn er über die Männer herziehen und jedermanns niedere Instinkte wecken konnte. Den Mi'kmaq war nicht zu trauen. Die Iren waren faul. Die Akadier durchtrieben mit Worten. Die Illegalen aus Maine mürrisch bei schlechtem Wetter. Und die Québécois nichts als widerwärtige Rosstäuscher. Er beklagte sich über jeden, dessen Muttersprache nicht Englisch war. Namen, die er nicht für englisch genug hielt, sprach er falsch aus. Er wusste, wer nicht lesen konnte, wer stotterte oder schüchtern war, und er legte Wert darauf, sie deswegen zu piesacken. Papa musste häufig Streitereien schlichten, denn die Männer merkten genau, wo Swicker einsparte – billigere Nahrungsmittel, höhere Tagesquoten, was die Arbeit gefährlicher machte, beengtere Quartiere. Einiges davon ließen sie ihm durchgehen, aber sie würden sich nicht ewig bis aufs Blut ausquetschen lassen, und sie sorgten dafür, dass Swicker es wusste.

Eines Nachmittags spielte ich draußen mit Bruno. Ich hatte einen Regenschirm – die meisten Rippen schon lange gebrochen und die schwarzen Flügel durchlöchert –, den Ivy und ich abwechselnd auf der Schulter kreisen ließen und damit durchs Camp stolzierten. Währenddessen machte Bruno einige rasante Drehungen, als würde er seinen eigenen Schwanz jagen wollen. Er schüttelte den Kopf hin und her, kräuselte die Oberlippe bis an die Nasenspitze hoch und griff uns ein paarmal zum Schein an, machte kehrt und verschwand in die entgegengesetzte Richtung. Schließlich schnappte er sich den Regenschirm, rollte sich zu einem Ball zusammen und kullerte den matschigen Hügel hinunter, bis er mit Schwung gegen die Hütte oder gegen mich krachte.

Nachdem er seinen Trick einige Male vollführt hatte, setzte Bruno sich unter eine große Pappel, und zwar so, dass seine dunkle Form dem blauen Schatten des Baums entwuchs. Ich ertappte Swicker dabei, wie er uns aus der Tür des Werkstattschuppens beobachtete. Die anderen Campbosse hatten uns all die Jahre in Frieden gelassen, solange Bruno sich benahm und in den kältesten Monaten in seiner Winterkiste blieb, doch der hier hatte andere Pläne.

»Na, mit dem ist ja nicht gut Kirschen essen, oder, Schätzchen?«, sagte er, als Bruno sich den Matsch aus den Ohren schüttelte.

Meine Kopfhaut spannte. Swicker war aalglatt und klang nach etwas, wofür ich noch keine Worte hatte, aber ich wusste, dass wir nicht mehr sicher waren. Meine kindliche Überzeugung, dass nichts sich verändern würde, war ein Irrtum: Der Rest unseres Lebens würde nicht einfach so weitergehen. Und noch während ich das dachte, brannte schon die Scham in mir. Wie ich da stand, sah ich zum ersten Mal, was er sah: eine zerlumpte Besitzlose, spindeldürr, mit einem kaputten Regenschirm, inmitten einer Wüstenei aus Unkraut, zertrampelter Erde, einem Haufen Baumstümpfe. Zum ersten Mal sah ich die Armut, die uns brandmarkte. Ich wusste, dass es gegen die Regeln verstieß, dennoch versuchte ich, Swickers Blick standzuhalten, doch dann kam eine Bö auf und ich musste mich abwenden. Als ich wieder hinschaute, war Swicker verschwunden.

Etwa eine Woche später, als er bei Black Sturgeon war und Telegramme an die Zentrale des Unternehmens schickte, sprach ihn ein Mann aus Boston an, der mit einer Tierschau herumzog. Der Mann hatte bei der Liederfängerin von Bruno gehört und im Saloon in der nächsten Stadt eine ungefähre Adresse von uns erhalten. Prompt bot er Swicker fünfzig Dollar für Bruno. Der schlug ein und zog die Hälfte der Summe in gebrauchten Scheinen zwischen den dicken Fingern des Mannes hervor. Allerdings versäumte es Swicker, uns von seiner Übereinkunft in Black Sturgeon zu informieren. Ein paar Tage später kam der Mann aus Boston mit einem Halsband ins Camp, das einem Setter gepasst hätte, und einer Möbelkiste, die hinter dem Sitz des Versorgungsschlittens rumpelte. Er trug einen schäbigen, schlechtwetterfarbigen Sonntagsanzug, stieg vom Trittbrett und strich die Falten glatt. Swicker klopfte dreimal an unsere Tür und unterbrach den Unterricht.

Aus Angst, wir könnten uns wieder erkälten, öffnete Mama die Tür nur einen Spalt. Das Camp war leer, auch Papa und Ansell waren fort. Sie waren auf Schneeschuhen zu den Fällplätzen gegangen, hatten einen Schlitten voller Essen gezogen und noch mehr davon in Kiepen bei sich getragen. Sie hatten schon früh aufbrechen müssen, um Feuer zu machen und alles aufzutauen.

Swickers Stimme klang rau, als er sagte: »Tut mir leid, aber der Bär kommt morgen weg, Eula.«

Mama sah ihn unverwandt an. Nach einer Weile sagte sie: »Mr. Swicker, es tut mir leid, aber dieser kleine Bär ist mir ans Herz gewachsen, den verkaufe ich Ihnen ebenso wenig wie eins meiner eigenen Kinder.«

Swicker schubste mit dem Schuh ein wenig Schnee weg. Widerspruch war er nicht gewohnt, und offensichtlich konnte er nicht mit Frauen umgehen. »Also, ein Holzfällercamp ist doch kein Ort für einen verfluchten Bären.«

Bruno, der neugierig war, wer zu Besuch kam, hatte sich aus seiner Dynamitkiste herausgearbeitet und schleppte sein Hirschfell zur Tür. Bruno war klein für einen Schwarzbären – eher ein Schäferhund als ein Bär. Er versteckte sich hinter Mamas Bein und lehnte sich an, bis ihr Knie fast nachgab. Dann knabberte er am Saum ihrer Schürze und drückte seine Schnauze in ihre rissige Handfläche.

Der Mann aus Boston räusperte sich. »Ich dachte, die Sache ist abgemacht, Swicker.«

»Klar ist sie das«, entgegnete der und spuckte auf einen sauberen Flecken Schnee unter unserem kleinen Fenster. Er wischte sich mit dem Handrücken über den Bart, dann hakte er blitzschnell seine Finger unter Brunos Lederhalsband und riss Bruno zu sich. »Gib ihn schon her!«

Mama baute sich vor der Tür auf und umklammerte Bruno mit ihren dünnen Armen, bis er anfing zu quieken und sich in ihr Hauskleid verkrallte. »Diesen Bären kriegen Sie nicht!«, sagte Mama. »Das haben Sie gar nicht zu entscheiden.«

Swickers krumme Nase war rot vor Kälte, sein Atem dampfte, und nun widersetzte sich ihm auch noch diese dürre Frau in einem verblichenen Kleid und einer zerschlissenen Strickjacke. Er streckte die Pranken aus, packte Bruno und zerrte ihn aus Mamas Armen. Dann geschah alles ganz schnell. In seiner Panik holte Bruno nach Swickers Gesicht aus und zog ihm fünf scharfe Linien über die Wange.

»Verflucht noch mal!«, zischte Swicker.

Krähen flatterten von einer kahlen Esche auf und färbten den Himmel dunkel. Swicker fuhr sich über die blutige Wange. Seine Augen wirkten tief vor Schmerz.

Mama nahm ihre Halskette mit dem Doppelhorn ab und gab es Swicker. »Nehmen Sie das hier, und lassen Sie mir meinen kleinen Bären, Mr. Swicker. Bitte.«

Die halbe Rundung des Bands schwang in Swickers Hand und reflektierte das Licht. Er fuhr mit dem Finger über den strahlenden Halbkreis und ließ den Schmuck dann in die Brusttasche plumpsen, wo er seine Zigarren aufbewahrte.

»Danke. Aber der da muss trotzdem weg.« Mit einem fiesen Grinsen riss er Bruno von Mama fort, und Bruno schrie wieder.

Gerade noch rechtzeitig kamen Papa und Ansell zurück. Sie waren fertig mit der Essensausgabe und wunderten sich, was der ganze Lärm sollte. Mama weinte und flehte Swicker an, uns in Ruhe zu lassen. Bruno tobte, als würde man ihn in Stücke reißen. Seine langen Krallen suchten Halt und kratzten an Mamas Schlüsselbeinen.

Papa schob sich zwischen Mama und Swicker. Er hielt Bruno rittlings zwischen seinen Knien fest. »Warum willst du unseren Bären stehlen, Swicker?«

Da ließ sich der Mann aus Boston vernehmen, sprach erst von den fünfundzwanzig Dollar, der Hälfte der versprochenen Summe für den Bären. Er wies auf den Schlitten und erinnerte alle daran, welche Mühe er auf sich genommen hatte, um ins Camp zu kommen, zu dieser Jahreszeit ein ungeheuer gefährliches Unterfangen. Alles, was er wolle, sagte er, sei, den Bären mitzunehmen und wieder zu verschwinden.

»Stimmt das alles, Swicker?«, fragte Papa. Bruno war an Papas Beinen ruhig geworden und leckte sich eine Vorderpfote, die er sich bei dem Streit verletzt hatte.

Swicker sah Bruno an, als handle es sich bei dem Bären um das Schlimmste, was ihm seit Langem begegnet war. »Der Bär ist verkauft. Das Wetter wird stürmisch, der Mann bleibt heute Nacht hier und nimmt das Vieh da morgen mit. Sperr es solange in die Baracke.« Dann spuckte er einen klebrigen, tabakbraunen Batzen in den Schnee.

Mama trat zu Papa. »Das ist nicht recht, Swicker. Das ist mein Bär!«

Papa schaute zwischen den beiden hin und her. Er würde in jedem Camp Arbeit finden, aber nicht alle Campbosse wären mit einer Frau, zwei Kindern und einem kleinen Schwarzbären einverstanden. Also traf er eine Entscheidung. Er hielt den Mund, sah Mama an und übergab Bruno an Swicker.

»Ein abgekartetes Spiel, hm, Swicker?« Auch Papa spuckte in den Schnee. »Hat sich noch immer gelohnt. Bring ihn doch selber in die Baracke«, sagte er und drehte sich zu Mama um. Ich stand mit Ivy Hand in Hand da, während mein Zwillingsbruder an diesen Mann übergeben wurde, der über unser Leben herrschte. Ich machte meinem Zorn Luft, schob mich an allen vorbei, starrte Swicker wütend ins dumpfe, runde Gesicht und sagte: »Wenn Sie meinen Bruder mitnehmen, bringe ich Sie um.«

Swicker und der Mann aus Boston lachten. »Na, das ist mir ja eine kleine Wilde«, sagte Swicker.

Papa führte mich in die Hütte, wo ich immer noch fauchte.

Swicker zerrte Bruno, der kreischte und spuckte, zur Schlafbaracke hinüber. Er schlug die Tür hinter ihm zu und sperrte sie ab. Bruno kratzte mit seinen Krallen an der

Tür, kam aber nicht tief genug, um entkommen zu können. Swicker und der Mann aus Boston waren noch nicht allzu weit weg, als Bruno ausrastete. Wenn er aufgeregt war, biss er sich zur Beruhigung meist in eine Pfote. Das hatte er wohl auch in der Baracke versucht, aber ohne Erfolg, und nun tobte er noch mehr; er schleuderte sich durch den Raum und warf Töpfe und Klafterholz um. Ich musste so sehr weinen, dass ich das Gefühl hatte, ich würde in einem Kopfschmerz hausen. Den ganzen Tag ging das mit Bruno so, nur manchmal bellte er trocken und lauschte und wartete darauf, dass Mama ihn holte. Doch die blieb in der Hütte und betrauerte den Verlust ihres kleinen Bären.

Mama behielt uns den ganzen Nachmittag über in ihrer Nähe. Aber die Stunden müssen sich angefühlt haben, als löse sich ihr Herz vom Körper ab – Stich für Stich. Ivy rieb ihr Gänseschmalz auf die Stellen, an denen Bruno sie verletzt hatte, an den Schultern und am Hals, der nun ohne Grandma Slaywrocks Doppelhornkette nackt wirkte. Mamas Tränen durchnässten ihr Kleid auf den Oberschenkeln, bis die Haut um ihre Augen violett und wund war.

Papa ging ins Kochhaus und bereitete das Abendessen vor. Bruno war von sanfter Natur, doch nun waren seine Wutanfälle nicht zu überhören. In größter Panik warf er sich wieder und wieder gegen die Barackentür. Sein Hecheln, tief aus dem Bauch. Sein Atem kurz, ein stockendes Japsen, zerrissene Keucher. Papa war sich der Ungerechtigkeit in jedem Augenblick bewusst, die hier Geschöpfen widerfuhr, die einander so sehr liebten. Ich kochte den ganzen Nachmittag vor Wut – die Welt hatte sich gegen uns verschworen und umschloss uns wie eine Falle.

Der Sturm dauerte an, der Schnee blieb liegen und fing die unfertigen Farben des Abends ein. Kurz nach Einbruch der Dunkelheit kehrten die Männer von den Fällplätzen zurück. Die Fuhrleute brachten die Pferde in den Schuppen, die anderen gingen zur Baracke, um sich vor dem Abendessen zu waschen, matt bis in die Seele. An der Tür blieben sie stehen, wunderten sich, dass sie mit Axtstielen verklemmt war, und fragten sich, warum die Frau des Kochs nebenan so weinte. Als ein junger Holzfäller die Stiele entfernen wollte, trafen Brunos Krallen auf das grobe Holz. Er warf sich gegen die Spalten zwischen den Wandbrettern. Geräusche einer gebrochenen Mutter. Eines gebrochenen Bären.

»Ist das Bruno?«, fragte einer.

Inzwischen waren die Männer nur noch als Silhouetten zu erkennen. Sie alle mochten Mama, ihrer Heilkünste wegen. Einmal hatte sie die Stirn eines Mannes mithilfe von Moskitoklemme, Nadel und, mangels stärkeren Fadens, mit Pferdehaar genäht. Ihre Stiche waren so fein gewesen, dass die Narbe im richtigen Licht fast nicht mehr zu sehen war. Sie wandte sich auch dann nicht ab, wenn Sägezähne einen Schienbeinknochen angerissen hatten, Äste auf Arme geprallt und Schultern ausgerenkt worden waren, bei Pferdetritten oder wenn in erhobene Äxte der Blitz einschlug. Sie kümmerte sich um jede Verletzung, so gut sie konnte.

Die Männer schickten einen jungen Akadier durch die Waldsenke zu uns. Er klopfte an die Hüttentür. Mama öffnete sie nur einen Spalt, aus Angst, es könne der Mann aus Boston sein.

»Warum ist denn Ihr kleiner Bär in unserer Baracke,

Mrs. Eula?«, fragte der Bursche mit vor Jugend und Erschöpfung sanfter Stimme.

Mama erklärte, welchen Handel Swicker abgeschlossen hatte. Sie erzählte ihm von Swickers Boshaftigkeit gegenüber Bruno und davon, wie wir den ganzen Tag geweint hatten. Danach ging der Bursche zum Kochhaus. Die Männer durften nicht in die Küche, bis Papa gegen die Eisenstange schlug, doch der Bursche nahm an, dass es ihm diesmal wohl erlaubt war. Papa zog gerade Kekse aus dem Ofen, und Ansell stellte Becher und Emaillekrüge mit Pulvermilch auf die Tische – einen für je sechs Männer. Wieder fragte der Bursche, was vorgefallen sei. Papa erklärte auf seine ruhige Art, wenn die einzige Möglichkeit, die Hütte für seine Familie zu behalten, darin bestünde, Bruno zu verkaufen, dann würde er den Bären mit dem Mann aus Boston ziehen lassen müssen.

»Sie könnten protestieren«, schlug der Bursche vor.

»Wie denn? Mich weigern zu kochen? Das würde euch Jungs doch mehr schaden als diesem Hu–« Als wir nebenan wieder anfingen zu heulen, seufzte Papa. »Wenn sie hier bei mir sicher sein sollen, dann muss ich mich mit Swickers dreckigen Geschäften abfinden.«

Der Bursche ging zu den Männern zurück, die immer noch draußen vor ihrer Baracke standen. Ihre feuchte Kleidung knackte in der eisigen Luft. Mit wenigen Worten erklärte er ihnen, was passiert war und wer die Schuld daran trug. Fleetwood Restoule, ein Hüne von Holzfäller, führte sie zu Swickers Büro, wo ein kleiner Lichtkreis durchs Schneegestöber schnitt. Swicker und der Mann aus Boston waren drinnen. Leise und verschlagen. Viele vermuteten, dass Swicker dort drinnen trank, dabei war Alkohol im Camp verboten. Das Fensterlicht floss durch die Schatten der Männer, als Fleetwood gegen die Tür hämmerte. Als Swicker vom Tisch aufstand, um zu öffnen, stöhnten die Dielen unter seinen Stiefeln.

»Was macht der Bär in unsrer Baracke?«, fragte Fleetwood. »Warum heult die Frau vom Koch in ihrem Zimmer, und die *petits enfants*?«

»Das kann euch egal sein«, entgegnete Swicker und linste hinaus ins trübe Licht zu den müden Männern. »Morgen hat sich das alles erledigt.«

»Swicker, in unserer Baracke tobt ein verflixter Bär!«, sagte Wilmot Duff, ein Mann, der schon fünfzehn Flussfahrten hinter sich hatte und eine Schlägerei noch mit verbundenen Händen gewinnen könnte. »Verdammt noch mal, der hat sicher ein paar Sachen kaputt gemacht. *Unsre* Sachen. Und der Kleine schreit nach seiner Mutter. Der Frau vom Koch.«

»Ganz schön gewagt, da zu stehen, wenn wir dir auf die Pelle rücken«, sagte ein anderer, aber Swicker konnte nicht erkennen, wer gesprochen hatte. Die Männer wussten, es war Jimmy Windspalter gewesen, den sie wegen seiner vorstehenden Nase so nannten.

»Du gibst deinem Freund aus Boston besser das schmutzige Geld zurück und schickst ihn morgen davon. Der Bär is nicht deiner. Dein Geschäft da gestern, da hattest du gar kein Recht zu.«

Jemand hielt eine Laterne näher zu Swicker hin, und tiefe Furchen gruben sich in sein Gesicht. Er hatte noch immer nichts gesagt, kaute aber an der rechten Wange, wo seine Zigarre glomm. Er überlegte. Alle wussten, die Männer brauchten das Geld und würden so spät in der Saison bei keiner anderen Crew anheuern können.

»Na los, Swicker. Du hast deine verfluchten Rechnungsbücher und das Geld, das du auf unsre Kosten verdienst, aber das lassen wir nicht zu. Du gibst Bruno zurück, oder wir verlassen noch heute Nacht das Camp.«

Stimmen brandeten auf. Swickers Camp war größer als die meisten anderen, und wenn so viele Männer gingen, bedeutete das Ärger für ihn und die Firma. Bruno, der all die wütenden und müden Stimmen hörte, fing wieder an zu schreien.

»Also was jetzt, Swicker?«

Swicker, der starke Mann, versuchte ein Zittern zu unterdrücken, und die Kälte kroch ihm den Nacken hinunter. Er rieb sich gedankenverloren über die fünf langen Kratzer auf seiner Wange, dann nahm sein Gesicht den üblichen Ausdruck an, ein Blick aus schmalen Augen: Wachsamkeit und Verachtung. »Also gut«, sagte er schließlich. »Bringt das verdammte Vieh der Frau zurück.«

Wortlos stapften die Männer hinüber zur Baracke. Sie standen im Halbkreis mit hochgehaltener Laterne um einen Fuhrmann herum, dessen Hände mit ihrem warmen Pferdegeruch die Axtstiele entfernten und die Tür öffneten. Dahinter wartete Bruno schon. Er schob die Schnauze hinaus in die kalte Luft. Seine kleinen Augen schimmerten glasig, kurz geblendet vom Licht der Laterne. Der Fuhrmann drückte langsam die Tür auf und achtete darauf, Brunos Halsband fest zu packen. Dann führte er ihn zur Hütte hinüber wie ein Lamm, wie eins der schwachen Lämmer, die er als junger Bursche in die Wärme der Bauernküche seiner Familie in Donegal getragen hatte – die neugeborenen waren im Mondlicht des Frühlings fast blau erschienen. Die anderen Männer zündeten weitere Laternen an und besahen sich den Schaden in der Baracke – nichts hing mehr an den Wäscheleinen, überall lag Brennholz verstreut.

Der Fuhrmann klopfte, bis Mama öffnete. Erst konnte sie Bruno gar nicht erkennen, so dunkel war es, aber er sah sie und meckerte und wollte sich aus dem Griff des Mannes befreien. Als sie Brunos Heimkehrlaute hörte, stieß Mama einen Schrei aus und hätschelte sein Fell. Er drückte seine kalte Schnauze gegen ihren Hals.

»Wir haben Swicker ordentlich die Meinung gesagt, Mrs. Eula. Der lässt ab jetzt bestimmt die Finger von Ihrem kleinen Bären.« Er lächelte schüchtern. »Er denkt vielleicht, er ist was Besseres als alle andern hier, aber das stimmt nicht.«

Er erwiderte ihre Dankbarkeit mit einem Nicken und schlenderte zur Baracke zurück, um sich vor dem Abendessen noch zu waschen.

Papa schaffte es in kürzester Zeit, noch einen Sumpfpudding zum Nachtisch zu machen, um seine Dankbarkeit zu zeigen. Und in jener Nacht schlief Bruno wieder neben mir in meinem Bett aus Zweigen, wo wir, so erzählte es Mama am nächsten Morgen, die ganze Nacht über schnieften und wimmerten, als würden wir alles noch einmal durchleben. In unserer Geheimsprache redeten wir davon, diesen Mann umzulegen.

Danach wich Bruno Mama kaum noch von der Seite. Er folgte ihr wie ein Schatten und mied das Freie, obwohl die Frühlingsluft voller Gerüche war. Wenn ich hinausging, um Blumen für Mamas Einmachglas zu holen, dann zögerte Bruno mitzukommen. Ging ich in Richtung der Fällplätze, trottete er zurück zur Hütte, ohne mir auch nur einen Abschiedsblick zu schenken. Er schniefte und schnüffelte und kratzte so lange an der Tür, bis Mama ihn hereinließ. Eines Tages schickte uns Mama hinaus, um Totenzehen auszugraben, die Wurzeln des Königsfarns, der am Waldrand wuchs. Wir aßen sie geröstet, geschält und zerstampft, bis die Stärke austrat und grün schmeckte. Alle außer Bruno hassten sie, und Papa sagte, das, was er den Männern zu essen gebe, enthalte genug gute Sachen. Während ich grub, verdrückte sich Bruno über die Böschung, wo man alte Blechdosen und kaputte Werkzeuge hinwarf. Er schleppte unseren Stiefelknecht durch die Gegend, obwohl Mama es ihm verboten hatte, weil er ihn immer irgendwo im Wald liegen ließ. Wenn er den Stiefelknecht hatte, wurde er ganz hochmütig, plusterte sich herablassend auf und schnaubte donnernd mit schmatzenden Lippen, wenn er an uns vorbeistürmte. Papa nannte ihn dann der kleine Lord. Man konnte nicht vernünftig mit Bruno reden.

Ivy und ich riefen und riefen nach Bruno, aber nur unsere eigenen Stimmen hallten zu uns zurück. Als ich erneut rief, kam ein schwedischer Holzfäller zu mir herüber, in der Hand einen Apfel, den er mit einem Klappmesser aufschnitt. Ihm fehlten der kleine Finger und ein Stück vom Ringfinger. Björn war in dieser Saison der einzige Schwede im Camp. Manche meinten, einer Frau wegen. Wenn Björn an den Samstagabenden mit Geschichtenerzählen dran war, wollten alle immer noch mehr hören. Er sei übers Meer gekommen, hatte er gesagt, auf einem isländischen Fischtrawler, der auf dunklen atlantischen Wellen auf und ab fuhr – eine Seestraße, hatte er gesagt, die Inseln und Archipele und wilde, fremde Landschaften miteinander verband. Dampfende Schlote, die wie angezündete Streichhölzer rochen, orangefarbener und violetter Schlamm klebte um die Öffnungen. Dunkle Winter, Mitternachtssonne. Und steinerne Pfeiler, wo Trolle von der Sonne erwischt worden waren, während sie ihre Nachtboote an Land zogen.

»In Schweden«, begann er stets, genau wie jetzt. »In Schweden gibt es ein Lied, das die Frauen singen.« Er schaute in die Richtung, in die Bruno mit dem Stiefelknecht verschwunden war. »Um die Wölfe zu vertreiben und die Kühe heimzurufen.«

Ich konnte mir nicht vorstellen, was für eine Art Lied das wohl war.

»Vielleicht kann es auch Bären heimrufen«, schlug er vor und schnitt mir ein Stück von seinem Apfel ab. »Ich zeige es dir.« Er legte den restlichen Apfel weg, setzte die Hände an den Mund und gab dann aus voller Kehle einen geradezu unheimlichen Jodler von sich.

Es klang nicht wie das *Hüst!* und *Hott!* der Fuhrleute, wenn sie ihre Ochsen nach links oder rechts lenken wollen. Es war ein Gesang ohne Worte, den ich genauso wenig vorsummen könnte, wie ich ein griechisches Gedicht vortragen könnte. Etwas Angestautes, das sich befreite. Eine Traurigkeit, die zu hören wehtat.

Als es vorüber war, füllte sich der Wald mit Stille. Ich

saugte an den Apfelkernen und wartete reglos. Bruno schaute mit dem Stiefelknecht in den Vorderpfoten zu uns herüber. Björn sang noch einmal. Bruno ließ den Stiefelknecht fallen, kam angetrottet und setzte sich zu Björns Füßen. Er war verzaubert.

»Das ist kein gewöhnlicher Bär. Das ist ein Feingeist!«, rief Giver McGee, einer der Fuhrleute, von dort zu uns hinüber, wo er Zaumzeug kontrolliert und dabei zugeschaut hatte, wie Bruno sein Lied entdeckte.

Wie tiefes Wasser oder Geister

In der nächsten Saison waren wir immer noch am Crooked Deadwater, in einem neuen Camp, das genauso aussah wie das alte. Eine Woche bevor das Holzfällen begann, traf Swicker ein, mit seinem siebzehnjährigen Neffen Miles und einem Holzschätzer namens Argyle Corcoran, der Swicker offensichtlich aus der Hand fraß. Miles, der aussah wie ein Waldarbeiter aus dem Katalog, brachte die ersten Tage im Camp damit zu, sich Sägespäne von der Jacke zu wischen, seine Pullover nach Kletten abzusuchen und sich Schlamm von den Hosenaufschlägen zu kratzen. In seinem Blick lag Verachtung für die Pfützen und den zerwühlten und zertretenen Pferdemist auf dem Platz. Ich wusste, aus der Nähe würde er riechen wie frisch aus dem Laden.

Eines Nachmittags saß ich auf einem Nagelfass vor unserer Hütte und beobachtete, wie die drei durchs Camp marschierten.

»Na, sehen die nicht aus, als wären sie das Maß aller Dinge?«, seufzte Mama und schlug einen Flickenteppich voller Bärenhaare aus.

»Sind sie das nicht?«

»Hm?«, fragte Mama.

»Gehört denen nicht das alles hier?«

»Der Company, Pearly. Nicht den dreien.«

Als Ivy den Kopf heraussteckte, um den Männern nachzuschauen, warf Bruno drinnen mit Sachen um sich. »Lass das, Bruno!«, schnauzte Ivy. »Oh, Mama, schau dir mal die Stiefel von dem einen an«, flüsterte sie.

Mama tat, als schlüge sie mit dem Holzpflock nach ihr, mit dem sie den Teppich ausgeklopft hatte. »Ich will hier keine Mädchen haben, die hinter Jungs her sind. Hast du mich verstanden?«

»Mich brauchst du nicht anzuschauen«, sagte ich. »Bruno und ich können mit denen nichts anfangen.«

»Ivy?«, sagte Mama erneut mit ihrer Ich-zähle-bis-drei-Stimme. »Hast du mich gehört?« Mama fühlte sich seit ein paar Monaten unwohl. Sie schlief viel und meinte, sie habe zu niedrigen Blutdruck. Für Ivys neue Allüren hatte sie keine Geduld.

Miles ertappte uns und winkte. Ivy zuckte hinter meinem Rücken zusammen, als hätte sie sich verbrannt. Ich winkte zurück, wie es die Männer taten: zwei Finger, Daumen und ein Drehen des Handgelenks. Ich hätte ihm gern einen anderen Finger gezeigt, den, den mir Ansell im Jahr zuvor beigebracht hatte, aber ich traute mich nicht, nicht mit Mama direkt neben mir. Ivy wischte sich die Hände an ihrem geflickten Rock ab und strich sich das Haar glatt, als Mama an ihr vorbei nach drinnen ging.

»Hummeln im Hintern, oder was?«, fragte ich sie.

Ivy rollte nur mit den Augen und stierte weiter sehnsüchtig aus der Tür.

Am Kochhaus blieb Swicker stehen und sprach mit Papa und Ansell, die Nachschub von einem Wagen abluden. *Das ist mein Feind*, dachte ich und sah Swicker finster an.

Bruno und ich waren fünfzehn, und ich nahm an, wir hätten jetzt mehr Einfluss darauf, was in unserem Leben passieren würde. Das war wohl mein Verhängnis, nehme ich an.

Während sich die Männer unterhielten, tauchten Swickers weiße Schäferhunde Duke und Duchess zwischen den Bäumen auf und wirbelten ihm um die Beine wie Geister. Bruno steckte neugierig den Kopf zur Tür hinaus, doch mehr brauchte es nicht. Die Hunde nahmen seine Fährte auf und schossen über den Hof, bevor Swicker sie zurückrufen konnte.

»Mach die verdammte Tür zu!«, rief ich zu Ivy hinüber.

»Duke! Duchie! Verflucht noch mal!«, brüllte Swicker.

Doch da waren die Hunde schon in unserer Hütte, ich hörte Mamas und Ivys Schreien, das Wüten der Hunde und Bruno, der herumpolterte, um den sabbernden Viechern zu entkommen. Er hatte sich in unserem Bett hinter einem dürftigen Haufen Tannenzweige verbarrikadiert und steckte nun dort in der Falle. Die Hunde schnappten ins Leere, im Licht des Fensters blitzten ihre Augen. Einer sprang hoch und biss Bruno in die Pfote. Bruno knirschte mit den Zähnen und wurde wild. Ivy und Mama standen mitten im Raum und klammerten sich aneinander. Swicker kam dazu, als ich gerade einen Axtstiel packte, um seinen schrecklichen Kötern die Schädel einzuschlagen. Er packte sie beim Genick, um sie wegzuzerren, doch der größere von beiden biss zu, fest in die fleischige Hand. Swicker brüllte und griff erneut zu. Er zerrte die Hunde durchs Zimmer, ihre Krallen hinterließen lange Rillen in unseren weichen Kieferndielen. Draußen versetzte er jedem einen Schlag auf ein Ohr, bis sie die Schwänze einzogen und sich im Schlamm niederließen, um sich den Bärengeruch aus dem Fell zu lecken.

Papa stand jetzt auf dem Hof, und seine Stimme klang so kalt und ausgeglichen wie immer, wenn er Ruhe bewahren musste. »Swicker, die Hunde sind gefährlich. Ich habe hier Kinder. Jemand könnte leicht –«

»Leicht was? Zum Teufel, Mann, ich lass dich einen gottverfluchten Bären im Camp halten. Meine Hunde tun niemandem was.«

»Die werden noch jemanden zerfleischen!«, brüllte Papa. »Zwei üble Mistköter sind das.«

»Und ich sag dir, die sind nur temperamentvoll.« In der Zwischenzeit grummelte Swicker wie unter Dampf.

Drinnen stand Mama inmitten unserer traurigen Habe. Das Kaputte, Geflickte war wieder kaputt: die Reiseuhr, die nicht mehr lief, der Porzellanhund, dem ein Ohr fehlte. Die Summe unserer Ansprüche an die Welt.

Nach einer Weile rief Swicker alle Männer zusammen, die irgendwo im Camp Werkzeuge schliffen, ein Kettenglied an einem Pferdegeschirr richteten, den Schuppen überdachten. Miles trug ein paar Kisten heraus, und Swicker reichte Coca-Cola-Flaschen herum. Er hätte genauso gut Gold verteilen können. In wenigen Minuten soffen die Männer aus den Flaschen und lehnten an den Fuhrwerken.

Swicker kam zu unserer Hütte hinüber. Mama fing ihn an der Tür ab. »Bitte gehen Sie einfach«, sagte sie. »Wir räumen schon auf. Aber bitte gehen Sie einfach.«

»Aber ich habe hier eine für dich, und für deine hübsche Schwester auch, Schätzchen«, sagte er und zwinkerte mir zu.

»Pearly, komm her, und hilf mir mit den Vorräten«, rief Pa vom Fuhrwerk herüber.

Ich sah Swicker direkt in die schlammfarbenen Augen. Da war nichts außerhalb seines Lächelns – eine Lackschicht, die allerlei Gemeinheit und fehlenden Anstand darunter übertünchte. Trotz des Blutes, das mir durch Brust und Ohren raste, konnte ich sehen, wo er sich beim Rasieren geschnitten hatte. Ich konnte sehen, wo nach seinem letzten Haarschnitt an seinem Nacken Sonnenbrand auf blasse Haut traf. Ich konnte die fünf Narben sehen, die Bruno ihm letzten Winter ins Gesicht geharkt hatte.

»Pearly Everlasting, ich sag's nicht zweimal«, meinte Papa mit seiner eigenen Ich-zähle-bis-drei-Stimme.

Unsichere Stille. Swicker hielt uns die Flaschen hin. »Na komm schon, du Wildkatze. Ich beiße nicht.«

Ivy und ich hatten uns vielleicht zweimal im Leben eine Flasche Coca-Cola geteilt. Swickers Lächeln erinnerte mich an ein Fangeisen. Langsam und vorsichtig nahm ich sie. Er blinzelte selbstgefällig zu Papa hinüber. Da erkannte ich zum ersten Mal etwas Grundlegendes an meinem Vater. Eine Starrheit im Kurshalten, eine Festigkeit der eigenen Überzeugungen – ihm fiel das so leicht wie einem anderen Mann Gaunerei, Eitelkeit oder Falschheit. Ich fragte mich, ob ich diesen Zug auch an mir hatte, und der Gedanke, dass es nicht so sein könnte, dass es mir bei der nächsten Gelegenheit womöglich wieder so leichtfallen würde, die falsche Entscheidung zu treffen, machte mich traurig.

Papa sagte nichts mehr, weder zu mir noch Swicker, und reichte Ansell einen weiteren Sack an Vorräten. Ich sah, dass Ansell, der den Blick von mir abwendete, keine Flasche genommen hatte. Ich fühlte mich schäbig dafür, mich so billig verkauft zu haben, machte kehrt, stürzte in die Hütte und warf die Tür hinter mir zu.

»Lass Bruno in Ruhe, Pearly«, sagte Mama. »Dem geht's gut. Er ist nur ein Feigling. Zieh ihn nicht auf damit.«

Ich gab Ivy eine Flasche, dann setzte ich mich zu Bruno, der immer noch in den Zweigen steckte und sich ein paar kleine Wunden leckte. Wir tranken abwechselnd aus meiner Coca-Cola-Flasche, aber ich ließ sie ihn nicht selber halten. Wir saßen da in dem frischen Tannenduft, hörten die Männer lachen und reden, und alle taten so, als wäre alles in Ordnung. Jimmy Windspalter. Fleetwood Restoule. Wilmot Duff. Meinen Vater konnte ich nicht hören. Ansell auch nicht.

Die ersten Schlucke brannten mir im Magen, mir wurde schlecht. Ich gab Bruno den Rest. Ivy saß auf dem Holzstuhl, trank in kleinen Schlucken, machte dazwischen jedes Mal »Aah« und ließ sich Zeit, damit die Flasche bis in alle Ewigkeit reichte.

Draußen saß Swicker im Staub in der Hocke, die Hände auf die spitzen Köpfe seiner keuchenden Hunde gelegt. Eine steckte in einem blutigen Taschentuch.

Der Himmel blutig und die Kiefern schwarz

Wir täuschten uns, wenn wir im Regen nichts Dunkles sahen. Old Jack war da, er pfiff die Oktoberwinde herbei und beschwor Stürme herauf. Die Männer deuteten die Zeichen: fette, stark gemusterte Waschbären, Bisamratten, die ihre Höhlen weit oben in den lehmigen Flussbänken bauten, und Spechte, die sich einen Baum teilten, was sie sonst nur ungern taten. Swicker trieb die Männer immer mehr an, um die Quoten zu erfüllen, und regelmäßig gab es Verletzungen. Ich hatte mehr als nur einen Mann auf dem Tisch im Kochhaus liegen sehen, wo Mama versuchte, ihn am Leben zu halten. Ich sah, wie Benoît Gagné fast zweigeteilt worden war, als eine Baumkrone sich in den Ästen der Nachbarbäume verfing. Der Stamm fiel falsch und schlug zurück, bevor Benoît sich in Sicherheit bringen konnte. Mama sagte, es habe ihm bald jeden Knochen im Leib zerschlagen. Sie brachten ihn auf der Ladefläche des Fuhrwerks nach Black Sturgeon, und er kam nie wieder. Nur wenige Tage später fiel ein trockener Ast von einem Baum, fuhr Peter Athanase, der gerade Rinde schälte, ein paar Zentimeter tief in den Nacken und brach ab. Mama zog den fünfzehn Zentimeter langen Splitter mit einer Zange und wüsten Flüchen heraus. Sie sagte, die Crews seien unterbesetzt. Sie sagte, Argyle Corcoran, der Baumschätzer, würde die Tagesleistung der Männer runterrechnen und so alle aufreiben. Ich hatte in den letzten Wochen das Alter in Mamas Augen gesehen. Nahezu jede Verletzung, sagte sie, hätte vermieden werden können, wenn Swicker nicht draußen in den Fällungen herumlaufen, die gereizten und müden Holzfäller und Pferde anschreien und jeden Fehler in sein kleines schwarzes Buch notieren würde.

»Alle sind so verdammt müde, Pearly«, sagte sie mit einem Seufzer, wusch Blut aus einem Verband und vergaß ihren eigenen Grundsatz, nur im äußersten Notfall zu fluchen.

Ich hatte das Gefühl, dass etwas zu Ende ging, und Bruno und ich wollten nichts damit zu tun haben. Auch Ivy veränderte sich. An einem Tag war sie so, am nächsten so. Statt Mama bei der Hausarbeit zu helfen, wollte sie plötzlich ihre dürftige Kleidersammlung anprobieren und damit in der Hütte herumstolzieren. Mama sollte ihr Spitze an Hosen und Kleider nähen. Ivy starrte in Spiegel und andere glänzende Oberflächen, sie schmierte sich Brombeermarmelade auf die Lippen und glotzte sich an, als begegnete sie dem Mädchen, das da zurückstarrte, zum ersten Mal.

»Hör auf, dich anzugaffen, Ivy!«, mahnte Mama sie nun mehrmals am Tag. »Hilf mir, das Verbandszeug aufzurollen.«

Stattdessen fing Ivy damit an, sich über Bruno zu beschweren. »Niemand sonst lebt mit einem Bären in einem Holzschuppen«, jammerte sie eines Tages.

»Sag das noch mal, und ich scheuer dir eine«, knurrte ich von der Türschwelle, wo ich mit meinem Häutemesser den Schlamm unter Brunos Krallen wegkratzte. In den letzten paar Monaten hatte ich mir angewöhnt, es wie ein Cowboy in meinen Stiefel zu stecken. Ich mochte das Gefühl.

»Es reicht. Alle beide«, sagte Mama mit den Armen voller Bettzeug, das ausgelüftet werden musste.

Meistens verbrachten Bruno und ich die Nachmittage jetzt tief im Wald, nur um wegzukommen von den Männern, dem Blut und Ivys ständigem Gemecker. Seit er den Bärenruf gelernt hatte, blieb Bruno in meiner Nähe, und so konnten wir weit umherstreifen, solange wir uns von den Fällungen und Rückegassen fernhielten. Mama färbte einen alten Wollmantel, den im vergangenen Jahr jemand zurückgelassen hatte. Sie hatte das Harz herausgekocht, ihn dann auf meine Größe zurechtgeschnitten und mit einer Mischung aus Brombeeren, Preiselbeeren und Ahornblättern gefärbt, die starken Farben ausgekocht und das Rot mit Salz fixiert. Für Bruno knotete sie Schlittenglocken an eine geflochtene Schnur und band sie ihm um den Hals.

Der Herbst ging schnell zu Ende. Schon bald würden wir die Stahlkufen der Schlitten über hartgefahrenem Schnee knirschen und das Holz der Bäume vom starken Frost knacken hören. Ich würde die grünen Düfte in der Luft vermissen, die Gerüche vom Fluss, die Laubfrösche und Waldfrösche. Ich würde Bruno vermissen, der sich wieder in seine Winterkiste verkriechen würde. Doch noch wanderten wir fernab der Wege, die von tausendfachem Pferdegetrampel schlammig und zerfurcht waren. Bruno hatte Sonnenschein in den Augen und hing seinen eigenen Gedanken nach, ab und an drehte er sich um und wartete auf mich. Er war schon gut genährt, doch er fraß weiter alles, was er finden konnte: Schachtelhalm, Löwenzahn, Lupine. Wir stapften weiter, und ich erzählte ihm selbst erfundene Geschichten über die Bärenstadt.

Wir überquerten einen Streifen purpurner Weidenröschen. Einmal hatten die Holzarbeiter hier ein Klavier vergraben, um es vor einem Waldbrand zu bewahren. Bruno trödelte hinterher – er fraß und fraß ununterbrochen –, und wir kamen auf den Slapfoot, wo die Baumstämme ganz ausgekehlt waren von den Schlitten, die an ihnen vorbeischrammten. Wir gingen über einen federnden Boden aus Lärchennadeln, die wie Regen um uns herum rieselten. Papa sagte immer, ein Eichhörnchen könne von hier bis nach Maine laufen, ohne ein einziges Mal den Boden zu berühren. Swicker war dabei, das zu ändern, drängte auf jede Gelegenheit, als müsse er etwas beweisen. Eines Tages würde man gasbetriebene Maschinen in den Wald holen, um schneller Holz machen zu können, sagte Papa. Er warnte mich, das Land würde leer geräumt werden wie die wurmverseuchten Eingeweide eines Kojoten.

»Die kommen, Pearly. Du wirst schon sehen.«

Yan, tan, tether ... pip, azer, sezar. Ich zählte unsere Schritte in alten Schäferzahlen, wie es mir ein Fuhrmann vor ein paar Jahren beigebracht hatte. Gerade als Bruno und ich wieder umkehren wollten, sahen wir Ivy, die auf einem vorstehenden Granitfelsen saß, um den das Wasser des Crooked Deadwater wirbelte.

Es war ein guter Platz, um im Juli Bachforellen zu fangen, wenn man dem mürrischen alten Biber aus dem Weg ging, der in der Nähe hauste. Die Sonne ging gerade unter und machte den Himmel blutig und die Kiefern schwarz.

Die scharfkantige Luft roch nach vorbeiziehendem Kaminrauch und Morast. Es wurde kalt, und das war nun wirklich nicht die Zeit, um auf irgendeinem Felsen herumzuträumen. Der Wind erfasste ein Stück gepunkteten Stoff, den ich aus Mamas Flickenbeutel kannte und den Ivy sich um die Schultern gelegt hatte wie einen schicken Schal.

»Appetit auf Champagner und nur Geld für Bier in der Tasche«, sagte Mama jetzt häufig über Ivy.

Ich wollte gerade etwas Gemeines rufen, als Bruno sich auf die Hinterbeine stellte und schnupperte. Ich stellte mir vor, wie Gerüche um seinen mächtigen Leib strichen: Pferde in fernen Ställen, nierenkrank vom Schwarzwasser, mithilfe von Spucke eingefädeltes Garn, der Lauf eines Jagdhunds mit einem Eschensplint, Hühner, die an ihren Läusen pickten, Hitze um eine menschliche Lüge.

»Was riechst du denn, Brunnie?«

Er schnaufte in Ivys Richtung. Sie war nicht allein. Miles in den hübschen Stiefeln war bei ihr, nah genug, dass sich ihre Knie berührten. Er hatte sich in der ersten Woche im Camp das Bein mit einer Hacke verletzt. Mama hatte sich darum gekümmert, als es nicht zu nässen aufhörte. »Der Junge ist nicht für den Wald gemacht«, hatte sie gesagt. »Zu verträumt.« Über einen Monat später humpelte er immer noch.

Wir kauerten uns tief ins Laub und schauten zu, wie Ivy zu jemand anderem wurde. Jetzt steckten die beiden tuschelnd die Köpfe zusammen, bis sie sich fast berührten. Dann lachte Ivy hoch und eingeübt, wie ich es noch nie zuvor gehört hatte. Miles' Hände ballten sich in den Taschen seiner Wolljacke, und man sah, dass er sich gerade noch beherrschte, nicht über etwas zu grinsen, das sie gesagt hatte.

Er spie einen Batzen Spucke durch die Zähne auf das goldene Moos zu Ivys Füßen und wickelte ihr langsam den Flickenschal von den Schultern. Er fiel ins Wasser – eine Schlangenhaut, die vom Fluss davongetragen wurde. Miles kam näher, zog mit einem Finger den Kragen ihrer Bluse auf und schaute hinein.

»Himmel, Brunnie, sie hat sich Swickers Neffen geschnappt.«

Bruno schnaubte und zertrat dann so laut ein Erlengewirr, dass die beiden sich die Augen beschirmten, um tiefer in den Wald hineinschauen zu können.

Da wir Ivy nicht noch giftiger machen wollten, als wir das ohnehin schon jeden Tag taten, liefen wir eilig davon, stapften durch Moorsenken und hofften, dass die langsam im Wasser versinkende Sonne uns verbergen würde. Vor ein paar Tagen hatte mir Ivy, als ich ihr nachspioniert hatte, eine Ohrfeige verpasst, dass mir der Kopf den restlichen Nachmittag über klingelte. Sie hatte mich ein Baby geschimpft, weil ich an Old Jack glaubte, und Bruno am Schwanz gezogen, weil sie ihn auf ihrem Lieblingsquilt ertappt hatte. Manchmal fragte ich mich, ob sie uns überhaupt vermissen würde, wenn Old Jack und seine Schindmähre uns mitten in der Nacht holen kämen.

»Wo ist deine Schwester?«, fragte Mama, als wir in die Hütte gepoltert kamen. Sie wusch sich an der Waschschüssel mit Seife Blut von den Händen.

»Da, wo sie nicht sein sollte.«

»Und wo wäre das, bitte schön?«

»Mrs. Eula, wir verpetzen niemanden, oder, Bruno?«

Wir verkrochen uns in der dunkelsten Ecke unseres Betts. Bruno hatte eine ziemliche Schramme an der Nase, die er andächtig beleckte, und meine Hände waren ganz zerschunden von den Kletten. Ich tupfte sie mit einer Socke ab.

»Und hat sie gesagt, wann sie uns mit ihrer Anwesenheit beehrt?«

»Du möchtest wissen, was sie ohne Fluchwörter gesagt hat?«

»Ja, bitte.«

»Na, dann hat sie nichts gesagt.«

»Stell mich heut nicht auf die Probe, Pearly Everlasting Hazen«, warnte Mama.

Ivy kam kurz darauf wieder ins Camp zurück, doch diesmal war sie ausnahmsweise still. Sie half sogar Mama mit den Verbänden, ohne darum gebeten worden zu sein.

»Wo hast du dich heut rumgetrieben, Ivy?«, fragte ich.

Doch sie sah uns nur düster an.

Die ganze Woche flohen Bruno und ich in die Wälder, sobald wir konnten. Wenn wir nur weit genug davonstapften, hörten wir nicht mehr, wie die Männer »Witwenmacher!« riefen oder nach Mama schrien, sie solle sich mit ihren Aderklemmen und der Schafgarbensalbe beeilen, um eine Blutung zu stoppen. Eines Nachmittags gingen wir bis an den Rand des Sawpit Bog. Die Oberfläche des Moors war voller Kreise, wo die Wasserkäfer fraßen. Bruno tapste durch dichten Fieberklee und schreckte einen glitschigen Hecht auf, der in den dunkleren Tiefen zwischen den Barschen und silbrigen Plötzen und Bachsaiblingen herumspürte. Er fand einen toten Baum, in dem es vor Ameisen nur so wimmelte. Er zog die Pfoten durch die aufgescheuchten Tiere und verwüstete ihren Bau.

Ich ging bis zu der Stelle, wo zwei umgeknickte Birken ein V bildeten, und kletterte eine davon hinauf, die mit den Wurzeln noch im Boden steckte. Ich dachte an Ivy und Miles. Ich dachte daran, wie Mama Bruno und mich immer davonscheuchte, weil wir ihr im Weg standen. Immer war es Ivy, die Mama Faden und Schere und Verbandszeug gab oder einem der Jüngeren die Hand hielt, wenn ihm ängstlich zumute war. Und jetzt hatte Ivy ein heimliches Leben. Dann dachte ich an Ansell.

»Findest du, er sieht wie ein singender Cowboy aus, Brunnie? Wie Tumbleweed Baker vielleicht?«

Bruno war jetzt mit einem kaputten Fleischfässchen beschäftigt, das vom Camp des Vorjahres übrig geblieben war. Andere Bären – wilde – hatten sich daran zu schaffen gemacht. Am Boden des Fässchens lagen noch ein paar abgeleckte Brocken Pökelfleisch.

»Ja, ich auch«, sagte ich. Und dann schmetterte ich Brunos Lied, und meine Stimme hallte aus den Stümpfen wider. Ich hätte für immer dort draußen bleiben können. Allein mit Bruno. Unsere Welt unversehrt, unverändert. Und Bruno, mein Bruder, mein Zwilling, noch viel älter, weil Bären aus Mythen bestehen, aus Gestirnen, tiefen Höhlen und den langen Geschichten ihrer Flucht vor den Menschen.

Die Art, die die Pferde scheu macht

Hör, der Wald. Da ist etwas im Boden, in der Luft, das gibt keine Ruhe. Baum an Baum. Die Kiefern klingen manchmal wie Stahlwolle auf Gusseisen. Baum an Baum. Und im Unterholz: Lorbeer, Gichtkraut, Trichterfarn, die den Wind in ihren wächsernen Blättern fangen und dann wieder freigeben, bevor er tiefer in die Wälder streicht, sich sammelt und dreht, dann weiterzieht, wieder hinaus, und vergeht.

Die Liederfängerin und Ebony waren schon seit einer Weile nicht mehr auf unserer Seite des Crooked Deadwater gewesen. Sie hatten es vorgehabt, aber in jenem Jahr hatten sie fast vierzig Mal zu den Menschen von Draußen über die Wälder und Balladen von New Brunswick gesprochen. Die Geschichte von Bruno war die beliebteste von allen.

»Wir kriegen das Scheißding nie hier raus, wenn du nicht schiebst!«, schrie Ebony vom Ende des Ziegenkarrens, wo sie ein Rad aus einer Spurrille rüttelte.

Am Morgen hatten sie die Knockwood-Brüder und ihre Ruderlieder aufgenommen. Doch irgendwann zwischen dann und jetzt hatte sich eine der Achsen gelöst, das Rad hatte sich an der Nabe schief gestellt und war gegen die Karrenunterseite verknickt. Der Karren hatte sein Leben mit einer Sitzbank begonnen, auf der eine eingespannte Ziege

Kinder durch die Gegend zog. Die Liederfängerin hatte ihn von einem arthritischen Wanderprediger gekauft, einer Art konfessionell ungebundener, nicht geweihter Pfarrer, der die dunklen, nassen Meilen zwischen den Holzfällercamps zurückgelegt hatte, auf der Suche nach Feuerstellen und weichen Stellen in Seelen, die Bibeln brauchten und Predigten vom Fegefeuer. Damals hatten drei Neufundländer den Karren gezogen. Die drei, so behauptete der Prediger, kannten jede Abzweigung, jeden Zieh- und Rückeweg von Magaguadavic bis Sainte-Anne-de-Madawaska. Die Liederfängerin hatte den Karren zu einem Mechaniker gebracht, der die kleine Bank ausgebaut und die Seiten hochgezogen hatte, um ihn in einen ordentlichen Handkarren zu verwandeln, der nun all ihre Aufnahmegeräte unter einem Segeltuch transportierte: ein von Hand zu bedienender Edison GEM, Wachszylinder, eine Butcher's-Cameo-Plattenkamera, ein altes Armeezelt und genug Vorräte für ein paar Tage, falls sie zwischen den Camps hängenblieben.

»Was für eine Misere!«, murrte Ebony. Der Schlamm klebte so dick an den Sohlen ihrer Stiefel, dass sie ihn ständig mit einem Stock abschaben musste. »Manchmal hasse ich diese Wälder.«

Eine Locke aus Ebonys jungenhaftem Haarschnitt fiel ihr ins Gesicht, und die Liederfängerin spürte wieder die vertraute, aber noch immer erschütternde Wirkung, die Ebony auf sie hatte. Junge Frau. Junger Mann. Und manchmal noch etwas anderes, vielschichtig und quecksilbrig, wie einer der androgynen Erzengel auf den Gemälden sah Ebony aus mit ihrem Overall, Schalkragenpullover und Filzhut. Menschen fühlten sich von ihr angezogen, und das brachte sie oft dazu, sich zu öffnen und ihre Musik mit ihnen zu teilen. Und wenn Ebony sie nicht überreden konnte, dann weckte die »sprechende Maschine« ihre Neugier, vor allem, wenn die Liederfängerin darauf einen ihrer Wachszylinder abspielte. Hatte sich ein müder Holzfäller so ein Lied angehört, sagte er vielleicht: »Na ja, nicht schlecht, aber ich kenn was Besseres.« Und wer nicht sang, bot der Liederfängerin Geschichten an, Geschichten über Geschöpfe wie lebende Omen: Vogelschwärme, die durch Fenster hineinflogen, oder seltsame Hunde, die jaulend in einer Tür standen. Vorboten dafür, dass bald jemand tot erwachen würde.

Einige ihrer Zeitgenossen fanden allerdings einen klapprigen Ziegenkarren und den von Hand aufgezogenen Edison GEM als Ausrüstung nicht mehr zeitgemäß für »Musikethnologen«, wie Dr. Toby Archer-Braxton sie häufig in seinen Briefen von der Universität von Virginia verbesserte. Männer wie er trugen natürlich akademische Titel und hielten Positionen inne. Sie fuhren in alten Krankenwagen durch die Appalachian Mountains und die Ozarks, ausgestattet mit Magnettonbandgeräten, die von einem halben Dutzend Autobatterien betrieben wurden. Hinter ihnen steckten private Fördermittel, hinter der Liederfängerin steckte nur Ebony. Doch während sie den Wagen weiter durch den Schlamm bugsierte und darauf achtete, nicht wieder über Ebonys Fuß zu fahren, wusste die Liederfängerin, dass sie Teil von etwas Einzigartigem waren, von etwas, das selbst Dr. Toby Archer-Braxton noch nie aufgenommen hatte: der Seele des Waldes.

Mitten unter dem Schieben ging Ebony davon.

»Pause«, sagte sie und zog zwei Zigaretten aus einem angelaufenen silbernen Etui. Sie zündete beide an und reichte eine der Liederfängerin.

Der Tag war warm geworden, aber in ein paar Stunden würde die Luft sich wieder zusammenziehen. Gelegentliche Schauer. Pappeln zeigten die blassen, pelzigen Unterseiten ihrer Blätter. Sie traten unter eine Buche, daneben bemoostes Sturmholz. Wasser schwappte über Fels. Diese Provinz war praktisch eine einzige Quelle, für Sickerwasser und Bäche und Flüsschen – schnell und dunkel wie oft benutzte Silberketten. Die Liederfängerin zupfte sich Tabak von der Lippe, hörte genauer hin, und ja, da war es. Sie wies zu den Baumkronen hinauf. Ebony nickte. *Wind.* In letzter Zeit hatte sich die Liederfängerin für die Gewohnheiten von Bäumen und Wind interessiert, den leichten Widerstand, den die Blätter boten, das Tröpfeln, das entstand: ein perfekter Klangmoment. Sie konnte gar nicht mehr aufhören, Beispiele für ihr Wörterbuch des Windes zu sammeln: solcher, der im späten Frühling Staub aufwirbelt und dich kurzzeitig blind macht, solcher, der die Pferde scheu macht, und solcher, der die Männer verängstigt. Aber jetzt wegen eines Windgeräuschs die ganze Ausrüstung auszupacken, wo sie fast da waren? Das war es nicht wert.

Ebony hatte so ihre Zweifel, was dieses neue Projekt anging. »Halt dich an die Lieder«, sagte sie oft. »Wind bringt uns keine Vorträge in Chautauqua ein.«

Die Liederfängerin trat ihre Kippe aus. »Bereit?« Sie hatte es eilig, zu Eula Hazen zu kommen und ihr den kleinen Umschlag mit Geld zu geben, das sie mit den Vorträgen über Bruno eingenommen hatte.

»Eine Minute noch«, flehte Ebony und zündete sich eine neue Zigarette an der alten an. Dann sang sie schief über den murmelnden Wind hinweg: »›Als ich auf halbem Weg stand unsres Lebens, fand ich mich einst in einem dunklen Walde, weil ich vom rechten Weg verirrt mich hatte‹, richtig?«

Die Luft verhärtete sich. Die Liederfängerin kauerte sich in ihren Südwester, den sie vor ein paar Jahren von einem Fischer in Pubnico im Tausch für ein paar Seemannslieder erhalten hatte. Im Norden stand der Greenlaw Mountain dunkel und unangreifbar und von Nebel umringt.

Ebony tätschelte den Karren. »Armes altes Monstrum. Du brauchst einen Schmied, der dir beisteht.«

»Wir müssen los, Ebbie.«

Ebony warf die Kippe ins Unterholz.

Kurz darauf hörten sie es. Einen wolfshaft anschwellenden Ton.

»Was zum Teufel ist das?«, fragte Ebony. Da war es wieder.

Die Liederfängerin musste nur einmal raten. »Unsere Pearly Everlasting.«

Sie kamen um einen Felsen herum und sahen einen teerschwarzen Tümpel vor sich, aus dem Granitbrocken ragten. Wacklig auf einer umgekippten Birke balancierend, begutachtete dort Pearly Everlasting ein leeres Krähennest. Dort, wo sie die Beine ihrer Hochbundhose aufgekrempelt hatte, sah man ihre aufgeschürften Schienbeine, ein zerlumptes Paar Hosenträger hielt das zerschlissene Kleidungsstück auf Höhe ihrer schmalen Hüften. Sie hatte einen fürchterlichen Haarschnitt und lief singend den Baumstamm hinauf, der Wurzelteller halb in der Luft, die Krone tief über dem Tümpel, während Bruno in der Nähe mit einem kleinen alten Fass spielte.

Als sie ins Licht traten, entdeckte Bruno die Liederfängerin und Ebony und kraxelte auf den Baumstamm, der sich unter seinem Gewicht bog, bis er brach – er und Pearly landeten mit einem Jodler bis zum Hals im dunklen Wasser.

»Verflucht noch mal, Bruno!«, rief Pearly, mürrisch im Schlamm hockend, und bespritzte den Bären mit Wasser.

»Was für eine Augenweide, wildes Mädchen!«, rief die Liederfängerin.

Bruno huschte mit seinem kostbaren Fässchen davon und beobachtete die Frauen aus sicherer Entfernung. Pearly Everlasting wischte sich Schlamm aus den Augen. »Da hol mich doch … der Teufel macht Hausbesuche! Seid ihr von Draußen zurückgekehrt!«

»Deine Mama wäscht dir den Mund mit Seife aus, wenn sie dich so reden hört«, sagte Ebony und lachte, denn sie liebte es, wenn ein Mädchen fluchte.

»Zum Henker, Mama kann mich hier doch nicht hören! Und sie hat sowieso genug damit zu tun, die Männer wieder zusammenzuflicken in Humpty Dumptys Camp«, sagte Pearly und zog sich an einem Ast aus dem Wasser. »Ich hab schon gedacht, ihr kommt gar nicht mehr wieder!«

»Was machst du denn hier so weit weg?«, fragte die Liederfängerin.

»Wer will schon zu Haus bleiben und dem Regen zuschauen?«, entgegnete Pearly. »Swicker scheucht alle herum, bis sie wie kopflose Hühner durch die Gegend rennen, und alle kommen mit fehlenden Fingern ins Camp zurück und bluten alles voll. Es ist die reinste Hölle.«

Gemeinsam nahmen sie den umwucherten, gewundenen Pfad zurück zum Camp. Pearly Everlasting zog den Karren, ihre Stiefel schmatzten bei jedem Schritt. Bruno ging vorweg. Von Zeit zu Zeit blieb er stehen, um sich das Wasser aus den Ohren zu schütteln oder Bärentrauben oder Blaubeeren zu fressen, auch wenn sie in jenem Jahr nur aus Samen bestanden.

»Was war das denn vorhin für ein Jaulen?«, fragte die Liederfängerin.

Pearly grinste, die Wangen schlammverschmiert. »Ach herrje! Ihr habt mich gehört? Das ist mein Bärenlied.«

»Selbst erfunden?«

»Nein, das ist aus Nordwegen«, antwortete sie.

»Nordwegen?«

»Ja, bei Schwedien«, sagte sie, mit einem Hauch von Stolz in der Stimme.

»Ah, aus Norwegen?«, fragte die Liederfängerin.

Pearly zuckte mit den Schultern. »Sag ich doch. Na, hat mir jedenfalls letztes Jahr Björn beigebracht, und ich muss ab und zu üben. Zieht bei Bruno jedes Mal.«

»Und wer ist Björn?«, fragte Ebony.

»So ein Kerl aus Nordwegen, der hier mal gearbeitet hat.«

Sie gingen weiter und kamen auf den Vorplatz des Camps, wo die Sonne über den Baumstümpfen und überall herumliegenden Werkzeugen stärker brannte.

»Wenn ich darf, würd ich dein Lied gern aufnehmen«, sagte die Liederfängerin.

Pearly Everlasting zwinkerte ihr zu. Sie war seit dem letzten Mal, als sie hier waren, ungeheuer gewachsen. »Hab's mir fast gedacht.«

»Darf ich fragen, wer dir die Haare geschnitten hat? War das Bruno?«, fragte Ebony und drehte sich eine Zigarette.

Pearly streckte die Hand aus. »Die Story kostet aber.«

Ebony warf der Liederfängerin einen Blick zu, dann reichte sie die Zigarette dem kleinen Kobold, der dastand wie ein Miniaturholzfäller.

»Es ist eine gute Story«, trällerte Pearly.

Um der Schlafknoten Herr zu werden, hatte Ivy ihrer Schwester die letzten fünf Jahre immer einen Bob verpasst, nachdem sie in einer alten Ausgabe der *Photoplay* ein Foto von Mary Thurman gesehen hatte. Pearly spielte mit den ungleichen Fransen ihres neuen Haarschnitts, dann zog sie – noch immer ganz der Holzfäller – ein Streichholz über ihre Stiefelsohle und zündete sich die Zigarette an.

»Sagt's nicht Mama«, bat sie und hustete. »Manchmal stibitz ich mir Tabak, wenn's keiner sieht.«

Ebony hob in einer hilflosen Geste die Hände. »Und die Haare?«

»Ach … na ja, Bruno und ich haben etwas Harz abgekriegt, dann sind wir in den Kletten gelandet, und dann hatten wir Stunk mit einem Stinktier, also …« Sie drehte sich wie bei einem Schönheitswettbewerb im Kreis. »Tadaa! Bruno hat den gleichen Schnitt gekriegt.« Sie rieb mit der Hand über ein paar kahle Stellen um Brunos Ohren und Brustkorb. »Mama und Ivy sind gut im Zusammenflicken von Männern und Socken, aber zum Haareschneiden haben sie kein Talent. Ich hab versucht, es mit Ivys

Kamm zu richten, aber davon ist nur der Kamm kaputtgegangen. Jetzt hat sie keinen mehr und ist ziemlich stinkig deswegen.«

»Ich bringe ihr einen neuen mit, wenn ich das nächste Mal vorbeikomme«, sagte die Liederfängerin und lachte.

Als sie die Hütte erreichten, trat ein Mann mit bandagiertem Arm aus der Tür. Pearly stand ernst da wie bei einer Beerdigung, als er auf dem Weg zur Schlafbaracke an ihr vorbeiging.

»Und noch einer«, flüsterte sie und brüllte dann: »Mama! Wir kommen rein!«

»Putz dir ja draußen die Füße ab, Pearly.«

»Na, ob das was hilft«, sagte die und zwinkerte Ebony zu.

»Wenn Bruno und du wieder in diesem stinkigen Sumpf wart, ich schwöre, dann –«

»Schau mal, wer gekommen ist«, sagte Pearly und wühlte in einer Holzkiste nach etwas Trockenem.

In der Hütte stammte die einzige Farbe von den Bildern aus Zeitschriften, die an den Wänden hingen, und den getrockneten Kräutern und Pflanzen, die Eula für ihre Behandlungen brauchte. Es dauerte einen Augenblick, bis sich alle Augen an die Dunkelheit gewöhnt hatten. Ivy, die ebenfalls größer geworden war, war ihrer Schüchternheit nicht entwachsen. Sie lächelte ein wenig und stupste dann ihre Mutter an. Eula drehte sich um. Wenn überhaupt möglich, sah sie noch ausgezehrter aus als im Jahr zuvor. Sie zog die Strickjacke fest um ihre knochige Gestalt.

»Na, sieh mal einer an«, sagte sie und zwang sich zu einem Lächeln. »Wir haben uns schon gefragt, wann ihr mal wieder zu Besuch kommt. Und ich seh aus wie ein Besen.« Sie winkte sie in den winzigen Raum hinein und berührte leicht die Stühle, um ihnen zu zeigen, wohin sie sich setzen sollten. »Mal sehen, ob Edon etwas entbehren kann.« Und bevor jemand protestieren konnte, war sie zur Tür hinaus und ging zum Kochhaus. Ivy nestelte an den Verbänden herum.

»Ivy, der gerade gegangen ist. Wie geht's ihm?«, fragte Pearly. Sie setzte sich in den Schaukelstuhl und brachte ihn derart in Schwung, dass die Dielen quietschten.

»Ach, nicht so schlimm, meint Mama. Nur ein geprellter Knochen.«

»Ah, wie bei Miles also.«

Ivy schaute finster, sagte aber nichts.

Eula kam mit einer Kanne Tee und einem Teller voller Melassekekse zurück, die die Männer Scheunentore nannten. Nach dem Tee trugen die Liederfängerin und Ebony die Edison herein und bauten sie auf dem kleinen Tisch auf, an dem die Mädchen immer ihre Hausaufgaben machten.

»Benutzt ihr immer noch dieses olle Ding?«, fragt Pearly und kam so nah mit ihrem Gesicht, dass die Liederfängerin den Zigarettengestank an ihr riechen konnte.

»Pearly!«, zischte Ivy. »Sei nicht so unhöflich.«

Die Liederfängerin lächelte. Ja, immer noch dasselbe olle Ding. Ebony drängte zwar auf etwas Moderneres, doch sie war mit dem unhandlichen Ding vertraut. Alle Teile funktionierten, und das Gerät ließ einen nie im Stich.

Als sie so weit war, entschied sich Eula für *Ah! Si Mon Moine Voulait Danser!*. Sie sang: *»Un froc de bur' je lui* *donnerais … S'il n'avait fait voeu de pauvreté, bien d'autres chose je lui donnerais.*«

Nachdem sie fertig war, saß sie nachdenklich da.

»Ich kenn bloß ein paar Lieder mit Namen«, sagte sie. »Die meisten nur vom Gefühl her. Wie den tanzenden Mönch. Ich mag es, dass er immer tanzt.«

»Wie wär's mit *The Jam on Gerry's Rocks*?«, schlug Pearly vor.

»Pearly«, zischte Ivy.

»Ach, ich glaube nicht, dass wir grad auch noch vom Unglück singen müssen, Pearly«, sagte Eula leise, und alle dachten an die Männer, die in den letzten Wochen mit ihren Verletzungen und Ängsten in der Hütte gewesen waren.

»Und *Pretty Polly*?«

»Mordballaden, Pearly? Bitte nicht«, seufzte Ivy.

»Die Liederfängerin liebt Mordballaden, Ivy. Wisst ihr noch, als Havelock Barrows dazu Banjo gespielt hat? Erinnerst du dich an ihn, Ivy? Er sah ein bisschen aus wie Miles.«

Ivy wand sich wie ein Tier in der Falle. Pearly trat mit den Stiefeln nach der Holzbank, und Bruno jammerte laut im Schlaf. Ivy sah sie scharf an. Pearly hob die Augenbrauen und wackelte mit den Ohren.

»Egal, was wir singen«, fuhr Pearly fort, »es wird jedenfalls so gut sein, dass jemand einen Stein durch unser kleines Fenster wirft.« Sie grinste und schaukelte schneller: »Nur damit er uns besser hören kann.«

Ivy seufzte noch einmal dramatisch. Aber die Liederfängerin sah, dass sich niemand wirklich an Pearlys verschmitztem Geschwätz störte. Sie war kein Bärenkind mehr.

Sie hatte ihre Gestalt angenommen: schlau und rau und gutherzig.

Auf Pearlys Wunsch hin trug die Liederfängerin die sprechende Maschine nach draußen und baute sie auf einem breiten Baumstumpf auf.

»Ich muss dabei stehen«, sagte Pearly zu ihr. »Das ist kein Sitzlied. Es fliegt durch die Bäume, verstehst du?«

Ebony balancierte das Gerät auf einer Leiter aus, der weite Schalltrichter direkt vor Pearlys fuchsschlauem Gesicht. Ansell und Edon kamen aus dem Kochhaus, um zuzuschauen.

»Bereit, Ansell? Das sing ich für dich, Cowboy«, rief Pearly, nur um zu sehen, wie seine Ohren rot wurden. Sie zog ihn gnadenlos auf. Er stopfte die Hände tief in die Taschen seines Overalls und nickte seinen Stiefeln zu. »Und Pa, ich glaub, das hier wird man bis in den Baum des Königs hören!«

Um den Effekt noch zu steigern, wartete sie ab, bis Bruno aus dem Camp davongewandert war, dorthin, wo die Baumstümpfe und geborstenen Felsbrocken in den Sumpf übergingen. Dann holte sie tief Luft, legte die Hände um den Mund und sang laut das merkwürdige, eindringliche Lied. Die Nadel schnitt tiefe Furchen in den Wachszylinder. Bruno kam herbeigeflitzt und ließ sich auf einen Baumstumpf neben Pearly fallen.

Nach dem Essen, bevor sie wieder aufbrachen, reichte die Liederfängerin Eula den schmalen Umschlag: zwei Dollar. Eula beharrte zwar darauf, sie solle ihr kein Geld geben, doch die Liederfängerin entgegnete, ohne Brunos Geschichte wäre sie in all den Jahren nicht halb so erfolgreich gewesen. Außerdem wurde sowieso niemand reich. In der vergangenen Saison war der Preis für ein Klafter Holz von 2,30 $ auf 1,34 $ gefallen. Die Männer sagten, sie würden eigentlich nur noch arbeiten, um ihre Klamotten abzunutzen: »Sie schubsen dich hin und her, und bald bezahlst du noch dafür, dass du arbeiten darfst.«

Die Liederfängerin und Ebony verabschiedeten sich und versprachen, vor dem Frühling wieder vorbeizukommen. Eins verriet Pearly Everlasting ihnen nicht: dass sie manchmal, wenn sie mit Bruno unterwegs war, die Unglückslieder sang. Diejenigen, die im Camp verboten waren, weil sie den Tod brachten. Doch sie sang sie manchmal, um das Unglück herauszufordern.

Abgenutzte Worte und ausgetretene Schuhe

Alle spürten es oder behaupteten es zumindest – der Wind änderte sich. Und da war Old Jack mit seinem einen guten Auge, der auf uns wartete, sobald wir krank wurden.

»*L'hiver s'approche,* Miss Pearly!«, riefen die Männer, als der Herbst erlosch und einem raukehligen Winter wich, der nicht aufhörte, uns zu prüfen. Nur wenige Wochen nachdem die Liederfängerin und Ebony gegangen waren, fiel der erste Schnee, und Ivy bekam einen Husten, der nicht weichen wollte, ganz gleich, wie oft sie über einem dampfenden Becken voller Balsamlösung inhalierte. Ich schlief neben ihr und hörte ihre wunden Lungen.

Bei all den Verletzten und Ivys Pflege bekam auch Mama nicht viel Schlaf. Und dann senkte die Krankheit ihren schwarzen Anker auch in sie und machte fest. Sie trug die knotige blaue Strickjacke fest um ihre immer weiter dahinschwindende Gestalt gewickelt und redete Ivy gut zu, ein wenig Brühe zu trinken, ein Stück Toast zu essen. Papa wollte die beiden ins Krankenhaus bringen, aber Mama sagte Nein, wir hätten kein Geld für Draußen. Das ist nur eine schwere Erkältung tief in den Lungen, Edon. Mehr nicht.

Der Winter hielt an. Swickers Hunde verschwanden,

und er drangsalierte die Fuhrleute, die sich am meisten über die Köter beschwert hatten, weil sie nach den Pferden schnappten und sie zu Tode erschreckten. Langsam wuchs im Camp die Wut an. Argyle Corcoran wurde beschuldigt, den Männern Tag für Tag die Holzleistung zu schmälern und stets zugunsten des Unternehmens zu rechnen. Alle begannen, vom Winter in der Vergangenheitsform zu sprechen, und ließen ihn so Geschichte werden. An den Samstagabenden spannen die Männer gemeinsam ihr Garn. »Damals, 1934«, sagten sie dann, »schnitten die Holzfäller Eisblöcke aus dem See und bauten breite Treppen hinauf in die schwarzen Knochen der Bäume, und draußen in der Kälte hielten Männer rot glühende Pfannen mit bloßen Händen.« Winter 1934. Der Winter, der nicht enden wollte.

Papa kochte Mama und Ivy Tee aus Espenrinde, Rotfichtenharz und gekochter Biberniere. Sie tranken Buckley's Hustensirup, heißen Ingwer, Dr. Daniels' Colic Cure – *gut für Mensch und Tier*. Einer der Holzfäller schlug Schießpulver und kochendes Wasser vor. Ein anderer riet zu den Dämpfen von angesengtem Tannenharz. Nichts half. Unsere beiden Fenster waren mit Eisblumen überzogen, und ich fand Mama am Nachmittag auf ihrem Stuhl schlafend vor, die Füße unter Brunos Bauch geschoben. Er war vor ein paar Tagen aus dem Winterschlaf erwacht und folgte ihr auf Schritt und Tritt. Ich nahm den kleinen Flakon aus Karnevalsglas von dem Regal, wo wir ihn vergessen hatten, und sprühte Mama damit ein, die so dünn wie ein Geweih war, um die Schatten fernzuhalten, um Old Jack von unserer Tür zu vertreiben. Ich konnte ihn schon fast hören da draußen, wie er sich eingrub, um die Toten zu treffen.

Eines Nachts pickte eine Schar Unglückshäher – manche glaubten, sie seien die Seelen der toten Holzfäller – stundenlang an unser Fensterglas, obwohl bereits seit fünf Tagen ein Schneesturm wütete. Das musste Old Jack sein. Als die Nacht das Fenster in einen Spiegel verwandelte, ging ich hinaus, und meine Laterne warf Lichter in den dunklen, endlosen Wald. Alle Vögel waren verschwunden, aber die Nachtwinde nahmen Gestalt an, und das Knacken der Kiefern klang wie von Tieren.

»Ich räucher dich aus, du Mistkerl!«, brüllte ich in das Windgeheul hinaus, und ein Widerhall, der Gelächter glich, trieb mich zurück in den Schutz der kleinen Hütte.

Bald waren Mama und Ivy so benommen vom Fieber, dass sie im Bett blieben. Ihre Atemzüge rasselten schwer. Später erfuhren wir, dass Menschen überall an derselben Krankheit starben. Old Jack wanderte in seinem langen schwarzen Mantel in die Camps. Er trieb sich mit seinen abgenutzten Worten und ausgetretenen Schuhen am Rand unserer Lichtungen herum und klopfte an unsere Türen, das Gesicht gleich einer Maske.

»Ivy und ich verstehen die Zeit jetzt anders«, flüsterte Ma eines späten Nachmittags, als sie aufwachte und nicht wusste, welche Tageszeit es war. Ivy schlief, ein kühles Tuch auf der Stirn, das ich in Schnee getränkt hatte. Bruno wich Mama nicht von der Seite. Er brachte sein Lieblingsspielzeug an ihr Bett und breitete es um sie herum aus. Die Angst hauste in meinem Bauch wie ein lebendiges Wesen, das nur ein paar Stunden die Nacht schlief. Dann streckte es wieder die wunden Hinterläufe aus, drehte und wendete sich in meiner Brust.

»Lies mir was vor, Pearly.«

Ich griff nach einer alten Ausgabe der *Western Story.*

»Vielleicht etwas aus der Bibel da.«

»Wie wär's mit *Krazy Kat?* Ich hab ein ganzes Album voller Comics.«

»Die Bibel, Pearly. Bitte.«

Ich las nicht sonderlich gern aus der Bibel vor. Meistens passierte in den Geschichten nicht viel außer *zeugte, zeugte, zeugte,* und ich kam auch nicht so gut mit den Wörtern zurecht. Trotzdem schlug ich sie an einer Stelle auf, die Mama mit einem Eselsohr versehen hatte. Ich las: »Deine Hände haben mich gebildert –«

»Gebildet.«

»Deine Hände haben mich gebildet und bereitet; danach hast du dich abgewandt und mich verdorben. Bedenke doch, dass du mich aus Lehm gemacht hast, und lässt mich wieder zum Staub zurückkehren?«

Ich zögerte.

»Weiter«, röchelte Mama.

Ich las: »Hast du mich nicht wie Milch hingegossen und wie Käse geringeln –?«

»Gerinnen.«

»Gerinnen lassen, du hast mir Haut und Fleisch angezogen; aus Knochen und Sehnen hast du mich gefloh… gefloch…«

»Was mache ich mit den Haaren?«

»Geflochten und …« Ich seufzte und warf die Bibel beiseite. »Ich kenn die ganzen Wörter nicht.«

Ich war verwirrt. »Käse, Ma? Ich dachte, wir sind aus einem Schienbein und ein bisschen Dreck gemacht.«

Sie lachte leise. »Aus einer Rippe, Pearly Everlasting. Du meine Güte, du bist mir vielleicht eine.«

Dann wurde der späte Tag rosig, und Mama sagte nichts weiter, sondern drehte sich um und schaute, wie die schwarzen Äste der Bäume aufleuchteten. Unter den Decken, die sie bis ans Kinn hochgezogen hatte, wirkte sie sehr alt und sehr jung zugleich. Ivy mit ihrem eindringlichen Blick schien auf halbem Wege an einen anderen Ort zu sein. »Dass also der Bock alle ihre Missetat auf sich nehme und in die Wildnis trage; und man schicke ihn in die Wüste … Der Mann aber, der den Bock hinausgebracht hat, soll seine Kleider waschen und sich mit Wasser abwaschen und erst danach ins Lager kommen«, sagte Mama fast für sich.

Nicht viel später lösten sich die Bänder ihres Atems. Erst bei der einen, dann bei der anderen.

Mama und Ivy starben, und Papa ertrug ihre leeren Stühle nicht. Ich stand in der Hütte und wartete auf jemanden, der aus meinem Lehm einen Menschen formte, der wusste, was er tun, wie er sein sollte. Rings um mich herum bebte alles vor Bedeutung: Mamas Nähkorb, ihr halb fertiger Pullover, vor allem aber ihre Abwesenheit. Ivys Zeitungsfotos, die rund um unser Bett hingen, der eselsohrige *Sears*-Katalog, den sie nicht für's Plumpsklo hergab – die Riemchensandalen, das Kleid mit dem Reißverschluss an der Seite, das sie zu Weihnachten hatte haben wollen. Ich sah die Ränder der Dinge nicht mehr. Also setzte ich mich an den Ofen, stocherte das Feuer zum Leben, schlief in Brunos würzigem Fell und träumte von nichts, bis Ansell kam und uns weckte.

Er war gekommen, um mir zu sagen, dass wir die beiden

nicht auf dem Greenlaw Mountain beerdigen konnten, wo alle Frauen meiner Familie ruhten.

»Keine Chance, die Pferde hochzukriegen, Pearly. Dein Vater war oben, zusammen mit ein paar Rodern und Fuhrleuten. Der Boden ist hart wie Eisen und die Serpentinen unpassierbar. Der reinste Höllenwinter«, seufzte Ansell.

Ich wusste, was mit einer Leiche im Winter passierte, wenn sich der Boden weigerte, sich aufzutun und sie aufzunehmen: Sie wurde in ein Laken gewickelt und hoch oben in den Bäumen aufbewahrt, bis der Boden es sich anders überlegte. Ich konnte den Gedanken nicht ertragen, dass sie da draußen sein würden.

»Da können sie nicht schlafen, Ansell. Nicht so.«

»Ich weiß, Pearly, aber was sollen wir machen? Herrgott.«

Er blieb bis zum Abendessen bei Bruno und mir. Die Muskeln in meiner Kehle schmerzten von der Anstrengung, nicht zu weinen. Ich schlief in Mamas Schaukelstuhl ein und wachte von wütenden Stimmen auf. Bruno winselte an der Tür, er wollte raus, aber es war fast dunkel.

»Nein, Brunnie. Bleib drin.«

Wieder wurden Stimmen laut. Ich lauschte an einem Astloch in der Tür.

»Herrgott noch mal, Swicker! Die Familie vom Koch kriegt das beste Begräbnis, das wir ihr in diesen verfluchten Wäldern bieten können!«, rief einer der Männer. »Dafür nehmen wir uns die Zeit.«

Swickers Stimme klang leise, warnend.

»Sie anständig zu begraben braucht einen Tag!«, rief ein anderer, der wie Ansell klang.

Swicker erwiderte etwas darauf. Sofort brach sich eine weitere Welle gemeinschaftlicher Wut Bahn, die den Männern in ihre Schlafbaracke folgte. Kurz darauf brachte Ansell mir Bohnen und braunes Brot. Er stand an der Tür und kratzte sich den Schnee von den Stiefeln.

»Mach die Tür zu, bevor die Nacht reinkommt«, sagte ich.

Er schloss sie und gab Bruno einen Keks. »Wie geht's dir, Pearly?«

»Was ist denn da draußen los, Ansell? Warum sind alle so sauer?«

Ansell war nur ein paar Jahre älter als ich, doch damals dachte ich, dass er schon ganz erwachsen wäre, jemand, der Dinge in Ordnung bringen konnte. Er knackte mit den Knöcheln und besah sich seine Stiefel. Bruno schob sich an sein Bein heran, in der Hoffnung auf weitere Kekse, und stieß dabei gegen Mamas Schaukelstuhl. Ansell sprang durchs Zimmer und hielt ihn an. Ein leerer Schaukelstuhl, der schaukelte, brachte Unglück. Er setzte sich auf die Bank und stocherte im Feuer herum.

»Pearly, Edon sollte es dir sagen, aber die Männer werden morgen deine Familie begraben. Swicker droht, uns alle zu feuern, und die Männer drohen, ihm etwas Spitzes durch den gottlosen Schädel zu jagen. Der Boden ist zugefroren, also machen wir ein Feuer, bis wir durch die Frostschicht kommen, dann hacken wir den Rest mit Spitzhacken auf und –« Plötzlich machte er ein ängstliches Gesicht. »Vielleicht sollte ich dir das alles lieber nicht erzählen.«

»Red weiter«, sagte ich.

»Na, mit etwas Glück bringen wir morgen oder übermorgen eine anständige Beerdigung hin.« Er rieb Bruno über die Nase. »Die wollen den Boden hinter dem Schuppen aufbrechen. Die schönste Aussicht auf den Greenlaw.«

Wir blieben noch ein paar Minuten allein. Ich hörte, wie die Männer sich draußen zu schaffen machten, ein hartes Klirren von Schaufeln und Spitzhacken, die sich in die Schneeschicht und dann den Boden darunter bissen. Es klang, als würde Old Jack auf seiner Schindmähre ins Camp reiten. »Ach verdammt, Ansell«, sagte ich und wusste nicht, ob ich die Tränen unterdrücken könnte. »Verdammt.«

»Ich muss zurück, Pearly. Ich hab deinem Vater gesagt, ich räum auf, damit er sich ums Feuer kümmern kann. Er kommt, sobald wie möglich.«

Er umarmte mich mit einem Arm und wischte mir dann schüchtern das Gesicht trocken. Meine Hitze an seiner Kühle. Das war das erste Mal, dass er mich berührt hat.

Die Männer hielten die Feuer die ganze Nacht und den ganzen folgenden Tag über am Brennen. Sie holten ihre Fiedeln und spielten Kirchenlieder und dunkle Balladen. Ihre Gesichter wirkten eingefallen im Schein der nächtlichen Flammen. Bruno und ich saßen in der Nähe mit unseren Dynamitkisten, falls sie noch Brennstoff brauchten. Ab und zu stand Bruno auf und scharrte an dem warmen Boden wie ein Hund; der holzige Atem des Feuers brachte die Gerüche durcheinander. Manchmal trat er an den Rand des Scheins und verschwand für einen Augenblick in einer Welt, die seine Farbe hatte. Ich beobachtete die Feuer und betete unbeholfen meine schlechten Gefühle davon. Und ich fand etwas Trost darin, dass Ivy und Mama diese Männer geliebt hatten und die Männer sie.

In der Nacht wollte ich nicht in Ivys und meinem Bett aus Zweigen schlafen. Es kam mir zu groß vor, und man sah, wo mein Körper aufhörte und ihrer fehlte. Ich konnte mich nur um ihre Leerstelle herum legen. Bruno schlief unter meinem Babyquilt in Mamas Bett. Ich rollte mich neben ihm zusammen, ließ alles los und weinte sein Fell nass.

In der Dunkelheit des frühen Morgens war die Hälfte der Männer noch immer nicht schlafen gegangen. Die Feuer brannten weiter. Einmal kam Thankful Robinson zu der Stelle, von der aus Bruno und ich zuschauten, weil die Männer meinten, ich könne ihnen nicht helfen. Er stand eine Weile neben uns, klopfte uns auf die Schultern und sagte: »Was ein bittrer, bittrer Tag für euch arme kleine Bettler.«

Am späten Nachmittag hatten die Männer tief genug gegraben, um ein paar halbierte Fässer einzulegen. Sie füllten sie mit Holz, und der Hufschmied half der Glut und den Flammen mit seinen Zangen nach. Als der Boden weich wurde, gruben sie tiefer. Doch kaum hatten sie damit begonnen, stießen sie auf Granitbrocken. Der größte davon war fast so groß wie Bruno. Sie gruben darum herum, dann schleppten sie Ketten, Kanthaken und einen Armvoll Keile an. Sie zogen, und bei jedem Ruck brüllten sie Ansell Kommandos zu, der Keil für Keil darunterschob. Und dann zerrten zwei unserer größten Clydesdales den Brocken auf eine Schleppe und zogen ihn davon wie einen verfaulten Backenzahn.

Als die Gräber am nächsten Tag fertig waren, zeigte uns ein Mann nach dem anderen, Hut in der Hand, eine Verletzung, die Mama versorgt hatte.

»Ich wette um die ganze verfluchte Welt, dass sie anderswo schon wieder jemandem hilft«, sagte Jimmy Windspalter. »Und Ivy hilft ihr, wie immer.«

Ich weiß nicht mehr, wer sie ins Grab gelegt oder ein paar halb erinnerte Gebete gesprochen oder ihr Kreuz geschnitzt hat, und auch nicht, was Miles sagte, als er zu Bruno und mir herüberkam. Ich kann mich nicht erinnern, wann diese Räume in meinem Herzen sich verschlossen.

In Liebe und Familie:
Eula Magalie Hazen & Ivy Hazen

Ich erinnere mich daran, wie in jener Nacht der Wolfsmond aufging, strahlend hell wie Glas. Und in all der Zeit habe ich Swicker nie gesehen. Nicht ein einziges Mal.

Wenn es donnert, aber nicht regnet

Mama sagte immer, aller bösen Dinge sind drei, und in dem Winter, als wir sie und Ivy verloren, sollte sich das bewahrheiten. Eine Woche nach Brunos und meinem sechzehnten Geburtstag erwachten wir zu einem unentschlossenen Wind, der beinahe so etwas wie Mittagswärme mit sich brachte, der Nebel von den Schneebänken hinter unseren Türen aufsteigen und vor Sonnenuntergang die schwarzen Sümpfe wieder gefrieren ließ. In diesen Schicksalstagen flatterten vom Wetter verwirrte Meisen herab auf der Suche nach aufgeweichten Brotrinden in den ginklaren Pfützen unserer schmelzenden oder schon wieder erstarrten Stiefelabdrücke.

Swicker schikanierte die Männer, die gefällten Stämme abzutransportieren, bevor der Schnee für die schweren Schlitten zu weich würde. In den kommenden Wochen würde er die ersten Männer nach Hause schicken und zum Flößen nur die Wendigsten von ihnen zurückbehalten, denn das war ein gefährliches Unterfangen. Als Ansell eines Tages mit einer Brusterkältung zu kämpfen hatte, die uns an Mamas und Ivys Gräber hinter dem Pferdeschuppen denken ließ, lief Papa auf Schneeschuhen zu den Fällplätzen. Die Männer waren jetzt zu weit draußen, um zum Mittagessen ins Camp zu kommen, und aßen dort. Pa packte die Ladekiste auf dem Schlitten voll mit Schweinebraten und dicker Soße, Pasteten, Bohnen und Brötchen. Er brach lange vor der Essenszeit auf, damit er ein Feuer aufschichten und einen Moment mit den Männern sitzen und sich ihre Sorgen anhören konnte, bevor er am Nachmittag zum Backen ins Camp zurückfuhr. So blieb auch den Unglückshähern genügend Zeit, die Teller der Männer sauber zu picken.

Wegen der Temperaturkapriolen nahm Papa den Slapfoot Richtung Osten, wo das Land bergiger wurde und der Weg an manchen Stellen steil anstieg. Als er den Kamm mit seinem Schlitten im Schlepptau hinaufstapfte, nahm gerade ein Fuhrmann mit einer vollen Schlittenladung den Weg hinunter, der nach dem morgendlichen Tauwetter wieder hart geworden und an den Kehren unten jetzt vereist war. Sandschaufler präparierten die Spur, indem sie Sand erhitzten oder Schnee aufschippten. Der Fuhrmann, der es eilig hatte, fuhr los, bevor die Sandschaufler den Schnee präparieren konnten. Die Pferde galoppierten wie verrückt, um vor dem Schlitten zu bleiben, der über die glatte Piste schwenkte. Später meinte Papa, er habe die Bolzen und Ketten vom Frost klirren und klappern hören.

Der Fuhrmann hatte sein ganzes Leben mit Pferden zu tun gehabt, war aber neu im Wald und mit der Arbeit unter Swicker nicht vertraut. Er bekam es mit der Angst zu tun, als die Pferde in die Kehre einbogen; instinktiv zog er die Zügel ruckartig an und vergaß, genug Leine zu lassen. Innerhalb von Sekunden stellte sich der Schlitten quer, und die Stämme pfiffen durch die Luft. Dann überholte der Schlitten die Pferde. Mit einem Geräusch wie ein Gewehrschuss rissen die Ketten. Der Fuhrmann sprang mit einem Aufschei ab.

»*Ça vâ le djâble!*«, schrie P'tit Celestin Crispou, einer der besten Armdrücker im Camp, der neben Papa stand.

Der Fuhrmann flog wirbelnd durch die Luft, bis er dreißig Meter oder mehr vom Weg entfernt in einer Schneewehe landete. Die Männer fanden die Pferde, wie sie sich mit abgeschürften Läufen abmühten, sich aus dem Restgeschirr zu befreien. Der Schlitten hatte sich um eine Fichte gewickelt, und die Stämme lagen herum wie Mikadostäbchen. Ein Mann kroch mit einem gebrochenen Arm herbei, ein anderer mit ausgerenkter Schulter. In dem ganzen Durcheinander war ein Stamm, der nicht sauber entastet worden war, von der Hügelflanke geflogen und traf Papa am Bein.

Eine Sekunde. Zwei Sekunden. Drei Sekunden. Später erzählte Papa, es sei einer der schlimmsten Unfälle gewesen, die er erlebt habe. Noch Wochen später litt er unter seinen Verletzungen. »Ich krieg die Pferde nicht aus dem Kopf«, sagte er oft. Ihre Todesangst. Ihre entsetzlichen Schreie. Und dann diese quälende Stille, als selbst die Krähen schauten und abwarteten. »Als ob es donnert, aber nicht regnet«, sagte er.

Der Unfall war ein weiterer Beweis dafür, dass die Zustände in Swickers Wäldern zu gefährlich waren für Männer, die ohnehin gerade so über die Runden kamen. Das machte alle ganz unruhig. Die Gemüter erhitzten sich. In der noch immer anhaltenden Weltwirtschaftskrise gab es immer weniger Bedarf an Zeitungspapier. Manche Papiermühlen gingen auf Kurzarbeit, andere schlossen ganz. Die Geschichten erzählte stets jemand, der jemanden in

Ontario kannte. Aber die Männer hatten den Eindruck, dass wohl etwas dran war. Gewerkschafter tauchten im Camp auf, versetzten die Männer in Aufregung mit ihren Vorträgen zu gutem Lohn für gute Arbeit. Die meisten waren versierte Redner aus den Städten.

»Ohne uns geht gar nichts, Leute.«

»Hier draußen verschwenden wir nur unsere Zeit und nutzen unsere Klamotten ab.«

»Ich habe doch nicht all die Jahre im Holz gearbeitet, damit irgendein gottverlassenes Unternehmen meinen Kindern das Essen aus dem Mund raubt.«

Manche hatten gehört, dass Gewerkschaften an anderen Orten funktionierten, aber die Bergleute in Queens County oder die Gipsarbeiter in Albert County waren auch keine Saisonarbeiter. Mit Streunern wie den Holzarbeitern war keine Gewerkschaft zu führen, das wusste jeder.

Zwei Wochen später war Papas Bein noch immer nicht verheilt. Er schaffte es halbwegs, mit einer Krücke, die Ansell ihm aus dem Ast einer Esche gebaut hatte, durch das Kochhaus zu humpeln, konnte aber so weder Pfannen noch Tiegel heben. Ansell musste als Koch übernehmen, während Papa ihn von seinem Platz am Ofen aus herumscheuchte, das Bein auf einen Hocker gelegt. Die medizinische Hilfe, die er dringend brauchte, war etwa fünfzig Meilen entfernt. Zwar kam der Arzt aus Black Sturgeon zweimal pro Winter vorbei, um nach den Männern zu schauen, aber für Papas Bein war sein Besuch wenig hilfreich.

Er schalt Papa dafür, dass er Mamas Arzneien nahm. Hammeltalg mit Kampfer und Schwefeltonikum würden die Verletzung nicht heilen. Er ließ ein paar Pillen da, die Papa nie nahm. Also machten wir einfach weiter. Nachts bereitete ich mit einem Stück Brot eine Senfpackung – von dem scharfen Geruch brannten mir die Augen – und legte sie auf Papas Wunde. Es war so scharf, dass er davon fast aus dem Bett sprang. Einige der Männer meinten, Papa sei von jemandem in Black Sturgeon verhext worden, als er letzten Frühling mit dem Nachschubwagen dorthin gefahren war. Manche dachten, etwas Böses habe sich angeschlichen und sei unter unserer Tür durchgekrochen, als wir nicht aufgepasst hatten. Aber Papa glaubte diesen Haufen Blödsinn nicht und auch hörte nicht auf die Männer, die Nadeln in einer Glasflasche vergraben oder Nägel in Milch kochen wollten.

Als er eines Tages döste, las ich Bruno und ihm aus *Peter Pan* vor. Kurz nach der Stelle, an der Peter seinen Schatten wieder angenäht bekommt, unterbrach ich mich.

»Glaubst du an Old Jack, Papa?«, fragte ich.

»Nein, Pearly, das tu ich nicht. Aber ich schätze, er ist trotzdem da«, antwortete er.

Zwischen zwei geraden Fichtenstämmen

Nach mehreren Tagen, eingepfercht mit Papa, wachte Bruno eines Tages früh auf, drückte unsere nur notdürftig eingehängte Tür auf, stapfte Richtung Slapfoot davon und kehrte nicht zurück. Es passte nicht zu ihm, so lange fortzubleiben, aber die trüben Tage in der Hütte hatten ihn ganz unruhig gemacht.

»Geh ihn suchen, Pearly«, sagte Pa vom Schaukelstuhl. »Ich pass so lang selbst auf mich auf.«

»Bist du sicher?«

»Tut dir gut, mal rauszukommen.«

Ich zog meine Wintersachen an, gab Papa einen Becher Tee und eine eselsohrige Ausgabe von *True Crime,* dann eilte ich zum Kochhaus hinüber, um Ansell Bescheid zu sagen.

»Mach aber schnell, ja?«, mahnte Ansell. »Das Wetter schlägt um.« Ein Drängen in meinem Herzen, als ich daran dachte, wie Ansell am Tag der Beerdigung mein Gesicht berührt hatte. Am liebsten wäre ich gleich dort geblieben. Den ganzen Tag bei ihm.

Weil die Roder den Slapfoot kürzlich vereist hatten, damit die Schlitten besser glitten, nahm ich einen Pfad etwas abseits. Verklumpte Schneebrocken fielen von den Ästen. Banks-Kiefer, Weymouthskiefer, Strauchkiefer hielten mit ihrem Schwarzgrün gegen das farblose Wetter. Ich stapfte auf Schneeschuhen voran, bis ich Brunos Spur sah, die sich davonschlängelte. Es war, als folgte man einem Schlafwandler: geradeaus, ein Schwenker, dann wieder geradeaus. Er würde hier nicht viel zu fressen finden und hatte auch genug Melassekekse und Marmelade gehabt. Er stöberte nur umher.

Der Wind setzte wieder ein. Die Holzfäller sprachen vom »Mantel des armen Mannes« an den seltenen Tagen, an denen der Wind schwieg. Eine willkommene Abwesenheit. Doch heute sang er hoch oben in den Baumwipfeln. Es würde noch mehr Schnee geben. Ich suchte den Wald nach einem herumstolpernden Bären ab und dachte an die Geschichte, die Amédée Lavoie einmal Ansell über eine Crew oben im Norden erzählt hatte, die eines Winters in Zelten schlafen musste, nachdem ihr Hüttendach eingestürzt war. Die Männer hatten Feuer gemacht, um Tee zu kochen. Kaum brannte es, tauchte ein Mann in Schwarz auf und trat es aus. Das geschah drei Nächte in Folge, bis einer fragte: »Warum machst du das?« Und der Mann antwortete: »Ihr macht das Feuer auf mir.«

Ansell hatte gezwinkert und darauf gewartet, dass ich etwas Schlaues dazu sagte. Ich hatte gelächelt, damit er sich gut fühlte, doch alles, woran ich denken konnte, war, wer wohl da sein würde, um zu sagen: »Euer Feuer brennt auf unseren namenlosen Gräbern?« Ich blieb stehen, um Atem zu holen und nach Bruno zu singen. Rechts von mir bewegte sich etwas. Lang und geduckt. Glitt oder schwamm eher, als dass es ging. Fädelte sich durch die Bäume. Hatte Beine und dann wieder nicht. Ich lief langsam weiter. Meine

Schneeschuhe bissen in die Schneekruste. Wieder eine Bewegung. Auf dem Pfad, der zum Lagerplatz führte.

Ich war fast am Crooked Deadwater, als es losging. Ein Kreischen, so als würde etwas zerrissen. Ich schaute auf, dachte erst an einen Habicht oder eine Streifeneule mit Beute in den spitzen Fängen, einen Hasen oder eine Schneemaus. Die folgende Stille hing wie nasse Tücher im Wald, sie war beunruhigend und füllte den Raum wieder, den der Lärm durchbrochen hatte. Was immer ein solches Geräusch machte, musste ja Gestalt haben. Mir fiel nichts Vergleichbares ein.

»Bist du mein Tod?«, rief ich.

Das Geräusch tauchte wieder auf, aber an anderer Stelle. Ich eilte über Brunos wilde Spuren hinweg. Der Lärm kreiste und schlug mich von hinten zu Boden, und ich japste auf dem Schnee nach Luft. Alles knisterte wie Federn oder trockene Knochen.

»Bist du mein Tod?«, rief ich wieder und richtete mich auf. »Zeig dich, du Mistkerl!«

Ich eilte zum nächsten gewundenen Pfad, vorbei an einem Granitbrocken, der seinen eigenen Schatten verschluckte. Schließlich öffnete sich der Wald und malte den Himmel. Ich war in der Nähe der Straße, die hinunter zum Lagerplatz am Fluss führte. Erst sah ich nichts außer Schnee, grau dort, wo die Schlitten und Pferde ihn zertrampelt hatten. Dann tauchten über einem tiefen Graben zwei kleine Augen und zwei puschelige Ohren auf.

»Bruno«, rief ich, »schläfst du?« Ich lockte: »Na komm, Bruno«, und rieb ihm die Schnauze. Ein nagender Schmerz saß noch immer in meiner Brust. Mein Gesicht brannte dort, wo die Schneekruste mir über die Wange gekratzt hatte. Brunos Blick huschte hin und her. Er zitterte, und ich hörte seine Zähne klappern. Ich zog an einer Vorderpfote. Ein nasser, stumpfer Fleck. Ich rieb mit dem Fäustling darüber: Blut. »Bist du verletzt, Brunnie?«

Ich suchte ihn nach Verletzungen ab, von einer Falle, scharfen Steinen oder Eisbrocken zwischen den Ballen. Nichts. Dann entdeckte ich, wonach er aus dem Graben Ausschau gehalten hatte: ein Umriss auf dem Weg, etwa zehn Meter entfernt. Wie ein Bündel Lumpen oder als habe jemand seine Wäsche fallen lassen. Schnee legte sich bereits darüber. Bruno ging hin, schnüffelte und hob eine Pfote, um es fast zu berühren, überlegte es sich dann anders und hielt Abstand. Die Einsicht kam viel zu schnell.

»Bruno!«, schrie ich, halb um seine Aufmerksamkeit zu wecken, halb um ihn von dort wegzuscheuchen.

Er rollte sich auf den Hintern und schaute von der Gestalt zu mir. Dann schmatzte er laut. Er lehnte sich in den Schatten der Kiefern zurück. Ich war immer noch ein paar Schritte entfernt, da erkannte ich den Hut, der ein wenig abseits im Schnee lag. Ein dunkler Schlips ragte aus Weste und Mantel. Es gab nur einen, der sich hier draußen so kleidete. Mit dem Gesicht nach unten. Die Arme ausgebreitet, als ob er gestolpert und gestürzt wäre. Swicker. Der starke Mann. Der Wind nahm zu, schob den Hut weiter weg, wehte den grünen Duft von Schnittholz und darunter den schweren Gestank nach Eisen herbei. Ich trat näher.

Der Schnee, rings um ihn herum noch nicht geschmolzen, knisterte, wo Blut hineinsickerte. An den Rändern gab es Spuren, als hätte Bruno versucht, ihn aufzurütteln, wie er es mit uns tat, wenn wir schliefen. Ich wusste, dass Unfälle üblich und unausweichlich waren. Verletzungen gehörten zum Leben im Wald. Bäume neigten sich andauernd in die falsche Richtung. Sie spalteten sich im Stumpf, nicht an der Kerbe, schlugen zurück und trafen einen Mann. Aber das hier war etwas anderes.

Swicker ruhte unbequem auf der Seite. Ich schubste ihn mit der Stiefelspitze an, und er rollte auf den Rücken. Ein Schnitt wie von einer Klaue führte vom linken Mundwinkel bis zum Auge, sodass er im Tod zu lächeln schien. Fröhlich, wie er es im Leben nie gewesen war. Seine Zigarre lag schwarz neben ihm, wo sie den Schnee geschmolzen hatte, der Schnee rings um Swicker war zerwühlt und sprach stumm von seinen Versuchen, aufzustehen, bevor er hier allein auf dem Weg starb.

Klippklapp, klippklapp, wo steigt er von der Mähre ab? Ich spürte, wie Old Jack hervortrat, die Gestalt abgemagert bis auf Winters Knochen. *Wünsch es fort. Wünsch es fort.* Krähen in den Wipfeln. Ich schaute Bruno an. Er schaute mit seinen Tieraugen und Tiergedanken zurück. Unlesbar.

Bald würde die Sonne untergehen und verschwinden. Orion. Der Große Wagen. Der Hund, der für immer den Hasen jagt. Ich konnte meine Gedanken nicht fassen, sie wirbelten umher wie der Schnee, der durch die Bäume jagte und die Geister all der Toten aufscheuchte, die diesen Wald bevölkerten. Bevor ich es mir anders überlegen konnte, griff ich in die Wollschichten um Swickers Hals. Nur um nachzuschauen. Und da war sie: Mamas Doppelhornkette. Ich nahm sie dem Toten ab und steckte sie in meine Tasche. Sie stand mir zu, meiner Familie.

Der Wind drehte. Zweige klapperten mit ihren eisigen Hüllen. »Er ist in den Bäumen, ist niemals stumm. Er ist im Wind, ist ringsherum«, sagte ich, prüfte damit die Luft, wollte Old Jack dazu bringen, sich zu zeigen, doch nur mein Herz schlug mir in den Ohren. Ich wusste, wie es alle Menschen des Waldes wissen, wir sind nie völlig allein.

Dann kamen Schlittenglocken, Spurketten und harte, vereiste Hufe die Rückegasse hinunter, die letzte Fuhre vor der Dunkelheit. Ich befreite mich aus meinen Schneeschuhen und rannte ihnen entgegen, um den Schlitten anzuhalten, bevor er Swicker erreichte. Sie schleppten jetzt die Stämme von den unteren Hängen heraus, die bis zur Frühlingsschmelze auf dem dicken Eis des Crooked Deadwater liegen sollten. Die hochbeladenen Schlitten fuhren so schnell sie wollten, und es empfahl sich nicht, ihnen in die Quere zu kommen. Ich rannte zehn, fünfzehn, zwanzig Meter den Weg hinauf, bis die Fuhrleute mit ihren dick vereisten Bärten mich entdeckten. Papas Unfall und die zu kurz gehaltenen Pferde schossen mir durch den Kopf.

Der Beifahrer sah mich als Erster. Er war noch ein Junge und stand aufrecht auf den Stammenden, um die rutschenden Stämme zu überwachen. Er rief dem Fuhrmann etwas zu. Ich machte, dass ich vom Weg wegkam, der zu beiden Seiten eng von Schneebänken und Bäumen begrenzt wurde, und kletterte schnell der Angst davon, ich könnte einen weiteren Unfall verursacht haben.

Die Pferde schnaubten donnernd, verlangsamten ihren Schritt und stemmten sich gegen den Schlitten mit seinem hohen, gefährlichen Gewicht. Ein kräftiges Rückrudern. Zum Glück handelte es sich nicht um einen der Fuhrleute, die es gern darauf anlegten: die höchste Ladung, die schwersten Pferde, die schnellste Fahrt. Bunny Lizotte arbeitete schon seit Jahren in Camps. Im Handumdrehen hatte er den Schlitten zum Stehen gebracht und die Pferde – Spark und Lion, einen Brabanter und ein Clyde – gezügelt, auch wenn Lion weiter den Kopf hin und her warf und an seinem Geschirr zerrte.

Der Junge war von den Stämmen gesprungen und kam auf uns zugerannt.

»Pearly Everlasting? Bist du das da in den Erlen?«

Thom. Tim. Daigle. So etwas. Er streckte eine windverbrannte Hand aus, um mir aus dem Schnee zu helfen, und wartete, bis ich wieder zu Atem gekommen war.

»Alles in Ordnung?«

Er war von weit Draußen, wo es lange blaue Berge gab, hatte er einmal erzählt.

»Was zum Teufel …« Wir drehten uns um und sahen, wie Bunny, die Zügel immer noch fest in der Hand, den Weg entlang zu der Stelle mit Swickers dunklen Konturen schaute.

»Was ist passiert?«, fragte der Junge.

»Etwas hat mich umgeworfen«, sagte ich, und meine Stimme klang fremd.

Der Junge schaute mich komisch an und zog mich dann mit einem Ruck aus dem hüfttiefen Schnee. Ich konnte nicht aufhören zu zittern, und mir fehlten die Wörter, das zu erklären.

Bunny legte die Zügel langsam ab – an seiner linken Hand waren zwei Finger am zweiten Glied abgetrennt – und flüsterte durch seinen eissteifen Bart etwas, das die

Pferde beruhigte. Er hörte auf, als sie die Ohren spitzten. Ihr Temperament hatte sich in der Kälte und nach dem fast geschafften Tag abgekühlt.

»Himmel. Ist das Swicker?«

Der Junge, Daigle, sah sich den Körper genauer an. »Hat dein Bär ihn gerissen?«

Ich hörte auf damit, die zerschundenen Kanten des Schlittens zu begutachten, und sah auf meine abgewetzten Stiefel hinab, wo die Bindungen der Schneeschuhe sie blassgescheuert hatten. Alles Mögliche hing in der Luft.

»Er hat Blut an den Pfoten.«

Ich klopfte auf den Oberschenkel, um Bruno näher zu mir zu rufen. Ich konnte die Männer reden hören. Niemand rührte Swicker an. Die Pferde scharrten mit den Hufen, schnaubten und warfen die Köpfe nach hinten bei dem Versuch, sich der sauren Luft zu entziehen. Eine Welle dunkler Gefühle stieg in meiner Brust auf.

»Große Fußabdrücke und eine ziemliche Sauerei«, sagte Daigle. Er schielte zu Bruno und versuchte einzuschätzen, ob er ein Killer war. Bruno saß im Schnee und knabberte an einer Hinterpfote, wie er das immer tat, wenn er sich Sorgen machte. »Ach was, der Bursche wiegt keine fünfzig Kilo, wenn er gut gefüttert ist. Das hat er niemals angerichtet. Außerdem ist er ein Schisser. Pearly ist ein wilderer Bär als der da.«

»Himmel«, sagte Bunny, rieb sich die fadenscheinige Wintermütze und grübelte. »Zerfleischt? Von so einer Wildkatze?«

Der kleine Daigle trat vom Weg und würgte trocken in eine Schneewehe, beugte sich dann vor und rieb sich mit einer Handvoll Schnee über den Mund. Er wischte sich mit dem gefrorenen Schal über das zitternde Gesicht. So kauerte er, mit dem Rücken zu Swicker, die Stirn auf den Knien. Bunny sagte etwas, das nett klang, auch wenn ich es nicht verstehen konnte. Mit knackenden Knien zog er den Jungen hoch und schickte ihn zurück zum Schlitten. Im Vorbeigehen strich er einem der zuckenden Pferde über die Flanke.

Eisregen hatte eingesetzt, was den Geruch nach Pferd und Blut höher in die Luft steigen ließ. Ich trat ein paar Schritte weg von den Männern und von Swicker. *Er ist am Unglück gestorben.* Und noch immer hasste ich ihn. Ich schloss die Augen. Mein Herz pochte *wünsch, wünsch, wünsch.* Mamas goldene Kette brannte mir in der Tasche.

»Schätzchen!«, sagte Bunny und holte mich wieder in den Wald zurück. »Schätzchen, ich weiß nicht, was in Gottes Namen hier passiert ist, aber wir müssen die Leiche ins Camp zurückschaffen. Wisst ihr beide noch, wie ihr hergekommen seid?« Er sah mich bedächtig an.

Es war eine dumme Frage. Ich kannte jeden Weg in dieser Gegend, und das wusste er auch.

»Na, dann los«, sagte er und winkte uns fort. »Ab nach Hause. Dein Vater muss wissen, was passiert ist. Sag's ihm gleich. Sag ihm, Bunny kommt, so schnell er kann.«

Ich schnallte mir meine Schneeschuhe wieder unter und pfiff nach Bruno.

»Und sprich sonst mit niemandem. Hast du gehört?«

Ich nickte und verschwand zwischen den Bäumen, Bruno so dicht hinter mir, dass er mir mit der runden Stirn in die Kniekehlen stieß. Ich sah nicht, wie der kleine Daigle eine

Bahn Segeltuch holte, um Swicker darin einzuwickeln. Ich sah nicht, wie Bunny sich hinkauerte und die blutigen Fußabdrücke mit seinen eigenen Pranken verglich. Ich sah auch nicht, wie die Männer die Leiche in den Raum zwischen zwei Fichtenstämmen hoben, die sie vielleicht an diesem Morgen auf Swickers Befehl so schnell wie möglich aufgeladen hatten. Und ich hörte nicht, wie die Schlittenglocken klingelten, als die Männer weiter zum Crooked Deadwater fuhren, um ihre Fuhre loszuwerden, bevor sie zurück ins Lager kamen, länger in Gesellschaft eines Toten, als ihnen lieb war. Und ich sah nicht, wie Bunny sich umdrehte und Bruno und mir nachschaute, wie wir im Wald verschwanden, fadendünn im Halblicht. Und ich hörte nicht, was sie sagten und was sie dachten und was sie nicht auszusprechen wagten.

Mir war damals nicht klar, was dieser Augenblick auf unterschiedliche Art mit jedem von uns machen würde, dass er verändern würde, wie wir die Welt sahen. Es gab ein Davor und es gab ein Danach. Dieser Zwischenort? Am Rand der Rückegasse? Er würde in den kommenden Jahren überwuchern, wenn die Camps und die Pferde verschwunden und wir zu etwas geworden waren, an das man sich der eingefallenen Hütten, ausgeweideten Schlitten, abgescheuerten Baumstämme, Geschichten und Lieder wegen erinnerte: ein Mädchen, ein Schwarzbär, ein toter Mann. Und ein Schatten, der sich wie brennendes Öl durch den Wald bewegte und keine Spuren hinterließ.

Ein Wind, der Erinnerungen sammelte

Ich passte meine Schritte Brunos Spur an, und wir rannten. Von oben triezte uns der Schnee, griff an und gab nach, bis er wirbelnd zerstob. Unser Atem dampfte und verging, dampfte und verging. Seitenstiche bissen mich, und weiter rannten wir durch das Labyrinth aus Erlen und Unterholz.

Im Camp ließ ich Bruno in der Hütte zurück und ging hinüber zu Ansell und Papa. Schneegestöber huschte vor mir über den Boden. Papa saß neben der Ofenhitze. Einen Becher Tee in den Händen, gesprenkelt wie ein Krähenei. Ansell rührte in einem Kessel voller Bohnen. Ich merkte, dass ich etwas unterbrochen hatte.

»Ach, Pearly. Dachte schon, ein böser Wind bläst herein.«

Ansell zwinkerte und wandte sich dann dem Pökelfleisch zu, von dem er kleine Stückchen abschnitt. Er rührte sie in den Topf, setzte den verbeulten Deckel darauf und dämpfte so das hohle Blubbern der Bohnen. »Die Kälte heut beißt einem das Gesicht ab, hm?«

Ich brachte kein Wort heraus.

»Ist Bruno genug herumscharwenzelt, hm?«, fragte Papa.

Mir war kalt bis auf die Knochen.

»Alles in Ordnung, Liebes?«, fragte er und drehte sich zu mir um.

»Hinter dem Slapfoot hat es Ärger gegeben.«

»Wo?«

»Draußen bei der … bei der Straße runter zum Fluß.«

Ansell hob eine Augenbraue, sah mich an, sagte aber nichts und schüttelte geröstetes Brot aus der Pfanne.

»Spuck's aus, Pearly«, sagte Pa.

Ich schaute ins Feuer, bis mich die Hitze vertrieb.

Dann erzählte ich ihnen, was passiert war. Meiner Meinung nach. Und als ich ausgesprochen hatte, blieben alle still. Nur Bramble, ein kleiner dreibeiniger Hund, den Ansell letztes Jahr aus einer Drahtfalle befreit hatte, machte im Schlaf Geräusche. Seine Krallen tickten auf den Boden, und sein leises Gekläff und Gewimmer durchbrach die Stille, während die beiden Männer über meinen Bericht nachdachten. Ich fürchtete, sie könnten von meiner Version der Ereignisse enttäuscht sein.

Pa starrte auf sein bandagiertes Bein. Seine Kinnmuskeln spielten. »Sonst noch etwas?«

Er sah mich an und wartete. Also erzählte ich ihm von dem Lärm, der in Kreisen umhergezogen und dann vergangen war, von dem schnellen Schatten im Schnee, dem Etwas, das Bruno in den Graben gescheucht hatte. Und ich zeigte ihm den Schnitt an meiner Wange und meine vom Sturz aufgeschürften Knie.

»Himmel, Edon«, sagte Ansell und zündete sich seine Pfeife an. »Was hältst du davon?«

»Ein Panther könnte ihn erwischt haben. Schwer zu sagen. Und das Camp ist schon seit Wochen ein Pulverfass.« Pa dachte eine Weile nach. »Bruno und du hättet nicht da draußen sein sollen.«

»Wir haben nichts gemacht!« Die Tränen in meinen Augen liefen nun über und glitten mir die Wangen hinunter. Ich kam mir vor Ansell wie ein dummes Baby vor.

»Darum geht's nicht. Die Stimmung ist viel zu aufgeheizt, unmöglich zu sagen, ob nicht noch jemand zu Schaden kommt«, schnappte er. »Ob uns das nun passt oder nicht, die Männer kommen hier bald mit einer Geschichte und einer Leiche an. Swickers Leiche. Und ihr beiden wart auch da draußen. Wenn irgendwas Swicker erwischt hat, dann sind einige der Männer vielleicht … Unmöglich zu sagen, wie sie es aufnehmen oder wie man dahinterkommen soll, was –«

»Wer«, verbesserte ihn Ansell.

Papa nickte. »Wer.«

»Old Jack«, flüsterte ich.

»Schluss mit dem Unfug, Pearly Everlasting.«

Ansell gab mir einen Tee, und seine Hand schwebte einen Augenblick lang über meiner. Bevor ich einen Schluck nehmen konnte, hämmerte jemand gegen die Tür des Kochhauses. Ansell hob einen Finger. *Rühr dich nicht.* Es war Miles, der Neffe.

»Sind die da drin?«

»Wer?«

»Du weißt verdammt gut, wer. Bunny hat gerade zurückgebracht, was von meinem Onkel Heeley übrig ist. Dein gottverfluchter Bär hat den Mann in Stücke gerissen, so sieht's aus!«

Ansell versperrte die Tür mit dem Stiefel. »Du weißt so gut wie ich, dass das nicht Bruno war.«

Noch mehr Stimmen schwirrten über den Hof.

»Jemand muss los und einen Mountie holen!«, sagte einer.

»Es war dieser gottverdammte Bär, ich sag's euch!«, beschwor Miles die Männer, die sich vor der Tür versammelten.

Ein Zittern, das ich nicht unterdrücken konnte, überkam mich. Die Zeit verging anders. Ich war froh, dass Papa der Einzige im Camp war, der ein Gewehr hatte. Eine ganze Weile überschrien sich die Männer gegenseitig. Dann hämmerte etwas Schweres gegen die Hüttenwand.

Als die Männer endlich in kleinere Gruppen zerfielen, brachte Pa mich zu uns hinüber. Er gab mir etwas von Mamas Beruhigungstonikum und ließ Bruno den Löffel ablecken. Meine Gedanken blieben ständig an Schlimmem hängen. Ich spürte noch immer Old Jack, war durchdrungen von seinen Wanderungen. Wir schliefen ein, als die Luft noch blau war. Und in meinen Träumen kamen Fuhrleute mit ihren Glocken und Rufen und Schlitten aus großer Entfernung, um uns zu holen.

Am nächsten Morgen hatte Bruno den Deckel von dem Tonikum abgekaut und es leer getrunken. Er war irgendwann in den frühen Stunden in seine Kiste gekrochen und hatte meine Lieblingsdecke mitgenommen. Bevor ich hinausgehen und nach ihm schauen konnte, brachte Papa mir etwas Frühstück. Aber ich konnte nichts essen. Er sagte, die Lage habe sich ein wenig beruhigt, aber keiner traue dem anderen. Er sagte, ich solle ihn hinbringen, wo ich Swicker gefunden hatte.

»Ich will nie wieder dorthin gehen und Bruno auch nicht«, entgegnete ich und wickelte mich fester in meine Bettdecke.

»Pearly, es ist wichtig. Die Männer fantasieren sich alles Mögliche zusammen. Du weißt ich bin ein guter Spurenleser. Vielleicht kann ich die Sache klarstellen.«

Das stimmte. Papa konnte an ein paar Spuren feststellen, ob ein Kojote trächtig war. Ob er jung oder alt war oder von Würmern schon ganz aufgedunsen. Kaum hatte ich mich angezogen, brachen wir auf. Alle waren draußen bei den Fällplätzen, bis auf diejenigen, die Neffe Miles im Camp am nächsten standen – gelangweilte, hartgesottene Männer und solche, die an Selbstgefälligkeit litten. Zum Glück waren es nur wenige. Papa meinte, sie hätten vor, jemanden nach Draußen zu schicken, um die Mounties zu holen. Sie verstummten, als wir an ihnen vorbeigingen, ließen uns aber in Frieden. Ich blieb bei Brunos dunkler Winterkiste stehen, aus der es nach Bär stank.

»Wenn ich zurückkomme, hole ich mir meine gute Decke, hast du verstanden, Brunnie?«, sagte ich seiner schnarchenden Gestalt.

Wir gingen über mäandernde Pfade, über Schneewehen, kleine Hügel und durch Senken. Der Qualm aus dem Camp ließ nach, und schon bald waren wir allein. Es dauerte fast eine Stunde, bis wir ankamen – Papa zog sein schlimmes Bein hinter sich her; die Bandage war am Knöchel zu lose, und seine Eschenkrücke versank im weichen Schnee. Ich fühlte mich schlecht deswegen, auch wenn ich wusste, er sah das anders. Als wir uns der Straße näherten, bekam ich Angst, wir würden Swicker dort finden, aber ich wusste, das waren die Nachwirkungen des Schocks. Wir gingen weiter, bis kein Zweifel mehr bestand, wo Swicker gestürzt war. Ich war dankbar, dass der Schnee an der Stelle zwar noch rosig war vom Blut, man aber keinen menschlichen Umriss mehr darin erkannte. Papa klappte sein Taschenmesser auf – das er immer dabeihatte, wenn er im Sommer als Fremdenführer arbeitete – und stach in den blutigen Schnee. An anderen Stellen trug er ihn dünn ab und begutachtete die unteren Schichten auf der Klinge. Jede Geste war voller Bedeutung, die nur er verstand. Ich schaute flüchtig auf den Fleck, dann sah ich mich im zertrampelten Schnee nach Spuren von Old Jack um, seinem Pferdefuß, seinem gespaltenen Schwanz.

»Wonach suchst du, Pa?«

»Nach allem, was meine Theorie beweisen könnte.«

»Und die wäre?«

Er zuckte mit den Schultern. »Katze oder auch ein Zweibeiner mit Wut im Bauch.« Er stocherte noch ein wenig im Schnee herum, dann schnüffelte er in der Luft wie Bruno. Ein neuer Wind senkte sich aus dem Geäst. »Spürst du das?«

Ich drehte mein Gesicht in die flattrigen Schneeflocken. Die Männer sprachen vom Zickzackwind, aber ich und Ivy sagten ZaZas. Ein warmer Wind von Süden. Er kratzte an allem entlang wie eine Hand, die gegen den Strich über ein Fell strich. Durchkreuzte alles. Die Männer verletzten sich eher oder gerieten aneinander. Die Fuhrleute verloren die Geduld mit ihren kopfscheuen Pferden. Und die Pferde mit den Männern. Papa meinte, er überrumpele einen mit seinem Besuch, ein Wind, der Erinnerungen sammelte, wenn er über die Welt fegte. Bruno wusste immer, wann er kam, und ich auch. Er blieb nur ein paar Tage, und danach schämten wir uns für unsere Unfreundlichkeiten, die wir nicht wieder zurücknehmen konnten.

»ZaZas«, sagte ich.

Papa nickte. »Kein Wunder steht alles kopf, hm? Wir stecken in den ZaZas.«

So stand ich dort, in diesem nichts Gutes verheißenden Wind, und versuchte, Swickers abgewetztes Gesicht abzuschütteln – das gespaltene Grinsen, die lidlosen Augen.

»Papa?«, sagte ich mit schwacher Stimme. »Papa.«

Er hockte noch immer an der Stelle, an der Swicker gefallen war. »Was ist denn, Pearly? Bist du okay?«

Die Wälder schwankten ein wenig, und alles in mir wurde dünn.

»Wirst du ohnmächtig?«

Ich schüttelte den Kopf, aber mein Mund war voller Spucke, und ich fürchtete unterzugehen. Ich zählte langsam und leise: *yan, tan, tether* … Als sich die Schwärze wieder hob, ging ich zu Pa und stellte mich neben ihn, um mich, nur für einen Augenblick, in seiner Ruhe aufzuhalten.

Er verlagerte sein Gewicht auf die Fersen und tätschelte mein Bein. »Was willst du tun? Willst du zurückgehen?«

»Ja. Ich glaub schon.«

»Also ich will mir das hier noch ein wenig ansehen, solang das Bein mitmacht.« Er spähte in den Himmel hinauf. »Die Flocken bleiben liegen. Bald ist hier alles voll Schnee. Schaffst du's allein zurück, oder soll ich mitkommen?«

Ich fühlte mich ganz zerbrechlich, aber dann riss ich mich zusammen, wie man es mir beigebracht hatte. »Es geht schon.«

»Also gut«, sagte er und heftete den Blick wieder auf die zertrampelten blutigen Spuren, welche die Männer, Bruno und ich hinterlassen hatten, dazu die weicheren, wo die

Krähen sich versammelt hatten, und die anderen, kleineren, die hinausliefen und zurückkehrten, und manche, die nur in eine Richtung führten. »Auf direktem Weg, hörst du? Ich bin gleich zurück.«

Ich ging einen großen Bogen um die Blutflecken.

»Und Pearly?«

»Ja?«

»Es kommt alles in Ordnung, Liebling.«

Ich tat, als glaubte ich ihm. Ich winkte und verschwand zwischen den Bäumen. Der Schnee fiel schräg und hart und füllte bereits den Wald. Ich ging und hielt jedes Mal inne, wenn ich einen Ast brechen oder einen Flügel schlagen hörte. Nach einer Weile nagten die Geräusche derart an mir, dass ich mir die Ohren verstopfte, um nichts mehr zu hören. *Yan, tan, tether …* Wäre ich doch besser bei Papa geblieben. Ich hungerte nach Feuer und hatte Heimweh nach letztem Jahr, als die Welt schon an den Nähten porös, aber noch heil war.

Als ich aus dem Slapfoot kam, musste ich wegen eines Schlittens hinter schnell herangaloppierenden Pferden abrupt abbremsen. Er hatte eine große Holzkiste geladen. Neben dem Fuhrmann, der den Unfall mit Papa verursacht hatte, saß Neffe Miles. Ich konnte mich nirgends verstecken, also blieb ich am Wegrand stehen, reckte das Kinn und wartete. Ich wusste, dass Miles endlose Geschichten über Swickers Tod verbreiten würde, auch wenn sie deshalb noch lange nicht stimmten. Die beiden Männer sahen einfach durch mich hindurch. Sie fuhren wohl nach Draußen, um die Mounties zu holen. Bruno war also aus dem Schneider. Und dann beschloss ich, nicht länger an Swicker zu denken, der irgendwo im Camp lag, die ganze giftige Bosheit nun in Segeltuch gewickelt.

Ich warf die Schneeschuhe ab und sang mein Bärenlied, als ich ins Camp kam. Nichts. Ich ging zu Brunos Winterkiste, um mir meine Decke zu holen. Manchmal wollte Bruno sich nicht rühren, schon gar nicht während der ZaZas. Doch als ich um die Ecke kam, sah ich, dass die Kiste umgestürzt war. Meine Decke noch da. Heu im Hof zerstreut. Eine leere Pastetenform blinkte neben der Kiste. Ich zog die Decke weg, weil ich dachte, Bruno würde sich darunter verstecken, aber da lag nur noch mehr Heu. Das Kochhaus war ebenfalls leer, weil Ansell den Holzfällern das Essen brachte.

Im Schuppen stieß ich auf Jimmy Windspalter, der gerade eine Wunde am hinteren Sprungbein eines Brabanters versorgte. Der raue Geruch der Salbe lag streng in der kalten Luft. Blue Babby war Jimmys Lieblingspferd, und man konnte ihn oft prahlen hören, es sei so gut gebaut, dass es in einem anderen Leben vermutlich Tänzer gewesen sei; auch wenn ich eher fand, es war ein merkwürdiges Tier – die Augen voll stachliger Geister.

»Hast du Bruno gesehen?«, fragte ich.

Er schüttelte den Kopf, und kleine Eiszapfen zitterten in seinem Bart. »Nein, aber hier ist es ziemlich zugegangen. Der junge Bursche, der mit mir arbeitet, ist gerade mit Swickers Neffen losgefahren, um in Smoke River die Mounties zu holen. Ich muss also alles allein machen. Und jemand hat sich an den Medikamenten vergriffen.«

Er nickte grummelnd in Richtung des Kästchens, in dem

die Fuhrleute einen kleinen Vorrat an Betäubungsmitteln unter Verschluss hielten, um nervöse Pferde zu beruhigen, wenn sie Wunden versorgen oder Zähne abschleifen mussten. Er schaute in den Himmel hinauf, aus dem schnell dicke Flocken fielen: »Wird ungemütlich heut.«

»Seine Winterkiste ist umgestoßen.«

Jimmy unterbrach seine Pflege und drehte sich zu mir. »Wie meinst du das, umgestoßen?«

Etwas verknotete sich in mir. »Hast du Bruno heut überhaupt schon mal gesehen?«

Er warf einen Blick in Richtung seiner Medikamente, dann zu Brunos Kiste, und dann verdüsterte sich sein Blick wie eine gelöschte Flamme.

»Jimmy?«

»Nein. Nein. Nur meinen jungen Burschen und diesen Miles drüben bei der …«

»Winterkiste?«

Blue Babby antwortete mit bissigem Wiehern, und Jimmy fuhr ihm mit einer Hand über die sich hebende Brust, um ihn zu besänftigen.

Wieder sah ich die Holzkiste auf dem Schlitten vor mir. In meinem Kopf klingelte es und wollte nicht aufhören. »Sie haben ihn mitgenommen. Himmel, Jimmy, sie haben Bruno mitgenommen!«

Jimmy Windspalter wischte sich über die lange, spitze Nase, die den ganzen Winter über tropfte. »Gemach, Pearly. Wir wissen nicht, was passiert ist.«

»Wenn ich diesen Miles finde, bring ich ihn um«, sagte ich, und die Wut schwoll an. »In welche Richtung sind sie gefahren? Smoke River, hast du gesagt?«

Jimmy schüttelte den Kopf. »Immer langsam mit den jungen Pferden. Du musst mit deinem Vater sprechen. Du kannst nicht einfach losrennen und –«

Aber das tat ich. Sofort. Ich rannte in die Hütte und versuchte, mir einen Plan zurechtzulegen.

Es passiert etwas. Wir gehen durch eine Tür, treten in ein fremdes Licht, kreuzen einen Weg anders und sind nicht mehr die, die wir früher waren. Ich hatte keine Zeit, um Papa zu holen. Ich hatte keine Zeit, um Hilfe zu bitten. Ich war im Wald aufgewachsen und wusste, wie ich den schlimmsten Teil davon durchqueren konnte. Ich kannte die sanften und die harten Seiten. Ich wischte mir mit dem Handrücken über die Augen und versuchte nachzudenken, aber meine Lungen wollten sich nicht richtig mit Luft füllen. Ich hatte nur eine grobe Vorstellung davon, wo Smoke River lag. Die Liederfängerin und Ebony lebten dort. Ich würde dem Slapfoot folgen und auf eine Wegmarkierung hoffen, die mich nach Draußen führte.

In der Hütte raffte ich ein paar Sachen zusammen. Erst wühlte ich in Mamas kleiner Kiste herum, die sie auf dem Beistelltisch stehen hatte, ein Spitzendeckchen wie eine Raute auf dem zerkratzten Deckel. Ich fand einen der Briefe der Liederfängerin an Mama, so konnte ich mir sicher sein, dass ich die Wörter für Smoke River erkennen würde. Ich hastete umher und stieß alles Mögliche um in dem Versuch loszukommen, bevor ich Bruno für immer verlor und auch, obwohl ich es damals nicht zugegeben hätte, bevor Papa oder Ansell Wind von meinem dürftigen Plan bekamen und mich aufhielten. Wenn der Schnee so weiterfiel, würden die Pferde von Schneewehen behindert und die Männer früher ins Camp zurückkehren. Ich kochte vor Wut und hatte das Gefühl, wenn ich auch nur eine Minute innehielte, dann wäre es aus mit mir. Ich würde einfach umfallen und nie wieder aufstehen.

Als Nächstes ging ich Ivys Zedernkiste durch, doch das tat mir im Herzen weh. Darin befanden sich ein paar glänzende Vorhänge, aus denen Ma ihr ein Kleid hatte machen sollen, und ein altes Paar Riemchensandalen, so ungefähr die unpraktischsten Schuhe, die ein Mädchen haben konnte. Ich dachte daran zurück, wie Ivy sich ausstaffiert hatte. Wie ich ihr den zerbrochenen Rasierspiegel hielt. *Höher, Pearly. Nein, höher. Nicht nach unten. Okay, ja, ja. Genau so.*

Und dann ging ich die Kleidertruhe durch, in die Mama meine Sachen geräumt hatte: ein Flanellhemd, weich getragen und dünn vom Borax und dem Waschen in geschmolzenem Schnee, Wollsocken, eine Wollkappe mit Schnürung, zwei Paar Hosen, lange Unterwäsche aus der Kirchenkiste, die einer der Wanderprediger letztes Jahr mitgebracht hatte, dazu mehrere Paar alter Buster-Brown-Schuhe mit von Mäusen angeknabberten Senkeln, drei Hauskleider, die für einen Marsch durch den Wald nichts taugten, und ein paar nach Schnittmustern gefertigte Kleider, die Mama gekürzt oder ausgelassen hatte. Ich fuhr mit dem Finger über die roten Krähenfüße, die sie rund um Kragen und Ärmel gestickt hatte, um ein altes Hemd zu verschönern. Ganz unten lagen, in Zeitungspapier eingewickelt, die Geschenke der Liederfängerin für Bruno und mich: unser kleiner Löffel mit dem silbernen Bären und die Schale mit

Namen und Geburtsdatum: *Pearly Everlasting & Bruno, Falscher Frühling 1918.* Für einen kurzen Augenblick spürte ich Mama wieder neben mir.

Jimmy Windspalter rief von jenseits der Scheune nach mir. Ich musste mich beeilen. Unten in der Kiste sonderbare Überbleibsel: ein paar Lesebücher, fünf angelaufene Pennys, ein paar zerfledderte Spielkarten und eine rote Fliege, die Papa einmal getragen hatte, als die Liederfängerin ihn im Kochhaus fotografierte. Danach hatte sie Bruno gehört. Meine ganze weltliche Habe.

Gerade als ich alles in meinen Rucksack stopfte und Brunos hölzerne Schüssel außen daranhängte, trat Argyle Corcoran, der Holzschätzer, aus dem Büro, einen Bleistift hinter dem Ohr. Er rief Jimmy etwas zu, ein Dauergrinsen im Gesicht, jemand, der dazu bestimmt war, sich bemerkbar zu machen. Schon jetzt fühlte Argyle sich bemüßigt, den Boss im Camp zu spielen. Durch unser kleines Fenster beobachtete ich, wie Jimmy hierhin und dahin zeigte und mit den Schultern zuckte, und ich wusste, er erzählte Argyle von Bruno und mir. Argyle runzelte die Stirn und spuckte neben Jimmys Stiefel in den Schnee. Ich steckte das kleine Häutemesser in den Stiefel.

Als Jimmy Argyle zu Brunos Winterkiste führte, schlich ich mich aus der Hütte und kletterte die knarzende Leiter hoch, hoch hinauf in unser Baumhaus. Argyle klopfte an unsere Tür und trat ein. Seine schweren Stiefel polterten über den Boden und schleppten Dreck ins Zimmer, das hätte Mama nicht gefallen. Er kam wieder heraus, kniff die Augen zusammen und sah sich im Camp um. Einen Augenblick lang landete der Blick seiner Ochsenaugen auf der großen Hemlocktanne und dann auf der Leiter, die zu mir hinaufführte. Ich kauerte mich hin, konnte aber immer noch durch ein Guckloch schauen, wo Bruno letzten Herbst einen Astansatz abgenagt hatte. Argyle kam zur Leiter herüber. Ich bildete mir ein, tief im Baum des Königs zu sitzen. Gut versteckt. *Wenn Argyle hochklettert und mich festhält, dann ramm ich ihm mein Messer direkt ins Auge.* Das Herz klopfte mir bis in die zusammengebissenen Zähne. Er stieg auf die erste Sprosse. *Direkt ins Auge.*

Ein Rumpeln von Schnee und schweren Stiefeln. Argyle stand wieder auf dem Boden. Ich lockerte meine Fäuste. Dann sah ich auf den Hof hinunter, gerade als die beiden Stimmen sich in die ZaZas hoben.

»Vergiss es«, sagte Argyle. Er sah noch ein letztes Mal zu unserem Baumhaus zurück. »Darum kümmern wir uns später. Wir haben schon genug um die Ohren.«

Dann war Jimmy Windspalter an der Reihe, neben Argyles Stiefel zu spucken. »Du weißt mehr, als du zugibst, Argyle. Ich geh jetzt Edon suchen, um diesen Schlamassel zu klären. Und du wirst mich nicht davon abhalten.«

Als ich sicher war, dass die beiden weg waren – Jimmy auf der Suche nach Papa und Argyle im Büro –, rutschte ich den Baum hinunter und ging ein letztes Mal in die Hütte hinüber. Ich stand noch eine Weile mitten in unserem kleinen Zimmer, immer noch unsicher. Ich fingerte an Mamas Kette herum. *Na los, Pearly.* Mein Körper bewegte sich, und mir war, als würde jemand in meinem Kopf singen und mich antreiben, bevor ich es mir anders überlegte. Noch einmal blickte ich zu der Stelle, wo meine Stiefel neben der Tür gestanden hatten. In einer Reihe mit Mamas. Papas.

Ivys. Und die Lücke klaffte wie ein gezogener Zahn. So sehr, dass ich die anderen Stiefel zusammenschob, um sie zu schließen.

Ich machte mein Bett. Ich hinterließ eine Nachricht. *Bruno. Miles. Ein paar Tage. Sorry, Papa. Sorry, Ansell.* Und dann schlich ich mich wie ein gewöhnlicher Dieb hinaus in das Schneegestöber, verabschiedete mich kurz an Mamas und Ivys Grab und versprach, bald zurückzukommen. Die kleine Hütte wurde hinter mir kleiner und kleiner, so als würde sie mich bereits vergessen.

Windwölfe aus losem Schnee

Ich war schon eine Weile gegen die ZaZa-Winde und den Schnee anmarschiert, als von hinten ein Schlitten kam. Ich dachte, er sei geschickt worden, um mich zurückzuholen, also krabbelte ich über eine Schneewehe und versteckte mich hinter einem Baum.

Der Schlitten hielt dicht neben mir. »Was um alles in der Welt machst du hier?«, rief ein Mann. »Komm sofort her!«

Ich rutschte auf dem Po die Wehe wieder hinunter.

»Und zu wem gehörst du überhaupt?« Ich merkte schon, er war es nicht gewohnt, mit sechzehnjährigen Mädchen zu reden.

»Ich will nach draußen, nach Smoke River.«

Er sah mich streng an. »Und warum das?«

»Fahren Sie dorthin?«

»Na ja, so in die Richtung, trotz dieser üblen Zickzackwinde.« Die Pferde stampften mit den Hufen und warfen die Köpfe hin und her vor Ungeduld.

»Ich geh dann mal weiter«, sagte ich und hob meinen Rucksack auf.

»Du hast meine Frage nicht beantwortet.«

»Welche Frage?«

»Ich treff hier in der Gegend nicht viele junge Leute, schon gar nicht im Schneesturm«, sagte er und linste hinauf in die dicken Flocken. »Zu irgendwem musst du ja gehören.«

»Ich suche nach meinem Bären.«

Der Mann saß da und grübelte. »Bist du eine aus Swickers Camp?«

Man sollte meinen, es würde eine Ewigkeit dauern, bis sich in diesen Wäldern Nachrichten verbreiten.

»Mit Swicker hab ich nichts zu schaffen.«

»Üble Sache das.« Er schaute mich grübelnd an und wackelte dann mit einem Finger. »Ha, du bist Edons Tochter, stimmt's?«, sagte er und schlug sich mit dem Hut auf den Schoß. »Ich hab dich gesehen, da warst du noch ein kleines Ding, ein wilder Fuchs warst du, mit diesem hübschen Bären, hm? Schätze mal, Edon weiß gar nicht, dass du hier draußen bist.«

Ich besah mir das ausgerissene Knopfloch an meinem Mantel. *Schick mich nicht zurück. Schick mich nicht zurück.*

Er seufzte. »Na, du bist in die eine Richtung schon so weit wie in die andere. Schätze, er wird mich für diese Dummheit in Stücke reißen.«

Sein Name sei Achttage-Sam, sagte er. Er reichte mir die Hand, als ich auf den Schlitten kletterte. »Ich fahre fast bis Smoke River, bis zur Kreuzung, aber ich fahre nicht bis hin, mir läuft der Tag davon. Hast du gehört?«

Ich nickte. Mein Magen zog sich zusammen bei dem Gedanken, dass ich Bruno näher kam.

»Die beiden hier sind Starry und Bite«, sagte Achttage-Sam, als die Pferde anzogen.

»Bite?«

»Ja, meistens knabbert sie nur an einem rum, aber wenn

du ihr zu nah kommst, und sie ist schlecht drauf, dann merkst du das. Hat einem fast das Ohr abgebissen, als wir sie zugeritten haben. Keiner von den anderen Jungs mag sie besonders.« Er zuckte mit den Schultern. »Ich hab wohl was übrig für freche Ladys, hm?« Er schwieg eine Weile und fragte dann: »Weiß dein Vater, dass du wie ne Verrückte hier draußen rumrennst?«

»Swickers Neffe hat Bruno gestohlen. Ich will ihn zurückholen.«

»Das ist der Bär, hm?«

»Ja.«

»Soweit ich weiß, haben es Bären nicht so mit dem Schlittenfahren.«

»Er hat ihn betäubt. Und fährt nach Smoke River, um wegen Swicker die Mounties zu holen. Und um was Schlimmes mit Bruno anzustellen, glaub ich.«

»Hat Bruno was damit zu tun? Swicker, mein ich.«

»Bruno hat mit dem Mistkerl überhaupt nichts zu tun.«

»Okay. Okay.« Er pfiff leise vor sich hin und dachte nach. »Letzten Herbst ist hier ein Kerl herumgehuscht. Wanderprediger oder sonst so ein gottergebener Narr. Ich hab ihn bis zu Camp 15 mitgenommen, westlich von euch, und er hat mir von einem Kerl erzählt, der mit Tieren handelt. Zum Teufel, er hat sogar Bruno erwähnt. Meinte, er würde in der Nähe von Smoke River leben. Kauft Bären und Waschbären und so was, um sie im ganzen Land zu verkaufen. Straßenattraktionen hat er das genannt. Er steckt sie in Käfige und lässt Leute dafür bezahlen, einen Blick auf die armen Dinger zu werfen.«

Mein Glauben an die Menschen löste sich ein weiteres

Stückchen auf. Ich konnte mir nicht vorstellen, dass man irgendein Tier, schon gar nicht Bruno, zur Belustigung missbrauchte, so völlig erniedrigte. Mama hatte mich stets daran erinnert, dass Bruno und ich nicht unser ganzes Leben miteinander verbringen würden. *Eines Tages wirst du am Ende dieses Bären angelangt sein, Pearly. Irgendwann wirst du ohne ihn weitergehen müssen.* Aber dieser Zeitpunkt war noch nicht gekommen. Ich biss die Zähne zusammen und spürte, wie Kiefer und Schädel kantiger wurden vor Wut. »Wenn er Bruno auch nur ein Haar krümmt«, sagte ich, »bring ich ihn um.«

»He, Al Capone!«, sagte er und schaute auf mich herab. »Immer mit der Ruhe. Bei der Kälte geht hier alles langsamer, das weißt du doch. Du hast Zeit.«

»Wer ist Al Capone?«

»Jemand, der sich besser nicht mit einer wie dir anlegen sollte«, sagte er und schwieg dann.

An der Kreuzung erstreckte sich die überraschende Leere von Kartoffelfeldern in alle Richtungen, und Windwölfe aus losem Schnee eilten umher. Nichts begann dort, nichts endete.

»Ich fahre nach rechts«, sagte Achttage-Sam und reckte sein Kinn in die Richtung. »Ich muss in die Werkstatt, und dann fahr ich gleich wieder zurück.« Er sah eine Weile zum schneegefüllten Horizont hinüber. »Sicher, dass du das durchziehen willst?«

Ich nickte.

»Überleg's dir lieber noch mal.« Er wartete, aber ich änderte meine Meinung nicht. »Also gut, du musst nach links. Auswärts. Smoke River Road.« Ich schaute in die Richtung, in die er gezeigt hatte. Kein Baum und kein Lebenszeichen, so weit ich schauen konnte.

»Ich muss zu dem Haus hier«, sagte ich und reichte ihm den Umschlag der Liederfängerin.

Achttage-Sam warf einen Blick darauf und zuckte mit den Schultern. »Da kann ich dir nicht helfen, Kleine. Mit Buchstaben hab ich's nicht so. Aber wenn du in die Richtung gehst, kommst du bald zu ein paar Häusern.«

Er gab mir meinen Rucksack und Brunos kleine Holzschüssel. Meine Gelenke waren schmerzgefroren.

»Pass auf dich auf«, sagte er. »Ich lass dich ungern hier allein. Ich kann mir nicht vorstellen … na, jedenfalls … Ich geb Edon Bescheid, auch wenn er mir die Haut vom Leib ziehen wird. Und *dich* sehe ich in der Zeitung wieder, schätze ich.«

Er hielt kurz inne und wollte noch etwas sagen, zog sich dann stattdessen den Hut über die Ohren und nickte zum Abschied.

Ich sah zu, wie die Pferde auf den grauen Weg einbogen, der gerade und dunkel war und durch nichts vermuten ließ, dass dort etwas auf sie wartete. Ich schaute, bis sie nur noch ein dunkler Fleck am blassen Horizont waren. Mit ihrem Verschwinden leerte sich auch ein Teil von mir. Ich stand sehr allein auf einem weiten Feld mit nichts als einer dunklen, matschigen Spur, die mich zu Bruno führen sollte, und es fühlte sich an, als würde mein Zuhause mit jedem Schritt verblassen, wenn ich ihr folgte.

Ich ging in die Richtung, in die der Fuhrmann gezeigt hatte. Schließlich stieß ich auf ein paar Straßen. Smoke River bestand aus herausgeputzten Häusern mit Vorderfenstern wie Augen, und weil ich nicht wusste, wie ich nur mit Mamas Umschlag die Liederfängerin finden sollte, blieb ich bei einem Haus stehen, das geduckt unter kahlen Ulmen stand. Ein etwa zwölfjähriger Junge schaufelte eine Zufahrt frei. Die Schaufel war rot und hatte ein ramponiertes, geborstenes Blatt.

»Weißt du, wo die Liederfängerin wohnt?«, fragte ich.

Er wischte sich mit dem Fäustling Rotz von der Nase. »Ich kenn niemanden«, sagte er nüchtern, »aber du kannst meine Grammy fragen. Die kennt jeden.« Er zeigte zu dem Haus am Ende der Zufahrt, die er gerade freischaufelte. »Sie ist drinnen.«

Ich klopfte ein paarmal, bis eine ältere Frau durchs Fenster linste. Sie sah so aus, wie ich mir eine gute Fee vorstellte. Sie öffnete, und warme Luft, die nach Suppe roch, drang aus dem Haus.

»Wohnt die Liederfängerin hier in der Nähe?«, fragte ich und reichte ihr Mamas Umschlag mit der Adresse.

»Wer, meine Liebe?«, fragte sie, als stünde jede Menge schneidende Luft zwischen uns.

»Die Liederfängerin. Ich weiß ihren richtigen Namen nicht mehr.«

»Kenn ich nicht, tut mir leid. Ist sie mit dieser Minny Sears verwandt? Die hat vor ein paar Jahren mein Bohneneintopfrezept gestohlen, und jetzt …« Sie warf noch einen Blick auf den Umschlag und spähte dann über meine Schulter: »Clayton, du sollst den Schnee schaufeln, nicht erschlagen.«

Ich drehte mich um und sah, wie der Junge mit seiner Schaufel von oben in eine Schneewehe stieß, als wäre er dabei, eine Schlange zu erledigen. Es war ein langweiliger Teil des Tages, später Nachmittag, und ich konnte mir vorstellen, wie er sich fühlte. Kurz darauf machte er sich, mit dem Ergebnis seines Wütens zufrieden, halbherzig wieder ans Schaufeln.

Die Frau trat auf die Veranda hinaus, vorsichtig darauf bedacht, nicht mit ihren Hausschuhen gegen den Salzeimer zu stoßen. Sie setzte eine Brille auf, die ihr an einer Kette um den Hals hing. »Camp 33? Wo um alles in der Welt –«

»Die andere Adresse«, sagte ich und zeigte auf die linke Ecke des Umschlags. »Ebony wohnt auch da.«

»Das unverschämte Weibsbild suchst du? Mit dem losen Mundwerk und der stillen Freundin?«

Ich nickte. Sie nahm mich beim Ellbogen, führte mich bis ans Ende der Veranda und wies die Straße entlang zu einem butterfarbenen Haus. »Das da, das gelbe, ganz am anderen Ende des Ortes. Ziemlich dunkel dort gerade. Willst du hier warten, bis sie zurückkommen? Geht einem ganz schön in die Knochen, das Wetter.«

»Schon in Ordnung«, sagte ich. »Wenn mir zu kalt wird, komm ich zurück.«

»Ich bin hier«, sagte sie, »und höre Radio.«

Ich ging die Zufahrt wieder hinab, vorbei an Clayton, der nun mit einem riesigen Eiszapfen im Schnee herumstocherte wie mit einer Harpune. Swicker ging mir durch den Kopf und dann wieder davon. Ich folgte der vereisten Straße beinahe bis an ihr Ende und setzte mich dann auf die Betontreppe vor Ebonys Haus, auch wenn Mama gesagt hätte, dass man so am besten zu Nierensteinen kommt. Ich wurde die Kälte in mir gar nicht mehr los. Ich kauerte mich hin und versuchte, nicht wütend zu sein wegen allem, was passiert war und sicher noch passieren würde. Ich zog ein Schinkensandwich, das ich aus dem Kochhaus geklaut hatte, aus dem Hemd. Ich hatte es in meine lange Unterwäsche gesteckt, direkt an meine Brust, doch es war trotzdem halb gefroren. Ich war so müde. Müde genug, um mich beim Kauen in die Wange zu beißen. Der heiße Schmerz machte mich noch wütender auf meinen eigenen blöden Mund und den ekligen Geschmack des Fetts.

Als ich aufgegessen hatte, wurde es dunkel – bald halb fünf, schätzte ich. So kalt, dass es wehtat zu atmen. Ich lief ein wenig die Straße entlang, um warm zu bleiben, obwohl die Schneewölfe noch immer um mich herumsprangen und mir manchmal ins Gesicht bissen. Ich winkte allen Leuten, die mich aus ihren hellen Fenstern vorbeigehen sahen, weil sie nicht merken sollten, wie wütend und traurig ich war. Ein paar winkten zurück. Während ich mir die Kälte aus den Oberschenkeln schlug und aus der Lunge hustete und darüber nachdachte, zum Haus der Frau zurückzugehen, um dort ihre Suppe zu essen, hob und senkte sich ein Surren. Ich schaute über die hohen Schneewehen, konnte aber nirgends etwas entdecken. Doch dann sah ich es: ein Auto, das langsam rückwärts auf mich zugefahren kam.

»Pearly? Bist du das?«

Ich trat an die Fahrerseite. Ebony winkte. »Hab mir ganz schön den Hals verrenkt bei dieser Rückwärtsfahrerei, das kann ich dir sagen!« Sie drehte sich zu ihrer Beifahrerin um. »Nicht zu fassen – es ist Pearly Everlasting!«

Die Liederfängerin beugte sich hinüber. »Pearly, Liebes, was um Gottes willen machst du hier, hier Draußen?«

Ebony drehte den Kopf hin und her. »Ja, weiß deine Mutter, wo zur Hölle du bist?«

Ich setzte zu einer Erklärung an, doch sie winkte ab. »Erzähl es uns im Auto. Es ist nicht wärmer … aber trockener.«

Das Auto war ein alter McLaughlin-Buick. Ein Gangsterauto, erklärte Ebony, ein lächerliches Ding mit von Mäusen zerfressenen Türplanen anstelle von Blech. Man kam sich vor wie in der Haut eines Tieres. Einem, dem die Flügel fehlten.

»Außerdem ist das Getriebe im Eimer. Diese Woche war ich schon drei Mal bei diesem nutzlosen Mechaniker, Everette Dingsda. Drei Mal! Es fährt nur rückwärts … und die da«, sagte sie und nickte in Richtung der Liederfängerin, »ist ungefähr so brauchbar wie eine betrunkene Gans, wenn es um mechanische Sachen geht.«

Im kraftlosen Winterlicht schaute sie durch das kleine eisbeschichtete Fenster hinaus an mir vorbei zum anderen Ende des Wagens, um sich zu vergewissern, ob wir ein Schlagloch umfahren hatten. Die Fahrt zum Mechaniker dauere eigentlich nur eine halbe Stunde, aber rückwärts und in dem Schneetreiben hätten sie fast eine Stunde gebraucht. »Eine Fünf-Zigaretten-Fahrt«, sagte sie. Die ganze Zeit saß ich nervös da und sah, wie der sich verdunkelnde Ort von hinten an mir vorbeizog. Der Wagen war zu laut, um Erklärungen abzugeben. Außerdem machte ich mir Sorgen, sie würden mich zurückschicken.

Bald kamen wir am Haus der alten Frau vorbei, in dem die Fenster erhellt waren; Claytons Schaufel lag verlassen in der Einfahrt, und kurz darauf waren wir bei dem gelben Haus. »Halleluja!«, rief Ebony. »Wir haben es geschafft!« Sie lenkte den Wagen in ihre Einfahrt, an der sich zu beiden Seiten der Schnee häufte.

Vor vielen Müttern hatte das Haus mal Ebonys Urgroßmutter gehört und war, so erklärte sie, seitdem stets an das erstgeborene Mädchen weitervererbt worden.

»Das wird natürlich mit mir enden«, sagte sie und trat sich an der Tür den Schnee von den Stiefeln. »Trotzdem, eine sehr gute Tradition.«

Es war ein Haus mit halb hochgezogenen Jalousien und Frühstückstellern, die noch am Abend auf dem Tisch standen. Es war ein Haus, das mit anderem beschäftigt war als damit, ein Haus zu sein. Überall lagen Bücher verstreut. Eine Wand im Wohnzimmer hing voller Papierschnipsel und aus Zeitschriften ausgerissener Artikel. Alles von Stecknadeln durchbohrt.

»Ebonys Ideen«, erklärte die Liederfängerin.

Ebony sagte, sie habe früher Zimmer vermietet, aber dann entschieden, dass sie niemanden genug mochte, um das zusätzliche Geld zu rechtfertigen. Jetzt lebten die Liederfängerin und sie und ein, zwei streunende Katzen hier, die so lange blieben, wie es ihnen beliebte. Ich hatte Schwierigkeiten, mich zu konzentrieren, bei all meinen wunden Gedanken und all den Dingen, die diese vielen Zimmer füllten und meine Blicke einfingen.

Ebony zog an einer Kette an der Decke, und der Raum wurde hell.

»So«, sagte die Liederfängerin. »Ich koch uns Tee, und dann werden wir schon aus dir schlau.«

Apfelkuchen und Tee neben einem kleinen Kohleofen. Ich erzählte ihnen alles, was in diesem schrecklichen Winter vorgefallen war. Mama und Ivy. Das Fieber und das Feuer. Papa, der jeden Tag länger im Kochhaus blieb, und die schielenden Pferde. Ich erzählte ihnen von Swicker und wie er ausgesehen hatte, als wir ihn fanden, und dann sagte ich nichts mehr.

Die Liederfängerin sprach als Erste. Ihr würden die Worte fehlen für das, was Mama und Ivy zugestoßen sei. Es tue ihr wirklich leid, dass jemand so Gutes von uns gegangen sei.

Ebony hob eine Augenbraue und sah die Liederfängerin von der Seite an. »Andauernd erzählen einem die Männer, dass es in den Wäldern Dinge gibt, von denen wir keine Ahnung haben ... und das alles nur für ein paar Kirchenbänke, Klavierhocker und Wäscheklammern«, seufzte sie. »Aber das erklärt nicht, warum Edon dich mitten in einem Sturm hergeschickt hat.«

»Swickers Neffe und ein paar Männer dachten, es wär Bruno gewesen.«

»Und?«, fragte die Liederfängerin.

Ich antwortete erst nach einer Weile. »Heute Morgen habe ich nach Bruno geschaut, und er war verschwunden.«

»Und dein Vater meinte, okay, Tochter, geh hinaus in die Fänge des Winters, und mach dich auf die Suche nach ein paar bösen Männern?«, fragte Ebony.

Ich erwiderte nichts, und dieses Nichts erfüllte den Raum für einen Moment.

»Okay«, sagte Ebony. »Okay.« Sie zog eine Straßenkarte aus einer übervollen Schublade und fuhr mit dem Finger um Smoke River herum auf der Suche nach einem Namen, einem Ort, der passen könnte. »Verdammt. Ich hab keine Ahnung, wo man da anfangen soll«, sagte sie, und ihre Nase berührte fast das Blatt, als sie Wege und Flüsse absuchte. Sie kam hoch auf die Knie. »Weißt du, wie wir es herausfinden *könnten*?«

»Ach, Ebbie, nein«, sagte die Liederfängerin.

»Mir fällt nichts anderes ein, wie wir diesen verdammten Bruno-Dieb finden sollen.«

Die Liederfängerin seufzte.

»Wie?«, fragte ich.

»Beim Hufschmied«, sagten die beiden im Chor.

Beim Hufschmied handelte es sich um einen baufälligen Schuppen, der im Hinterhof des Schmieds abgebaut und in einem anderen Hof wieder aufgebaut worden war. Es gab genug Platz für eine Handvoll Männer – wenn sie sich ihren eigenen Stuhl mitbrachten –, die aus alten Milchflaschen etwas tranken, das sie *Rin Gummy* nannten. Die Art Männer, so Ebony, die ganze Nachmittage damit verplemperten, sich ernsthaft über gar nichts zu unterhalten und sich von allem Weiblichen fernzuhalten. Um sie zum Schweigen zu bringen, erzählte sie grinsend, genügte es, wenn eine Frau vorbeikam und *Hallo, Jungs* sagte. Dann starrten sie alle auf ihre scharrenden Schuhe. Außer bei Ebony, wie sie mir fast prahlend versicherte – sie dürfe jederzeit dort auftauchen. So hatte sie den nutzlosen Mechaniker kennengelernt, Everette Dingsda, und so würde sie auch Bruno finden.

»Und warum sollten sie mit dir reden?«

»Gute Nachbarschaft und weil ich eine Flasche von dem Gekauften mitbringe. Darum.«

»Und die wissen, wo Bruno ist?«

»Ich schätze mal, die kennen jemanden, der jemanden kennt, der weiß, wo Bruno ist«, sagte die Liederfängerin und spielte mit ihrer Teetasse.

Nach einer Weile kam Ebony zurück ins Zimmer und trug eine Weste, Tweed-Knickerbocker, dicke blaue Socken und eine Fliege. Sie wirkte mürrisch und schwanenhaft zugleich.

»Wow!«, sagte ich.

»Exactement«, bestätigte sie. Sie fuhr sich über ihr glattes kurzes Haar und besah sich meins. »Vielleicht können wir was mit deinem Haarschopf machen, wenn ich zurück bin.«

»Du siehst sehr elegant aus, Ebbie«, sagte die Liederfängerin und richtete ihr die Fliege.

»Na ja, wir haben da ein Mädchen und einen Bären, die dringend wieder zusammengehören.« Sie wühlte in einem hohen Schrank herum und zog eine Flasche mit einer dunklen Flüssigkeit heraus. *Canadian Club.* Um den Flaschenhals hing eine Hasenpfote an einer Kette. Sie warf die Pfote auf den Tisch und steckte die Flasche ein. Dann riss sie die Hintertür auf und rief: »Wartet nicht auf mich. Ich werd mir einen anduseln!« Sie schlug die Tür zu, und all die kleinen Papierstücke und Fotos an der Wand raschelten an ihren Nadeln.

»Großmaul«, sagte die Liederfängerin, als es wieder still wurde im Haus. »Aber es wird funktionieren. Ach, ich wollte dir was zeigen.«

Sie brachte eine Kiste an, die ich schon kannte. Darin befanden sich ihre Wachszylinder. Einen davon spannte sie in ihre alte Edison ein. Und nach einem Kratzen schwebte Mamas körperlose Stimme ins Zimmer und sang, was sie uns an sturmgepeitschten Tagen in der Hütte vorsang, die wir alle gemeinsam durchstehen mussten. Es war, als würde ich nach Hause kommen. *Danse, mon moine, danse! Tu n'entends pas la danse!* Der Wachszylinder ließ Mamas Stimme traurig und hoffnungsvoll zugleich klingen, wie sie da von dem armen kleinen Mönch sang.

Wir hörten Mama zu, und ich spielte mit der Hasenpfote. Auf dem Metallband um den Knöchel stand *Viel Glück.* Ich strich mir mit dem Fell über die Wange und spürte die langen, scharfen Krallen.

»Behalt sie«, sagte die Liederfängerin. »Du kannst Glück gebrauchen.«

Ich hängte sie an meinen Overall, aber nicht wegen des Glücks; es ging mir um das Tierische. Knochen und Fell und Krallen.

Nachdem wir uns Mama ein paarmal angehört hatten, räumte die Liederfängerin die Edison beiseite, führte mich zur Couch und beschwerte mich mit ein paar Decken. Im Halbschlaf lauschte ich, wie das Haus in den Winden knarzte, die von den weiten Feldern herwehten. Irgendwann viel später kehrte Ebony von ihrer »Wackelbrause mit den Jungs« zurück. Sie schleuderte ihre Stiefel von sich, die als feuchter Haufen auf der Küchenmatte landeten. Dann zog sie an der Kette, und das Licht stach mir boshaft grell in die Augen.

»Männer wollen immer alles für sich behalten, Pearly Everlasting Hazen! Glaub ja nichts anderes. Sie sagen dir nicht, wo man ein Geschäft mit Klafterholz machen kann oder einen guten Vorschlaghammer kriegt. Sie verraten dir nicht, wie man einen Schuppen richtig deckt. Lieber schauen sie zu, wie du es falsch machst, damit sie hinterher sagen können, sie hätten schon die ganze Zeit gewusst, dass du's falsch machst«, sagte sie und rollte bei dem Gedanken daran mit den Augen. »Aber fall ja nicht darauf rein, Pearly.«

Das versprach ich ihr. »Aber was ist mit Bruno?«

»Also, die Jungs haben erzählt, es gebe da einen Typen, der habe schon ein, zwei Bären ins Landesinnere verkauft, als Kuriosität, als …«

»Straßenattraktion.«

»Bingo. Es gebe da wohl einen Schuppen voller armer Viecher draußen hinter der Burnt Hill Road, auf der andern Seeseite, da, wo niemand wohnt.«

Ich holte hoffnungsvoll Luft. »Gehen wir gleich los?«

»Immer langsam mit den jungen Pferden. Morgen ist Vollmond, und ich bin dann nicht mehr so voller Wackelbrause. Morgen holen wir Bruno.« Sie gab mir einen Schmatz auf die Stirn und machte das Licht aus. »Aber ich will verdammt sein, wenn ich wüsste wie, Mädchen.«

Ich lauschte, wie sie krachend und rempelnd den Weg zum Schlafzimmer fand, dann wurde das Haus wieder still.

Vom Toten zur Legende

Am Tag nach Brunos und Pearlys Verschwinden kamen drei Mounties und ein amtlicher Leichenbeschauer ins Camp 33. Edon drängte immer wieder darauf, dass er nach Draußen müsse, um Pearly zu holen, doch die Mounties ließen niemanden aus dem Camp, ganz gleich, aus welchem Grund. Von Anfang an hielten die drei Swickers Tod für verdächtig, waren dabei allerdings geteilter Meinung. In den folgenden Tagen fiel der Regen langsam und anhaltend, und wurden die Männer wieder und wieder befragt, bis sie sich in ihrer Kleidung wanden, denn die meisten Holzarbeiter hatten durchaus Erfahrung mit dem Gesetz in Form von Ausnüchterungszellen und Sommermonaten in Bezirksgefängnissen. Was die Alibis anging, so sprachen die Fuhrleute für die Roder und die Holzfäller für die Sandschaufler.

»Es ist einfach verflucht noch mal nicht möglich, dass ein Hilfsarbeiter in Los fünf weiß, was ein Fuhrmann in Los sieben den ganzen Tag so treibt!«, zischte und spuckte Miles, der neben einem Constable stand und jeden einzelnen Mann einen noch schlimmeren Lügner als den vorigen schimpfte.

Die Spannungen nahmen zu. Die Mounties packten eine neue Runde abgegriffener Fragen aus, und die Männer machten sich Sorgen wegen der unbezahlten Tage. Sie machten sich Sorgen, weil die Arbeit nicht erledigt wurde und weil es keinen Vorarbeiter gab. Viele waren unglücklich darüber, dass Bruno fortgeschafft worden war und Pearly Everlasting vermisst wurde. Das Drunter und Drüber beeinflusste auch ihren Blick auf die Wälder. Manche sprachen leise von etwas dort draußen, das auf sie zugekrochen komme, während sie arbeiteten. Das vielleicht auf einem Stumpf sitze, aber auf eine schiefe Art fort sei, sobald sie sich umdrehten und schauten. Ihnen fiel auf, wie die Pferde scheuten und ihre Ohren in alle Richtungen drehten, wie Wind aufkam und mit ihm Geräusche, die er dann an Orten absetzte, wo sie nicht hingehörten.

Die Ermittlungen dauerten vier Tage. Die Mounties fanden einen einsamen Fäustling, aber niemand erhob Anspruch darauf. Sie stießen auf ein paar ovale Abdrücke wie von einem Gewehrknauf, aber es gab nur eine Waffe im Camp, und Edon zeigte ihnen, wo an seinem Gewehr – einer Bockflinte ohne allzu großen Rückstoß – ein Stück aus dem Knauf fehlte, sodass es einen v-förmigen Abdruck hinterließ, wenn man es in den Schnee drückte. All die anderen Abdrücke hatten sich längst vermischt.

Der Leichenbeschauer – ein Kettenraucher mit einem bösen Mundwinkelzucken – ließ sich bei der Begutachtung von Swickers Verletzungen Zeit. Ansell hörte, wie er zu einem Mountie mit Bisamrattenhut sagte: »Sonderbare Wunden sind das. Könnten von einem scharfen Werkzeug sein, was Langem –«

»Na, so was gibt's hier ja zur Genüge«, unterbrach ihn der Mountie, der ungeduldig darauf wartete, wieder nach Draußen zurückzukehren, fort von diesen bunt zusammengewürfelten Gestalten mit ihren Narben, fehlenden Fingern und Vogelscheuchengesichtern.

Der Leichenbeschauer hustete lang und spuckte den Schleim in den Schnee. Friedhofshusten nannten die Holzfäller so was. »Trotzdem, diese verdammten Wunden sehen aus wie von einem Tier. Lange Krallen. Stark. Brutales Vieh.«

»Ein Bär vielleicht? Die hatten hier einen.«

»Müsste ein großer sein.«

»Nee, der hier war wohl ein Kümmerling. Ein Haustier. Höchstens vierzig Kilo und ein paar Zerquetschte.«

Die Männer standen eine Weile schweigend da.

»Kann sicher Schaden anrichten, aber einen Mann von dieser Größe töten? Zweifelhaft.«

»Dein letztes Wort?«

Der Leichenbeschauer zündete sich an seiner Kippe die nächste Zigarette an. »Mein letztes Wort ist: unklar.«

»Fremdeinwirkung?«

»Was Fremdes war's auf jeden Fall, aber ich hab keinen blassen Dunst, was.«

So verwandelte sich Swicker von einem Toten in eine Legende – der schlimmste Vorarbeiter im Wald lebte in Gerüchten und Vermutungen weiter. Die Mounties packten zusammen, unterschrieben ihre Berichte, einigermaßen überzeugt, dass keiner der Holzfäller ein Mörder war, und das Unternehmen schickte einen neuen Boss ins Camp. Das hätte so oder so ausgehen können, aber sie schickten einen Mann der leisen Töne, Mitte fünfzig, der von seinem Schlitten stieg, jedem die Hand schüttelte und sagte: »Ich hab einen Job zu erledigen, Männer, aber ich habe nicht vor, einen reichen Mann auf Kosten eines armen noch reicher zu machen. Ich will, dass es gerecht zugeht und wir alle es im Frühling an einem Stück wieder hier rausschaffen.«

Der folgende Tag war der 1. April. Es fielen fünfzig Zentimeter Schnee, sodass im Wald an manchen Stellen zwei bis zweieinhalb Meter lagen. Wenn die Männer nicht Schnee räumten, sprachen sie über Pearly und darüber, wie ein junges Mädchen zu dieser Jahreszeit durch den Wald kommen sollte. Vieles von dem, was sie dachten, blieb aber unausgesprochen.

Eine Woche später ließ der Frühling es dunstig grün sprießen. Edons Bein tat ihm nicht mehr so weh, und er konnte aufstehen und umhergehen. Er schälte Kartoffeln im Kochhaus, fettete Brotpfannen ein und erledigte alle möglichen Arbeiten im Sitzen, während er neidisch zuschaute, wie Ansell durch seine Küche tobte. Dann wieder wirkte Edon, als wäre er anderswo – in sich gekehrt, stumm. Er schlief nicht viel. Ansell hörte ihn manchmal in der Hütte, wie seine Krücke auf die verzogenen Dielen pochte, wenn er hin und her ging. Zum ersten Mal war er allein dort drüben, und Ansell fand, es sei nicht recht: ein kranker Mann, der vor lauter Sorge nur noch kränker wurde.

»Ich geh los und hol sie«, sagte Edon eines Nachmittags, als der Graupel gegen die Fenster prasselte wie Schotter.

»Wo willst du denn anfangen?«, fragte Ansell.

»Smoke River, denk ich. Jimmy meinte, sie sei Miles in die Richtung gefolgt. Obwohl dieser Mistkerl von Neffe das weder zugibt noch bestreitet.«

Ansell dachte eine Weile nach. »Komm du wieder auf die Füße, und ich gehe.«

»Das würdest du tun?«

Ansell nickte.

»Na, das ist ja bald so weit«, sagte Edon und tat ein paar Tritte mit dem Bein, um das zu beweisen. »Zur Hölle, ich würd mich auf Ellbogen herumschleppen, wenn du deswegen rausgehst, um nach ihnen zu suchen.«

Zurück in ihre eigenen stillen Königreiche

Wie Ebony versprochen hatte: Als der Mond sich in der folgenden Nacht blau färbte, fuhren wir rückwärts durch Smoke River, vorbei an all den Briefkästen mit ihren schlaffen Überbissen; die wenigen Autos auf den dunklen Straßen bewegten sich wie glänzende Augen durch die Bäume. Ich lag quer über dem Rücksitz, damit Ebony durch die Heckscheibe etwas erkennen konnte. Manchmal steckte sie den Kopf zum Fenster hinaus, doch dann gerieten wir meist zu weit nach rechts.

Am Ufer des Sees blieben wir stehen. Ebonys Jungs zufolge lag der Tierschuppen auf der anderen Seite, wo niemand wohnte. Unter unseren Füßen kleine Löcher, wo der See gefroren, aufgetaut und wieder gefroren war, sodass sich Taschen voll Luft gebildet hatten.

Wir rochen den Schuppen, bevor wir ihn erreichten: Es stank nach eingesperrtem Tier; Pisse und Moschus, Fell und Furcht. Der Schuppen war ein notdürftig hingewürfeltes Konstrukt aus Kistenholz und geklauten Stoppschildern. Wir schlichen darum herum, damit sich die Tiere drinnen nicht erschreckten. Ich fand ein Brett, das sich losgeklappert hatte, und leuchtete mit meiner Laterne hinein. Wilde Tiere zitterten in schlecht gebauten Käfigen, alle möglichen Arten. Rote Augen. Grüne Augen. Weiße Augen. Ein halbes Dutzend maskierte Augen, Kreaturen mit kahlen Stellen in den Gesichtern vom Scheuern an Stangen und Hühnerdraht. Kleine Tiere, die nervös auf kleinen Füßen umherhuschten.

Keines davon gehörte neben das andere. Als wäre die ganze Welt, nicht nur meine eigene, umsortiert worden, als hätte eine namenlose Gottheit den Wald geschüttelt. Bruno war nicht unter den Tieren. Ich suchte nach zerstreuten Restchen von Kraft in mir, doch immer kam mir nur wieder der Gedanke *Er ist nicht hier. Er ist nicht hier. Er ist nicht hier.*

»Warte, Pearly«, flüsterte die Liederfängerin, »warte, bis wir reinkommen.«

Auf der windabgewandten Seite der Scheune pfiff Ebony leise. Ich kam mit meinem Licht um die Ecke, und sie zeigte auf die Tür: ein Vorhängeschloss an einer rostigen Kette. Die Liederfängerin hatte an ein Brecheisen gedacht, und Ebony hakte es an einem Kettenglied ein. Sie drehte, bis es nach altem Blut riechend zerbrach, nahm die Kette ab und warf sie mit dem Schloss ins Erlengestrüpp. Dann hebelten wir die Tür auf.

Stapel von alten Reifen, Metallschrott, Heizöl und Dutzende Tiere. Aus ihren klapprigen Käfigen und Körben drangen nur wenige Geräusche, während ich an ihnen vorbeiging und ihnen in die flachen Augen leuchtete. »Hier ist er nicht.«

»Was?«, schnappte Ebony, ihr Gesicht nah an meinem. Sie drehte die Flamme ihrer Laterne höher, und der Glühstrumpf zischte und brachte das flackernde Licht näher an die Käfige. Jedes der Geschöpfe wich in die dunkelste Ecke zurück. »Die Rin Gummys irren sich in solchen Dingen nie.« Sie besah sich noch ein paar Minuten lang die Tiere. »Bin gleich wieder zurück. Lasst die armen Viecher raus, bevor sie noch anfangen, Radau zu machen.« Sie schlich sich hinaus und verschwand irgendwo jenseits von dort, wo wir standen – kalter blauer Wind umkroch uns alle.

Ich rief ein paarmal nach ihr, doch die Liederfängerin legte mir eine Hand auf die Schulter, damit ich schwieg. »Ebony schaut sich um. Wenn er hier ist, findet sie ihn.«

Wir wandten uns den anderen zu: Biber, Otter, Hermelin, Fuchs und Waschbär waren darunter. Ich wollte ihrem Lärmen und Zischen nicht näher kommen, ihren Gesichtern, die nicht Bruno waren. Trotzdem wickelten wir uns die Mantelschöße dick um die Hände. Wir trugen die Kisten hinaus, öffneten die Klappen, zerschlugen die Rahmen und entließen die verschreckten Tiere hinaus in den Wald oder über den See zurück in ihre eigenen stillen Königreiche. Diejenigen von ihnen, die in den Wintermonaten blass wurden, nahmen unter dem Mond einen blauen Schein an und schlichen sich davon, manche stolz und mit hohen Schultern, andere wie geschlagen von dem, was ihnen angetan worden war. Ich sah jedem von ihnen nach, und eine neue Art von Traurigkeit stieg in mir auf.

Als ich gerade den letzten Hermelin freiließ, die Augen feucht und teilnahmslos, kam Ebony wieder hinter dem Schuppen hervor.

»Ich glaub, ich hab ihn gefunden«, flüsterte sie. »Aber es wird nicht leicht.«

»Mir egal, wie schwer es ist«, sagte ich, obwohl doch schon alles andere mir so viel abverlangt hatte.

Der zweite Schuppen stand tiefer im Wald. Wir folgten Ebonys Spuren und hielten dann vor der Tür inne. »Bereit?«

Wir nickten. Sie seufzte. »Ich will hier draußen nicht gefressen oder erschossen werden. Wir müssen vorsichtig sein.«

Drinnen stellte Ebony ihre Laterne auf den Boden, sodass sie zwei Käfige beleuchtete. In dem einen konnte ich nicht erkennen, um welche Art Tier es sich handelte, aber bei dem anderen, in der hintersten Ecke, gab es keinen Zweifel.

»Bruno!« Ich lief zu seinem Käfig. Er stand auf, doch sein Blick war der eines wilden Tieres. »Bruno?«, sagte ich wieder. »Ich bin's.« Er schnaubte mir heißen, sauren Atem ins Gesicht, ganz verschreckt über das, was er sah und was er nicht sah.

»Was ist mit ihm?« Sein Gebaren war mir gänzlich unvertraut. »Brunnie?«

»Pearly, er ist nur durch den Wind, er wird schon wieder«, rief Ebony mir zu.

»Nein«, entgegnete ich. »Mit ihm stimmt was nicht.«

»Lass ihn einfach kurz in Ruhe.«

Das war das erste Mal, dass Bruno mir ganz unverständlich war. Es war, als hätte er mir sein Geheimnis verraten und als hätte ich ihn all die Jahre falsch verstanden. »Das ist nicht Bruno!«, sagte ich.

»Natürlich ist er das. Schau ihn dir doch an.«

Ich wartete darauf, dass er meinen Geruch wahrnahm und wieder zu Sinnen kam, und leuchtete an seinem Körper hinab. Er hatte einen zimtfarbenen Stern auf der Brust. Nicht Bruno.

»Das hier«, rief ich über die Käfiggeräusche hinweg, »ist ein wilder Bär!«

»Pearly, Schätzchen. Du musst ihm Zeit lassen, wir müssen –«

»Oh, du meine Güte, Ebbie. Sind das Wölfe?«, fragte die Liederfängerin.

Ebony hielt ihre Laterne näher an den zweiten Käfig. Die Geschöpfe erinnerten sich an irgendein dunkles Gesetz gegen Feuer und Licht und Menschen und verbargen ihre Gesichter. Sie bleckten die Zähne und knurrten breit durch ihre Lefzen. »Wolf genug für uns. Verdammt«, seufzte sie. »Coydogs und ein wilder Bär.«

»Aber wo ist Bruno?«

Die Scheune war inzwischen das reinste Chaos aus Lärm und Wut und aufgeplustertem Fell, und wir mussten schnell etwas unternehmen, bevor wir im Umkreis von zwanzig Meilen noch jemanden weckten.

»Hier, glaub ich, hier«, rief die Liederfängerin vom anderen Ende der Scheune aus.

Bruno steckte in einem Käfig hinter diesen zotteligen Geschöpfen. Wir konnten nicht an ihn heran, ohne den anderen nahe zu kommen.

»Wir müssen die hier erst rausschaffen«, sagte die Liederfängerin.

Sie und Ebony wühlten in einer alten Truhe herum, die unter verrotteten Planen versteckt stand, und fanden Armeedecken und ein paar Säcke.

In einer anderen Ecke standen aufgereiht wie Knochen mehrere dicke Holzpflöcke. »Rechenstiele, Ebony!«, sagte ich.

»Bring sie her!«

Die Liederfängerin und ich schoben die Stiele der Länge nach durch den ersten Käfig und legten dann ein paar der Säcke darüber, um den Kojoten die Sicht zu nehmen. »Bereit?«, fragte die Liederfängerin.

»Wie nur was«, antwortete ich und lächelte meine Angst weg.

Wir trugen den Käfig wie eine königliche Sänfte über den glatten Scheunenboden. Die ganze Zeit über sabberten und schnappten die Kojoten. Ich konnte spüren, wie dringend sie etwas zerbeißen wollten. Wir trugen sie hinaus in die Schneeluft, ihren wütenden Lärm im Ohr. Sie hatten einen Teil des Drahts an der Käfigtür durchgekaut, und es war nicht schwer für die Liederfängerin, den Rest mit ihrem Rechenstiel abzuhebeln. Sie öffnete die Tür und trat weit zurück. Die Tiere kamen kauernd und bedächtig heraus. Eines stahl sich schleppend aufs Feld und pinkelte dorthin, und ich musste wegschauen angesichts dieser so erniedrigten Wildheit. Sie beäugten uns noch einmal aus den Augenwinkeln, dann gingen sie seitwärts wie Krabben gemeinsam in Richtung Wald.

»Pearly, den Bären lässt besser du frei«, sagte Ebony und zerrte den Käfig mit einem Rechenstiel ans Licht.

»Ich? Warum ich?«

»Du kennst dich aus.«

»Zum Teufel, Ebony. Doch nicht mit wilden Bären!«

Die Liederfängerin kam zu mir. »Ich helf dir.«

Der Bär war größer als Bruno, aber noch ein Jährling mit angsterfülltem Blick. Seine Klauen und Zähne bluteten, wo er an den Käfigwänden geknabbert und gerissen hatte. Als wir näher kamen, drehte er sich im Kreis und versuchte, uns alle gleichzeitig im Auge zu behalten. Als wir mit dem Käfig hinauswankten, konnte er sich nicht auf den Pfoten halten, sodass er noch mehr aus der Fassung geriet und uns fast umwarf. Der Bindedraht war fest um die Luke gewickelt und gab nicht nach. Ich zog mein Häutemesser und wollte ihn entwirren, doch die Liederfängerin schnappte es sich.

»Lass mich«, sagte sie. Sie sprang vor und zurück und stach dabei nach dem Draht wie ein Seeräuber, während der Bär nach ihr schlug. Schließlich hatte sie ihn so weit gelockert, dass wir ihn mit dem Stiel aufhebeln konnten. Wir mühten uns noch ein paar Minuten ab, dann gab die Luke nach, und der Bär sprang heraus. Doch statt in den Wald zu verschwinden wie die Kojoten, kehrte er sich zu uns um; wütende Muskeln zeichneten sich unter seinem stumpfen Fell ab. Er griff mich als Erste an, und ich fiel rücklings zu Boden.

Die Liederfängerin hämmerte mit dem Stiel gegen den leeren Käfig. »Heh! Heh! Heh!«, rief sie und verschaffte mir so Zeit, wieder aufzustehen. Der Stiel verfing sich im Käfig und fiel in den Schnee. Als die Liederfängerin sich danach bückte, bäumte sich das Vieh auf. Ihr langer roter Schal hatte sich gelockert, und ein Ende hing ihr bis zur Hüfte. Der erregte Bär schnappte danach und fing an, daran zu reißen. Mit jedem Zerren wickelte sich der Schal enger um ihren Hals. Ich konnte fast sehen, wie das Blut hinter ihren Augen pochte, ihre Lungen sich leerten.

Ich schnappte mir meinen Holzstiel. Es kam mir absurd vor, dass ich einem Tier, das wir gerade erst vor dem

Schlimmsten bewahrt hatten, jetzt den Schädel einschlagen musste. »Lass sie los!« Ich hieb mit dem Stiel auf seine Schnauze. Es war, als würde ich Bruno schlagen. Ich schlug noch einmal zu. Sein Gesicht funkelte vor Schmerz, und er ließ den Schal los.

Einzelne rote Fäden baumelten an seinen Eckzähnen. Er wich zurück, bis er kehrtmachen konnte, dann rannte er davon in den Wald. Ich stand noch ein paar Minuten da in dem blauweißen Feld und hielt den Stiel in die Höhe, falls er auf die Idee kam umzukehren.

»Alles okay?«, fragte ich die Liederfängerin, die immer noch im Schnee kniete.

Sie hustete und nickte dann.

»Das war mal eine Furie«, sagte ich und konnte den Leichtsinn nicht unterdrücken. »Wenn du neben der aufwachst, musst du dir den Arm abkauen, um freizukommen.«

Die Liederfängerin fing an zu lachen, aber davon musste sie wieder husten.

»Und verdammich«, fuhr ich fort. »Nicht mal ein ›Wie geht's?‹.«

»Oder ›Was ein hübscher Schal!‹« Die Liederfängerin johlte. »Schätze, sie hat es nicht so gemeint.«

»Kommt ihr beiden, oder was?« Ebony stand neben dem Scheunentor und hatte die Arme fest vor der Brust verschränkt. »Ich kann ja hier nicht alles allein machen.«

Ich half der Liederfängerin auf, und wir gingen zurück zum Schuppen – der Geruch von wildem Bär hing noch sauer in der Luft.

Inzwischen meckerte Bruno so laut, dass fast das Dach einstürzte. Er sah aus, als steckte er in einem zerknitterten

Anzug. Anders als bei den anderen Tieren war sein Käfig aus Eisen. Zugeschweißt, nicht zugekettet. Er drückte sich an die Rückseite, doch als er meinen Geruch wahrnahm, kam er nach vorn gestürmt, winselte und blinzelte. Bärenaugen. Brunoaugen. Er nagte an den Stäben und drückte die Schnauze durch den dünnen Spalt.

»Hallo, Zweiauge«, flüsterte ich in die schwarze Dunkelheit. »Jetzt ist alles gut.«

»So kriegen wir ihn auf keinen Fall raus. Wir müssen das ganze Ding bewegen«, sagte die Liederfängerin.

»Und was dann?«, fragte Ebony. »Niemals kriegen wir einen Käfig mit Bär drin in ein rückwärtsfahrendes Auto rein.«

»Stellen wir ihn erst mal auf den Boden«, schlug die Liederfängerin vor.

Wir ruckelten den Käfig bis an den Rand der Werkbank. Doch wenn wir ihn bewegten, bewegte sich auch Bruno. Als sich sein Gewicht zu weit in eine Richtung verlagerte, legte sich der Käfig schräg, rutschte ab, krachte zu Boden und kippte zweimal um. Bruno rastete aus. Er richtete sich auf und biss in die Stangen, winselte und krallte sich in den rohen Boden.

»Hör mit dem Lärm auf, du Rotzbengel«, sagte Ebony.

»Er hat sich irgendwo verhakt.«

»Heiliger Strohsack, ist der wütend!«

»Was ist denn, Brunnie?« Ich leuchtete ihn mit der Taschenlampe an. Der Käfigboden, jetzt an der Seite, hatte eine Klappe, die mit Bindedraht verknotet war. Ich hielt das Licht, während Ebony und die Liederfängerin den Draht mit eiskalten Fingern und dem Brecheisen zu lockern versuchten. Er gab nicht nach. Ich suchte in der Scheune herum, bis ich eine alte Zange fand, und zu dritt schafften wir es, den Draht abzuknipsen und die Klappe zu öffnen. Wir mussten den Käfig dazu kippen – ein Mal, zwei Mal –, was Bruno nicht sonderlich erfreute. In seiner Raserei blieb sein Halsband an dem spitzen Draht der Klappe hängen.

»Er hat sich ordentlich verheddert. Warum wartet ihr zwei nicht draußen, für den Fall, dass er schnurstracks davonrennt? Ich mach ihn los«, sagte Ebony.

»Sollte das nicht besser Pearly machen?«

»Schon, aber wenn er abhaut, brauchen wir sie, um ihn einzufangen.«

Wir gingen ein Stück weit hinaus und warteten darauf, dass Bruno schreiend herausgestürmt kam. Während Ebony mit seinem Halsband kämpfte, schaffte Bruno es, sich mitsamt dem Käfig herumzuschleudern und damit die Tür zuzuschlagen. Die Laterne wurde gegen die Wand geworfen. Die Ränder der Nacht fingen Feuer, dann ging die Scheune in Flammen auf.

»Ebony!«

»Bruno!«

Wir schnappten uns die alten Säcke und Armeedecken und hämmerten gegen die Tür, die wegen des Käfigs auf der anderen Seite nicht nachgab. Ich sah Old Jack in dem schmutzigen Rauch hängen – schartig und angesengt. Wenn wir kräftiger auf die Flammen schlugen, wenn wir lauter riefen, würde alles wieder gut werden. Mehrmals musste die Liederfängerin mich von den Flammen fortzerren. Und dann neigte sich der Schuppen zu einer Seite und gab nach.

Um eine Ecke, aus dem Feuerschein und der tieferen

Dunkelheit dahinter, kam Ebony mit dem steifbeinigen Bruno gestolpert. Rußbedeckt und angesengt wirkten sie, als wären sie aus den heißen Flammenzungen auferstanden.

Wie ein einziger Körper lagen wir stumm im Schnee und lauschten auf den Atem der anderen.

»Ich bin völlig erledigt«, sagte Ebony und zündete sich eine Zigarette an. »Ist nicht mehr viel übrig von der alten Ebbie.«

Als der Schuppen ganz in sich zusammenfiel, rappelten wir uns hoch und gingen über den gefrorenen See zurück zum Auto. Bruno an meiner Seite; die Spitzen seiner Ohren rau und warm.

Es war nicht einfach, ihn in den Wagen zu kriegen. Wie ich war auch er noch nie Auto gefahren, und er hielt nichts von der Idee. Ich zog an seinem Halsband und schob seinen fetten Hintern, aber er scheute und brüllte und stellte sich an, als wolle ich ihn lebendig begraben. Ich fiel ein paarmal rücklings hin, und als ich schließlich genug von alldem hatte, tat ich, was ich schon von Anfang an hätte tun sollen: Ich öffnete ein Glas Marmelade, das die Liederfängerin klugerweise mitgenommen hatte, und stellte es in die hinterste Ecke des Rücksitzes. Frierend warteten wir darauf, dass Bruno sich entschied. Er schnüffelte, streckte die Zunge so weit, wie er nur konnte, nach dem Glas aus, ohne einzusteigen. Am Ende siegte der Hunger, er kletterte hinein, setzte sich wie ein kleiner Lord auf den dicken Hintern und hielt das Marmeladenglas in den rußigen Vorderpfoten.

»Wenn Eure Hoheit so weit wären«, sagte Ebony, »dann verduften wir besser.«

Die Liederfängerin reichte mir ihren roten Schal. »Ein Andenken«, sagte sie lächelnd.

»Also gut«, sagte Ebony. »Wir fahren rückwärts im Dunkeln mit einem Unglücksbären im Auto.« Sie zündete sich eine Zigarette an und ließ den Motor aufheulen. »Haltet euch fest, Kinder. Das wird ein Mordsausflug!«

Die Reifen bockten und schlidderten in dem Schneematsch am Seeufer und kamen dann frei. Ebony blieb auf dem Gas. Rückwärts fuhren wir davon und beobachteten, wie die letzten Trümmer der Scheune niederbrannten, und es sah aus wie die erste Welt, die aus Feuerstein und Esse ins Leben taumelte. *Ein schlechter Ort weniger,* dachte ich. Ein gemeines und feiges Werk am Ende. Bald war der Schuppen nur noch ein schwaches Leuchten hinter den dunklen Kiefernschatten. Bruno beruhigte sich. Er fand den Beutel Äpfel, den wir mitgebracht hatten, und aß ein paar, nachdem er jeden davon beschnüffelt und abgeleckt hatte. Ich rollte mich mit ihm zusammen, und sein Atem strich schwer über mein Gesicht. »Bald sind wir zu Hause«, flüsterte ich. »Fast geschafft.«

Den ganzen folgenden Vormittag über folgte mir Bruno wie ein Hund, packte mich an den Knöcheln und nahm meine Hände in die Schnauze, wenn ich versuchte, sein schmutziges Fell zu säubern. »Vorsichtig!«, mahnte ich ihn. »Sei vorsichtig, Bruno.«

»Also, wie kriegen wir euch beide heimwärts?«, fragte die Liederfängerin. Wir tranken Tee und schauten Bruno dabei zu, wie er auf dem Rücken lag und seine hölzerne Schüssel mit Pancakes sauber leckte. Ich hatte schon mehrmals versucht, sie ihm wegzunehmen, aber er bestand darauf, sie laut in der Gegend herumzuschubsen und nach Marmeladenflecken abzuschnüffeln.

»Wir gehn zu Fuß«, sagte ich unter dem Lärm der Schale, die gegen die Wand klopfte.

»Zu Fuß? Es ist immer noch Winter!«, entgegnete Ebony.

»Wir können nicht fahren, und wir können keinen Schlitten anhalten, läuft also sowieso darauf hinaus.« Ich hatte mich schon entschieden, also zuckte ich nur mit den Schultern. »Wir gehn zu Fuß.«

»Du könntest bleiben, bis die Wege frei sind«, bot die Liederfängerin an und bemerkte Ebonys Blick. »Wenn dieser Bursche ein paar Manieren an den Tag legt.« Zur Antwort warf Bruno seine Schale durchs Zimmer, wo sie gegen ein Stuhlbein prallte.

»Wenn wir hier Draußen bleiben, dann stehen früher oder später die Mounties vor der Tür. Und zu Swicker hab ich nichts zu sagen. Außerdem gehört Bruno nach Hause.« Ich tätschelte ihm die Schnauze. »Wir müssen es wagen, schätz ich.« Ich erzählte ihnen nicht, wie sehr ich fürchtete, dass manche noch immer Bruno die Schuld gaben. Und ich sagte ihnen nicht, dass ich unbedingt wieder mit Papa und Ansell ins Reine kommen wollte, die ich mehr vermisste, als ich es für richtig hielt.

Nach dem Frühstück packte ich unsere wenige Habe zusammen.

»Na, was denkst du, gehen wir heimwärts?«, fragte ich Bruno, der in der sich kräuselnden Hitze des Ofens döste. Er schlug ein Auge auf und fing Rubinrot und Bernstein aus den Flammen auf. Kurz sah er mich an, dann schloss sich sein schweres Lid über dem verschleierten Blick. Er seufzte noch einmal tief im Schlaf und hoffte, noch eine Weile unbemerkt zu bleiben.

»Genieß es, solange du noch kannst«, murmelte ich.

Ich schlüpfte aus meinen dünnen Sachen und fand unter Brunos Decken ein Flanellhemd. Als ich es anzog, kam die Liederfängerin mit einem Paar zusätzlicher Socken herein.

Sie schaute zu, wie ich mich mit dem Hemd abmühte. »Ist das die Kette deiner Mutter, Pearly?«

Ich hörte auf, an einem kaputten Knopf herumzunesteln. Ich hielt den Atem an und schaute nicht auf.

»Woher hast du die?«

Etwas in mir lockerte sich. Die Liederfängerin wusste, dass Mama Swicker die Kette im Tausch für Bruno gegeben hatte. Ich hatte ihr mal erzählt, wie Mama zu Papa gesagt hatte, sie hätte sie verloren. Konnte sie wissen, dass ich sie einem Toten abgenommen hatte? Ich schwieg und blickte auch nicht auf, aus Angst, sie könnte mir die falsche Lüge ansehen.

Stattdessen kam sie durchs Zimmer und berührte mich an der Schulter.

»Mama hat sie zuerst gehabt«, sagte ich und steckte die Kette ins Hemd.

»Ich weiß, Pearly. Ich weiß.«

Als ich spürte, dass sie nichts mehr darüber sagen würde, fragte ich: »Was glaubst du, wie lange brauchen wir?«

»Ne ganze Weile.« Sie sah zum Fenster hinaus, doch der wehende Schnee versperrte die Sicht. »Ein paar Tage, länger, wenn du nicht bald aufbrichst.« Sie seufzte. »Ich hab ein schlechtes Gefühl dabei, euch zwei da rauszuschicken.«

Ich nickte. Ich war mir selbst nicht sicher und schaute zu Bruno, der an einem alten Stiefel herumkaute. Ich wusste, dass er mich aus dem Augenwinkel beobachtete und darauf wartete, dass ich mich anschlich. Ihm den Stiefel wegnahm. Er wartete auf mich, und ich schämte mich, weil es keine Möglichkeit gab, ihm von alldem zu erzählen. Ihm klarzumachen, dass wir gehen mussten und ich nicht wusste, wann wir in Sicherheit sein würden.

»Achte drauf, dass du von hier aus den Rückeweg die Serpentinen runter nimmst, den ganzen Weg bis zum Teufelsfelsen«, sagte Ebony und gab mir ein paar grob gezeichnete Karten. »Nicht die Abzweigungen. Du wirst sehen, was ich meine. Von da aus folg dem linken Bach, dem, der auf den Fichtenstand zuläuft, die sich alle zur gleichen Seite neigen. Kann sein, dass es zu dieser Jahreszeit eine deutlich sichtbare Spur gibt, vielleicht auch nicht, aber halt dich dran, so gut du kannst. Und vergiss deine Schneeschuhe nicht.«

»Ich hab die von Ivy.«

»Okay, gut. Und gib auf die Sonne acht, Pearly. Sie geht jetzt schon ziemlich schnell unter. Ich weiß, das weißt du alles, aber ich bin halb krank bei dem Gedanken, dich da rauszuschicken. Also, zuerst gehst du zu Idas Camp. Da könnt ihr heute Nacht bleiben, sie kümmert sich um euch.«

Ebony hatte den Schmied Brunos Halsband richten lassen, und er hatte eine zweite Schließe darangemacht, falls die erste brechen sollte. Die Liederfängerin gab mir einen Beutel mit Essen, einen Dosenöffner und ein paar Dosen Milch und Bohnen mit. Und etwas Hirse, um die Meisen anzulocken, falls mir langweilig würde oder ich mich fürchtete.

»Wir gehen dann jetzt mal besser«, sagte ich und versuchte, zuversichtlich zu klingen. Ich zog meinen schweren Mantel an, setzte meinen Filzhut auf, dann gingen Bruno und ich hinaus.

Die Bö hatte sich gelegt. Bruno atmete prüfend große Schlucke Luft ein. Am Ende des Vorgartens winkte ich mit drei Fingern, wie immer, und dann verließen wir Smoke River. Ich drehte mich nicht um, denn ich wusste, die Liederfängerin und Ebony würden uns hinterherschauen. Später, Meilen später, bevor Schnee und Wald mit mir fertig waren, würde ich mir einreden, dass ich mich ein letztes Mal umgedreht und gewinkt oder ihnen etwas Nettes zugerufen hatte. Dass ich ihnen etwas gegeben hatte: irgendeinen Trost, bevor Bruno und ich davongingen. Aber nichts davon ist wahr. Auf dem letzten windgestreiften Feld vor dem Wald ging ich ein Stück rückwärts, hob jeden Schuh hoch aus dem Schnee, drehte mich einmal um, dann noch einmal in dem Versuch, einen letzten Blick auf Ebonys Haus zu erhaschen, aber das war schon lange hinter den schützenden Bäumen verschwunden.

Wie ein sich lockerndes Scharnier der Welt

Ansell brach Anfang April auf, kurz bevor das Holzrücken zu Ende ging. Edon versicherte ihm, dass er übernehmen könne, bis die Fuhrleute eintreffen, bei den paar Männern, die noch im Camp verblieben waren. Er versprach auch, gut auf Bramble aufzupassen. Draußen konnte Ansell mit den Holzfällern mitfahren, die hinauf in die dunklen Berge fuhren und die schmalen Wege nahmen, die sie zurück zu ihren Höfen und Obstgärten in Damascus, New Zion oder Beulah brachten oder noch weiter weg nach Skedaddle Ridge oder Lac-des-Lys, Marshy Hope oder Notre-Dame-des-Érables. Am Tag arbeitete sich der Frühling ins Land, ließ Dinge aufplatzen und spähte neugierig in die Tiefen und die vom Winter abgeschotteten Ecken. Ansell kreuzte Felder, überquerte offene und überdachte Brücken, kam durch Dörfer, deren Namen von Auswärtigen falsch ausgesprochen wurden, und überwand raue Bergkämme, die keine Namen hatten und manchmal die noch immer schwache Nachmittagssonne verdeckten. Er fand das Haus der Liederfängerin und klopfte, bis ihm die Knöchel wehtaten und ein Nachbar auftauchte, um ihm mitzuteilen, dass Ebony und die Liederfängerin vor ein paar Tagen mit ihren Apparaturen irgendwohin aufgebrochen waren. Also wanderte Ansell weiter, hielt an

Tankstellen, Schmieden, Werkstätten, Diners, Sattlereien, Hotels, Milchfarmen, Sägemühlen, Kneipen und anderen unwahrscheinlichen Orten und fragte überall nach Pearly und Bruno. *Ein Mädchen und ein Bär? Nein, nein, tut mir leid, Sohn, hab nie davon reden hören.*

Die Lasterfahrer und Bauern, die ihn mitfahren ließen, erzählten ihm, wie lang und hart der Winter gewesen war, wie beißend kalt der Wind geschnitten hatte, was er sie an Brennmaterial, Essen und Futter für die noch immer eingepferchten Tiere gekostet hatte. Sie berichteten ihm, dass Männer nun auf den Dächern von Zügen mitfuhren, um an ihr Ziel zu gelangen, wenn die Nächte nicht zu schlimm waren. Armselige Arbeitslager lagen noch immer in der Provinz – eines zählte fünfzehnhundert Mann. Andere trampten über ungehörte Distanzen westwärts zu Werften, Baumwollspinnereien, Straßenbauprogrammen oder Obsternteeinsätzen. Sie erzählten ihm von täglichen Musterungen in New York, wo Männer vor einem Mittelsmann standen und wie Pferde aus der Menge geholt wurden, alles um einen Tag Lohn. Allesamt Schiffbrüchige. Heimwehkrank und verloren. Die Welt fühlte sich an, als wäre ihre Haut lose, und warf etwas ab, das Ansell weder kannte noch benennen konnte.

Eine Woche nachdem er die Wälder verlassen hatte, folgte er den Eisenbahnschienen nach Osten, weil sie ihn durch kleine Ansiedlungen brachten. Es wurde wärmer – der Schnee war aus dem Tiefland verschwunden. Er ging voran, Stare schwirrten fieberhaft über ihm und schossen auf eine Nisteiche zu, wo das letzte Licht die kleinen violetten Flämmchen in ihren Flügeln und ihrem Gefieder aufleuchten ließ. Irgendwo hinter einem hohen Kamm pfiff hoch eine Lokomotive und stieß ihren dunklen, dampfigen Atem aus. Kojoten heulten zur Antwort. Und dann hatte sie ihn erreicht – näher war er noch nie einer Eisenbahn gekommen. Er trat weg von den Gleisen, fort vom Sog des Zuges.

Es gab eine Lokomotive mit Kohlentender, gefolgt von zehn vergitterten Wagen, die nach Tier stanken. Darauf folgten fünf, sechs, sieben vergoldete offene Güterwagen und Flachwagen voller Kisten, Zelte, Stangen und Zirkuswagen. Die smaragdfarbenen Schlafwagen – auf den Seiten beschriftet mit Al T. Bassie – kamen gerade in Sicht, als sich Ansell abwandte, um sich den Staub aus den Augen zu reiben. Plötzlich stob die Welt vor Funken. Schreckliche Lichter und grässlicher Lärm. Neue Sterne wirbelten. Ein mondförmiges Loch im Osthimmel. Etwas Dunkles kam seitwärts auf ihn zu, dann wurde alles dunkel.

Es war einer der Güterwagen, der als Erstes aus dem Gleis sprang. Die vordere Radachse brach fast entzwei. Auf diesen Ausbruch hin entgleisten die Wagen, gleich einem großen zickzackförmigen Stahlwrack – manche rutschten aufrecht von den Gleisen, andere landeten gekippt und unterschiedlich stark beschädigt.

Donner in der Ferne. Blitze zuckten über die Bergkämme. Etwas klapperte dumpf, als hätte sich ein Scharnier der Welt gelöst. Schlackebetten. Teeröl. Sägemehl. Tierurin: feucht und trocken. Ansell kam halb zu sich, als etwas an seiner Wange schnüffelte. Erst dachte er, das müsse Bruno sein, doch nein, es waren grobknochige, bläuliche Tiere. Wie eine Kathedrale nahmen sie den Raum ein. Wässrige

Augen. Pendelnde Rüssel. Drei Elefanten standen da und schauten mit dumpfer Verblüffung auf Ansell hinunter. Sie stupsten ihn mit ihren Rüsseln an und machten Geräusche, als seien sie mit Dampf gefüllt. Ansell blieb, wo er war, steif wie eine Schaufensterpuppe, bis ihm seine Sinne wieder in den Körper fuhren. Dann hörte er. Ein Pulsieren in seiner Kehle. Links und rechts in seinen Ohren. Hinter ihnen war so viel Lärm, doch für den winzigsten Augenblick hörte er nichts als die sanften Geräusche der Elefanten, Luft, die aus ihren Blasebalglungen strömte, Füße, die über das Gleisbankett schabten, Ohren wie Netzgardinen, die im Durchzug des offenen Fensters hin und her wehten. Als er sich vom feuchten Boden erheben wollte, durchfuhr ihn ein Schmerz vom Schulterblatt bis in den Daumen und warf ihn hart zurück. Mit dem Handrücken wischte er sich etwas Klebriges von der Wange, dann versuchte er erneut, sich zu erheben. Der Schmerz ernüchterte ihn, und die Welt erfüllte sich wieder mit Männern, die brüllten, um gehört zu werden, mit Qualm und Tiergestank.

»Baby, Baby, Baby«, rief ein Mann von einer Stelle aus, die Ansell bei all dem Qualm und Dampf und dem Kohlenstaub, der vom Himmel fiel, nicht sehen konnte. Dann sprach er weiter in dieser Art, die Ansell von den Fuhrleuten kannte – solchen, die wussten, was einem Pferd fehlte, wenn sie nur eine Weile ruhig neben ihm standen. Der Mann kam um die Elefanten herum, fuhr mit den Händen über ihre Haut und suchte sie nach Verletzungen ab. Die Tiere scheuten, wenn er ihren langwimprigen Augen zu nahe kam. Der Mann begutachtete das letzte Tier, dann hob das Geschöpf den Rüssel und zeigte dorthin, wo

Ansell noch immer lag. Es trompetete, und Ansell spürte den Boden unter sich zittern. Alles, was er ansah, bebte. Er fürchtete, ohnmächtig zu werden.

»Verdammich«, flüsterte der Mann heiser. »Alles in Ordnung, Kumpel?«

»Glaub schon«, sagte Ansell und richtete sich auf. Ein scharfer Schmerz strahlte jetzt von einer klaffenden Wunde auf seiner Stirn aus.

»Na, wenn nichts gebrochen ist und wenn du dich ganz langsam bewegen würdest, bis ich diese Ladys beruhigt habe … also, das wüsst ich sehr zu schätzen.«

Hinter den Elefanten hing dichter Qualm in der Luft wie nach einer Schlacht.

»Ziemliche Katastrophe«, sagte der Mann, band ein Seil um die Vorderbeine eines der Elefanten und strich über die borkige Haut. »Es ist die Hölle ringsrum, aber wir werden hier einfach Ruhe bewahren. Hast du verstanden?«

Ansell lag einen Schritt von drei Elefanten entfernt, die ihn unverwandt anstarrten. »Ja, hab ich.«

»Das hier sind die nettesten afrikanischen Ladys, die du je sehen wirst, aber selbst die nettesten Ladys, wenn die sich mal aufregen …« Er streckte die Hand aus und band dem mittleren Elefanten ein Seil um das Bein. »Dann könnt es ungemütlich werden.«

»Was haben Sie mit ihnen vor?«

»Ich führ sie zu dem leeren Waggon, der da noch auf den Gleisen steht, und bring sie erst mal dort unter.« Er deutete mit dem Kinn in Richtung der verstreuten Wagen, die krumm und verdreht neben den Gleisen qualmten. Er zog eine Tüte aus der Manteltasche und begann die Elefanten zu füttern, die ganze Händevoll mit ihren Rüsseln fassten. Erdnüsse.

Und tatsächlich drehten sich die Elefanten langsam um und gingen in die Dunkelheit. Der Mann ging voran, das Seil in der einen und die sich schnell leerende Tüte Erdnüsse in der anderen Hand. »Bleib, wo du bist«, flüsterte er. Er ging weiter, und die hohen Geschöpfe folgten ihm, und Ansell war es, als schaute er zu, wie die Berge zum Propheten kommen. Er fragte sich, wie um alles in der Welt er das irgendjemandem so erzählen sollte, dass es auch nur halbwegs glaubwürdig klang.

Er sah sich um. Männer schlugen mit Mänteln und Decken Flammen aus. Tiergeräusche. Etwas unter einer Plane, unweit der Stelle, an der er saß. Die ganze Szenerie eine einzige furchtbare Zerstörung. Er kam auf die unsicheren Beine und folgte dem Mann und den Elefanten zu dem Wagen. Er wartete in der Nähe der Rampe, während der Mann die Elefanten hinaufführte, obwohl die Welt ringsherum tobte. Er kam so sacht wieder hinaus, wie er hineingegangen war. Ansell half ihm, die Rampe hochzuhieven und die Tür zu verschließen, damit die Elefanten nichts mehr von dem Chaos um sie herum mitbekamen.

Dann wandte sich der Mann ihm zu. »Glaubst du, du kannst rüber zu den Lichtern laufen, die in den Höfen da brennen?«

Ansell schaute in die Richtung, in die der Mann zeigte. Sie waren näher am Dorf, als er gedacht hatte.

»Und vielleicht Hilfe holen.«

Kaninchenbauten und Kriechgänge

Wir gingen den ganzen Tag und blieben den ganzen Tag hungrig. Die Schneekruste war noch nicht vom Wetter gebrochen, und man konnte darauf gehen, ohne einzusinken. Das würde wohl nicht so bleiben. Aber die Gegend hier war mir fremd, und ich konnte nicht sagen, wie es weiter im Wald sein würde. Ich wusste nicht, ob irgendwo Pferde waren, deshalb hielt ich Bruno an der Leine. Er wurde mit jedem Schritt widerborstiger, bis all sein Sinnen nur noch darum kreiste, die Leine loszuwerden. Störrisch brachte er uns aus dem Takt, kreuzte vor mir hin und her, blieb zurück und sprang voraus, bis ich fast vom Weg abkam. Er zog nach links, rechts und wieder nach links und nahm mir das Gleichgewicht. Als das nichts fruchtete, tauchte er in den Schnee und rieb sich an der eisigen Kruste, um das Halsband abzukriegen. Er schob sich mit den Hinterläufen voran, den Kopf gesenkt, den Rumpf hoch in die Luft gestreckt. Ich schimpfte mit ihm und zog ihn am Schwanz, um ihn zur Ordnung zu rufen, doch das ließ ihn nur noch garstiger werden. Schließlich, während Krähen über uns kreuzten und etwas im Tod Erkaltendes witterten, machte ich ihn los, ließ ihm aber das Halsband um für den Fall, dass ich ihn schnell wieder anleinen musste. Er rannte los, und verlor sich zwischen den Bäumen.

Ich rief nach ihm – ein Mal, zwei Mal. Der Wald war still, aber auf unangenehme Weise. Ich dachte an alles, was Spuren hinterlässt: Füchse mit buschigem Schweif, Eulen, die Mäuse von der Schneekruste fangen, Kojoten mit ihren lockeren Bewegungen, Wind über Wasser, Uhrengras, wie es mit seinen langen, dünnen Blättern perfekte Kreise in den Sand zieht. Und Old Jack: Jeder Baum, jeder Schatten, jeder Fels zitterte, zog er vorbei. Mein Herz machte dicht. Ich hätte hinsinken und direkt einschlafen können. Aber ich musste weitergehen, um warm zu bleiben, und in meinem Zorn darüber wünschte ich mir, Bruno bliebe verschwunden, wäre zurück im Camp, in Sicherheit und schlafend. Und mit diesem Gefühl kam auch die Erkenntnis, dass ich ganz und gar für Bruno und mich verantwortlich war, zumindest, bis wir Idas Camp gefunden hatten.

Ein Meisenschwarm. Eine Gruppe Krähen, und dann war Bruno wieder bei mir und passte sich meinem straffen Tempo an. Ich nahm den roten Schal der Liederfängerin ab und wickelte ihn um seinen Hals, damit ich ihn besser sähe, falls er wieder davonrumpelte. Es war riskant, denn wenn Bruno sich durch ein Brombeergestrüpp schöbe, bliebe der Schal vielleicht darin hängen, und ich hätte keinen mehr. Doch so konnte ich mich wenigstens aufs Vorwärtskommen konzentrieren. Ivys Schneeschuhe waren weit, und ich war erschöpft vom Watscheln über Hügel und Senken. Der Schnee wurde in der wärmenden Luft sulzig, er blieb an den Holzrahmen der Schuhe kleben und ließ sie schwer werden, sodass ich alle paar Schritte stehen bleiben musste, um die angesammelte Masse mit einem Kiefernzweig abzustreifen.

Am späten Nachmittag schätzte ich, dass wir die Hälfte des Wegs zu Ida Ponds Camp geschafft hatten. Ich packte das Essen aus, das die Liederfängerin uns am Morgen eingepackt hatte (war es erst an diesem Morgen gewesen?), und fand einen halbwegs trockenen Stamm, auf den wir uns setzen konnten. Die Hälfte. Dazwischen. Der Gedanke gab mir das Gefühl, wir stünden am Rand der Welt, kurz davor, ganz von ihr zu verschwinden. Bruno, den zerschlissenen Schal noch immer am Hals, klapperte durchs Unterholz zu mir zurück und wartete darauf, dass ich mit ihm teilte, was immer die Liederfängerin eingepackt hatte. Zwei Portionen Bohnen, zwei Portionen Pökelfleisch, zwei Portionen Melassekekse. Ebony hatte außerdem noch ein paar Zigaretten und eine in Wachspapier gewickelte Streichholzschachtel dazugesteckt. Bruno versuchte, seine kleine Holzschüssel von meinem Rucksack zu lösen, und winselte, als ich seine Pfote wegschlug.

»Ich geb sie dir nur, wenn du sie nicht durch den Wald schleppst.«

Er ließ seine lange Zunge herausschnellen und hielt meinem Blick stand.

»Also gut«, sagte ich und schüttete seinen Anteil in die Schüssel.

Er lehnte sich an meinen Baumstamm und aß wie ein pelziger Waldmensch, wie ein eiliger Kobold. Ich aß von meinen Knien. Das Essen war halb gefroren und schwer zu kauen. Wir beide hielten jedes Mal inne, wann immer etwas die Samenschoten rasseln oder die Bäume knarzen ließ. Wir teilten uns die Milchflasche voll halb gefrorenem Tee, mit viel Zucker, um die Lebensgeister wach zu halten.

Ich zog Mamas Doppelhornkette aus den Kleiderschichten und zeigte sie Bruno. »Wir sind die Erben, weißt du?«

Er lehnte sich zufrieden seufzend an mein Bein. Ich dachte an all das Leben, das unter uns und um uns herum schlief, zwischen dünnen Wurzeln – Kaninchenbauten und Kriechgänge, warm vom langsam pochenden Blut. Ich dachte an Old Jack, der sich bereit machte, wieder aufzuwachen. Und dann fing es an, heftig zu schneien.

Den ganzen Nachmittag über fiel der Schnee schräg, sodass ich mit zusammengekniffenen Augen vorwärtsstolperte, während mir die Eiskörner in Wangen und Stirn stachen. Bruno blieb in meiner Nähe. Der Schnee sammelte sich auf seinem Rücken, Gesicht und den Vorderläufen wie eine Rüstung, was mich beruhigte. Wir gingen weiter, in Richtung Sonne – nun blass wie ein entrindeter Stock. Ab und zu folgten uns Schneeteufel und zerstoben ebenso schnell wieder.

Und wäre es denn so merkwürdig zu sagen, dass diese Schneeteufel in meiner Vorstellung manchmal lebendig wurden, bevor sie wieder davongeisterten? Wäre es so merkwürdig, dass sie manchmal so groß waren wie Mama in Papas altem Pullover? Und manchmal gingen sie eine ganze Weile neben mir her, und sahen aus wie irgendein Mann aus dem Camp, der schon zehn Jahre oder länger tot war, und manchmal wie Ansell, der meine Hand hielt. All das, was ich mir vorstellte, diese Teufel und ihr Vergehen, wirre Formen, manchmal so dünn, dass ich durch sie hindurch sehen konnte, wie sie da neben mir gingen und darauf achteten, dass ich weiterlief.

Ich versuchte, Ebonys Anweisungen zu folgen und nicht in den Spalten und Löchern meiner Ängste zu versinken. Als ich einen weiteren unförmigen Hügel aus schneeigem Fels hinaufstieg und Bruno etwas vorsang, wurde der Schnee zu Eisregen, so bösartig wie Mistgabeln. Er stach mir in die Haut und klickerte aufs girlandenartige Fichtengeäst. Unser Weg wurde von hin und her führenden Spuren zwischen Pfaden gekreuzt, die zu einem Camp führen mochten oder nirgendwohin und mal nur zu Hirschplätzen oder Sickerstellen.

Am späten Nachmittag standen wir auf einem weiten Feld. Es war nichts zu hören, bis auf den allgegenwärtigen Wind. »Wir sind ganz und gar nicht am richtigen Ort, Bruno.«

An manchen Bäumen in unseren Wäldern gab es Kerben oder Zeichen, manchen sah man an, wo Schlitten sie gestreift hatten. Jede Scharte und jede Harzwunde verriet mir etwas über die Arbeit, die verrichtet worden war und wie ich den Weg zurück ins Camp finden konnte. Aber wo wir standen, gab es nichts.

»Wir müssen wieder zwischen die Bäume«, sagte ich. Ich hatte das Gefühl, mich im Kreis zu drehen.

In den Bäumen lag der Schnee so dicht auf den Ästen, dass sie sich fast berührten und einen schützenden Tunnel bildeten, der den Wind dämpfte. So gingen wir eine Weile, und es wurde steil genug, dass ich meine Fäustlinge ausziehen und den Mantel öffnen musste, damit mir nicht zu warm wurde und meine Kleidung vereiste. Bruno saß im Windschatten unter einer Zeder, leckte sich das Eis vom Bauch und wartete.

Wir kamen an den Rand eines tiefen Tals. Baumgrenze, Felder und graue Lagen heranziehenden Schnees. Doch nirgendwo ein Ort, um vor dem Sturm Schutz zu finden. Mir fiel nichts anderes ein, als mich unter eine der größeren Zedern zu kauern. Ich wusste nicht, wie weiter. Bruno jammerte, und ich erspähte seine dunkle Gestalt, die bäuchlings den steilen Nordhang hinunterrutschte, der schwarz war vor gefrorenem Wasser. Unten angekommen, landete er auf dem Hintern und überschlug sich zweimal in dem schenkeltiefen Schnee. Er jammerte wieder, versuchte sich aufzurichten, dann trudelte er zurück zu der Felswand und versuchte erfolglos, an dem feuchten Stein Halt zu finden.

»Verdammich, Bruno! Kannst du mal zwei Minuten nicht in Schwierigkeiten geraten?«, sagte ich und folgte ihm auf dem Hintern rutschend ins Tal. »Man kann keine Sekunde wegschauen, ohne dass dir irgendein Unglück passiert.« In der Senke war es dunkler als oben. »Bruno?«

Nichts. Das schmale Tal endete in einer Wand aus glattem Fels, dickes blaues Eis überzog den Bergrücken. Ein gefrorener Wasserfall, der aus zwanzig Metern Höhe von einer zerklüfteten Klippe fiel. Von dort kam Brunos Jaulen. Ich drang weiter in das Tal vor und stolperte über etwas Großes, Gezacktes, das halb im Schnee begraben war. Zwei Elchbullen. Die Geweihe ineinander verhakt. Die Schädel miteinander verbunden. Die Knochen so zusammengesunken, dass ich noch erkennen konnte, wie der eine den anderen erstickt hatte. Sie waren vor einer ganzen Weile verendet, doch merkwürdigerweise hatte nichts ihren Sterbeort zerwühlt. »Die Schlacht verloren und den Krieg verloren«, sagte ich und wollte nicht bei ihrem Tod verweilen. Doch es gab keinen Weg um sie herum, also schnallte ich die Schneeschuhe ab und kletterte durch den Knochenhaufen. Auf der anderen Seite sah ich, dass der gefrorene Wasserfall eine Höhle verbarg, mit nur einem kleinen Spalt in der Wand aus Eis. Dort stand Bruno und leckte sich die frostglitzernde Schnauze.

»Gut gemacht, Brunnie«, sagte ich. Ich kletterte den glatten Fels hinauf zum Höhleneingang. Drinnen, wo der Fels sich zu einem tiefen Spalt öffnete, verschwanden alle Geräusche. Es gab gerade genug Platz für uns, um hinter der Eiswand für eine Weile zu rasten. »So ähnlich wie deine erste Höhle, hm?«

Bruno blieb vor dem Eingang stehen, leckte an der dicken Eiswand und traute sich nicht hinein. Als er so weit war, schlurfte er heran und sah mir dabei zu, wie ich Stöcke und Laub aus den Ecken sammelte, um Feuer zu machen. Er umkreiste den Staub und das trockene Gestrüpp und ordnete die neuen Gerüche ein.

»Bleib hier. Und hör endlich mal auf mich.«

Draußen hackte ich ein paar Äste ab. Ich schleppte Windbruch an und brach mit dem Schuh die kleinen Zweige zu Kleinholz.

Bruno warf schon wieder das Holz durch die Höhle.

»Bring es zurück!«

Ich entfachte ein qualmendes Feuer. Es schimmerte an den feuchten Wänden und brachte das Eis zum Leuchten. Ich ging wieder hinaus und suchte noch mehr Äste zusammen, schleifte sie durch den Schnee zurück zur Höhle und hielt kurz inne. Die Eiswand schien wie ein Kirchenfenster aus dem Bilderbuch. Orange vom Feuer, immer wieder verdunkelt vom Schatten Brunos, der in der kleinen Höhle auf und ab ging.

Ich holte unsere Decke heraus und ein paar Vorräte für eine weitere Mahlzeit und ließ alles neben dem dürftigen Feuer auftauen. Als es ein wenig wärmer wurde, dampfte Bruno und meine Kleidung wurde weich. Wir aßen das wenige, das wir hatten, und schauten zu, wie hinter dem Spalt Schnee fiel. Ich wünschte mir, mein Vater könnte uns sehen: Das einzige Licht im Umkreis von Meilen, wie es durch das Eis des Wasserfalls flackerte.

»Das nenne ich ein Abenteuer«, sagte ich zu Bruno und gab ihm den letzten Cracker mit Fleischwurst. »In Nullkommanichts sind wir zu Hause.«

In jener Nacht schliefen wir zu den leisen Klängen tauenden Eises ein, und nichts störte unseren Schlaf.

Als wir am Morgen aufwachten, schien die Sonne klar und hell. All die harten Kanten der Welt waren weich vom Schneegefunkel. Schritt für Schritt machten wir uns mühsam wieder auf den Weg und durchliefen die Stimmungen des Tages, mal im Hellen, mal in peitschendem Wetter, schwarz wie Hufeisen. Nach kurzer Zeit fühlte sich die Welt nicht mehr neu und wunderschön an, sondern alt und uns gegenüber nichts als gleichgültig. Schließlich trennte sich der aufstiebende Schnee wie ein Vorhang und enthüllte Camp 32. Unter Bäume gekauert wie ein Haufen Kröten, die Lichter glühten wie unter Wasser. Lange bevor wir den Hof erreichten, bellte ein Hund, und Ida Pond kam aus dem Kochhaus geeilt. Sie schaute uns entgegen. Wir waren bestimmt kein schöner Anblick – ein Haufen nasser und gefrorener Matsch.

»Wo zur Hölle kommt denn deine vereiste kleine Seele –«

Sie verstummte, als sie Bruno erblickte, mehr Eisbär denn Schwarzbär, mit einem steif gefrorenen Schal über dem Rücken. »Ach du meine Güte. Es gibt nur ein Mädchen, das verrückt genug ist, mit einem Bären durch einen Schneesturm zu wandern.« Sie kam näher. »Pearly? Was ist passiert?«

Ich sah, wie Holzfäller aus dem Windschatten eines Nebengebäudes traten, um einen besseren Blick auf Bruno zu erhaschen. Aber sie hielten sich fern. Manche nickten abwesend, unsicher angesichts eines Mädchens, das einen Bären mit Schal spazieren führte. Andere legten ihre Arbeit nieder – das Geradeschlagen eines Eisenstücks, das Flicken von etwas Kaputtem. Manche lächelten, andere kauerten sich hin und legten die Ellbogen auf die Knie. Trotz des Sturms trug keiner der Männer einen Mantel. Ein Initiationsritus. Ein Beweis für Stärke. Dennoch holte einer von ihnen seinen Mantel aus der Schlafbaracke und legte ihn mir über die Schultern.

»Hast Glück, dass du noch lebst, Kleine, bei dem Sturm«, sagte er, und seine Augen waren feucht vor Staunen und Entsetzen.

»Und ich dachte, ich hätt schon alles gesehn, Ida«, rief ein Mann herüber und wischte sich mit dem Hemdsärmel den Schnee aus dem Gesicht.

»Das ist ja n Ding«, sagte ein anderer, »dass der kleine Bär, von dem alle reden, mal zu uns ins Camp kommt … aber is ne gefährliche Zeit dafür.«

»Ida, wärm die beiden erst mal auf! Wir warten.«

»Ihr Jungs werdet gleich gefüttert, also macht euch besser fertig!«, sagte Ida und führte uns an der Essensglocke vorbei, die im Wind knarzte. »Ich klingle bald.«

Die Männer zerstreuten sich und schlängelten in die Schlafbaracken, um sich trockenere Sachen anzuziehen.

»Lass den Kerl an der Leine, hast du gehört?«, sagte Ida und warf Bruno einen skeptischen Blick zu. »Und zieh die nassen Sachen aus. Wir kriegen dich gleich wieder warm.«

Ich überreichte ihr die feucht gewordene Notiz, die die Liederfängerin mir mitgegeben hatte. »Nur um ein paar Dinge zu erklären«, hatte sie gesagt, als sie sie gestern Morgen am Küchentisch hingekritzelt hatte. Idas Lippen bewegten sich beim Lesen. Von Zeit zu Zeit sah sie mich an und las dann weiter.

Ich saß auf der Bank, die Füße in Socken am Herd, eine von Ebonys Zigaretten schwelte zwischen meinen Fingern. Weit hinten in der Küche lief ein Song voller Liebesleid.

»Über Swicker gab's ja alles Mögliche zu hören«, sagte Ida, als sie fertig gelesen hatte. »Wer weiß, ob was Wahres dabei war … Aber dein Bär? Der ist eher ne Fruchtfliege als ein Killer.«

»Er ist nur ein großes Baby«, sagte ich.

»Manchmal denkt man, die ganze alte Welt ist gegen uns, hm?« Ida setzte sich und beugte sich zu mir. »Also, das hast du nicht von mir, aber ich hab gehört, die Mounties sind hier rumgeschlichen und haben Fragen gestellt. Alle wissen, wie Swicker mit seinen Arbeitern umgegangen ist, aber ich hab noch nie von einem gehört, der hier bei uns zum Mörder geworden wär, und ich kenn einen Haufen.«

»Wir haben ihn gefunden.«

»Was meinst du, Liebes?«

»Wir haben ihn gefunden. Bruno und ich. Deshalb wollte Miles Bruno loswerden.« Ich wischte mir die Tränen fort und spürte, wie mein Gesicht sich dort rot färbte.

Ida umarmte mich kurz, dann nahm sie meinen feuchten Mantel und Pullover und Brunos Schal und hängte alles über einen Balken beim Ofen.

»Ihr beiden habt keine Schuld.« Sie ging in die Küche zurück und ließ mich weiter ausruhen. »Heut Abend gibt's scharfen Eintopf«, sagte sie, »aber ich habe nicht die leiseste Ahnung, was wir dem da geben.« Bruno fühlte sich inzwischen wie zu Hause. Er hatte ein Hemd gefunden, das an einem Nagel hing, drehte es immer weiter und rieb sein Gesicht trocken.

»Ich hab noch Milch«, sagte ich. »Wenn du Brot hast oder Äpfel oder Melassekekse ...«

»Kekse!«, rief Ida aus. »Ich hab mich wohl verhört! Der kleine Kerl war auch den ganzen Tag draußen. Wir finden was Nahrhafteres für den Ärmsten, solang er brav bleibt.«

Ich machte Brunos Schüssel los und öffnete eine Dose Milch. Er schlabberte sie spritzend leer und machte es sich dann auf den Decken bequem, seine Augen goldene Mondsicheln. Ich saß so nah am Herd, dass meine Kleidung dampfte, und war so müde, dass alles nachhallte, aber ich wusste, dass ich Ida besser nicht in die Quere kam. Ich kannte die Regeln einer Campküche. Ida, stämmig und fast so groß wie ich, hatte ihr Reich im Griff. Die Männer sagten oft, sie seien von der Arbeit in den Wäldern ganz windtaub. Ida war das Gegenteil. Sie schien alles gleichzeitig zu hören: einen Topf, der überkochte, das Radio, Bruno, der an seinem neuen Platz herumschnüffelte. Während ihre Küchenhilfe Töpfe wusch und Brot aus den Pfannen nahm, schaufelte Ida gemischte Bohnen und Brei für Bruno auf. Sie besah sich das Ganze unzufrieden, dann schnippte sie mit den Fingern und rundete das Mahl noch mit einem Schuss Melasse ab.

»Er ist ein Bär, kein König«, sagte sie und reichte mir Brunos Schüssel. »Und du kommst als Nächste dran, mein Mädchen.«

Während sie durch die Küche huschte und ihre Küchenhilfe herumkommandierte, erzählte ich ihr, wie es Ansell ging, wie es meinem Vater seit seinem Unfall ging, und dann erzählte ich ihr von all den anderen Unglücksfällen, die das Camp in diesem Jahr heimgesucht hatten.

Sie lächelte dünnlippig. »Eine ganz schön harte Strecke, die du da gerade zurücklegen musst, Liebes.« Sie reichte der Küchenhilfe einen Holzlöffel. Sein Arm verschwand beim Rühren fast ganz im Bohnentopf. »Wenn ich nicht – na, Swicker hat sich das alles nicht erst gestern eingebrockt«, sagte sie, aber ich wusste, dass sie mehr als nur das dachte. »Dein Vater wird gottfroh sein, dich gesund und munter wiederzuhaben. Uns fehlt ein Schlitten, und ein paar der Männer müssen sich auskurieren, sonst würd ich jemanden schicken, um dich persönlich abzuliefern.«

»Bruno kann nicht auf dem Schlitten mitfahren, wegen der Pferde.«

Ida reichte mir einen vollen Teller und setzte sich wieder neben mich. »Würd's dem Bär nicht in der Wildnis besser gehen?«

Mit vollem Mund schüttelte ich den Kopf. »Er taugt nicht für die Wildnis. Einmal hat er nach dem Schwimmen einen Egel an der Nase gehabt. Da ist er kopflos umhergerannt und hat geblökt. Mama hat ein Streichholz genommen, um den Egel abzusengen. Du kannst dir ja denken, wie er das gefunden hat.«

»Du siehst deiner lieben Mama so ähnlich«, sagte Ida und lachte, als wir uns Bruno als mürrischen Wildbären vorstellten. Dann kamen die Männer herein. Sie aßen, und der Lärm der Mahlzeit wusch in Wellen über mich hinweg. Ab und zu zuckten meine Beine wie von einem elektrischen Schlag, und meine Lider fühlten sich bleischwer an. Ich bedankte mich bei Ida für das Essen und half ein wenig beim Saubermachen.

»Die Batterien im Radio sind leer, also wird heut Abend Fiedel gespielt. Wenn du sie hören willst, komm einfach mit hinten raus«, sagte sie. »Ein paar der Männer hier sind auch unruhig wegen der Löhne und alldem, aber unser Boss ist ein guter Kerl. Wir haben nie solchen Ärger gehabt wie deine Leute.«

Ich bedankte mich noch einmal bei ihr, dann ging ich, schwummrig, wie mir war, in das kleine Lager zurück, das sie uns bereitet hatten. Bruno lag auf einer unserer drei Decken, Pfoten über der Nase. Ich legte eine Decke auf den Boden und wickelte mich in die andere ein. Es zog durch die Spalten in der Wand, aber mit Bruno neben mir war mir ordentlich warm. Noch bevor Ida die Laternen heruntergedreht hatte, schlief ich schon.

Ein Lärm holte mich schon kurz darauf zurück in die tiefe Dunkelheit des Raums. Swicker und wütende Männer.

Ein Raum voller Vögel. Es dauerte ein paar Minuten, bevor die Dunkelheit dem Geräusch eine Form verlieh. Ich kehrte in Idas Camp und zu der stumpfen Erkenntnis zurück, dass Swicker tot war und wir morgen wieder Meilen durch den Schnee stapfen mussten. Ich kontrollierte, ob Bruno noch immer neben mir lag, stand auf, legte mir eine Decke um die Schultern und ging hinüber zur Schlafbaracke, wo die Lichter warm über den Schnee hinweg leuchteten.

Obwohl die beiden kleinen Fenster beschlagen waren von Menschen und feuchter Kleidung, konnte ich doch durch eins davon ein wenig sehen. Ida und ihr Mann Havelock waren da, saßen auf einer Bank und klatschten. Die Männer spielten *Jack in the Dark.* Mein ganzes Leben lang hatte ich Holzfällern dabei zugeschaut, aber in jener Nacht, in der ich außerhalb des Lichts und der Wärme stand, fühlte ich mich allein. Es war, als würde ich von der anderen Seite aus zuschauen. Ich sah Ida mit den Männern klatschen und dachte an Mama und wie wir zusammen auf einer kleinen Bank gesessen hatten. *Ich hatte. Ich hatte. Ich hatte.* Ich ging durch die kalte, blaue Nacht zurück zu Bruno, der wieder mal meine Decke stibitzt hatte. Er schnarchte leise. Ich wühlte mich eng an seinen Rücken. Er roch nach Moschus, nassem Hund, nassem Stein und Kiefernruß. Eine Weile lauschte ich seinen Atemzügen, dann schlief ich wieder ein.

Am Morgen erwachte ich und fühlte mich leicht wie schon lange nicht mehr. Nach Hause. In kurzer Zeit waren wir bereit aufzubrechen.

Blutunterlaufen und abgekämpft

Die ganze Nacht über half Ansell, wo er nur konnte. Hievte schwappende Eimer, zog Mensch und Tier aus verbeulten Wagen, sichtete Verletzte. Alles in allem waren drei Zeltleute, zwei Landstreicher und zwei Schimpansen ums Leben gekommen. Das Dorf, hörte er, hatte einen ansässigen Bärenjäger auf die drei vermissten Kängurus angesetzt. Als die Brände gelöscht waren und es nichts mehr zu tun gab, als auf den Leichenbeschauer und Kräne und schwere Ochsenkarren zu warten, und auf Decken und Thermosflaschen mit Tee von den Bewohnern der umliegenden Häuser, da setzte sich der Dompteur zu Ansell, der sich an den Rand gehockt hatte, um Atem zu schöpfen und seine zittrigen Hände zu beruhigen. Er reichte Ansell eine Flasche mit etwas Braunem. Ansell nahm einen Schluck und bemerkte, dass die Wunde über seinem linken Auge verbunden worden war. Er konnte sich nicht daran erinnern.

»Verdammt, Junge«, sagte der Mann und lachte, »mit den Narben könntest du hier glatt ne Anstellung finden.«

Ansell hatte seine Narben ganz vergessen. Sie waren silbrig geworden und für ihn nicht mehr als eine kleine Merkwürdigkeit; sie weckten hauptsächlich das Interesse kleinerer Kinder, die noch nicht gelernt hatten, ihre Fragen für sich zu behalten. Und wie sollte er einem Kind erklären, oder gar sich selbst, dass sein Körper sich anfühlte, als sei er vom Licht entzweit und wieder neu zusammengesetzt worden? Seitdem passte sein Gesicht nicht mehr auf die ursprünglich beabsichtigte Art zusammen. Ansell war kein unnahbarer Typ, aber auf andere wirkte er wegen der Narben wohl, als sei er irgendwie verseucht oder ein Gauner, nahm er an. Er trank noch einen Schluck aus der Flasche – Holzrauch und Sattelleder.

»Das hat er nicht so gemeint«, meldete sich eine Frau zu Wort. »Oder, Virgil?«

Der Mann streckte eine Hand aus. »Nichts für ungut, Kumpel.«

Ansell schlug ein. Ruß und Asche.

»Wirst du mich bald vorstellen, Virgil P. Friday?«, forderte die Frau, stampfte mit dem Fuß auf und griff nach der Flasche. Sie war eher in Ansells Alter als in Virgils. Das Haar stand ihr kraus wie ein Heiligenschein um den Kopf, Aschef lecken betonten die hohen Wangenknochen. Sie trug eine Federboa, und ihr Kleid war mit schuppigen grünen Pailletten abgesetzt.

»Entschuldigung, Darling.« Virgil ließ die Hand rotieren wie ein Zauberer. »Ansell, das hier ist meine kleine Lady und die beste Näherin im Zirkus, Zula Friday.«

»Zula Natchez Friday«, verbesserte sie ihn. »Weil ich überzeugt bin, eine Frau sollte was haben, das kein Mann je besitzen oder ihr wegnehmen kann.«

»Sie ist«, seufzte Virgil, »eine waschechte Suffragette.«

»Und ich werde jeder meiner Schwestern behilflich sein. Jederzeit«, ergänzte Zula, klopfte drei Zigaretten aus ihrer

Schachtel und reichte sie herum. »Ganz schönes Desaster, das hier«, sagte sie fast bei sich, kauerte sich auf Virgils Schoß zusammen und rauchte.

»Nicht so schlimm wie Paint Lick oder Altoona oder Choctaw.«

»Nein, so schlimm nicht. Weißt du noch, wie wir die Gorillas in Goliad verloren haben? Was aus denen wohl geworden ist? Ich hoffe, die hatten danach noch irgendwo ein gutes Leben.«

»Moment mal. Das ist nicht euer erstes Zugunglück?«, fragte Ansell.

»Schätzchen, wir sind im Zirkus. Unser halbes Leben verbringen wir auf den Gleisen.« Zula pustete ihm Qualm über den Kopf. »Das gehört eben dazu.«

Der Nebel wurde dichter, der Boden klamm. Sie unterhielten sich noch eine Weile, und Ansell erzählte ihnen, was er hier Draußen machte, wen er nach Hause bringen musste.

»Du suchst nach einem Mädchen und einem Bären?« Zula lachte. »Und ich hab immer gedacht, unser Leben ist verrückt. Ha!«

Ein Mann kam zu ihnen herübergeschlendert. Seine sehnigen Muskeln umfassten Gliedmaßen, die krumm waren, als wären sie oft gebrochen und falsch wieder zusammengesetzt worden. In den Camps hatte Ansell das an den Männern gesehen, die sich selbst die Knochenbrüche richteten.

»Ich habe gehört, du bist hier der gute Samariter, junger Mann?« Die Worte kamen schief heraus und verrieten den Ausländer. »Herzlichen Dank«, fuhr er fort und hielt ihm die krallige Hand hin. »Ich bin Tomaž Zalora, Manager des Al T. Bassie Circus.«

Ansell nickte. Der Whiskey hielt sein Blut am Laufen, aber er schüttelte ihm auch die Gliedmaßen.

»Wir kommen fast jedes Jahr hier durch die Gegend«, fuhr Tomaž fort. »Auch wenn uns dieser Unfall wohl ein paar Termine kosten wird. Aber pass auf, falls du jemals etwas brauchst. Einen Schlafplatz«, er musterte Ansells Narben, »einen Job, frag einfach nach Tomaž Zalora, und ich werde sehen, was ich tun kann.«

Damit nickte er Virgil und Zula zu, richtete seine Krawatte, in deren Knoten eine Diamantnadel steckte, und ging davon.

»Ihr könnt wieder in die Schlafwagen!«, brüllte ein Mann von dort, wo ein Pferdegespann und ein Laster verbogene Stahlbänder von der Strecke zogen. »Wir stehen auf einem Nebengleis. Schlaft eine Runde! Morgen geht's nach den Begräbnissen weiter.«

»Muss hart sein, die eigenen Leute hier draußen zu begraben«, sagte Ansell und sah über die flachen Felder hinaus, an den Rändern gelegentlich ein tief schimmerndes Licht.

»Ach, Schätzchen«, seufzte Zula. »Niemand kennt diese Leute. Hier herrscht ein ständiges Kommen und Gehen. Wir sind nicht alles Freunde oder Familie oder so. Das ist nur ein altes Märchen.«

»Und was für eins«, sagte Virgil. »Wir hatten mal nen Kunstreiter vor ein paar Jahren, Charlie ... Charlie Frigoli«, sagte er und schnippte mit den Fingern. »Eines Tages bauten wir in Waupaca County auf, meine großen Ladys zogen die Zelte hoch, Stützstangen, das ganze Drum und Dran. Na, Tomaž gibt Charlie fünf Dollar und sagt, kauf Brot und Milch und Eier. Frigoli steckt das Geld ein und arbeitet zwei Jahre bei ner Brauerei. Als wir wieder vorbeikommen, gibt er Tomaž eine Kanne Milch, einen Laib Brot, eine Flasche Bier und das Wechselgeld auf fünf Dollar.«

»Hat seinen Job wiederbekommen«, fügte Zula an.

»Hat seinen verfluchten Job wiederbekommen«, wiederholte Virgil.

Ansell folgte ihnen zu den Schlafwagen. Er würde nur kurz hinter einer der Scheunen im Dorf die Augen zumachen, um wieder Kraft in die Beine zu kriegen, bevor er weiterging.

»Ansell!«, rief Tomaž, ein langes, krummes Bein auf das Trittbrett eines Fords gestellt. »Junge, dieser Mann fährt in deine Richtung. Er meint, er nimmt dich bis zur Harland Road mit.«

»Pass auf dich auf«, sagte Zula und fuhr Ansell über die Wange, wo die Narben am dichtesten waren. »Die verheilen in Nullkommanichts. Und die Mädels …« Sie beendete den Satz nicht. Auf den Stufen zu ihrem Wagen drehte sie sich um. »Du wirst sie schon finden, dein Mädchen und ihren Bären.«

Virgil streckte ihm die Hand hin. »Ich hoffe, unsere Wege kreuzen sich mal wieder, Ansell. Und viel Glück.«

Ansell ging zu dem Lastwagen hinüber, der neben den Gleisen im Leerlauf tuckerte. Mit leise jammerndem Getriebe ließen sie die Unglücksstelle hinter sich, doch der Fahrer schielte zurück, so lange er nur konnte.

»Bestimmt bald Vollmond«, sagte er, als sie Richtung

Harland Road abbogen. »Da passieren die verrücktesten Dinge.« Er nahm sich eine Zigarette aus der Packung, die auf dem ramponierten Armaturenbrett hin und her rutschte, und zündete sie an. Der Tabak an der Spitze knisterte und wurde rot. Der Mann bot Ansell die Packung an.

»Danke.«

Auf der zerfurchten Straße klapperte der Laster, als wolle er gleich auseinanderfallen. »Erst heute Morgen hat mir ein Mann was Unglaubliches erzählt. Hat gehört, hier in der Gegend wär ein Bär mit Schal über die Straße gelaufen.« Er schüttelte den Kopf.

Ansell hustete Qualm aus der Lunge. »Ein Bär? War da ein Mädchen bei ihm?«

Der Fahrer schaute Ansell an. »Junge, bist du etwa auf der Suche nach einem Bären mit nem Modefimmel?«

»Ganz genau, Sir«, antwortete Ansell; vom Whiskey und dem Nikotin in seinen Adern war ihm leicht schwindlig. Er lachte, und seine Narben verzogen sich wieder silbrig.

In der Dunkelheit des Führerhauses erzählte er dem Mann von Pearly und Bruno, vom gewaltsamen Tod Swickers und vom Camp 33, fünfzig Meilen tief im Wald. Er erzählte ihm von Edon und den schreienden, weißäugigen Pferden an dem brenzligen, sandigen Abhang, und er erzählte vom Zirkus und den Elefanten, von Virgil und Zula, und schließlich erzählte er ihm von dem Blitz, der ihm das Gesicht versilbert hatte. Und als er fertig war und sich ganz abgekämpft fühlte, saß er auf gute Weise leer da und nahm sich noch eine Zigarette.

»Du lieber Himmel, Junge. Bei so ner Geschichte könnten manche Leute auf den Gedanken kommen, du hättest sie nicht alle.« Der Mann packte mit der linken Hand die Krempe seines Huts und setzte ihn auf. »Ich wollte dich nur für fünf Meilen mitnehmen, aber bei solchen Geschichten ... ich bin schon zehn Meilen weiter gefahren, nur um das Ende mitzubekommen.« Er lächelte, und Ansell sah, dass ihm oben und unten Zähne fehlten. »Es war die Strecke wert.«

»Vielen Dank, Sir.«

»Ich bin übrigens nicht abgebogen, wo ich hätte sollen, aber ich dachte, du könntest eine ordentliche Mahlzeit und ein Bett vertragen.«

Ansell nickte. »Ich könnte beides gut gebrauchen.«

»Meine Frau macht die beste Pastete in der ganzen Gegend, und ich bin mir sicher, wenn du ihr auch ein paar von deinen Geschichten erzählst, lässt sie dich nicht mehr gehen.«

Ansell lehnte sich zurück, er war erschöpft davon, über das Gerüttel hinweg zu reden. Er würde Pearly und Bruno in den kommenden Tagen finden. Er würde sie finden und nach Hause bringen. Verdammt. Das spürte er.

Die Frau hielt, was ihr Mann versprochen hatte; sie gab ihm eine doppelte Portion Eintopf und Pastete und richtete ihm in einer kleinen Kammer oben an der Treppe, dem alten Zimmer ihres Sohnes, ein Bett her. Und in den folgenden Jahren bekam Ansell viele Postkarten von Zula und Virgil. Aus Dinosaur, Colorado; Placentia, California; Bacon Level, Alabama; Bitter End, Tennessee, und anderen Orten, die er nie im Leben sehen würde. Jede der Karten erinnerte ihn an die schwarze Nacht, die verletzten Menschen und qualmenden Brände. Die Karten waren kurz. Und jede hatte etwas Interessantes zu erzählen. Und wenn Ansell Jahre später von Tierknochen, Löwenkäfigschlössern und Gleisnägeln erfuhr, die auf Baustellen zutage kamen, und wenn er Geschichten zu hören bekam über fremdartige Geschöpfe, die sich an Holzfäller anschlichen oder sie aus sicherem Abstand beobachteten – Kängurus oder langbeinige Vögel, die die menschliche Stimme nachahmen konnten, eine Feuersirene oder das schnaubende Seufzen eines Elefanten –, dann glaubte er jede einzelne davon.

Geborsten, mit einer glitzernden Ader

Den ganzen Vormittag über brachen meine Schneeschuhe durch die Harschkruste. Ich rieb mir mit dem Fäustling über die laufende Nase, und selbst das schabte wie eine Feile an einem Sägezahn. Zweige reckten sich, um mir auf die Wangen zu schlagen, und hinterließen Striemen unter meinen Augen. Schneebedeckte Äste hieben mir die Mütze schief oder verfingen sich in Papas Pullover. Ganz gleich, wie vorsichtig ich war, wie oft ich mich ermahnte, dass dies *meine* Wälder waren – jede Senke, Wende, Schattierung –, trotzdem übersah ich eine Felsnase, geborsten, mit einer glitzernden Ader im Spalt, und fiel der Länge nach in den Schnee, die Handballen wund vom Aufprall.

So lag ich, erschöpft vom Drücken des Waldkäfigs um mich herum, und spürte, wie die Bäume sich bewegten. Ein Knarzen in der Luft. Im Knochen. Bruno stupste mich hoch, denn irgendwann würde die Baumwand ja auch wieder einem Camp weichen. Ich bemühte mich um leichte Gedanken und sang ihm etwas vor.

Heigh-ho, the derry-o,
A-hunting we will go,
We'll catch a man und put him in a box,
And never let him go.

Wir waren schon den Großteil des Tages unterwegs, als ich den höchsten Punkt einer Böschung erreichte. Ich wartete, dass Bruno mich einholte. Krähen klopften an unsichtbare Türen, und der Schnee fiel klumpenweise von den Ästen in dunstige Tiefen. Fast zum ersten Mal in meinem Leben hörte ich nicht, wie Bäume gefällt, zerfleddert und ihrer Schatten beraubt wurden. In dieser Gegend gab es viele Camps, aber ich hatte wohl das einzige Gebiet gefunden, das sich weigerte, gezähmt und besetzt, besessen und zerstört zu werden.

Zu meiner Linken gab es Schneisen und Mulden, aufgegebene Wildpfade und einen See, dessen Eishaut am Ufer moderte. Wir gingen hin und begafften in einem Tauloch unsere dunklen Gesichter. Etwas Großes schwamm vorbei, uralt, sein rechtmäßiger Platz der in der trüben Unterwelt. Ein Kettenhecht mit dorniger Schnauze und rauer Haut, der aus nichts als Muskeln und Mysterium und lang gehüteten Geheimnissen bestand. Bruno trippelte an das Leuchten des Sees heran, beugte sich darüber und durchschlug die gläserne Oberfläche mit der Pfote. Wir folgten der Böschung nach unten bis zu einer Lichtung, die bei besserem Wetter möglicherweise ein Pfad war. Bruno glitt den Hügel bäuchlings hinunter und bremste gelegentlich, um an Bäumen zu lecken, wo das Wild die Rinde abgeschält hatte.

Es gab keinen Pfad. Schenkeltiefer Schnee zerrte an meinen Schneeschuhen. Bruno hüpfte von Loch zu Loch, das sein Gewicht hinterließ. Die Luft wurde wärmer, und der Schnee dampfte, sodass ich kaum mehr erkennen konnte, was vor uns lag. Immer wieder dachte ich: *Wir sollten das Camp sehen. Wir sollten jetzt schon daheim sein.* Um mich abzulenken, erzählte ich Bruno von den Nordpolreisenden. Ich erzählte ihm, wie sie ihr Schiff verließen, das krumm und schief im Eis eingeschlossen war. Wie sie Schlitten voller Pantoffeln und Kerzenhalter und Reiseuhren über die Eisfelder gezogen hatten. Eine Kette dunkler Gestalten, beladen mit nutzlosem Krempel, gefolgt von ihren rippendürren Hunden.

Nach einer weiteren Stunde wurde mir klar, dass ich mich verlaufen hatte.

Kurz vor Einbruch der Dunkelheit schaffte ich es nicht mehr, die Angst abzuwehren, die um meinen Verstand schlich. Wir waren so lange über verkrusteten Schnee gelaufen, dass Brunos aufgeschürfte Ballen rosafarbene Prankenabdrücke hinterließen. Wir brauchten Unterschlupf.

Dennoch gingen wir weiter, über noch einen Kamm, auf Stümpfe herabgerodet, dann durch eine Blaubeerheide, deren offene Weite durch das Fehlen des Windes in den Bäumen gespenstisch wirkte. Auf der anderen Kammseite erhob sich in der Dämmerung einer Senke ein Ahornbestand. Ein Reisigfeuer flammte dort auf und blieb in der blauen Luft bestehen. Wir näherten uns atemlos und scheu, bis wir einen Mann sahen, der ohne Hemd, aber mit Waschbärmütze neben dem Feuer im Schnee kniete. Er war dabei, sich etwas auf Brust und Gesicht zu reiben, das dunkel war wie geronnenes Blut. Selbst aus sicherer Entfernung konnte ich seinen Atem dampfen sehen. Feuerschein huschte über die Ahornbäume neben ihm.

»Herr, du hast zu mir gesagt, geh hin und predige, und hier bin ich!«

Er rieb sich noch mehr der dunklen Masse auf Hände und Gesicht und sprach weiter zu den Bäumen. Er lud die Luft ein, den Heiligen Geist zu empfangen, und hielt dann inne. Alle seine Wörter klangen alt vom Wiederholen. »Unter uns ist ein Tier, dessen Name nicht genannt werden soll!« Er war ein Wanderprediger.

Bruno trat vor. Als ich nach seinem Halsband greifen wollte, verhakte sich mein Schneeschuh in einer Wurzel, und ich schlug der Länge nach hin. Während ich versuchte, mich umzudrehen, um mich an Bruno hochziehen zu können, drehte der Mann sich auch um. Seine Gesichtsfalten waren dunkel von der körnigen Masse, mit der er sich eingerieben hatte. Er ließ seinen Lederbeutel fallen und stand auf. Sein Blick glitt über die Heide und die Schwarzkiefern hinweg, als lausche er nach den flinken Geschöpfen, die zu dieser Stunde herauskamen.

»Wie kommst du denn hierher?«, fragte er. Sein Gesicht wirkte hohl im Schein des Feuers. Er beeilte sich, sein verwaschenes Drillichhemd und dann den langen Mantel anzuziehen.

»Zu Fuß«, sagte ich und richtete mich auf.

»Wandelst du in den Spuren des Herrn?«

»Na ja, ich seh meine Füße eigentlich nicht als Heilige«, erwiderte ich. »Und was tun Sie hier?«

»Ich trage das Wort des Herrn aus, aber bislang ist das ein schweres Unterfangen. Ich komme von den Chic-Choc-Bergen. Von dort aus hat mich Jesus zum Camp 15 geschickt, um zu predigen, und ich war bereit. Bereit für einen Erweckungskreuzzug, weißt du? Aber als ich ins Camp kam, war keiner da – alle weg!«

»Tagsüber sind Holzfäller am Arbeiten«, sagte ich altklug. Ich sah, wie sich Bruno über das Bündel des Wanderpredigers beugte, und war überrascht, dass der Mann immer noch nicht bemerkt hatte, dass ich mit einem Bären unterwegs war.

»Und Sie haben noch immer niemanden gefunden, zu dem sie predigen können?«

»Niemanden zum Retten und niemanden zum Beten.« Er stieß die Wörter in die Kälte. »Man könnte wohl sagen, dass der Start in mein Amt holprig war.«

»Und Ihr Gesicht?«

Er ließ den ledernen Zugbeutel an einem Finger baumeln. »Heilige Erde vom Fuß des Sangre-de-Cristo-Gebirges.« Er schwieg und dachte nach. »Du siehst aus, als könntest du was davon vertragen.«

Ich winkte ab. In letzter Zeit drehte mir alles, was wie Blut aussah, leicht den Magen um. Bruno hatte inzwischen das Bündel des Mannes geöffnet und schleppte verschiedene Kleinigkeiten davon. Seine Funde veranlassten ihn zu einem kehligen Lied, Klänge, die mir so vertraut waren, dass ich sie oft gar nicht mehr wahrnahm.

»Ach, Herr Jesus!«, sagte der Wanderprediger und fiel rückwärtsstolpernd in den Schnee.

»Der gehört zu mir, Mister!«

Er drehte sich um, die merkwürdig betonten Augen weit aufgerissen.

»Zur Hölle, das ist ein verfluchter Bär. Jesus, vergib mir. In Deinem Namen beten wir.«

»Bruno!«, rief ich. »Lass die Sachen von diesem netten Mann in Ruhe.«

»Feinde und Bestien und das Wirken Satans«, flüsterte er bei sich.

Bruno kam herübergetapst, ließ sich aber Zeit.

»Wir müssen Unterschlupf finden, bevor es Nacht wird.«

»In dieser Gegend gibt es nur wenige Wegweiser, außer die des Herrn. Er wird uns aus der Finsternis befreien, wenn er es für nötig hält«, sagte der Mann und hielt Abstand zu Bruno.

Ich starrte ihn an. Meine schwindenden Kräfte ließen mir langsam die Beine schwach werden.

»Hier gibt es nichts, will ich damit sagen«, meinte er mit so etwas wie Freude in der Stimme. »Ich schlafe vielleicht in einem hohlen Baum und bete über die Unzulänglichkeiten der Menschen und der Bären. Ich werde meiner Berufung schon noch gerecht.«

»Also, wir können nicht in einem hohlen Baum schlafen.«

»Ein paar Meilen weiter gibt's eine Zuckerhütte«, räumte er schließlich ein, was mich an Ebonys Warnung erinnerte, dass Männer ihr Wissen nur ungern freiwillig preisgaben. »Ich habe dort letzte Nacht geschlafen und freundlicherweise etwas Brennholz für den nächsten Besucher zurückgelassen.«

In diesem Augenblick erst fiel mir auf, dass wir inmitten von Zuckerahorn standen. Deckeleimer und Spunde waren ringsumher an den Bäumen angebracht worden. Bewirtschaftetes Land. Die Wälder hatten sich verändert, und ich hatte es nicht bemerkt. Ich musste an Papas Kochkünste denken: Schinken, Speck, Würstchen, Baked Beans, Schweineschwarten, Zuckerkuchen und Ahorntoffee. *Schluss damit, Pearly.*

»Aber heute Nacht nicht?«

»Nein«, antwortete der Mann und beäugte Bruno. »Jesus will nicht, dass ich weich werde.« Er beschrieb uns den Weg und sagte dann: »Tja, sieht so aus, als hätten wir eine Primzahl, doch obwohl die Zahl Drei mich näher zu Dir bringt, Jesus, mein Herr und Erlöser, sag ich nun Adieu.«

Er trat das Feuer aus, wischte sich die rote Erde mit einer Handvoll Schnee aus dem Gesicht und ging davon, ohne sich noch einmal umzusehen. Nach wenigen Augenblicken hatte er sich in der Dunkelheit aufgelöst, und selbst seine Spuren waren verschwunden.

Meile um Meile. Durch dahinjagende Wolken zeigte sich jeder Stern von seiner besten Seite. Wir überquerten eine Flussbrücke und gingen noch eine weitere Stunde, bevor wir die dunklen Umrisse der *sucrerie* erblickten, genau wie der Wanderprediger gesagt hatte. Ich versetzte der Tür einen kräftigen Tritt; der gesplitterte Rahmen und das Schließblech verhakten sich, wo der Wanderprediger das Schloss aufgebrochen hatte, dann gab sie knarzend nach.

Als Erstes bediente ich mich bei seinem Vorrat an Kiefernspänen. Ich schichtete ein Feuer auf, Rauch qualmte die ganze Hütte zu und verzog sich dann wieder. Schließlich bildete sich Glut und warf Hitze. Und Bruno und ich aßen unter den Spinnweben und geschwärzten Fensterschlitzen, nah an den züngelnden Flammen und beim Geruch von verbranntem Zucker unser aufgetautes Essen und hörten den festgefrorenen Fliegen beim Aufwachen zu. Wir kuschelten uns auf einem muffigen Flickenteppich zusammen, während draußen die Kojoten sangen wie hungrige

Gespenster, und schliefen bald darauf ein. Wir schliefen, bis der Tag graute und das Licht sich wieder zeigte – perlenrosa.

In meiner Eile, Feuer zu machen, hatte ich den Rucksack vor der Tür stehen lassen. Erst am Morgen bemerkte ich meinen Fehler. Es war noch alles drin, bis auf drei Dosen Milch und Mamas Doppelhornkette aus der kleinen Innentasche, in die ich sie zur Sicherheit gesteckt hatte. Da wusste ich, dass der Wanderprediger doch nicht so weit fortgegangen war, wie er mir hatte weismachen wollen. Nichts als ein herumschleichender Dieb. Genau wie ich. Nachts lauernd und verschlagen.

Wir mühten uns die Steifheit aus den Gliedern, und dann mussten wir weiter.

Ein Ring aus einem Löffel

Im Slow-Down Diner suchte sich Ansell einen Platz am hinteren Ende des Tresens. Von einem Lastwagenfahrer, der ihn am Ortseingang abgesetzt hatte, hatte er erfahren, dass es hier den ganzen Tag über ein gutes Frühstück gab, aber nicht, wo er sich überhaupt befand.

»Was darf's sein, Süßer?«, fragte die Kellnerin und rückte klappernd ein Kaffeekännchen auf seinem Untersetzer gerade. An der linken Hand trug sie einen Ring, der aus einem Löffel geformt worden war. »Heute haben wir –«

Vergossener Kaffee kroch über den Zinntresen. Ansell schaute auf. Sie starrte mit großen Augen sein Gesicht an. Der neue Riss über dem Auge. Und seine Narben, die stets eine sonderbare Wirkung auf die Leute hatten.

»Bratkartoffeln«, sagte er. »Eine große Portion. Mit Soße.«

Sie nickte und ging zurück in die Küche. Sie flüsterte dem Koch neben der Durchreiche etwas zu, und Ansell konnte sehen, dass sie ihre Haare wie den Schweifknoten eines Pferds zusammengebunden hatte. Der Koch sah zu ihm hinüber und gleich wieder weg. Ansell ertappte auch ein paar andere Männer dabei, wie sie sich einzeln oder in Paaren auf ihren Stühlen umdrehten und glotzten. *Schaut nur her, Jungs. Gafft ruhig.* Er ließ sich in die Geräusche um ihn herum versinken: fauchendes Fett in einer Pfanne, das Kratzen krummer Gabelzinken auf dicken Keramiktellern. Er nahm eine Zeitung auf, die vergessen auf dem Platz neben ihm lag. Ein fast rhythmisches Zischen und Spritzen umrauschte ihn, sooft ein Auto durch die halb geschmolzene Pfütze vor dem Diner fuhr. Die Reifen schleuderten Bogen von Eismatsch zur Seite. Zischen, Stille. Zischen, Stille. Jedes Mal schauten die Männer von ihren Tellern und dampfenden Kaffeetassen auf, bis das Geräusch verklang.

Ein knochiger Mann auf Krücken blieb neben Ansell stehen. Das war die andere Sorte von Menschen, die sich heutzutage von ihm angezogen fühlten.

»Sieht ganz so aus, als hättest du wie ich die harte Schule des Lebens besucht«, sagte der Mann mit einem tabakfleckigen Grinsen. Er rollte sein Hosenbein hoch und enthüllte einen glatten Stummel, der in doppelten Wollsocken und einer langen Unterhose steckte, wie sie auch Ansell trug. Der Mann setzte sich auf den Hocker neben ihm, so nah, dass sich ihre Ellbogen beinahe berührten.

Das Radio spielte Don Messer und seine New Brunswick Lumberjacks. Der Koch stellte das Radio leiser. »Bis auf den Sänger hat keiner von denen je nen Baum gefällt«, sagte er durch die Durchreiche und sah Ansell erwartungsvoll an.

Der nickte unbestimmt. Zu dem Thema hatte er nicht viel zu sagen. Stattdessen las er einen Artikel über die Schlangen bei den kostenlosen Essensausgaben in New York City. Und einen über einen Sheriff oben im Norden, der ab kommendem Samstag für zwei Wochen einen Henker suchte. Für eine Doppelhinrichtung nach einem Dreifachmord: ein Waldhüttler, seine Frau und sein Sohn. Die Verbrecher waren Brüder, die Rücken an Rücken hingerichtet werden sollten. Der Sheriff gab an, er habe Hunderte von Bewerbungen erhalten, mit Gehaltsvorstellungen, die von fünfundzwanzig bis tausend Dollar reichten. Er sei, so die Zeitung, noch dabei, Bewerbungsgespräche durchzuführen. Auf der gegenüberliegenden Seite stellte ein Artikel ein neues Brettspiel vor, bei dem man Spielgeld einsetzte, um Grundstücke in Atlantic City zu erwerben; mit Spielsteinen in Form eines alten Stiefels oder eines Zylinders, die alle einem reichen Onkel namens Pfennigfuchser gehörten. Wie alle Waldbewohner war auch Ansell mit den Nachrichten von Draußen oft Jahre im Rückstand. Ein König. Eine Königin. Ein Verrückter in Deutschland, der seinen eigenen Geburtstag zum Nationalfeiertag erklärte.

Ansell überflog die Seite. Und da stand es, in einem kleinen Kasten ganz unten:

Geldstreitigkeiten zwischen einem Holzschätzer und seinem Boss nahmen neuen Gerichtsprotokollen zufolge am 28. März in Camp 33 ein tödliches Ende. Tatort war ein nicht befahrener Rückeweg. Dort wurde Heeley O. Swicker mit zahlreichen Stichwunden von Fuhrleuten tot aufgefunden. Der Holzschätzer Argyle Corcoran wurde am 3. April verhaftet und am 4. April des Mordes und des vorsätzlichen Diebstahls angeklagt. Die beiden Männer hatten über mehrere Jahre hinweg systematisch den tatsächlichen Tageseinschnitt von Holzfällern zu niedrig deklariert. Corcoran wird am Montag persönlich vor Gericht erscheinen.

Du meine Güte, dachte Ansell. All diese Listen und das Geld und diese verfluchten Wälder, in denen für kleinsten Gewinn so viele gebrochen worden waren. Und dann betrügen sie einen immer noch. Argyle und Swicker. Die ganze Zeit über schon. Er riss den Artikel aus und steckte ihn in die Brusttasche. *Pearly und Bruno mussten jetzt nach Hause kommen.*

»Ich hab mich ja um den Job hier beworben«, sagte der Mann neben ihm und tippte auf die Henker-gesucht-Anzeige. »Ich wär ein ebenso guter Henker wie alle andern.«

Ansell nickte, schaute aber weiter in die Zeitung.

»Darf ich fragen, was passiert ist? Schätze, jemand hat dich als Baby in ein Fass Nägel geworfen, oder deine Frau hat dir nen Sack Iltisse um die Ohren gehauen.« Er lachte über seinen eigenen Witz, doch das Lachen wich schnell einem langen, keuchenden Husten.

Drei schnelle dumpfe Schläge. Alle drehten sich um und sahen, wie Schneekreise langsam die Scheibe hinunterschmierten. Die Kellnerin riss mit einer Kaffeetasse in der Hand die Tür auf und ließ die Türglocke scheppern.

»Du meine Güte! Bobby! Wenn du die Scheibe einschmeißt, wirst du was erleben!«

Ein paar Kinder, manche noch immer mit Schneebällen in der Hand, rannten lachend davon.

Ansell stellte die Kaffeetasse auf die Untertasse. Klack. Seit seinem Unfall hatte er zunehmend die Geduld mit Menschen verloren, die um seine Freundschaft buhlten mit ihren Schicksalen und Entbehrungen. Er wollte zu niemandes Club gehören.

»Vom Blitz getroffen«, sagte er.

Es auszusprechen ließ ihn an den roten Schein seines Bluts denken, das sich voller Funken in gewaltiger, göttlicher Schwere wieder in sein Herz ergoss. Wie er tot *und* lebendig war und die Einsamkeit, die diese nicht mehr rückgängig zu machende Verdopplung auslöste. Der Blitz hatte auch den Traum von Wiederauferstehung geformt, den er nun oft träumte. Überdeutlich spürte er dann, dass er vollkommener auf die Welt zurückgekehrt war: ein besserer, ein rechtschaffener Mensch. Jedes Mal, wenn er daraus erwachte, fürchtete er, seine Seele würde kleiner zurückbleiben, sollte der Traum einmal vergehen.

Der Mann gab einen leisen bewundernden Pfiff von sich. »Ich hab in meinem Leben ja schon ne Menge verrücktes Zeug gehört. Aber dass einer vom Blitz getroffen wird? Und danach so ein Gesicht mit sich rumträgt?« Er rückte näher. Kniff die Augen zusammen. Seine Krücken schabten über die Fliesen. »Mein Unfall war nichts dagegen. Aber ein Pferdekuss war er auch nicht gerade.«

Ansell las immer wieder dieselbe Zeile. Das Spiel hieß *Monopoly,* und man suchte sich eine Spielfigur aus, mit der man um das Brett zog und Grundstücke kaufte: einen Fingerhut, einen Zylinder, einen Schuh, ein Schlachtschiff …

»Hab mir in den Fuß geschossen. Bei der Elchjagd.« Er sah Ansell an in Erwartung einer Reaktion, die nicht kam. »Weißt du, was ich daraus gelernt hab?«

Der reiche Onkel Pfennigfuchser. Mr. Monopoly. »Nein, Sir. Weiß ich nicht.«

»Ist so ein Bein erst mal ab, isses ab. Einmal einbeinig, immer einbeinig. Man braucht nicht alle Teile zum Überleben, aber manches, das kann man nie wieder in Ordnung bringen. Fehler zum Beispiel.« Er spielte mit einer Krücke herum.

Die Kellnerin brachte Ansell seinen Teller Kartoffeln, das Schälchen mit der Soße und zwei Spiegeleier, eins mit einem Blutklumpen im Eigelb. Sie stellte alles ab, dann sah sie zwischen den beiden Männern hin und her, und Ansell konzentrierte sich ganz auf den Artikel über *Monopoly.* Satz für Satz.

»Willst du zahlen, Benight?«

Das holte den Mann aus dem Tagtraum zurück, in den er versunken gewesen war. Er knallte ein paar Münzen auf den Tresen. Dann zog er eine Packung Zigaretten aus der Brusttasche und gab sie Ansell. Der nahm sie, wartete auf eine Erklärung, doch der Mann salutierte nur wie ein Pfadfinder und schlurfte unter der klappernden Glocke der Tür hinaus in den strahlenden, kalten Tag.

»Nie macht er die Tür richtig zu«, sagte die Kellnerin zu niemand Bestimmtem.

Erst da bemerkte Ansell, dass sie kurzsichtig war – dieser Hauch von Unsicherheit, so als könnte sie der unscharfen Welt nicht sonderlich trauen.

Er wischte den Teller mit einer Kartoffel sauber und starrte dann eine Weile in seinen kalten Kaffee, auf sein eigenes Spiegelbild und den Satz am Boden der Tasse. Aber nie sah er beides zugleich. Er dachte daran, dass er sich eine Aufgabe gestellt hatte, bei der er nicht sicher war, ob er sie schaffen konnte. Außerhalb des Camps war die Welt eine andere. Alles lag so weit auseinander, dass Suchen keinen Sinn ergab. Er hatte das Gefühl, Pearly und Bruno würden an mehr als einem Ort zugleich existieren. Es zehrte an ihm, die richtige Stadt, die richtige Straße zu wählen. Diejenige, die sie nach Hause bringen würde.

Vor dem Schaufenster des Diners wirbelte der Wind Schneeteufel auf. Der Tag verblasste bereits wieder. Das Diner war leer.

»Noch 'n Schluck?«

»Was?«

»Willst du noch einen Schluck?« Die Kellnerin schüttelte die Kaffeekanne ein wenig.

»Nein, nein, ich mach mich besser auf den Weg.«

»Ich hab dich hier in der Gegend noch nie gesehen. Bist du Handelsvertreter oder so?«

»Ich suche nach jemandem.«

»Tun wir das nicht alle, Schätzchen?«

Obwohl Ansell sich unsicher war, ob es sich lohnte, zog er eine Zeichnung aus der Tasche. Er hatte sie über ein paar Nächte hinweg angefertigt, auf dem Weg nach hier Draußen. Er reichte das Bild der Kellnerin und bereute es gleich.

»Nicht schlecht. Deine Freundin?«, fragte sie und reichte es ihm zurück.

Das Wort erschütterte ihn ein wenig. Darüber hatte er noch nie nachgedacht. Er schob die Zeichnung in eine Manteltasche. »Ich suche nach ihr und …« Von Bruno hatte er kein Bild gezeichnet. *Ich suche nach einem Bären*, das genügte wahrscheinlich auch als Information. Ein Bär war ein Bär. Gab es einen besseren Hinweis? »Sie ist mit einem Bären unterwegs.«

Die Kellnerin hob die Augenbrauen. »Und wo ist der Witz?«

»Nein, nein. Ich suche wirklich nach den beiden. Zusammen.«

Sie seufzte und dachte nach. »Wo hast du sie denn das letzte Mal gesehen?«

»Im Camp. Gleich bei der Stelle, wo der Crooked Deadwater am schnellsten fließt.«

Sie schüttelte den Kopf. Nein, sie wusste nicht, wo das war. »Benight ist vielleicht der, mit dem du reden solltest.«

»Der Mann, der sich selbst den Fuß abgeschossen hat? Der von eben?«

»Nicht geschossen, aber ja. Ist unser bester Kunde. Verdient ja keiner mehr genug heutzutage.« Sie stellte die Kaffeekanne auf dem Tresen ab. Es zischte, als die Kanne die feuchten Ringe berührte, die sein Wasserglas hinterlassen hatte. Sie sah sich im leeren Diner um. »Sein alter Herr war Fallensteller. Hat Benight eines Tages auf einen Kontrollgang losgeschickt, und der ist in einer dieser großen Bärenfallen hängengeblieben. Da war er noch ein kleiner Junge. Sein alter Herr war da gerade hier im Ort. Hat gesoffen, wie üblich. Benights Bruder, All-the-Wishes, hat drei Tage gebraucht, ihn zu finden und nach Hause zu schleppen.«

»Was ist mit seiner Mutter?«

»Oh, die ist bei der ersten Gelegenheit davongeflitzt. Zurück nach Jamaika oder Florida, wo ihre Leute lebten, glaub ich. Hat sich im Juli angezogen wie für den Januar. Immer gefroren, das arme Ding.«

»Und All-the-Wishes?«

Sie lächelte. »Benoît und Aloysius. Die Kinder hier hatten mal einen Lehrer aus Neuengland, drüben in der Dorfschule. Weißt du, so einer, der im Krieg war. Bisschen seltsam. Hörte auch nicht mehr so gut. Der hat alle Namen so gesagt, wie er sie verstanden hat. Und die sind dann hängengeblieben. Jetzt haben wir den ganzen Ort voller Leute mit komischen Namen.« Sie lachte und schaute hinaus auf die Straße unter ihrem Schleier glitzernden Schnees. »Also, Benight verbringt seine Tage damit, die Hauptstraße rauf- und runterzugehen. Rauf und runter. Rauf und runter. Wenn er zu Hause bleiben würde, würden alle fragen: Wo ist Benight? Was ist los? Wo ist Benight? Wenn dein Mädchen hier durchgekommen ist, dann hat er sie gesehen.«

»Wo finde ich ihn?«

»Na ja, entweder geht er auf und ab, wie ich gesagt hab, oder er ist die Straße runter bei All-the-Wishes.«

Ansell dachte über die unstete Natur des Suchens nach, während die Kellnerin sich daranmachte, Besteck abzutrocknen, bevor sie es in einen hölzernen Kasten fallen ließ. *Herrgott, die beiden können überall sein.* Er ließ sich grob den Weg zu All-the-Wishes und zum YMCA beschreiben, dann bezahlte er die Rechnung. Er ließ der Kellnerin ein paar Münzen extra liegen. Sie tauchte nicht wieder aus der Küche auf.

Mit funkelndem Glas übersät

Wir vergeudeten den Vormittag damit, den Wanderprediger zu suchen, in der Hoffnung, er hätte Mamas Kette vielleicht unterwegs fallen lassen oder an einen Ast gehängt, voll der Reue. Doch abgesehen von der schwarzen Spur seines Feuers im Schnee zeugte nichts davon, dass er überhaupt je da gewesen war. Bis Mittag waren wir also noch nicht sehr weit gekommen. Der Schnee war tief, und die Luft spuckte Regen. Und Bruno war mal wieder schlecht gelaunt. Alle naselang rammte er mir den Kopf ins Bein, um mich zu provozieren. Bis mein Oberschenkel wund war und bei jedem Schritt wehtat. Ich kannte diesen Wald nicht, und ich malte mir andauernd aus, was ich mit dem Wanderprediger und auch mit Miles anstellen würde, und so musste ich mich anstrengen, trotzdem ungefähr in die richtige Richtung zu gehen. Ab und zu hörte ich Geräusche von Draußen – eine Fabriksirene, die Hupe eines Autos –, aber sie waren weit weg und schienen je nach Windrichtung von woanders zu kommen.

»Hör auf damit!«, sagte ich und schnipste Brunos Ohr, als er mich wieder rammte.

Er rammte mich noch einmal. So hart, dass ich das Gleichgewicht verlor. Ich richtete mich auf und schüttelte mir den beißenden Schnee aus den Fäustlingen.

»Verdammt noch mal, Bruno! Was bist du für ein nichtsnutziger Bär!«

Ich schubste ihn so kräftig, dass es ihm ein wenig den Atem verschlug. Selten verlor ich so die Geduld mit ihm, und das wusste er. Beleidigt blieb er dort, wohin ich ihn geschubst hatte. Er quengelte ein wenig und wartete auf meine Reaktion.

»Du musst gerade reden«, zischte ich. »*Halle ta frame!* Setz dich in Bewegung!«

Er beäugte mich aus dem Augenwinkel, doch dann rappelte er sich auf seinen dicken Hintern hoch und leckte sich die eisbedeckte Brust.

»Bruno!«, rief ich, doch er würdigte mich keines Blicks.

»Also gut. Bis später.« Ich stapfte los. *Yan, tan, tether … pip, azer, sezar.* Eine Weile lang blieb jeder für sich. Ich marschierte vorneweg, und Bruno krachte durch die Schneekruste hinter mir und grummelte vor sich hin. Nach einer Weile drehte ich mich um und wollte wieder gut sein, doch er war verschwunden.

Weiße Schneefelder. Baum. Baum. Baum. Etwas Großes bewegte sich rechter Hand. Ein langsames, dunkles Wesen, zu undeutlich, um es gut zu erkennen, trat hinter einer Fichte vor.

»Brunnie?«

Eine Schar Raben flatterten auf und machten die Luft mit ihrem Geschrei verrückt.

»Brunnie? Komm raus aus den Bäumen!«

Nichts. Immer noch zornig, krakeelte ich laut mein Bärenlied. Zwei Mal. Ich wartete auf seine kehlige Antwort, dass er durch die Bäume raste. Etwas kam da. Aber ich konnte das Geräusch nicht einordnen, das danach folgte. Und dann löste sich das Etwas von seinen Fesseln, und Bruno brüllte Alarm. Überall zugleich. Ich rannte los und schrie seinen Namen, bis mir die Stimme brach. Ich erklomm eine Böschung und stieß auf eine dunkle Wand: Ein Bär mit einem milchigen Auge erhob sich auf die Hinterläufe. Er holte nach Bruno aus, der winzig wirkte, wie er da ein Stück höher in einer vom Eis gebogenen Birke kauerte. Ich war noch nie in die Nähe eines ausgewachsenen Bären gekommen. Der Jährling, den wir in Smoke River aus seinem Käfig befreit hatten, war nichts dagegen.

Ich zog mein Messer aus dem Stiefel und trat einen abgefaulten Ast aus dem Schnee. Der Bär stellte sich mir in den Weg und ich mich in seinen. Und obwohl ich wusste, dass er eher hierhingehörte als ich, wirkte er wie das Unheiligste, das jemals erschaffen worden war. Der fleischgewordene Old Jack. Sein vom Wind zernagtes Gesicht fraß sich an meiner Angst satt. Schlitzende Tatzen. Heißer Atem. Ein Höllenfeuer. Ich hatte meinen Körper verlassen und sah zu, wie ich nach seinem spatenförmigen Kopf ausholte, der eine tiefe Narbe wie von einem Hexenmal trug.

Der Bär ließ seine Pranke kreisen und traf mein Kinn. Ich hörte Bruno in der Nähe, aber die Welt blieb für eine Minute und dann noch eine Minute lang schwarz. Ich kam stolpernd auf die Füße, und das Ding schlug wieder zu. *Wenn ich nicht aufstehe, sterben wir beide.* Ich fand Halt und sah Kratzer auf der Schnauze des Bären. Bruno. Der Bär richtete sich vor mir auf. Bruno stürzte sich von der Seite her auf ihn mit all der Wildheit, die noch in ihm steckte. Meine Augen füllten sich mit Blut. Die Welt verwischte, und in meinem Verstand suchte ich bereits nach dem Ende, der Summe von alldem.

Es riss das Maul weit auf und lud mich ein. Er lud mich ein, dort zu tanzen, wo alles ganz leicht sein würde. Mein Rucksack lag neben meinem Fuß. Ich griff hinein und fand, wonach ich suchte. Bruno biss und schnappte immer weiter. Der Bär holte erneut aus. Bruno fiel von dort, wo er einen Baum hinaufgeklettert war, in den fest gepackten Schnee und rührte sich nicht mehr. Ich spürte, wie mir die Knie weich wurden. Ich packte Mamas kleinen Flakon aus funkelndem Glas, mit dem sie herumgespritzt hatte, damit die bösen Geister uns nicht erwischten, und mit dem letzten Rest an Kraft, die ich noch im Herzen barg, schleuderte ich ihn nach dem Maul des Bären, dessen Kiefer wieder bereit waren, nach Brunos regloser Gestalt zu schnappen.

Rote Scherben bohrten sich in sein Gesicht und zersplitterten ihm im Maul und in seinem milchigen Auge. Er machte Geräusche wie ein zusammenfallendes Haus und krallte nach dem Glas, das in seinem feuchten Gaumen und den aufgeblähten Nüstern steckte. Ich griff mir den Ast und fuchtelte damit herum. Ich kreischte wie eine Todesfee, vermied aber, zu Bruno zu schauen, aus Angst, er könne dort liegen, ausgeweidet wie ein Fisch. Könne schon tot sein. Schließlich landete der Ast auf der Schnauze des Bären. Hart. Und während er noch den Schmerz abschüttelte, schlug ich ihm erneut wie mit einer Axt auf den verdellten Schädel.

»Bist du mein Tod?«, schrie ich. »Antworte mir, du Mistkerl! Bist du mein Tod?«

Ich versetzte ihm einen weiteren ordentlichen Schlag,

und er wich zurück, bellte und bleckte die Zähne. Krummbeinig lief er eine schmale Böschung hinauf, auf der nur ein paar Erlen und etwas Riedgras standen. Ich hörte ihn durch Totholz krachen, dann hörte ich nichts mehr. Ich sank in der verbrauchten, mit funkelndem Glas und Blut übersäten Luft zusammen und überlegte verzweifelt, wie ich Bruno anfassen sollte.

Der Bär hatte ihm Schulter und Schädel zerfurcht, das Maul seitlich aufgeschlitzt, sich in seinen Bauch gekrallt, und aus einem Bein quoll das Blut. An diesem schnell einsetzenden Nachmittag hatte ich nur wenige Optionen, also nahm ich unsere Decke und wickelte ihn darin ein. Seine Augen waren schon ganz glasig. Lange Streifen aus halb gefrorenem Blut und Rotz und Sabber hingen ihm an Maul und Brust. Er keuchte, hart und schnell. In einer Baumkuhle fand ich Torfmoos, riss es aus dem Boden, bedeckte die schlimmsten Wunden damit und wischte fort, was ihm vom Kopf in die Augen quoll. Ich hüllte ihn in meinen Pullover und in meinen Schal, um ihn warm zu halten. Ich konnte mein Zittern nicht unterdrücken. Eine Übelkeit durchfuhr mich, dann blieb nur noch ein Schwindelgefühl. Ich konnte seine Wunden nicht anschauen, erst wenn ich jemanden gefunden hatte, der uns helfen konnte. Und daran glaubte ich nicht. Schließlich machte sich etwas in mir nach Süden auf, in Richtung der Geräusche von Draußen, die ich zuvor gehört hatte; die Decke mit Brunos fast totem Gewicht schleppte ich hinter mir her.

Eine Art namenloses Pferd

Vor dem Diner zündete sich Ansell eine von Benights Zigaretten an und sah einen Moment lang zu, wie sich im wirbelnden Schnee wieder Konturen aus der Helligkeit schälten. Auf der Straße gab es Lärm. Kinderstimmen, Hufgetrappel und etwas, das klappernd und krachend auf den gefrorenen Boden schlug. Ansell linste in die eisige Luft, konnte aber im Weiß nichts erkennen. Und dann tauchte ein dunkles Pferd auf, schreiend und mit weit aufgerissenen Augen, das seinem Verfolger zu entfliehen versuchte. Es bäumte sich vor dem Diner auf und stolperte in dem halb gefrorenen Schlagloch. Dann sah Ansell einen hüpfenden Schaukelstuhl, der dem Pferd in die Flanken schlug. Zwei Kinder liefen kreischend hinterher und wedelten mit den Armen. Und dann rutschte das Pferd aus, glitt ein Stück über den Boden, der raue Untergrund schürfte ihm die Flanke auf, der Stuhl zerbarst, und das Pferd versuchte, die Hinterläufe wieder unter sich zu bekommen.

Ansell stürmte in das Diner zurück. »Ich brauche Mehl!«

Die Kellnerin trat hinter dem Tresen hervor. »Bitte was?«

»Mehl! Jede Menge. Bring's nach draußen!«

Das Pferd, ein Wallach, lag auf der Seite und keuchte schwer, Blut sickerte in den Schnee, und die beiden Mädchen standen da wie bei einer Beerdigung.

»Wir haben ihn an einem Schaukelstuhl festgemacht«, sagte das ältere. »Wir wussten nicht, dass er wegläuft.«

»Tja, ist er aber, was?«, schnauzte Ansell und nahm der Kellnerin den Mehlsack aus der Hand. Sie blieb noch einen Augenblick zitternd auf dem Gehweg stehen und schaute zu.

Ansell zerteilte den ausgefransten Strick um den Hals des Pferdes mit seinem Taschenmesser und schickte das ältere Mädchen weg, um die Überreste des Schaukelstuhls irgendwo hinzuschaffen, wo das Pferd sie nicht mehr sah. Dann brachte er das Tier dazu aufzustehen. Es war ein Schecke – ein namenloses Pferd und auf allen Hinterhöfen in der Provinz zu finden. Preiswerte, stille Pferde mit einem schläfrigen Temperament und ohne große Tempowechsel, mit weichem Maul und kleiner Statur. So wie ein Kind sich ein Cowboypferd vorstellt. Ansell fuhr mit den Händen über die kräftige Brust und spürte das erschrockene Herz pumpen. Das Pferd lehnte sich bei ihm an, während er die Hinterhufe nach Eiskratzern und Rissen untersuchte. Doch abgesehen von den Wunden an den Flanken und leichten Ekzemen an einem Vorderbein war es unverletzt. Ansell trat vor das Tier und strich ihm über die weichen Wangen, bis sich die angelegten Ohren lösten. Die Mähne war mit bunten Fäden, alten Seidenpflanzenstängeln und anderen, längst welken Blumen geschmückt, die Stirnmähne stümperhaft geschnitten worden. *Du armer, alter, jammervoller kleiner Kerl.* Ansell nahm ein Stück von dem Schaukelstuhlseil, knotete es zu einem groben Halfter und schob es dem Tier über den Kopf. Als er spürte, dass das Pferd es zulassen würde, versorgte er die Wunden mit Mehl.

»Hat wer gesagt, ihr sollt das Pferd an einen Stuhl binden?«, fragte er.

»Daddy hat es erst gestern geholt. Im Tausch für ein paar Vorderachsen. Er hat nicht gesagt, wo wir es festbinden sollen.«

Ein Herzschlag. Zwei. »Ja«, sagte Ansell und biss die Zähne zusammen. Angst ist das vorherrschende Gefühl bei einem Pferd, und diese vermaledeiten Kinder …

»Wir konnten das ja nicht wissen!«, kreischte das kleinere Mädchen. Sie wischte sich mit dem eisverkrusteten Rücken des Fäustlings über das rotzverschmierte Gesicht und sah Ansell wütend an. »Wir konnten das nicht wissen!«

Er sah über die Kruppe hinweg zu dem Kind hinüber. Das Mädchen drehte den Kopf leicht in den scharfen Wind. »Na ja, jetzt wisst ihr's, hm?« Er bemehlte alle Wunden, sodass die dunkle Flanke des Pferdes rosige Flecken und geisterhafte Handabdrücke zierten.

»Er heißt Santa's Sleigh«, sagte das andere Mädchen mit besorgt zusammengekniffenen Gesicht. Gründlich besah sie sich Ansells Wangen. »Hat Ihnen jemand wehgetan?«

Ansell kümmerte sich nicht um sie, sondern trat vor das Pferd, das noch immer schwer atmete und die riesigen dunklen Nüstern blähte, und sprach ihm leise zu. Er sah sein eigenes schraffiertes Gesicht in dem tiefen, angsthellen Auge und die uralten Ängste dieser Spezies, die sie in ihr neunpfündiges Herz eingeschrieben trug. »Bringt ihr ihn nach Hause und bittet euren Daddy, den Tierarzt zu holen? Schafft ihr das?« Ansell wollte noch mehr sagen, aber er machte den Mund zu. Das Pferd schnaubte sanft und legte den Kopf an seine Schulter.

Zur Antwort scharrten die Kinder mit den Schuhen im Schnee.

»Wo ist denn euer Daddy?«

»Er sägt Eis.«

»Seit das Sägewerk zu hat«, fügte die Jüngere hinzu. »Sie lassen uns im Laden nicht mehr anschreiben.«

Die Ältere stieß sie hart mit dem Ellbogen an. Beide drehten die scharf geschnittenen Gesichter zu Ansell. Er hatte gehört, im letzten Jahr war das Fass Kartoffeln für zehn Cent gehandelt worden. Tausende Tonnen verrotteten auf den Feldern. Diese Kinder hier – der Hunger stand ihnen ins Gesicht geschrieben.

»Bringt das Pferd nach Hause. Geht langsam, und redet ihm gut zu. Stellt es in die Scheune, und legt ihm eine Decke über, habt ihr gehört? Und jemand soll den Tierarzt rufen. Habt ihr mich verstanden? Wartet bei den Wunden nicht, bis es zu spät ist. Na los. Und jemand soll sich um die Ekzeme kümmern, die breiten sich sonst aus.« Und mit einem leisen Lächeln fügte er hinzu: »Schneidet dem Pferd nicht wieder die Mähne so. Sieht ja aus wie Bruder Tuck.«

Das Pferd wieherte zustimmend und warf den Kopf zurück, ließ sich dann aber von den Kindern sanft davonziehen. Das eine Mädchen nahm das Ende des ausgefransten Stricks, das andere ging daneben, eine kleine Hand ernst auf den Kehlriemen gelegt, und Schauder fuhren dem Pferd durchs Fell. Sie gingen heimwärts, und Ansell sah, wie sie dem Pferd, das den Kopf hängen ließ, etwas Längeres, Heimliches und Persönliches erzählte, und als der Wind über die Felder und durch die dunklen, leeren Äste der Apfelbaumplantage zog, verloren sich die drei wieder in der verhangenen Winterlandschaft und waren schon bald verschwunden.

Ansell trug das Mehl wieder in das Diner und gab der Kellnerin ein paar Pennys für die Menge, die er verbraucht hatte. Sie schob ihm die Münzen wieder hin. »Tierarzt bist du also? Ein Pferdeflüsterer, hm?«

Er schüttelte den Kopf. »Hab im Lauf der Zeit nur ein paar kennengelernt.«

»Na ja, trotzdem …« Sic knickte die Ecken des Sacks um. *William Tell Flour. You Knead it.* »Viel Glück bei deiner Suche, Cowboy«, sagte sie und zwinkerte.

Ansell ging wieder hinaus. Er vermied es, die rosafarbenen Flecken im Schnee vor der Ladentür anzusehen.

Zwischen Hund und Wolf

Amaël Chanson sah den Jungen in dem roten Mantel als Erster. Er war gerade aus dem wirren Gestrüpp am Fuß eines Kiefernbestands gekommen, welches das Ende seiner täglichen Schneeschuhrunde markierte. Mehr als genug für einen Nachmittag. Er hatte den Großteil des Tages mit dem Feuerwehrpferd verbracht – ein blauschwarzer Rauchfresser, der aussah, als sei er im Feuer geschmiedet worden. Bis er nach Bracken gekommen war, hatte Amaël angenommen, dass es keine Feuerwehrpferde mehr gebe. Aber der Star des Brackener Teams lahmte an einem Vorderbein.

Von ihm als Brackens neuem Tierarzt erwartete man, dass er den Brigadier gesund pflegte, weil das Pferd die Leiterkarre zog und in dieser Gegend eine gewisse Berühmtheit war. Ein Nachbar hatte ihm erzählt, dass der Feuerwehrkommandant, selbst ein Hüne von über eins achtzig, häufig ins Bracken Hotel kam und den rauchfleckigen Brigadier an die Bar führte. Die verblüfften Gäste warteten, bis der Mann seine nun in der ganzen Gemeinde berühmten Worte sprach: »Wir sind auf ein Feierabendgläschen hier, Manny. Ein Whiskey für mich und ein Bier für den Brigadier, wenn ich bitten darf.«

Die Pumpenfahrzeuge waren heute zu einem frühmorgendlichen Hausbrand hinausgefahren. Irgendwo in dem Gewühl hatte sich das Pferd beim Galopp verletzt. Nun ruhte es in der Scheune aus, und Amaël war in den Wald gegangen, um über Knochen nachzudenken. Pferdeknochen und wie man sie heilte. Diese Art von Nachdenken beruhigte ihn, wie ein Vorrat von Geduld. Außerdem lenkte es seine Gedanken von Raymond LaValle ab, dem jungen Mann, der in Broades Axtfabrik arbeitete und der in der letzten Woche zweimal Amaëls Hand berührt hatte: einmal im Bracken Hotel, als Amaël auf ein schnelles Bier dort vorbeigeschaut hatte, und einmal im Leseraum, wo sie beide nach der neuesten Ausgabe von *True Crime* gegriffen hatten. Es hatte nichts zu bedeuten. Nichts, in Form eines Stachels aus Licht. *Vorwärts. Denk an das Feuerwehrpferd, nicht an Raymond LaValle.* Seine Schneeschuhe krallten sich in die Eiskruste. Heben und senken. Heben und senken. Während der winterlichen Dunkelheit ließ ihn eine Stunde Schneeschuhwandern fast daran glauben, die Tage würden bald länger und heller werden. Tage, die oft viel zu voll schienen mit Lippengrind, Krätze, Koliken und Druse. An all diese Dinge dachte er, als der Junge in dem roten Mantel zwischen den Bäumen auftauchte.

Er kam mit gesenktem Kopf auf den Tierarzt zu, den ganzen Körper schräg nach vorn geneigt – ein Wanken, dann wieder Trittfassen bei jedem Schritt. Er schleppte etwas Schweres hinter sich her und machte keinerlei Anstalten zu grüßen.

»*Ça va?*«, rief Amaël. Er war es gewohnt, auf Fremde zu treffen, die aus dem Wald kamen, oder ihnen auf der kalten, dunklen Straße nach Bracken zu begegnen. Manchmal ertappte er sie mit Taschen voller gewilderter Hasen, die silbernen Schlingen unter einer Handvoll Blätter verborgen.

Ein breitkrempiger Hut verbarg das Gesicht des Jungen halb. Die Haut unter den ungezähmten Augen dunkel vor Anstrengung oder Hunger. Amaël hatte beides schon viele Male gesehen. Doch erst als der Junge auf- und dann durch ihn hindurchsah, glaubte Amaël, dass er gerade Zeuge von etwas Schrecklichem wurde. Das Gesicht des Jungen war blutverschmiert, sein linkes Ohr bös zerkratzt, die Fingerknöchel abgeschürft und von der Kälte zerbissen.

Wieder rief Amaël. Doch die Vogelscheuche in ihren fadenscheinigen, viel zu großen Sachen ging einfach weiter, ohne ihn zu sehen. Etwas stimmte nicht an alldem. Die Art, wie er vorwärtsging, ohne Amaël wahrzunehmen, mit knarzenden Schneeschuhen, ohne zu prüfen, ob die Schneekruste halten würde. Er bewegte sich wie ein viel älterer Mann, der seinen Körper über lange Zeit geschunden hatte. Steife, überschwere Arme. Hände, die nicht wussten, wohin mit sich, wenn sie keine Säge, keinen Vorschlaghammer hielten. Als er näher kam, sah Amaël, dass das, was er hinter sich herzog, ebenfalls voller Blut war und rosa Schleifspuren auf der Schneekruste zurückließ.

»Bleib stehen!«, sagte Amaël, und der Junge blieb auf Kommando stehen wie ein Pferd. Er bewegte die Lippen, und Amaël hörte ihn merkwürdige Wörter sprechen: »*Yan, tan, tether. Yan, tan, tether.*«

Blut und etwas sauer Tierisches stiegen von dem Jungen auf, so als habe der Tod ihn gewaschen. Amaël warf einen Blick auf das, was er in der zerschlissenen Decke hinter sich herschleifte. Eine Gestalt in Pullover und Schal. *O Himmel.*

Ein totes Kind. Die Luft verschwamm, wenn er genau hinschaute.

»Ich hab Angst, ich schaue, und er ist tot«, sagte der Junge, und seine Augen waren voll entsetzlicher Furcht und entsetzlicher Müdigkeit. »Mein Bruder, tot, weil ich einen Bären aufgehetzt hab.«

Er verlagerte sein Gewicht, um besser Halt zu finden, und trat zu fest zu. Die Kruste gab nach, und der Junge versank bis zum Oberschenkel in der scharfkantigen Eisschicht. Ohne die Decke loszulassen, mühte er sich ab, seinen Schneeschuh loszubekommen, der sich mit der dicken Kruste verhakt hatte. Eis schob das wollene Hosenbein hoch und entblößte ein mageres Schienbein mit frischen blutigen Striemen. Jetzt erkannte Amaël, dass der blutbefleckte Junge vor Erschöpfung nicht mehr konnte.

Der Junge sackte zusammen, das dürre Gesäß auf den Enden seiner Schneeschuhe, und mit gebrochenem Schluchzer sagte er: »Bruno. Das ist Bruno.«

Amaël, der gegen Vorstellungskraft und Widerwillen zugleich ankämpfen musste, beugte sich auf der trügerischen Schneedecke vor, zog die Decke weg und enthüllte einen kleinen schwarzen Bären. Einen Bären in einem gestreiften Pullover und mit einem roten Schal. *Das war so was von unglaublich,* dachte er und ertappte sich dabei, wie er diese Geschichte bereits anderen weitererzählte und sich so durch die eigene Verwirrung manövrierte. *Ich habe diese Decke weggezogen, und da lag er: ein angekleideter Bär.*

Der Bär sah beinahe tot aus. Der Körper bereits kalt und steif. Amaël beugte sich weiter vor, um ihm den Schnee aus dem Gesicht zu wischen, und vielleicht war es die Wärme seiner Hand, die den kleinen Bären gerade genug zu sich kommen ließ, dass er einen flachen Seufzer von sich gab, ein kleines Lebenszeichen, das den Schnee mit Blut trübte.

»Er lebt«, sagte Amaël. »Und ich bin Tierarzt.« Er nahm sich eine Minute Zeit, befühlte die Gesichtsknochen des Jungen und beobachtete, wie seine Augen das Licht einfingen. »Du hast eine leichte Gehirnerschütterung«, sagte er, aber der Junge erwiderte nichts. Er wischte ihm einen Teil des dicksten Blutes um das Ohr herum ab.

»Mein Kopf ist voller Bienen!«, schrie der Junge und stieß Amaëls Hand weg. »Hornissenstich.«

Amaël wischte sich die Hände an der Wollhose ab. Erst jetzt sah er es: Kein Junge, sondern ein Mädchen. Das viel älter aussah, als es sollte. Ein Windzug fuhr über die beiden.

»Lass mich das machen«, sagte Amaël und wand dem Mädchen die Ecken der räudigen Decke aus den Händen. Der kleine Bär blieb regungslos. Und das windwunde Mädchen ging neben ihm her. Stumm. Geisterhaft.

Für diejenigen, die hier schon viele Jahre lebten, waren die Wälder nichts Besonderes. Doch dafür war Amaël längst nicht lang genug hier. Er spürte, dass noch etwas anderes dort drinnen lebte und seine Augen täuschte. Oft fühlte er sich beobachtet. Eine Eule erhob sich, und ihre Flügel warfen Schatten. Ein dunkler Fleck wurde zu einer Leerstelle, dann einem Tier, dann wieder einer Leerstelle. *Un presque.* Ein Beinahe. Diffuse Formen. Huschende Blicke. Jenseits der Tür seiner Praxis wurde etwas durch die breiten Baumflure davongetragen. Er hatte das Gefühl, dass Mädchen und Bär Teil jener anderen Welt waren und durch irgendeinen Fehltritt den Weg in diese gefunden hatten.

Fehl am Platz. Vertrieben. Doch es fiel ihm nicht ein einziges Verb ein, gleich in welcher Sprache, das diese Art von Ankunft beschrieb.

»Wir gehen zu meiner Praxis«, sagte Amaël und wies auf die leeren Felder vor ihnen. »Und dann schauen wir, wie wir deinem Bären helfen können.« Er lächelte, obwohl er sich mit einem Mal der Verantwortung bewusst wurde und sich fragte, wie er seinen weniger fantasiebegabten Nachbarn von diesem Märchen erzählen sollte. Und er machte sich Sorgen, was der Tod des kleinen Bären wohl für dieses zerlumpte Kind bedeuten mochte.

Diesmal fing das Mädchen Amaëls Blick auf, und Panik stand ihr ins Gesicht geschrieben. »Meiner«, sagte sie. »Er ist *à moi.* Er ist *mon ours,* mein Bär.« Sie drehte sich um und sagte etwas Schnelles, Unverständliches, Beruhigendes zu dem reglosen Bären. »Er ist *mon frère.*«

Amaël dachte, sie habe gesagt, der Bär sei ihr Bruder, aber das musste wohl die kalte Luft gewesen sein, die seinen Ohren einen Streich gespielt hatte, wie sie das öfter tat und das Hu-hu, Hu-hu einer Eule mal von vorn und hinten und dann von hinten und vorn klingen ließ.

»Mein Bruder«, wiederholte sie, und die Stimme brach ihr zu einer Art Krächzen. Sie wies auf die blutige Gestalt in der Decke. Sie sprach ein merkwürdiges Englisch mit gedehnten Vokalen, breitem Tonfall. *Mah braythor.*

»Also gut. Beeilen wir uns«, sagte Amaël. Er wickelte sich zwei Ecken der Decke um die Fäuste und zerrte den Bären in Richtung Bracken. Der Nachmittag verhärtete sich bereits wieder zu Frost. Sie mussten es in den Ort schaffen, bevor es dunkelte und die Wälder zottelig wurden. Dann verbargen sich die kleinen Bäche, die hier ihre tiefen Windungen gegraben hatten, und es bestand ständig die Gefahr, dass man in einen davon trat.

Als sie auf die andere Seite des Kamms kamen, schwächte dunkler Qualm die Sicht auf den Ort. Amaël sah, wie das Mädchen schaute. »Ein Hausbrand«, erklärte er. »Vor vielen Stunden. *C'est très dommage.*« Er wollte noch etwas sagen. »Ich kümmere mich um eines der Feuerwehrpferde. Vielleicht möchtest du es sehen.«

Wieder sagte das Mädchen nichts.

Die Luft, die schwer war vom beißenden Gestank des brennenden Hauses, zwang sie, mit gesenktem Kinn weiterzugehen. Sie kamen durch ein letztes Feld voller rostiger Sträucher und erreichten die Praxis bei Einbruch der Dämmerung – zwischen Hund und Wolf. Amaël hängte seine Schneeschuhe an den Riemen über einen Nagel in der Wand. Das Mädchen tat es ihm gleich. »Komm ins Warme«, sagte er.

Gemeinsam trugen sie die durchnässte Decke und das Tier ins Untersuchungszimmer. Amaël machte sich an die Arbeit und schnitt den reglosen Bären aus dem Pullover. Unter dem Schal fand er ein dickes Lederhalsband, das mit einem Riemenschneider aus einem alten Ochsengeschirr gefertigt worden war. Jemand hatte großes Geschick bewiesen und es mit zwei geprägten Bären und zwei Herzen versehen, zu beiden Seiten des Namens: Bruno.

»Willst du mir helfen, ihn zu waschen?«, fragte er das Mädchen.

Sie zögerte, wollte den Bären noch immer nicht anschauen. Ihr Bein hatte nicht aufgehört zu zucken.

»Nein, ist gut«, sagte er. »Setz dich hierher. Ich ruf dich, wenn ich dich brauche.« Er reichte ihr einen seifigen Waschlappen, damit sie die eigenen Wunden säubern konnte, doch sie legte ihn nur auf den Stuhl neben sich.

Der Bär hatte viel Blut verloren, und Amaël war ganz enttäuscht von sich selbst, keinerlei Übung bei dieser Art von Versorgung zu haben. Es gab Regeln, das wusste er. Er überschritt gewisse Grenzen nicht, und im Gegenzug überschritten gewisse Tiere – die scheuesten und wildesten – nicht die Grenze in seine Welt. Aber dieses Tier hielt sich nicht an die Regeln. Waren Bären gebaut wie Hunde? Vielleicht wie Schafe? Wieder dachte er über Knochen nach. *Such dir ein Tier aus, das du kennst, und taste dich von dort aus weiter, Amaël.* Er hielt sich an sein Verständnis von Hundeanatomie, zupfte das Moos aus den Wunden und wischte das klebrige Unterfell ab.

»Das war sehr schlau, mit dem Moos.«

Der Bär hatte eine klaffende Wunde an Gesäß und Hinterbein, ein Maul wie einen geplatzten Reißverschluss, ein verletztes Vorderbein, wie tief, konnte er nicht sagen. Die meisten anderen Kratzer wirkten oberflächlich. Er hatte Blut im Maul, aber nicht in den Ohren. Wahrscheinlich kein Schädeltrauma. Bären bluteten wohl viel, nahm er an und rasierte das Fell um die schartigen Hautfetzen. Er spreizte eine der größten Wunden mit den Fingern – eine Tasche, tief genug, um den Knochen durchschimmern zu lassen. Mit einer Spritze gab er Jod hinein, das dunkel zu Boden tropfte.

»Das ist nur Jod«, sagte er. »Wir können ein paar der Wunden offen lassen. Die Luft hilft dabei, sie zu verschließen.« Er sprach langsam, legte Pausen ein, damit das Mädchen etwas sagen konnte, wenn sie das Bedürfnis hatte.

Sie nickte schwach, blieb aber sitzen, nach vorne gebeugt, die Ellbogen auf den Knien, und ließ ihre Knöchel knacken. Sie besah sich ihre Stiefel. »Das hab ich von meiner Mama gelernt. Sie war auch eine Heilerin.«

»Was?«

»Das mit dem Moos.«

Er reichte ihr das Halsband. »Sehr hübsch.«

»Hat ein Fuhrmann gemacht. Für uns«, sagte sie mit brechender Stimme. »Manche sagen, der Teufel ist tot, aber wir wissen es besser.«

Er war überrascht, wie leicht ihr der Teufel über die Lippen ging. Ein wirklich seltsames Kind. »Ich verstehe«, sagte er, auch wenn es nicht stimmte. Er schwatzte weiter nervös vor sich hin, während er das verunstaltete Bärengesicht abtastete. Er zog ihm die Zunge aus dem Maul, kontrollierte die Gaumenfarbe und leuchtete ihm ins Auge.

»Weißt du ...« Doch dann zuckte er mit den Schultern. »Nein. Nichts. *Rien. Rien.*«

Das magere Kind drückte sich tiefer in den alten, mit Rosshaar gestopften Sessel, in dem der Tierarzt oft schlief; sie schaute immer noch auf ihre Füße.

»Also, das ist Bruno, und ich bin Amaël, und du bist ...?«

»Pearly Everlasting«, antwortete das Mädchen, und der Tierarzt fragte sich, ob sie einen Namen genannt oder einen Wunsch ausgesprochen hatte.

»Pearly Everlasting?«

Das Mädchen nickte, gab aber keine weitere Erklärung dazu.

Bis sie die Praxis erreicht hatten, hatte man in Bracken schon zu tuscheln begonnen, Mutmaßungen angestellt über den merkwürdigen Tierarzt von anderswoher, der dabei gesehen worden war, wie er mit einem Jungen über die Weiden gestapft war und etwas Dunkles und Blutiges hinter sich hergeschleift hatte. Aldice Getchell, der Postbote, hatte gerade seine Runde beendet, als Loftus Shaughnessy, der das Brot ausfuhr, anhielt und ihm sagte, er habe die seltsame Truppe am Crocker Hill gesehen, dort, wo man in den frühen Morgenstunden des Herbstes oft dunkle, wollige Elche nordwärts ziehen sah, die ihre Sommergebiete verließen. Dann hatte er Goobie Drapeau aufgegabelt, der auf dem Heimweg von Stedmans Variety war, und es ihm als Nächstem erzählt. Von den dreien aus machte es die Runde. Eine Art Vogelscheuche und so eine räudige Ziege. Ein Landstreicher und ein Pony. Ein Kind auf dem Rücken eines Zwergesels. Vielleicht waren sogar ein Affe oder ein Waschbär dabei gewesen. Und so gab das Dorf die merkwürdige Geschichte der Neuankömmlinge weiter, von der Tür Hazel Symmingtons, Vorsitzende der Ortsgruppe der Töchter der Temperenz, zu Mr. Angus Scovil, dem einäugigen Metzger, der schwor, bei Mondfinsternis könne er mit der leeren Augenhöhle wunderbar sehen. Der Brand war als Neuigkeit abgelöst, auch wenn manche argwöhnten, die beiden Ereignisse könnten zusammenhängen – vielleicht waren die Fremden Boten drohender Unglücksfälle. Und diese Geschichten wirbelten an jenem Nachmittag durch das Dorf Bracken, bis hinunter zur Frog Pond Road, wo die ärmeren Familien mit zu vielen Kindern in Bretterbuden mit zu wenigen Zimmern lebten.

Die Gerüchte verbreiteten sich durch alle Häuser, bis auf das eine, das abseits auf dem Hügel stand: das Steinhaus mit den blinden, dunklen Fenstern. Sie zogen an Katzen und Hunden an Ketten vorbei bis hin zu Connick's Drogerie mit den Sweet-Caporal-Zigaretten, Haarfärbemitteln und Lutschbonbons, Zitronenlimonade und Anzeigen für falsche Zähne im Fenster. Sie umkreisten den Billardsalon, den manche Smoochies nannten und andere Happy Birthday, auch wenn niemand sagen konnte, warum, denn auf dem Schild über dem Eingang hatte nie etwas anderes gestanden als *Billardsalon: Keine Frauen, kein Fluchen*. Und die Gerüchte zogen weiter, vorbei an dem Ehrenmal aus Spoon-Island-Granit, erst grob behauen, für die Kriegsgefallenen. Allesamt Verwandte derer aus Bracken und jener, die hinter einer der drei Kirchen begraben lagen, unter den Friedhofsbäumen, deren lange Nadeln den Boden um die Gräber rostig färbten.

Amaël verknotete die letzte Naht am Bauch des Bären. Er trat einen Schritt zurück und bewunderte seine kunstvolle Arbeit, und erst dann ging es ihm auf. Schock. Das Mädchen steht wohl unter Schock. *Amaël, du Idiot.* Er ging hinüber zum Wandtelefon neben der Tür, die von der Praxis in die Wohnung führte. Mrs. Pocket – oder Po-kay, wie nur sie selbst es aussprach, weil sie darauf bestand, sie stamme von Hugenotten ab – hob nach dem zweiten Klingeln ab.

»Mrs. Pocket, tut mir leid, Po-kay, könnten Sie wohl einen Augenblick herkommen? Ja ... ja, ich habe Po-kay gesagt. Ja, in Ordnung. Kommen Sie einfach rüber. Bitte.«

Ein paar Minuten später kam die Haushälterin herein

und schwatzte drauflos, etwas über eine Scheunenkatze, die auf die Türschwelle gepinkelt habe, »... und die kleine räudige –«. Erst erblickte sie den Bären auf dem Tisch, dann die blutigen Sachen und Lumpen und Bodenfliesen und dann das Mädchen. »Was um alles in – ist das ein Bär?«

»Das ist eine lange Geschichte, Mrs. Pocket, und ich habe hier noch eine Menge Arbeit zu erledigen. Könnten Sie bitte Pearly ... ja, das ist Pearly. Bitte nehmen Sie sie mit rüber ins Haus, und geben Sie ihr Tee mit viel Zucker. Ich fürchte, sie steht unter Schock.«

Eine schwarze Wolke verdüsterte die Augen der Frau, als sie begriff, worum Amaël sie bat. Das Mädchen war eine geradezu albtraumhafte Erscheinung: Abdrücke ihrer eigenen blutigen Hände verfleckten ihr Gesicht.

»Vielleicht auch frische Kleidung?«, fuhr Amaël fort und bemühte sich um eine helle Stimme. Der Ordnungssinn der Frau war das Einzige, woran sie sich hielt, und er hatte schon vor einer Weile gelernt, nicht infrage zu stellen, wie sie den Haushalt führte, aber dies hier war etwas anderes. »Mrs. Pocket, ähm, Po-kay? Pearly wartet.«

»Ja, Doktor«, brachte sie schließlich heraus. »Ich rufe Frances Boudreau an. Vielleicht gibt's im Kirchenfundus ein paar Sachen.«

»Und natürlich etwas zu essen.«

»Melasse und Brot«, sagte sie, ohne einen Hauch von Einladung in Stimme oder Auftreten.

»Schon gut. Das ist in Ordnung. Und Pearly«, brüllte Amaël fast durch das Zimmer zu dem benommenen Mädchen hinüber, das noch immer dasaß und auf seine schäbigen Stiefel sah. »Pearly, ich kümmere mich weiter um

Bruno, und du wärmst dich auf, okay? Und wenn du soweit bist, kommst du wieder her.«

Sie nickte, und ihr Blick hellte sich ein wenig auf. Amaël kannte den Ausdruck – aufflammende Hoffnung, eine stumme Frage nach der Zukunft des Tieres. Er sah ihn immer wieder, wenn er mit den Leuten über ihre vom Krebs zerfressenen Hunde und altersschwachen Farmtiere sprach.

Mrs. Pocket achtete sorgfältig darauf, das Kind ja nicht zu berühren, und führte Pearly zur Haustür. »Schuhe abputzen.« Wenn sie sprach, waren ihre Zähne ganz klein und eckig und scharfkantig.

An der Türschwelle streifte Pearly die zertretenen Stiefel ab. Dann fiel ihr etwas ein, sie ging noch einmal zu dem Bären zurück und flüsterte: »*Hovela, hovela kavela streck. Es morres a fri is alles aveck.*«

Mrs. Pocket stand stocksteif da, und ihre Augenbrauen hoben sich auf jene Weise, wie sie es taten, wenn ihre Besitzerin über etwas Fremdes und Merkwürdiges urteilte.

Pearly legte die Hand für eine Weile auf das Herz des Bären, dann wandte sie sich um. Stieg die drei Stufen hoch, leise, als hätte sie Fell an den Füßen.

Dreckige kleine Waldratte

Dreckige kleine Waldratte, so nannte mich die Hausdame. Ich war das ganze Blut leid, schälte ich mich aus Mantel und Hose, als wären es Häute. Um mich kleiner zu machen, rollte ich alles in dem Korb zusammen, den sie von sich weggestreckt hielt. Meine nackten Füße sahen blass aus und aufgeweicht, wie blinde Babymäuse.

Wir gehen durch den Wald, ein Bär tritt mir in den Weg und ich in den seinen.

Ich wusste, wie ich aussah: verloren in meinen Klamotten und verloren ohne sie. Gestank verströmend, nach Holzrauch, Schweiß, Pferd, Petroleum, nach etwas Unbestimmtem, vielleicht dem Schmalz und Kiefernteer, welche die Männer im Frühling als Fliegenfett nutzten. Unwandelbar und schmutzig. Am liebsten hätte ich ein paar von Ivys albernen Kostümierungen dabeigehabt. Etwas mit ein wenig Glanz. Ich wusste, diese Frau dachte, Bruno und ich würden nicht ins Gewicht fallen. Dabei trugen wir so viel mit uns herum.

Ich stand zitternd da, während sie und eine andere Frau, eine von der Kirche, in einer Kleiderkiste herumwühlten – *soll ja noch wem zugutekommen*. Sie wedelten mit Hauskleidern vor mir herum, bis meine Augen im grellen, elektrischen Licht tränten und ich über das Summen in meinem Kopf hinweg sagte: »Verdammt, nein! Kleid trage ich keins!« Sie schauten mich an wie ein wildes Tier.

Wir sitzen auf dem Baumstamm und essen. Ich gebe Bruno den letzten Keks.

Eine solche Badewanne hatte ich noch nie gesehen, und ich wusste nicht, wie man das Wasser einlaufen ließ. Die beiden Frauen schnauzten sich gegenseitig wegen irgendwelcher Kleinigkeiten an. Aber die Kirchenfrau wusch mir mit dem Schwamm das Blut vom Gesicht, und diese kleine Freundlichkeit brachte mich zum Weinen. Ich zog die saubere Latzhose, das Flanellhemd und die Wollsocken an und fand die Küche. Mrs. Pocket ging von der Spüle zum Herd zum Kessel, als wäre sie voller Wut auf die ganze Welt, als würde sie sich wünschen, dass etwas zu Bruch ginge. Ab und zu warf sie einen Blick über die Schulter, um sicherzugehen, dass ich das auch sah.

Wir gehen durch unsere Wälder. Langsamer Schneefall. Meine Hand in Brunos Fell.

Sie löffelte Tee in einen Becher und goss ihn mit heißem Wasser auf. Der säuerliche Geruch von Schwarztee stieg auf und versetzte mich zurück ins Kochhaus. Beim Gedanken, wie schlimm alles stand, durchschnitt mich Scham. Ich wollte nichts lieber, als neben Ansell zu sitzen, so wie früher, wenn ich all diesen Zorn in mir trug und Mama mich hinausschickte, um ihm Luft zu machen, und ich stattdessen ins Kochhaus ging, um mit Ansell eine Tasse Tee zu trinken. Er beobachtete dann für eine Weile die Stürme in mir, so als sei nichts Merkwürdiges daran, und davon verzogen sie sich jedes, aber auch jedes Mal.

Die Frau bot mir weder Milch noch Zucker an. Aber die

Wärme des Bechers zog mir in die wunden Hände und beruhigte mich ein wenig. Als ich das bisschen zu mir genommen hatte, das ich bei mir behalten konnte, warf mir die unnahbare alte Schrulle einen schrägen Blick zu und führte mich in ein Zimmer oben an der Treppe. Sie gab mir ein Aspirin, damit ich schlafen konnte.

Der Schlaf kam und wich, dann kam er wieder. Statt dem Rauschen in meinen Ohren hörte ich die Welt nun wie aus dem Inneren einer Kuchenglocke. Der geschwollene Kratzer über meinem Auge fühlte sich fast taub an. Und auch wenn es erst das dritte Mal war, dass ich ohne Bruno neben mir in einem Bett schlief, registrierte ich das kaum. Ich schlief tief und fest, noch bevor es richtig Nacht war und alles wehtat.

Doch bevor ich einschlief, hörte ich noch, was die alte Ziege über mich sagte: *Eine dreckige kleine Waldratte, Frances. Nichts weiter als eine dreckige kleine Waldratte.* Dann wurden die Stimmen wieder leiser. Fast als wären sie gar nicht da.

Ich träumte, ich hätte vier Beine. Old Jack schaute zu und nagte an den Hühnerknochen, die für die Scheunenkatzen im Staub lagen. Er schaute zu, wie ich mich dem höllischen Beben des Bären stellte. Immer wieder fiel ich in die breite Maulhöhle. Ich tanzte mit ihm, während Old Jack etwas in einer blutigen Schachtel auf dem Feld hinter dem Haus vergrub. Er schob mir die Hände in den Rachen und füllte mich mit Schnee, so weiß wie Milch.

Ich versuchte, mich daraus zu lösen, doch Träume laufen auf eigenen Füßen. Und als ich in der dunklen Luft erwachte, glaubte ich, noch immer in dem blutigen Wald zu stehen, in dem Swicker gefallen war. Und ich fragte mich, ob die Toten immer so zu mir kommen würden und ob sie, wenn ich nichts tat, nur ihre Zeugin blieb, ja, ob sie dann dahinschwinden würden und mich wieder von den Wäldern träumen ließen, die leer waren bis auf Bruno und mich. Und Old Jack in all seinen Maskierungen würde uns keine Beachtung mehr schenken.

Ich schlug die Augen auf, und es war noch dunkel. Nicht tiefste Nacht, aber dieser zeitlose, innen liegende Raum. Ich wartete darauf, dass sich etwas zeigte, das Grau rückwärts aus dem Zimmer wich, sich der Morgen mit den Rufen der Fuhrleute anfüllte, wenn sie die Pferde anschirrten. Und die Pferde sich ebenfalls etwas zuriefen. Etwas, irgendetwas Vertrautes, um mein Herz zur Ruhe zu bringen. Ich lag noch ein paar Minuten in den zitronig duftenden Laken und versuchte herauszufinden, wie ich hierhergekommen war, und mein Herz raste bei der Erinnerung daran. Ich zog Brunos Holzschüssel aus dem Rucksack, zog mich an und machte das Bett, so gut ich konnte.

Ich öffnete geräuschlos die Tür. Die alte Frau war ins Bett gegangen, hatte aber ein Licht angelassen. Ich merkte schnell, dass ich mich bei Elektrizität schutzlos fühlte. Eine makrelengetigerte Katze schoss an mir vorbei. Links, rechts, rechts. Ich folgte ihr durch das Zimmerlabyrinth bis zurück an den Anfang, dann ging ich zwei Stufen auf einmal die Treppe hinab, ohne mich darum zu kümmern, ob die Dielen unter meinen Socken knarzten. Schließlich fand ich die Tür, die zurück in die Praxis führte.

Eine Lampe erhellte den kargen Raum: ein Schrank voller Glasflaschen und metallener Werkzeuge. Ein einsames Plakat an der Wand zeigte das Innenleben einer Kuh. Der Tierarzt saß zusammengesunken in dem Rosshaarsessel, einen Jagdmantel wie eine Decke über sich gebreitet. In dem neuen Licht wirkte er wie ein Mann in einer Anzeige für Rasierseife. Durchs Fenster fielen ein Hauch von Nacht und ein rosiger Schein Tageslicht. Osten, dachte ich. Und daheim sind alle wach. Ich trat ins Zimmer. Der Tisch, auf dem Bruno gelegen hatte, war leer.

»Bruno?« Seine Schüssel schlug gegen den Sessel. »Bruno?«, sagte ich lauter.

Der Mann fuhr wie angestochen hoch und zeigte in die hinterste Ecke des Zimmers, wo weniger Licht hinfiel. Bruno schlief auf mehreren Satteldecken neben einem Heizungsrost, aus dem etwas Wärme drang. Über ihm klapperte ein Fenster bei jedem Windstoß. Ich ging hinüber, traute mich aber nicht ganz heran. Jedes Mal, wenn ich es versuchte, fuhr mir ein stachliger Funke die Arme hinauf, als teilten wir uns einen Schmerz. Ich befürchtete, wenn ich ihn berührte, würde das etwas bei ihm lösen, das er nötig hatte, das er nicht vergeuden durfte.

Der Tierarzt trank eine bernsteinfarbene Flüssigkeit aus einem kleinen Kristallglas. Er hustete ein wenig und wies dann in Richtung Bruno. »Du bist wach, Pearly.«

Ich nickte und war froh, dass mein Kopf nicht mehr so schmerzte. »Ich hab geträumt, dass mir die Zähne einwachsen«, sagte ich.

Er sah mich lange an, aber ich konnte erkennen, dass er mich nicht verstand. »Mach ruhig. Berühr ihn.«

Ganz vorsichtig fuhr ich Bruno mit der Hand vom Schädelknochen bis zum Schwanz. Er rührte sich nicht, doch allein die Wärme unter seinem kühlen Fell zu spüren ließ mein Herz anders schlagen. Ich glitt wieder in mich selbst hinein und erlaubte den Tränen, mir die Sicht zu verschleiern.

Etwas war mit Bruno verbunden. Ein Schlauch reichte zu einem Glasgefäß.

»Damit er zusätzliche Flüssigkeit bekommt«, sagte der Mann. Er legte den Jagdmantel beiseite. »Ich dachte, ich bleibe lieber über Nacht hier. Um ihn zu beobachten und sicherzugehen, dass er nicht aufwacht und wild wird.«

»Er ist nicht wild«, sagte ich, während sich Brunos Fell unter meiner Handfläche statisch auflud.

»Ach ja, richtig. Er ist dein Bruder.«

»Genau«, sagte ich und wappnete mich für die schwere Frage, die da zwischen uns hockte. Ich schluckte ein paarmal und fragte dann: »Wird er es schaffen?«

Der Mann fummelte an einer Packung Zigaretten herum, zündete sich eine an, betrachtete eine Weile den abgebrannten Streichholzkopf und atmete dann aus. »Vielleicht. Er hat Glück gehabt.« Er rauchte. »Und er ist stark.«

Ich strich gegen das Fell über Brunos Bein, und er trat aus.

Der Tierarzt zuckte mit den Schultern. »Ein Reflex.« Er bot mir eine Zigarette an. Ich nahm sie. »Er ist wirklich zäh.«

»Et tu?«

»Ich kann so gut austeilen wie einstecken«, sagte ich, reckte das Kinn und pustete Qualm über uns aus.

Er lachte prustend und trank noch einen Schluck. Erst da ging mir auf, dass er vielleicht betrunken war. »Du wiegst – was? Vierzig Kilo, vielleicht, und dieser wilde Bär, 250 oder 300 oder mehr? Bedaure, aber da kannst du nicht austeilen, was du einstecken musst. Du und du«, hier reckte er das Kinn in Brunos Richtung, »ihr habt Glück gehabt.«

Ich sah, wie er mich taxierte. »Rufen Sie die Polizei?«

Er zuckte müde mit den Schultern. »Sollte ich das?«

»Nein, Sir.«

»Okay. Unterhalten wir uns. Wo kommst du her?«

»Camp 33. Wir, ähm, wir mussten da weg. *Le camp de bûcherons.* Wir sind Greenlawer Adel.«

Er nickte, aber ich konnte sehen, dass er mir nicht glaubte. »Und wie weit bist du gekommen? Als Vogelscheuchenjunge.«

»Gestern ein paar Stunden, glaub ich.«

Das war weniger eine Lüge als Ausdruck des Gefühls, wie sehr sich die Welt verändert hatte, seit wir die Zuckerhütte verlassen hatten. Die Missetat des Wanderpredigers und der Angriff des Bären hatten die Zeit zusammenbrechen lassen und verschoben, und über weite Abschnitte des Tages hatte etwas Mechanisches in mir übernommen und dafür gesorgt, dass ich die Beine aus dem Schnee hob und den Rucksack zurechtrückte, der mir in die Schultern biss, während sich mein Verstand in diesem trostlosen Licht anderswo verkroch.

»Und wie hast du es geschafft, dich so weit weg zurechtzufinden?«

»Wir kennen den ungefähren Weg«, sagte ich, »und dann bin ich einem Pfad gefolgt, den dieser Wanderprediger vor mir genommen hatte. Er schien sehr religiös zu sein. Aber er hat uns was Wichtiges gestohlen, und wenn wir ihn finden …« Ich wollte nichts von Mamas Doppelhornkette sagen, aber in meinem Kopf war es längst beschlossene Sache: das Wegnehmen und das Zurückholen.

»Wanderprediger?«

»Ja, die Grenzgeher nennen sie Himmelspiloten oder Paare der Namenlosen Kirche, weil sie manchmal zu zweit unterwegs sind. Aber der hier war allein, und er war nicht sehr gut, kann ich mir nicht denken.«

Leise Geräusche oben im Haus unterbrachen mich. Ich senkte die Stimme und erzählte ihm von den Wanderpredigern: jenen, die an göttliche Heilung glaubten, und jenen, die in Zungen redeten.

»Und das alles ist ein paar Stunden von hier passiert?«

Es gab keine Camps in ein paar Stunden Entfernung, und ich konnte sehen, der Mann wusste das.

Er hielt inne und dachte nach. »Aber du bist weit gewandert?«

»Ja, ich schätze schon.«

»Wo hast du geschlafen? Wie hast du was zu essen gefunden?«

»Camps. Zuckerhütte. Eishöhle.«

»Eishöhle?«

Brunos flache Atmung betonte die Stille.

»Sie haben ›von hier‹ gesagt, aber wo ist ›hier‹?«, fragte ich und durchmaß mit der Hand das Zimmer. Und diese Frage schien der Tierarzt schwerer beantworten zu können, als ich erwartet hatte.

In den folgenden paar Stunden schlief Amaël – er hatte sich mir noch einmal vorgestellt – in seinem Sessel. Der Himmel blutete aus und sickerte blau herein, ich saß auf dem Boden neben Bruno und fuhr ihm ab und zu mit einem in Salz und Zucker getränkten Lappen über das Zahnfleisch. Ich wartete auf ein Zeichen und nickte manchmal mit dem Kopf neben seinem ein.

Als es fast hell war, ging sich Amaël für seine Hausbesuche umziehen. Nach kurzer Zeit kam er mit einem Tablett wieder in die Praxis: Tee und Toast. Dann zog er seinen Jagdmantel an.

»Ich muss mich heute Morgen um mein berühmtes Feuerwehrpferd und dann noch um ein paar andere Tiere kümmern. Milchkühe und Ziegen, Ziegen und Milchkühe. Zum Abendessen bin ich wieder da. Bleib du hier. Sprich mit Bruno. Vielleicht hilft das.« An der Tür, durch die kalte Morgenluft hereinströmte, drehte er sich um. »Nimm das Telefon da an der Wand, wenn du etwas brauchst. Mrs. Pocket …« Er starrte hinaus auf den Hof. »Nimm einfach ab, und sie geht dran, okay?«

Dann war er fort. Seine Schritte knirschten über den eisverkrusteten Hof und verschwanden um die Hausecke, wo das Feuerwehrpferd ruhte. Ich schaltete das satte elektrische Licht aus und wieder an, nur so aus Neugierde, und ließ Wasser ins Waschbecken laufen, bis die Rohre sangen und heiß rumpelten. *Also, ich fass es nicht.*

Ich schmierte etwas Gänsesalbe auf den langen Schnitt an Brunos Mundwinkel. Ich las ihm aus einem eselsohrigen Zane Grey vor, den ich in einem Pappkarton voller Bücher gefunden hatte. Einige der Geschichten waren dieselben, die wir uns auch im Camp erzählten: Rancharbeiter auf der Flucht vor dem Sheriff, eine Pionierin, die gut schießen konnte. Ich las, bis mir die Beine einschliefen. Ich dachte, vielleicht hätte Mrs. Pocket einen Striegel, damit ich Brunos verfilztes Haar bürsten könnte.

Ich hob das Telefon ab, wie ich es Amaël am Tag zuvor hatte tun sehen. Während ich noch darauf wartete, dass etwas passierte, hörte ich Mrs. Pocket sagen: »Das schmutzigste Ding, das du je gesehen hast, Zella. Kleider wie Lumpen und der Gestank, na, das kannst du dir ja denken. Und überhaupt, wie soll sie die ganze Pflege bezahlen? Ausgerechnet für einen Bären! Glaubst du, so jemand hat Geld wie Heu? Man sollte das Vieh einfach einschläfern.«

Mit lauter, harter Stimme sagte Zella etwas darüber, dass jemand Mrs. Pocket im Schlaf die Kehle durchschneiden und ihr das Haus über dem Kopf abfackeln würde, doch da legte ich bereits auf. An Geld hatte ich nicht gedacht.

Ich fuhr mit den Fingern durch Brunos Fell und bohrte hart genug unter seinem Kinn, bis er wieder mit dem Bein trat. Ein Reflex. Ich sprach mit ihm und sang ihm vor und wartete darauf, dass Amaël wieder an den Häusern und Häusern und Häusern vorbeikam, den Wänden voll großer Glasfenster. Als ich ihn die leere Straße entlangkommen sah, wie er zu Boden schaute, kauerte ich mich in die Hocke, wie es die Männer im Camp taten, wenn sie etwas Wichtiges zu sagen hatten; meine Hand ruhte auf Brunos Seite.

Amaël schüttelte sich Graupel vom Mantel. Dann trat er die Tür mit der Hacke zu. »Verfluchtes Wetter«, sagte er.

»Ah, Pearly! Wie kommst du zurecht? Irgendwelche Veränderungen an unserem pelzigen Patienten?«

»Was wird das alles kosten?«, fragte ich und musterte ihn, wie man es mir beigebracht hatte.

Er hielt den Mantel an den Haken, hängte ihn aber nicht daran. »Kosten?«

»Sie wollen doch bestimmt Geld für all Ihre Hilfe, nehme ich an?«

»Ich mach das nicht für Geld, Pearly.« Er besah sich meine blutige Gesichtshälfte. »Und du solltest dir von Mrs. Pocket etwas Salbe –«

»Ich will den alten Drachen nicht mal in meiner Nähe«, spuckte ich voller Funken. »Etwas Terpentin mit Zucker bringt uns schon wieder auf die Beine«, fügte ich hinzu. »Wir müssen nach Hause.«

»Also, niemand trinkt hier Terpentin mit Zucker«, sagte er und schüttelte ob der Vorstellung den Kopf. Er kniete sich hin, um Bruno zu untersuchen: Zahnfleisch, Augen und Zunge. »Gut«, sagte er bei sich und stapfte dann zum Telefon hinüber. »Mrs. Pocket … Mrs. Pocket, ich habe heute keine Zeit für Ausspracheunterricht. Können Sie bitte einfach herkommen?«

Wir hörten sie hektisch durchs Haus flattern, ihre Schritte hallten laut durch den Flur. »Ja, Amaël? Ich bin mitten im –«

Er sprach lange auf sie ein, so leise, dass ich nichts hören konnte, nur als er sagte: »Haben Sie verstanden?«, und als Mrs. Pocket ihn von etwas überzeugen wollte, »Ich will davon nichts hören«.

Dann drehte er sich zu mir um. »Pearly wird für eine

Weile in Bracken bleiben«, sagte er. »Bis sich Bruno wieder erholt hat.«

Mrs. Pocket nickte, schaute mich aber nicht an.

»Und ihr geht durch den Kopf, Bruno und sie könnten aus Geldmangel abgewiesen werden.«

Mrs. Pocket, deren Gesicht rot wurde, starrte über Amaëls Schulter hinweg zum Fenster hinaus.

»Ich frage mich, ob Sie von irgendeiner Arbeit wissen, die sie hier im Ort erledigen könnte.«

»Ich denke, die Polizei –«

»Danach habe ich nicht gefragt. Da Sie sich ja in alles einmischen, frage ich Sie nach einer Arbeit für Pearly, während ihr Bruder Bruno wieder zusammengeflickt wird.«

»Ich glaube, es könnte etwas in der Pension geben ... Broken Hill House«, sagte sie, und ihre Stimme zerschrammte die Luft zwischen uns.

Eine Wetterfahne in Form eines Schweins

Am Montag brachte mich Amaël zum Broken Hill House hinüber. Dumpf knarzten unsere Stiefel im harten Schnee auf dem Weg nach Bracken. Ein leichter Wind zog über die Felder und betäubte links unsere Gesichter. Wo meine Wunden am tiefsten waren, saß mir ein Kopfschmerz an der Schläfe. Der wilde Bär war noch immer bei mir. In meiner Tasche steckte ein Zettel von einer gewissen Mrs. Alwyn Prue. Seit seinem Eintreffen vor zwei Tagen hatte ich mehrmals die Form der Buchstaben begutachtet und versucht herauszufinden, was für eine Art Mensch mich einladen könnte, in ihrer Pension zu wohnen und zu arbeiten. Mrs. Prues Buchstaben waren durchgestrichen und tintenfleckig, mit einer kurzen, gestochenen Linie unterhalb des Mrs. Viele Wörter liefen weich aus, so als wolle sie sich für eine vorherige Stimmung entschuldigen.

Am Fluss blieben wir stehen und beobachteten eine Gruppe von Menschen, die zu einem großen schwarzen Hund hinüberriefen, der unsicher mitten auf dem gefrorenen Gewässer stand. Ein paar Kinder fuchtelten mit Stöcken und lockten mit allen möglichen Spitznamen, doch er stand nur dort auf dem Eis und bellte. Irgendeine unsichtbare Kraft hielt ihn fest.

»Es ist schwer, mit einem Bären zu reisen, *non*?«

»Ja. Ziemlich. Er ist von Natur aus schon faul und denkt nur ans Fressen. Er würde fünf Mal am Tag essen gehn, wenn ich ihn lassen würd. Und meistens ist er frech und stellt dummes Zeug an.«

»Ich auch und ich auch«, sagte Amaël. Er war ziemlich angetan davon, dass Bruno im Winter wach war und in einem Holzfällercamp lebte, und er hatte sich in der Bücherei ein paar Bücher über Schwarzbären ausgeliehen. Er hatte viele Fragen, aber die Antworten fanden sich nicht in Büchern.

Anders als die Wälder mit ihren Zickzackwegen hatte sich Bracken rings um vier, fünf Straßen entwickelt. Alles führte irgendwohin, war so geplant. Die Kirche hatte einen Turm wie ein Reißzahn. Amaël erzählte, die Buntglasfenster seien in Fässern voller Melasse aus Frankreich geliefert worden, und der Holzturm sei die höchste Erhebung im Umkreis von Meilen.

»Und was haben sie mit der Melasse gemacht?«

»Was?«

»Nachdem sie die Fenster rausgefischt haben. Haben sie Kekse damit gemacht? Bohnen gekocht?«

»Ich glaube, das hat bisher noch niemand gefragt.«

Wir gingen weiter. Im Dominion Theatre lief ein Film mit dem Titel *Watch Your Step*. Auf dem Plakat stand: »Eine Komödie, in der sich ein feiner Pinkel im Holzfällerhemd mit einem Bauerntrampel im Maßanzug anlegt.« Nichts davon ergab für mich einen Sinn. Die Straßen rechter Hand führten zur Axtfabrik, und wir konnten die verkohlten Stützbalken des Hauses sehen, das gebrannt hatte. Die anderen beiden Straßen, nahm ich an, führten zu noch mehr Farmland, ein paar verstreuten Häusern und dann wieder in unsere Wälder. Wir gingen eine dieser Straßen entlang und dann hinauf zum Broken Hill House.

»Du kannst auch in der Praxis wohnen«, bot Amaël an.

»Ist schon okay«, sagte ich, dabei hatte ich keinerlei Vorstellung, worauf ich mich einließ.

Broken Hill House sah aus wie ein heruntergekommenes Puppenhaus am Ende einer mit Schlaglöchern übersäten Gasse. Ich fühlte mich unbehaglich unter seinem Blick. Neben der Kaminhaube stand eine Wetterfahne in Form eines Schweines. Die Halterung, rostig von Wind und Wetter, knarzte und quiekte. Sie neigte sich nach Osten, sodass das Schwein entweder wegzulaufen schien oder zu Boden schaute. Ich fragte mich, wie weit es von dort oben wohl schauen konnte. Vielleicht bis ganz nach Hause. Gelegentlich zog ruheloser Schnee über uns hinweg, wie wir da standen, und enthüllte die späte Nachmittagssonne, die auf die Fenster das Hauses fiel und sie aufflammen ließ wie kleine Feuer. Der vom Wetter vernarbte Deckel eines uralten Briefkastens klapperte im Wind.

Von der Seite kam ein Mädchen mit zwei federnden Zöpfen. Sie sang irgendein Liedchen und wedelte mit abgewetzten Totenbildchen wie mit einer Hand voller Spielkarten – Fotos von ertrunkenen oder im Fieber verstorbenen Kindern, mit den Worten *Ave Maria* über den kleinen toten Gesichtern. Das Mädchen war in mehrere Schichten Schals gewickelt und sah aus wie ein Haufen wandelnder Dreckwäsche. Sie kam an das spitzenbewehrte Tor und glotzte uns an. Dann zog sie ein fusselverklebtes Bonbon aus der Tasche und steckte es sich in den Mund.

»Ist Mrs. Prue zu Hause?«, fragte Amaël laut, als spräche er mit einem wesentlich älteren Menschen.

Das Mädchen hopste mit kleinen Sprüngen die Holzstufen hinauf. Eins. Zwei. Drei. »Nur Jehovahs kommen an die Haustür!«, rief sie hinter sich.

Amaël schüttelte den Kopf. »Schauen wir mal selbst nach«, sagte er und führte mich am Ellbogen durch das schwer zu öffnende, blasig schwarz lackierte Tor. Er zog an einer zerschlissenen Glockenschnur, die aus einer Fassung in der Wand hing.

Eine verschwommene Gestalt näherte sich und gewann hinter den Rauten des Türfensters an Kontur. Der Riegel schnappte auf. Die rötliche Frau stand außer Atem in der Tür. »Um Himmels willen. Ich habe dieser Flatterliese Zella gesagt, dass ich hier ein Mädchen brauche.« Ihr strenger Blick verschluckte alles und ließ es klein und minderwertig wirken. »Und wenn ich mir sein Gesicht so anschaue, ist er nichts als ein kleiner Raufbold.«

Amaël und ich sagten einen Augenblick gar nichts.

»Bin ich doch«, sagte ich schließlich.

»Was? Du bist was?«

»Ein Mädchen.«

»Na, es gibt wohl solche und solche«, meinte sie und starrte mich an. »Na, schätze, ihr wollt reinkommen.« Sie trat beiseite und gab den Blick in einen dunklen Hausflur frei. »Ich sprech übrigens kein Französisch«, sagte sie und wedelte mit den Händen vor Amaël herum, als würde die Sprache in der Luft schweben wie ein Schwarm kleiner Fische. »Diese ganzen fremden Wörter bleiben mir einfach nicht im Kopf.«

»Keine Sorge, Mrs. Prue, mein Englisch ist gut genug«, sagte Amaël und drehte sich zu mir um, wie ich immer noch an der Tür wartete. »Das ist übrigens Pearly Everlasting.«

Mrs. Prues Blick tastete mich ab. Mein kurz geschnittenes Haar war in der Nacht zuvor komisch getrocknet, und ich wusste, ich sah in meinen zu großen Klamotten, mit der blauen Beule über meinem Auge und dem mit Krallenspuren verunstalteten Gesicht aus wie eine Vogelscheuche. Trotz alledem nahm ich den immer noch in Drittel gefalteten Brief aus der Tasche und hielt ihn ihr hin. Der Beweis, dass ich eingeladen worden war.

»Na, dann wollen wir mal nicht die Straße heizen«, sagte sie. Nur ihr Mund lächelte ein wenig, und ich spürte, dass sie jemand war, der häufig an Schlafstörungen litt. »Kommt ins Winterzimmer, da ist es wärmer.«

Sie führte uns in ein Nebenzimmer, in dem ein süßlich schwerer Geruch hing. In der einsetzenden Dunkelheit fühlte es sich an, als hätte sich der Tag dort zum Sterben niedergelassen. Hinten sah man durch einen Vorhang den Schatten eines Baumes. Und überall dunkle, dickbeinige Möbel. In der Ecke hing ein Männerhemd halb verschluckt aus der Wäschemangel. Gegenüber saß mit dem Rücken zu uns ein kleiner schwarzer Hund mit langen, glänzenden Ohren und starrte einen leeren, abgenutzten Sessel an.

Aus einem Radio, das wie ein Grabstein aussah, kam Fiedelmusik. *»Jean Étienne Thibault«*, sagte die Stimme, *»présentement en comp sur la Rivière-du-Loup, de la part de son amie de Sainte-Anne-de-Portière.«* Junge Frauen wünschten sich Country- und Westernsongs für junge Männer.

»Bei dem Wetter krieg ich nur die Franzosen rein«, sagte

Mrs. Prue und stellte das Radio leiser. Sie hinkte stark und schwankte beim Gehen. »Die Kälte sitzt mir in der Hüfte«, sagte sie zur Erklärung. Der kleine schwarze Hund winselte den leeren Sessel an.

»Das ist Chummy«, sagte sie und wies mit dem Hemdsärmel, den sie aus den Rollen der Mangel zog, auf den Hund. »Mr. Prue ist vor sechs Monaten gestorben, Gott hab ihn selig, und Chummy sitzt den ganzen Tag da und wartet auf seine Rückkehr. Es bricht einem glatt das Herz.«

Wir sahen dem Hund dabei zu, wie er den leeren Sessel ansah, bis das Mädchen wiederauftauchte. Sie warf sich in den Sessel und sang: *»Chummy bummy bummy buh!«*

Der Hund, dem das Mädchen in seinen vielen Schichten an Schals die Sicht versperrte, wechselte beständig die Position, um an ihr vorbei- oder durch sie hindurchzusehen.

»Ruby Mae! Ich sagte, du sollst den Hund nicht quälen.«

Ruby Mae saß einen Augenblick da, vielleicht dachte sie nach, dann glitt sie vom Sessel und verschob dabei das Sitzkissen. Chummy schubste es mit der Nase wieder an seinen Platz und setzte seine Wache fort.

Mrs. Prue schnalzte missbilligend mit der Zunge, dann drehte sie sich zu mir um. »So, und du bist das also, über die alle so daherschnattern? Die mit Zirkusbären aus dem Wald gekommen ist, übel zugerichtet von wilden Hunden oder sonst was. Schwarz wie der Teufel, hab ich gehört?« Ihre Stimme hatte einen allwissenden Ton angenommen. *Dreckige kleine Waldratte.*

»Ich komm aus dem Wald, ja.« *Eisenhart und mutig.* »Und ich hab einen Bären, aber er ist kein Zirkusbär. Er ist mein Bruder.«

»Na, wir alle haben verschiedene Namen für dieselben Dinge, nicht, Doc?«, sagte Mrs. Prue und zwinkerte Amaël zu.

Der wurde rot um die Ohren und fing sich wieder. »Wie kommen Sie denn ohne Französisch zurecht, Mrs. Prue? Es sprechen hier doch so viele.«

»Oh, darum kümmert sich Mr. Prue. Er spricht ein wenig und schreibt noch weniger.«

Wenn Mr. Prue verstorben war, dann war das keine Antwort. Doch das merkte keiner von uns an.

Ruby Mae kehrte zurück mit einer weißen Katze auf dem Arm. »Und jetzt zeige ich euch ein Schauspiel!«, verkündete sie.

»Nein. Nein, das tust du nicht, Fräulein. Raus mit dir. Alle beide«, fügte sie hinzu und beäugte die Katze, die in der Umklammerung des Mädchens leise knurrte. »Und lass die Perserkatze in Ruhe.«

Das Mädchen ignorierte Mrs. Prue auf eine Weise, die verriet, dass sie das schon viele Male zuvor getan hatte, tänzelte zu Chummy hinüber, wo er vor dem verschlissenen Sessel wachte, und versuchte, die Katze über seinen Rücken laufen zu lassen. Die Katze jaulte und sträubte sich, Chummy bleckte eine Reihe dünner, spitzer Zähne, bevor er sich wieder dem Sessel zuwandte.

»Schluss mit den Sticheleien, Ruby Mae! Lass ihn in Ruhe!«, sagte Mrs. Prue laut genug, um das Mädchen mit der knurrenden Katze im Arm wieder hinauszuscheuchen. »Himmel noch eins, die da ist vielleicht ein Rabauke«, schnaubte sie. »Das wird was in ein paar Jahren. Merkt euch meine Worte. Himmel noch eins.«

Mrs. Prue wirkte wie jemand, der beim kleinsten Schütteln übersprudeln würde. An ihr war etwas nicht ganz oder nur halbherzig Gezähmtes. Ein falsches Wort. Ein falscher Schritt. Sie machte mich nervös, und ich wusste, dass ich dann zu Fehlern neigte.

Ein eisiger Luftzug. Schwere Stiefel an der Tür, die erst Schnee abklopften und dann – einer, zwei – zu Boden fielen. »Mutter Prue?«

»Hier!« Sie sah uns unverwandt an. »Ich mach hier wie immer alles allein.«

Ein Mann, kaum größer als ich, kam wie ein alttestamentarischer Prophet ins Zimmer geschlurft. Hobelspäne hingen in seinen grauen Haaren, leichter Staub bedeckte Schultern und Brille.

»Ach, Mr. Prue«, gurrte Mrs. Prue. »Da bist du ja, gerade richtig, um das neue Mädchen zu begutachten.«

Amaël tat einen Schritt zurück, und Überraschung lag in seinem Blick. »Oh, es tut mir leid, Mrs. Prue, da habe ich was missverstanden. Ich dachte …« Er deutete auf den Hund und den leeren Sessel.

»Das war der *alte* Mr. Prue«, sagte Mrs. Prue. »Mr. Prues Vater. Die Prues leben seit sechs Generationen hier im Haus. Und mein Mr. Prue, Alwyn Junior Junior, ist überaus lebendig. Wie man sieht.«

»Ja, das tut man. Überaus lebendig. Freut mich, Sie kennenzulernen.«

»Ich seh rein gar nichts, verdammich«, erwiderte Mr. Prue und suchte nach einem staubfreien Eckchen Stoff, um seine Brille zu putzen.

»Ach, gib her«, sagte Mrs. Prue, schnappte sich die Brille,

hauchte heißen Atem darauf und wischte sie mit der Ecke ihrer Kittelschürze ab. Da war etwas Starrsinniges an ihren Händen.

»Mr. Prue arbeitet mit Holz«, erklärte Mrs. Prue das Erscheinungsbild ihres Mannes. »Er macht Schilder für die neuen Straßen und auch für die alten, wenn die ausgebleicht sind oder von Saufbolden umgestoßen werden.« Grob in seine Richtung gesprochen verkündete sie: »Wir haben den Tierarzt hier. Und das Waisenkind, um das ich gebeten habe.«

»Welches Waisenkind?«, fragte ich.

Alle drehten sich zu mir um.

»Na, dich, oder etwa nicht?«

»Ich bin Greenlawer Adel. Acht Generationen«, sagte ich. »Und mein Papa ist der berühmteste Koch der Wälder. Nie zur Hölle bin ich ein Waisenkind.«

Mr. Prue kicherte kurz. »Hast wohl endlich deinen Meister gefunden, Mutter Prue.«

Mrs. Prue durchbohrte mich mit ihrem Blick und wandte sich dann wieder ihrem staubigen Mann zu. »Ist heut bestimmt ganz schön kalt da draußen in der Werkstatt. Was, Mr. Prue?«

»Eiche«, sagte er und war selbst ganz überrascht, als ihm das Wort wie Schluckauf aus dem Mund purzelte. »Da muss man auf die Maserung achten. Nicht zu viele Knoten oder Wirbel. Sonst sieht man vor lauter Muster die Buchstaben nicht und …«

Wir warteten darauf, dass er noch etwas sagte, doch er war fertig für diesmal, und sein Blick streifte wieder zur Sockelleiste am Boden.

»So viel hat er seit Jahren nicht mehr gesprochen«, sagte Mrs. Prue, und dann ins Zimmer hinein: »Mr. Prue kümmert sich um die Schilder für New Codiac, wo dieser Zirkuszug entgleist ist.«

»Cain's Crossing«, verbesserte sie Mr. Prue.

Sie beendete die Diskussion, indem sie den Blick ihrer kleinen Augen wieder auf mich richtete und ich mir wünschte, ich hätte die fehlenden Knöpfe wieder an meinen Pullover genäht. »Hast du so was schon mal benutzt?«, fragte sie und zeigte auf die Mangel.

Mama hatte nur ein Waschbrett gehabt, aber ich wollte nicht, dass die Frau mich fortschickte. »Ich hab eine doppelt so große benutzt«, sagte ich und bemühte mich um eine ausdruckslose Miene. Mrs. Prue musterte meine zerschundene Gestalt und suchte, eine Lüge zu erhaschen.

»Vielleicht könnten Sie uns erklären, was Sie von Pearly Everlasting erwarten würden, Mrs. Prue, und dann streichen wir auch schon die Segel, wie man so sagt«, sprang Amaël mir bei.

»Na, was kannst du denn sonst noch so?«, fragte sie mich rundheraus.

Ich holte tief Luft und dachte nach, denn das meiste, was mir beigebracht worden war, hatte hier Draußen nicht viel Bestand. »Ich kann alle Laternenzylinder waschen und alle Lampen für morgens mit Öl auffüllen. Ich kann Holz hacken. Ich kann Äxte schärfen und Löcher ins Eis schlagen und das ganze Waschwasser herschleppen. Ich kann Pappe zuschneiden, damit sie montags in die Schuhe passt. Ich kann die Hühner schlachten –«

»Das sind Legehennen!«

»Trotzdem.«

»Na«, sagte sie und dachte nach. »Für all das habe ich nicht sonderlich Bedarf, aber in der Früh sammle ich die Eier ein, und ich hab eine Forelle, die ausgenommen werden muss.«

Amaël schüttelte den Kopf. »Morgen, Mrs. Prue. Sie kann morgen bei alldem helfen.«

»Ich bin sicher, sie kann von mir noch was lernen. Hinter den Gästen herzuräumen, und Mr. Prues endlose Mengen an Spänen und Staub sind an sich schon ein Tagwerk.«

Mr. Prue, der immer noch am Türrahmen lehnte, hörte auf, sich den Staub vom Ärmel zu bürsten, nickte zustimmend und beschäftigte sich dann damit, einen schweinsledernen Tabaksbeutel aufzurollen und Tabak in seine Pfeife zu stopfen. Er riss ein Streichholz an einem tief gefurchten Daumennagel entlang an. Dann zog er mehrmals kräftig am Mundstück, und der Tabak glühte auf.

Mr. Prue durchbrach den Augenblick und schnürte sich an der Tür die Stiefel zu.

»Knöpf dich richtig zu, wenn du wieder in die Werkstatt gehst, Mr. Prue!«, rief Mrs. Prue über das Knallen eines Hemdes hinweg, aus dem sie die Falten herausschüttelte.

»Mr. Prue, Gott segne ihn, hat sich vor ein paar Jahren was eingefangen«, sagte sie mit leiser Stimme. »Braucht ab und an ein wenig Hilfe, um sich zu erinnern. Sei's drum, ich sollte dir von den Gästen erzählen. Das Mädchen ...« Sie sah sich um. »Sie ist eine von denen, deren Haus vor ein paar Tagen abgebrannt ist. Ich kümmere mich um sie, wenn ihre Mutter Loretta in der Fabrik ist.«

»Ach, das ist nicht Ihre Tochter?«, fragte Amaël.

»Gehen Sie mal zum Augenarzt, Doc! Ich bin steinalt!«, erwiderte sie. »Die stammen von Dieben ab. Der Mann hat sie sitzenlassen, kurz vor Weihnachten.« Sie hielt inne und wartete auf eine Reaktion. Als nichts kam, plapperte sie weiter. »Dann gibt es noch Mr. Nevers und noch ein paar andere, die hier öfter vorbeigezwitschert kommen, als sie sollten.« Sie verdrehte die Augen gen Himmel. »Und was ist mit dir? Pearly, richtig? Wo sind deine Leute? In einem von diesen Camps? Bei einem von den großen Trupps, wo sie die Leute halb zu Tode schinden? Ich hab gehört, da ist vor ner Weile einer ermordet worden. Zerhackt, Axt im Kopf. Weißt du was davon?«

Ich spürte, wie tief in mir ein Zittern einsetzte. »Nein, Ma'am, nein. Wir sind in einem anderen Camp. Mein Vater ist der Koch.«

»Und warum bist du dann hier?«

Ich hielt das Zittern von meiner Stimme fern. »Mein Bär ist weggelaufen. Ich musste ihn holen.«

»Kinder hängen ganz schön an ihrem Spielzeug, oder?«, sagte sie.

Ich sah Amaël an und wollte alles noch besser erklären, doch er schüttelte nur den Kopf.

»Na, dann bist du ja vielleicht eine gute Hilfe in der Küche«, fuhr Mrs. Prue fort.

In diesem Augenblick trampelten ein zwei drei vier kurzbeinige Schritte über die Decke. Eine Lampe, die von einer wasserfleckigen Stuckrosette hing, klapperte, als Ruby Mae vorüber war. Dann rannten die Schritte in die entgegengesetzte Richtung. Chummy zuckte bei jedem Stoß mit den Ohren, ließ sich aber nicht von seiner Wache abbringen.

»Ich begleite euch mal zur Tür«, sagte Mrs. Prue über das Geklapper hinweg. Sie trat auf, als wären ihre Schuhe zu eng, und winkte uns in einen weiteren düsteren Flur, der einmal quer durchs Haus führte. Kurz bevor wir die Haustür erreichten, kam Ruby Mae aus einem Zimmer am hinteren Ende des Hauses geeilt und raste an uns vorbei. Sie knallte gegen die Wand, prallte ab und landete auf dem Fußboden – die Augen geschlossen, der Atem flach.

»Ma p'tite«, stieß Amaël hervor und beugte sich hinunter, um die reglose Gestalt zu begutachten.

»Oh, der geht's bestens«, sagte Mrs. Prue und stieg über das Kind hinweg. Ich folgte ihr zögernd. Ruby Maes Gesicht war ganz schlaff, aber ich konnte sehen, wie sich ihre Augen hinter den Lidern bewegten. Amaël ging um den Körper des Mädchens herum und berührte sie dabei an der Schulter.

»Na, hier wird es wenigstens nicht langweilig«, flüsterte er, als sich die Tür hinter uns schloss.

Als wir aufbrachen, lagen die unteren Felder im Schatten, und ein sanftes Leuchten zeigte an, wo die Häuser in Bracken am dichtesten standen; mittendrin wetteiferten die Türme der drei Kirchen miteinander. Traurigkeit breitete sich in mir aus, als wir Brackens Lichter hinter uns ließen und über die graublauen Felder zur Praxis gingen. Ich vermisste das nächtliche Camp. Der schwarze Hund stand noch immer auf dem Fluss. Wir blieben einen Augenblick bei einer kleinen Gruppe stehen, die sich am Ufer versammelt hatte, wo das Eis gebrochen war.

»Der steht jetzt schon vier Tage dort«, sagte ein Mann.

»Jemand hat sogar einen Dosenschinken an einer Schnur rübergeschickt, aber er hat einfach nicht genug Verstand, um aus der Kälte zu kommen.«

Kahle Bäume in ihren dunklen Betten

Ansell sah einen Mann auf dem Hof. Sein graues Haar bauschte sich über der Stirn auf wie bei jemandem, der gerade aus einem wilden Traum erwacht ist. Er sprach mit sich selbst, während er Alteisen auf dem vollgestopften Hof herumschleppte und zu Mustern zusammenlegte, die nur in seinem Kopf Sinn ergaben. Über der Tür hing ein Schild mit der Aufschrift »Schrottparadies«, darunter lagen zahllose Exempel: Motorkurbeln, Stoßstangen, alte Rohrmuffen, Eimer und Kochtöpfe mit verbrannten oder rostigen Böden, Wellblech, Bettfedern, Telefonisolatoren und verbogene Pflugmesser.

»Suchen Sie was Bestimmtes?«, fragte er und wies mit einer Hand in Richtung der Stapel.

»Ich suche nach Ihrem Bruder.«

»Welchem?«

»Haben Sie mehr als einen?«

»Nein.«

»Na, dann suche ich genau den.«

»Benight ist nur mal kurz weg, ein paar Sachen besorgen.« Der Mann schleppte und stöhnte. »Ist nicht mein Geschäft hier«, sagte er. »Gehört Benight. Ich helf ihm nur, seinen Bestand umzustapeln, damit er mit den Krücken drum herumlaufen kann. Ich bin Lehrer.«

Ansell zeigte auf das Schild über dem Kopf des Mannes.

Der reckte die Hände in die Höhe. »Nicht von mir. Ich misch mich da nicht ein.«

Nach einer Weile kam Benight die Straße entlang. An einer seiner Krücken hing eine Tasche. Er wirkte nicht überrascht, Ansell zu sehen. »Hab Dosenfleisch und Kartoffeln besorgt. Ich mach ein Haschee.« Er lächelte, aber Ansell sah eine Art stillen Kummer in den Vertiefungen und Falten seines Gesichts. Die Sorte, die sich schon vor langer Zeit eingenistet hat.

Er bedankte sich für die Einladung, obwohl er gerade erst gegessen hatte, und folgte den Brüdern in eine mit Teerpappe vernagelte Baracke, in deren Mitte ein Ofen stand, in der Ecke ein Autositz und ein Kartentisch mit drei Stühlen vor dem gegenüberliegenden Fenster. Das Fenster war mit einer Rüschengardine verhängt, die zu sonst nichts im Raum passte. Abgesehen von dieser Gardine war es nicht sonderlich anders als im Camp, fand Ansell, als er sich in dem von einer Petroleumlampe nur spärlich erhellten Raum umsah.

»Nimm dir ne Sitzgelegenheit«, sagte Benight und wies auf die drei wackligen Stühle.

Benight selbst briet geschäftig Kartoffeln und Fleisch in einer gusseisernen Pfanne an. Er stellte Ansell und All-the-Wishes ihre Portionen hin und aß seine aus der Pfanne. Beim Essen erzählte Ansell ihnen von Pearly Everlasting und Bruno, und trotz seiner Bedenken zeigte er die Zeichnung herum, weil sie, abgesehen von seiner immer wiederkehrenden Nennung ihres Namens, die einzige echte Verbindung zu ihr war.

»Sieht temperamentvoll aus, hm?« Benight schnippte gegen die Ecke des Blatts und dachte nach. »Hab n paar Mädchen gesehen, die in den Mersey-Road-Bus gestiegen sind. Paar sind auch ausgestiegen.«

»Ja, aber er sagt, sie hat einen Bären bei sich«, entgegnete All-the-Wishes.

»Einen Bären! Na, hoffentlich hat der ne Fahrkarte. Die Leute reagieren heutzutage ziemlich gereizt auf Schwarzfahrer! Ha! Ha!«, sagte Benight, und sein Lachen drohte in einen Hustenanfall überzugehen.

Nach einer Weile stand er mit den leeren Tellern vom Tisch auf und wühlte in einem Schrank herum. Er kam mit einer Flasche von etwas Dunklem, einem Bleistiftstummel und einem recht zerknüllten Stück Wachspapier zurück. Er gab All-the-Wishes und Ansell grüne Zelluloidgläser, auf denen geschwungen die Aufschrift Hotel Beauséjour stand. Seinen eigenen Anteil trank er direkt aus der Flasche. »Rum«, sagte er, als er sah, wie Ansell an seinem Glas roch. »Davon kriegst du Haare auf der Brust.«

In der darauffolgenden Stunde etwa stritten sich die Männer über ihrer selbst gezeichneten Landkarte, wo sie waren und woher Ansell gekommen war und wohin ein Mädchen und ein Bär gehen würden. Ansell erzählte ihnen, dass er sich in Smoke River umgesehen habe, wo sich Miles vielleicht mit einem Tierfänger getroffen habe, und diese Information floss in die Debatte ein – in der es darum ging, dass manche Orte sich hinter einem anderen Namen versteckten oder andere überhaupt keinen hatten.

»Hast du in Smoke River rumgefragt?«

»Ja«, sagte Ansell, dem der Rum schnell zu Kopf stieg.

Er erzählte ihnen, dass bei Ebony und der Liederfängerin niemand aufgemacht hatte und die Nachbarin nicht mehr wusste, als dass die beiden auf einer ihrer Touren waren und nicht gesagt hatten, wie lange.

»Vielleicht sind dein Mädchen und sein Bär schon wieder zurück?«

»Vielleicht, aber ich glaub nicht«, meinte Ansell. »Es fühlt sich nicht so an.«

Während die Karte immer detaillierter wurde, mit Eisenbahnübergängen und Kreuzungen und zusammengeflickten Farmen, ging Ansell mit einem Mal auf – warum war er noch nicht früher darauf gekommen? –, dass Pearly eine ganz andere Route aus dem Wald hinaus genommen hatte. Er war viel zu weit nördlich.

»Wenn sie um Smoke River herum oder schon wieder zurück im Wald ist, dann ist sie dir ein paar Tage voraus«, sagte Benight. »Aber wenn du hierhin gehst«, er kreiste einen südlicheren Abschnitt der Karte ein, »dann solltest du gute Chancen haben, sie zu finden und ihnen den Weg abzuschneiden, sozusagen.«

Die Nacht verlief folgendermaßen: Ansells grünes Glas füllte und leerte sich, füllte und leerte sich. Zum ersten Mal seit Wochen wurde er innerlich weich. Irgendwann spielte Benight etwas Schnelles auf einer Mundharmonika, und Ansell dachte, so wie der Mann tanzte, musste ihm der Fuß nachgewachsen sein. Im Raum war Bewegung. Leute kamen und gingen.

Irgendwann fand Ansell sich anderswo wieder, mit anderen Fremden, außerhalb des Orts. Es gab ein Feuer in einem offenen Fass, und jemand ließ die Schatten der Flammen schwanken, und ein dickes Bärenfell umkleidete die Gestalt. Sie beugte sich tief hinunter. Bäumte sich hoch auf. Jemand zupfte auf einer Gitarre und schmachtete Cowboysongs. Eine Stimme zu seiner Linken, die ihn an die Kellnerin im Diner erinnerte, fragte immer wieder: »Sieht so dein Bär aus, ja? Sieht er so aus?«

Später hatte sie vielleicht auf seinem Schoß gesessen. Ihm war sehr warm. Konnte sich nicht rühren. Noch später hatte er über das Fell gestrichen, das der Mann über Rücken und Kopf getragen hatte, und versucht zu erklären, warum es nicht zu einem Bären gehören konnte.

Ihn überkam ein merkwürdiges Gefühl der Unzugehörigkeit. Wie anders und außen vor er doch von diesen Menschen war, die sich gegenseitig kannten, oder das zumindest dachten, auf eine Weise, die zählt. Traurigkeit sank in ihm herab. Er wünschte sich nichts sehnlicher – obwohl er spürte, dass sein Gesicht noch immer zu einem Lächeln gespannt war –, als wieder zurück im Wald zu sein bei jenen, die ihn kannten. Er wünschte sich, im Kochhaus zu sitzen und Pearly zuzuhören, wie sie eine ihrer Lügengeschichten erzählte, während Bruno irgendetwas durch die Gegend schubste. Er wünschte sich, er hätte noch einmal diese Gelegenheit, wie an einem ihrer letzten gemeinsamen Tage, ihr Gesicht zu heben und sie zu küssen. Sie war bereit gewesen, doch er hatte sich umgedreht.

Komplizierte Welt der Knochen

Und so begann mein Leben als Putzhilfe, Feueranzünderin, Babysitterin und Kartoffelschälerin. Tag für Tag fand Mrs. Prue etwas anderes, das ich nicht kannte. Ich wusste nicht, wie man mit Geld umging oder mit Suppenterrinen oder Käsehobeln oder wie man ein Bett mit kleinen Spitzenkissen schmückte; ich dachte nicht daran, das Licht anzuschalten, wenn es in den Zimmern dunkel wurde, sondern fragte stattdessen, wo die Petroleumlampen waren. *Dreckige kleine Waldratte.* An Tagen, an denen ich das Gefühl hatte, einfach überall zu stören, spürte mich Mrs. Prue im Schuppen auf, wo ich Holz spaltete oder Gartengeräte ölte, weil das die Dinge waren, die ich gut konnte.

»Pearly, ich möchte, dass du rüber zu Connick gehst und ein paar Sachen holst.«

»Wo wohnt er denn?«

»Wer?«

»Connick.«

»Das ist kein er.«

»Na gut, wo wohnt sie?«

»Pearly, das ist ein Drogerieladen. Die gibt es überall.«

Dann ging sie schnaubend hinaus, kehrte den Boden oder knetete den Brotteig, als wolle sie ihn für etwas bestrafen, nur um mir zu zeigen, was für eine Hinterwäldlerin ich doch war.

Aber ich arbeitete hart. In der ersten Woche im Broken Hill House stand ich um fünf auf und rannte im Dunkeln hinüber zur Praxis, bevor ich um sieben mit der Hausarbeit begann. Wir hatten Bruno in einem großen Käfig ganz hinten in der Praxis untergebracht. Amaël saß gern dort und las ihm vor. Manchmal legte ich den Kopf auf Brunos Brust und lauschte seinem Mechanismus. Sein Herz – doppelt so groß wie meins – pumpte seine ledrigen Blasebälge. Seine komplizierte Welt der Knochen. Alles wurde im Schlaf langsamer. *Zweiauge, schläfst du?* Ich zählte die Herzschläge und wartete und zählte wieder. Mein Herz tat ja dasselbe. Überwintern und warten.

Jeden Morgen, wenn ich ins Broken Hill House zurückmusste, fürchtete ich, ich würde Bruno zum letzten Mal lebendig sehen. Amaël meinte, so sei das nun mal mit der Genesung. Sie brauche Zeit, und Tiere gleiten häufig im Laufe eines Tages von gut zu schlecht und wieder zu gut zurück. Dass Bruno ausruhen wolle, sei ein gutes Zeichen.

»Er gibt nicht auf, Pearly.«

Manchmal schnarchte Bruno, dann saßen wir bei ihm und lauschten.

»Ich frage mich, ob er träumt«, sagte Amaël.

»Er träumt von uns, bevor wir nach hier Draußen kamen, bevor wir uns im Wald beobachtet fühlten«, sagte ich.

Eines Morgens, als ich mich von Bruno verabschiedet hatte, begleitete mich Amaël zum Broken Hill House zurück. Er stellte mir Fragen nach dem Camp und nach Bruno. Er wollte wissen, was es bedeutete, mit einem wilden Tier aufzuwachsen. Aber ich konnte diese Fragen nicht beantworten. Als wir über die Brücke kamen, hielt ich mir ein Nasenloch zu und schnaubte Rotz in den Schnee, so wie ich es schon mein ganzes Leben getan hatte.

»Pearly! Also wirklich«, sagte Amaël mit rot gefleckten Ohren. »Wenn Mrs. Prue dich dabei erwischt, kriegt sie einen Anfall.« Er gab mir ein Taschentuch. »Behalt es. Und benutz es.«

Wir gingen weiter. Ich spielte mit dem Taschentuch vor dem Gesicht herum wie eine feine Dame. Amaël musste lachen und schüttelte den Kopf. Am Fluss ging der schwarze Hund immer noch auf dem Eis hin und her, und die Zunge baumelte aus seinem langen Maul.

»Versuch du es mal, Pearly«, sagte Amaël und lenkte unsere Schritte in Richtung Fluss, wo noch immer ein paar Zuschauer standen. »Du kannst doch gut mit Tieren.«

Ich ging bis an die Stelle, wo Wasser und Land sich vermischten und die größeren Stücke ausgespuckten Eises sich an den Kanten aufgetürmt hatten. Ich holte tief Luft und sang Brunos Lied. Erst geschah nichts. Ich sang noch einmal, laut genug, dass es von den Holzhäusern zurückhallte. Der schwarze Hund witterte den Klang, der vorbeizog und die Luft verformte, dann kam er schnell wie der Blitz übers Eis gerannt.

»Das ist das traurigste Lied, das ich je gehört habe«, sagte Amaël und lachte, »aber es hat funktioniert.«

Ich versuchte, mein Lächeln zu verbergen, doch der Hund, der mir das Gesicht ableckte, brachte es wieder hervor. Wir blieben bei ihm, bis jemand mit einem Stück Seil kam und ihn wegführte, wobei er sich beständig nach uns umdrehte. Dann erzählte ich Amaël vom Baum des Königs und was mein Vater gesagt hatte, wie sich das angefühlt und wie es geklungen hatte. Und für ein paar Minuten fühlte ich mich selbst wie im Baum des Königs, wohin nichts Böses dringen und Bruno und mich je wieder anrühren konnte.

Während wir in jener Nacht schliefen, wurde das Zelt Davids aufgeschlagen. Als ich aufwachte, stand es weiß und riesig unten am Hügel auf einem Feld, auf dem sich normalerweise ein paar Pferde befanden.

»Holy Rollers«, sagte Mr. Prue.

»Ein Haufen Dummheit, diese Erweckten«, fügte Mr. Nevers an, der bei der Schlacht an der Somme tief im Schlamm von Guillemont einen Arm verloren hatte und den leeren Ärmel mit Sicherheitsnadeln über dem Ellbogengelenk festgesteckt trug.

»Führen sich da unten auf. Reden in Zungen. Wälzen sich auf dem feuchten Boden – wenn sie sich dabei mal keine Nierenentzündung holen. Und womöglich werfen sie ihr sauer verdientes Geld noch irgendeinem Gauner aus den Staaten in den Rachen«, grummelte Mrs. Prue.

»Und vergiss die Schlangen nicht, Minnie, meine Liebe«, sagte Mr. Prue und zwinkerte mir zu.

In der Zwischenzeit hatte ich gelernt, für Mrs. Prue Besorgungen zu machen, und ich wurde nicht müde, mir die Schaufenster anzuschauen und mich zu wundern, was es hier Draußen alles zu kaufen gab. Auch an jenem Tag schickte sie mich los, und mir würde trotz des windigen Wetters noch genug Zeit bleiben, um Bruno zu besuchen und mir die Holy Rollers anzuschauen. Als Erstes ging ich zu dem Zelt.

Auf einem von Hand gemalten Schild am Feldrand stand:

Erweckungsgottesdienst –
Kirche des Flammenden Feuers
im Dunkel der Endzeit.
Eintritt frei. Jeder ist willkommen.

Auf dem Feld parkten mehr Fahrzeuge, als ich je gesehen hatte. Sie sahen aus wie Tiere auf der Weide. Die Kühlergrills wie breite Schnauzen oder träges Lächeln. Laster mit fetten Reifen und Schlammspuren an den Seiten. Menschen drängten sich in ihren besten Sonntagskleidern umher. Ich wusste, meine Latzhose und das Flanellhemd waren nicht gut genug, aber mir blieb warm in dem schneidend kalten Wind, anders als all den Damen in ihren Wollkleidern. Sie beäugten mich scheel, aber das war egal. Über dem Zelt hockten Stärlinge hoch in den kahlen Bäumen, mit Häuptern wie abgebrannte Streichholzköpfe, und sangen ihre unmelodischen Melodien. Ich ging um die Ecken des Zelts, wo die Holzpflöcke in den Boden gerammt worden waren, um die Schnüre stramm zu halten. Dort fand ich eine Öffnung, durch die ich einen ziemlich guten Blick ins Innere hatte. Der Regen von den Zweigen tropfte hohl auf die Zeltplane. Vorn im Zelt stand ein Mann in einem schlecht sitzenden Anzug. Atemlos und mit gerecktem Kinn predigte er der Menge.

Er tänzelte über die Bühne und rang mit dem Teufel. »An diesem Morgen überbringe ich in diesem allerheiligsten Zelt die allerwichtigste Botschaft!«, sagte er. »Und ich überbringe sie in reinste Sprache gehüllt! Und wenn ihr euch fragt, wie ich derart über die Hölle sprechen kann, dann sage ich euch, meine Brüder und Schwestern – ich bin dort geboren und aufgewachsen!«

Er sprach über Isebel und König Ahab und ihren Plan, Nabots Weinberg an sich zu reißen. Er sprach über gottlose Taten und die Armseligkeit des Geistes. »Wiegen eure Lasten schwer? Nun, so werft sie auf den Herrn.« Seine Stimme durchfuhr jäh die Luft, bis auch die Menge anfing zu raunen. »Denn der Regen wird bringen das Wasser, und das Wasser wird bringen die heilige Sintflut!«

Und wie er so weiter über schlechtes Wetter sprach, kam mir eine schwache Erinnerung. Dann erkannte ich ihn, an der Art, wie er die Augen verdrehte und die Wörter herausblaffte: Der Wanderprediger von den Zuckerahornbäumen, wie er an seinem Feuer kauerte, mit seinem Beutel voll heiliger Erde und dem Wunsch nach einer Gemeinde. Und da standen sie nun wie vor den Kopf geschlagen neben ihren Klappstühlen und redeten lauter Unsinn über Gott, so als wollten sie mit ihren Stimmen ein Feuer entfachen. Ich hatte noch nie einen solchen törichten Glauben, einen solchen Tumult gesehen. Auch wenn ich in den Ecken einige beobachtete, die eher neugierig waren als vom Heiligen Geist beseelt und hinter vorgehaltenen Händen miteinander flüsterten. Andere wiederum steckten sich Doughnuts vom Tisch hinten in die Taschen.

Der Wanderprediger rang noch eine Weile mit dem Teufel und zerschlug einen Stuhl, um das Zelt von Versuchung zu befreien, wie er sagte, dann richtete er sich zu einem Kreuz auf. »Wir werden heute in diesem Versammlungszelt, dem Zelt Gottes, die Sakramente empfangen!« Er redete, als wolle er gleich zu einem Haufen leerer Kleidung zusammenfallen. Und als er sich umdrehte, um zu den hintersten Ecken des Zeltes zu predigen, sah ich sie: Mamas Kette.

Schließlich wischte er sich den Schweiß von der Stirn und verkündete eine Viertelstunde Pause. Alle, sagte er, seien eingeladen zu Tee und Gebäck, freundlicherweise zur Verfügung gestellt von den gütigen Töchtern der Temperenz. Und für diejenigen, die sich in der Lage sehen würden, der Kirche des Flammenden Feuers eine Spende zu geben, würden Sammelteller herumgehen.

Der Wanderprediger verließ an dem überdimensionierten Kreuz vorbei das Zelt, ich folgte ihm. Er lehnte mit angewinkeltem Bein an einem Holzpflock, zündete sich eine Zigarette an und sah hinaus über das blasse, offene Land.

»He, Wanderprediger!«

Er drehte sich um und linste mich an.

»Sie haben was, das mir gehört.«

»Verschwinde, kleines Mädchen. Ich hab Pause.«

»Sie haben mir etwas gestohlen.«

Er pustete eine lange Qualmschlange aus. »Ich habe meine gesamte irdische Habe im Namen des Herrn weggegeben.«

»Sie haben meine Halskette gestohlen«, sagte ich. »Und wenn Sie sie nicht zurückgeben, werde ich jedem in dem Zelt davon erzählen, wie Sie da allein im Wald gehockt und sich selbst bedauert haben.«

»Hau ab«, sagte er. »Ich bin auf dem Weg nach Damaskus.«

»Den Teufel sind Sie.« Ich zeigte auf die Kette, die gegen seine billige Krawatte baumelte. Wir sahen uns ein paar Sekunden in die Augen, dann brüllte ich so laut ich konnte: »Der Wanderprediger beklaut Kinder!«

Ich sah, wie er rot wurde und ins Zelt schaute, um zu sehen, ob jemand etwas mitbekommen hatte. Doch alle drängten sich am anderen Ende um Tee und Gebäck. »Ah, das Gör mit dem dreckigen Bären.«

»Genau die.«

Er schaute noch einmal ins Zelt und nickte jemandem zu. »Komme sofort«, sagte er und lächelte ölig. Er griff unter die schlecht geknotete Krawatte und hakte Mamas Kette auf. »Ist ja eh nichts wert«, sagte er. »So ein billiges Stück Wundertütenkrempel, das du wahrscheinlich von jemand anderem geklaut hast.« Er sah mich an. »Ja, hab ich mir gedacht.« Er zog heftig an dem letzten Rest der Zigarette, schnickte die Kippe in einen Haufen Schneematsch und hielt die Kette so an der ausgestreckten Hand, dass sie im blassen Licht aufblitzte.

»Das ist kein alter Krempel. Es gehört meiner Familie, und wir sind Greenlawer Adel.«

Er bewegte die Kette außer meiner Reichweite wie ein Jo-Jo auf und ab, bis ich springen musste, um sie ihm vom Finger zu schnappen.

Er machte eine winzige Geste: ein Winken, eine Art Gruß, dann schlüpfte er wieder ins Zelt. »He, Kleine, ist doch eh alles nur Show, hm?«, und damit war er verschwunden.

Ich wischte den Anhänger sauber, während die Leute im Zelt wieder klatschten und sangen. Dann ging ich den Hügel hinunter und dachte darüber nach, dass Mamas Kette vielleicht Brunos Pflege bezahlen könnte. Ich konnte mir zwar nicht vorstellen, sie wegzugeben, aber ich wusste mir auch keinen Rat wegen Bruno. Ich ging zum Fleischer und holte Suppenknochen, dann zu Stedmans Variety, um grünen Faden zu holen, Wäscheblau und eine Packung Fingerhüte, weil Ruby Mae sie aus Mrs. Prues Nähkiste stibitzte.

»Die Dinger laufen doch wohl nicht weg«, hatte Mrs. Prue am Vormittag bei sich gemurmelt und Ruby Mae dabei prüfend angeschaut. »Kriegen einfach Beine und sind auf und davon, hm?«

Bei Stedmans gab es eine verwirrende Menge an Sachen, aber ich machte alles von Mrs. Prues Liste ausfindig. Dann wanderte ich durch die Gänge, vorbei an der Theke mit den lederbezogenen Hockern. Während ich in einer Auslage eine Haarspange mit Perlen an den Rändern bewunderte – Ivy hätte dafür gebettelt, geborgt oder gestohlen –, sah ich eine Frau genau das tun. Sie trug einen roten Lodenmantel mit Knebelverschlüssen; etwas Schickes, wie man es sich in den Staaten kaufen würde. Um den Hals hatte sie einen dieser toten Füchse. Dass man das mit Füchsen anstellen konnte, wusste ich erst, seit ich in Bracken in der Falle saß. Die Frau nahm eine Haarspange aus Schildpatt und steckte sie sich in die Tasche. Bevor ich wegschauen konnte, drehte sie sich zu mir um, und ihr Blick wirkte ganz dunkel von etwas, das zu benennen ich noch eine Weile brauchen würde: dem Wunsch, gesehen zu werden, und sei es bei einem Diebstahl. Sie machte auf einem gut polierten Absatz kehrt und ging durch einen anderen Gang davon. Ich blieb noch eine Weile im Laden, bis die Frau nicht mehr in meiner Nähe war. Dann schlich ich in Richtung Theke, doch da kauerte ein Polizist wie eine Eule über seiner Kaffeetasse. Ich wich zurück und trug dann meine Sachen zur Kasse.

Ich fragte die Kassiererin, ob sie wohl wisse, wo ich eine Halskette verkaufen könne. »Ich muss für meinen Bären, ähm, Bruder bezahlen.«

Sie sah mich an und dachte nach. »Bist du nicht ein wenig zu jung, um Sachen zu verkaufen?«

»Ich bin älter, als ich aussehe.« Ich behielt sie fest im Blick für den Fall, dass sie darüber nachdachte, den Polizisten hinzuzurufen.

»Aber sicher doch. Hm, versuch's mal im Little Egypt.«

»Wo ist das?«

»Wenn du hier rausgehst, links; da vorbei, wo früher mal Devlins Milchgeschäft war, und dann an der alten Räucherei von Shuggie. In der Nähe der Frog Pond Road, glaub ich. Wo früher das alte Bahnhofscafé war, das mit den richtig guten Kartoffelpuffern. Du kannst es nicht verfehlen.«

Während die Kassiererin das alles erklärte, ging die Frau in den schicken Klamotten vorbei, ohne uns anzuschauen. Die kleine Glocke über der Tür bimmelte ihr hinterher. Ich schob Mrs. Prues Sachen unter den Mantel, damit sie nicht feucht wurden, und ging in die Richtung, die mir die Kassiererin genannt hatte. Ich ging, ohne zu wissen, wie ich Dinge finden sollte, die es nicht mehr gab, bis die Häuser weniger dicht standen. Es fiel kalter Frühlingsniesel. Ich dachte an Bruno und mich daheim bei Ansell und meinem Vater.

Überall in Bracken erhaschte ich kurze Blicke auf Ivy. Sah sie vor dem Happy Birthday stehen; in geflochtenen Pumps aus dem Bus steigen. Manchmal meinte ich Ansell zu sehen, der mich durch die Scheibe eines Diners beobachtete und mir sein kleines, krummes Lächeln zeigte. Dieses Lächeln, bei dem ich mich inwendig immer ganz benommen fühlte. Und manchmal sah ich Swicker in einem Eingang stehen oder in einem Laster sitzen. Doch wenn das geschah, dachte ich an Bruno, bis Swicker wieder verschwand. Ich stellte mir vor, was Bruno wohl von diesem merkwürdigen Ort hielte, mit all seinen Geruchsfetzen; Qualm und Rauch und Öl, Zungenfäule, Kolikmittel und Taschen von Wilderern.

Nachdem ich an ein paar verstreuten ärmlichen Häusern vorbeigekommen war, wo hier ein Hund gebellt und dort ein Hahn gekräht hatte, kam ich an ein Schild, das ich nicht ganz lesen konnte. Little Irgendwas. Ich erkannte, dass es sich um eins von Mr. Prues Schildern handelte, und glaubte, das nächste Wort aus der Bibel zu kennen: Egypt. Mit der goldrutengelben Fassade stach es zwischen den farblosen Hütten hervor; die Wände waren mit Spiegeln und anderen glänzenden Gegenständen bedeckt. Jede Oberfläche gab ein anderes Stück Himmel oder Hütte wider. Es sah aus wie ein in einem trüben Schneefeld gestrandetes Schiff. Als ich mich näherte, zeigte es mich aus Winkeln, aus denen ich mich noch nie zuvor gesehen hatte. Unwillkürlich musste ich daran denken, wie sehr Ivy das gefallen hätte. Ich hingegen sah aus wie ein verschrumpelter Holzapfel, und diese Einsicht jagte mir einen Mordsschrecken ein.

Ich folgte den matschigen Abdrücken eines Paars Schuhe die vier hölzernen Stufen zur Veranda hinauf. Jemand war hineingegangen, aber es führten keine Spuren hinaus. Das Zimmer dahinter vibrierte vor lauter tickenden Uhren;

keine zwei davon im selben Takt. Es erinnerte mich an Frühlingspfeifer. Eine Frau mit fliehendem Kinn, trotz zweier Wollpullover klein wie ein Kind, kam aus einem Hinterzimmer.

»Es ist so gedacht, dass man die Klingel benutzt«, sagte sie.

»Die was?«, fragte ich über die tickenden Uhren hinweg.

»Die. Klingel.« Sie wies auf eine Messingkuppel auf dem Tresen, schlug zwei Mal darauf und ließ die Luft läuten. »Damit ich weiß, dass du was möchtest.«

»Okay«, sagte ich, um nicht kompliziert zu erscheinen.

»Und?«

»Was, und?«

»Möchtest du was?« Sie blickte auf meine eisverkrusteten Hosenbeine und durchgeweichten Stiefel und dann zum Fenster hinaus. »Wie bist du hergekommen?«

»Zu Fuß.«

»Von Bracken?«

Ich zuckte mit den Schultern und nahm dann, ohne weiter darüber nachzudenken, den Hut ab.

Die Frau wich ein wenig zurück und betrachtete mein zotteliges Haar und die grünlichen Bärenspuren – ritz, ratz – auf meiner Stirn.

»Sieht aus, als wärst du im Krieg gewesen, Kleine.«

»Fühlt sich meistens auch so an. Ich hab eine Kette zu verkaufen.«

»Na, dann lass mal sehen.«

Ich zog Mamas Kette aus der Tasche, wo ich sie in Amaëls Taschentuch gewickelt hatte. Ich reichte sie über den Tresen; der eigentlich nur aus einer alten Tür unter einer Glasplatte bestand, wie ich nun erkannte. Die Frau streckte eine ihrer seltsamen Hände aus, wie die eines Waschbären oder Minks, und nahm sie entgegen. Sie schraubte sich ein kleines Augenglas in die rechte Augenhöhle und sah hindurch.

»Hübsch«, sagte sie. »Wo kriegt so jemand wie du so was her?«

»Ist das wichtig?«

»Schon, falls ich unseren Dorfpolizisten bitten muss, die Provenienz zu überprüfen.«

»Die was?«

Die Uhren schlugen zur vollen Stunde, und das Zimmer hallte wider vor Dongs und Kuckucks.

»Die Wo-du's-herhast.«

»Von meiner Mutter. Sie gehörte mal meiner Mutter. Wir brauchen niemanden, um das zu beweisen.«

Die Frau hantierte noch eine Weile damit herum, klopfte den Anhänger gegen den Tresen, legte die Kette auf eine Waage, lauschte nach etwas darin und überlegte. »Gehst du hinterher zum Schwarzbrenner?«

»Zum was?«

»Zum Schwarzbrenner!« In dem Augenblick hörten die Uhren mit ihrem Getöse auf, und die Frau wurde beim Klang ihrer Stimme in der Stille rot.

»Nein. Warum?«

»Na ja, ich hab nen Sondertarif für alle, die ihr Geld von hier direkt zum Schwarzbrenner tragen.«

»Nein. Ich brauch nur Geld.«

Sie hauchte auf den Anhänger und wischte ihn mit einem weichen Tuch ab. »Zwei Dollar. Zwei fünfundzwanzig, wenn du zum Schwarzbrenner gehst. Zwei fünfzig, wenn du sie zurückkaufen willst. Und ich feilsche nicht.«

»Also zwei Dollar.«

Sie klappte eine Blechdose auf und zählte ein paar Münzen ab.

»Ich will Papiergeld.«

»Münzen sind auch Geld.«

»Ich will es nicht in der Tasche rumklappern haben. Dann verlier ich es nur.«

Die Frau nickte, zog zwei abgenutzte Scheine hervor und reichte sie mir. »Ich geb dir ne Quittung. Falls du's dir noch anders überlegst.«

Wieder auf der Veranda zwischen den Spiegeln wischte ich mir über die brennenden Augen und steckte die beiden Scheine und die Quittung in meine Socke. In meiner Seele war immer noch Januar. Nach all den Monaten war mein Kummer noch nicht kleiner geworden. Doch wo früher mal unsere kleine Hütte mein ganzes Leben gewesen war, wo Mamas und Ivys Tod mit mir im Raum hockten, hatte ich nun noch anderes: hier Draußen, die Praxis, Broken Hill House und Brunos Genesung. Ein schwacher Trost dafür, Mamas Kette loszulassen.

Ich stieg von der Veranda und kümmerte mich nicht sonderlich um das schicke leberfarbene Auto, das auf der anderen Straßenseite unter einer Schwarzfichte parkte. Ich sah die adrette Frau aus dem Stedmans nicht, die ausstieg und ins Little Egypt ging. Ich wusste nicht, dass meinetwegen die beiden Frauen inmitten all der tickenden Uhren so einiges zu bereden hatten. Ich ging die graue Straße entlang, zurück nach Bracken. Kurz blieb ich stehen und beobachtete ein paar Jungs, die rauften und in einem zersägten Fass zündelten, während ein roter Hund an einer Kette in der Nähe des schwachen Feuers stand. Als sie mich sahen, formten sie die Hände zu Pistolen und erschossen mich mit schnellen, spuckenden Geräuschen, die den Hund so aufregten, dass er in eine bereits sehr schmutzige Schneewehe pinkelte. Kurz vor Bracken klaubte ich für Bruno ein paar Äpfel aus dem Fallobst, das halb im Schnee vergraben lag.

Die Praxis lag gleich neben der Hauptstraße, zwei Straßen vom Happy Birthday entfernt. Weil es matschig war und meine Füße eisig, ging ich langsamer den Bürgersteig entlang, als ich hätte sollen. Zwei Jungs, Zwillinge, standen vor der Tür des Billardsalons. Der eine zündete sich mit einem goldenen Feuerzeug eine Zigarette an, der andere putzte sich die Fingernägel mit einem Klappmesser.

»Hopp, hopp!«, sagte er. Ahnungslos, wie ich war, blieb ich stehen, um zu sehen, mit wem sie sprachen. Er klappte das Messer wieder zu. »Bist du blöd, oder was?«

Ich stand nur da. Fehl am Platz. Hässlich. Einer der beiden zog Rotz aus Kehle und Nase hoch, spuckte ihn in die Luft und fing ihn mit dem Mund wieder auf. Er schluckte und grinste gemein, und ich machte einen Schritt rückwärts auf die Fahrbahn. Ich hielt sie für gefährlich, obwohl ich nicht recht sagen konnte, worin die Gefahr bestand.

»Zieh Leine, Hündchen!« Er jaulte wie ein Wolf. »A-uuh!«

Sie warfen mir einen letzten Blick zu und schlenderten dann in den dunklen Schlund des Billardsalons, als würde er ihnen gehören. Ich schaute ihnen nach, und ein Mann in einem Lieferwagen schnauzte mich an, ich solle verdammt noch mal von der Straße gehen. Auf dem Rest des Weges zur Praxis fühlte ich mich so klein und schäbig wie noch nie. Bruno und ich mussten nach Hause.

Neun-Dollar-Mann

Ansell wachte am Morgen mit dem Gesicht gegen ein kaltes Lenkrad gepresst auf. Jemand klopfte von außen an die Scheibe. Er kämpfte sich aus etwas hervor, das ihm über Schultern und Kopf lag. Ein schwarzer Pelzmantel. Als er endlich die Fensterkurbel fand, hörte das Klopfen auf.

»Junge, weißt du eigentlich, dass du mit deinem Laster in einer Schneewehe steckst?«

In Ansells Kopf tobte ein Flächenbrand. »Ich, ähm, ich kann gar nicht fahren.«

»Ja, das seh ich«, sagte der Mann. »Aber ich brauche den Zaun da unter dem Schnee nächstes Frühjahr für meine Kühe. Du musst das Ding wegfahren.«

Das Winterlicht stach Ansell in die Augen, und Tränen verschleierten ihm die Sicht. Weit und breit auf diesen weißen, nasskalten Feldern war kein einziges Haus zu sehen. »Wo bin ich?«

»Bad Luck Falls. Was hast du gedacht? Good Luck Springs?« Der Mann lachte, klang aber ungeduldig. »Sieht aus, als würdest du so trinken, wie du Auto fährst. Nicht besonders gut.«

Er besah sich den Pelzmantel. »Und scheint ganz so, als hättest du die Abzweigung nach Hollywood verpasst, was?«

Ansell hob verschiedene Bilder der vergangenen Nacht

auf und schob sie wieder beiseite, aber jedes davon blieb blass, nichts trat hervor. Dann fiel es ihm wieder ein. Bad Luck Falls war auf Benights Karte etwa zwanzig Meilen südlich von dort, wo er letzte Nacht gewesen war. Ungefähr dort, wo Pearly ihrer Schätzung zufolge aus dem Wald gekommen sein könnte, gleich jenseits der Abzweigung. Wie zum Teufel hatte er diesen Laster mitten in der Nacht zwanzig Meilen weit gesteuert, auf dick verschneiten Straßen und betrunken noch dazu?

»Ich hoffe, du hast Geld für den Abschleppwagen«, sagte der Mann. »Der ist nämlich schon unterwegs.«

Ansell bezahlte dem Fahrer des Abschleppwagens – dem Schwager des Farmers – einen Dollar dafür, den Laster aus dem Schnee zu ziehen, dann gab er dem Farmer fünfzig Cent dafür, den Laster in der Scheune unterzustellen, zusammen mit einer Notiz, die darüber aufklärte, wer wohl der ursprüngliche Besitzer war. Außerhalb der Wälder bewegte sich das Geld schnell. Ansell war es gewohnt, gar keines zu haben, erst gegen Ende der Saison, wenn er seine Schulden alle auf einmal beglich.

Der Abschleppfahrer nahm ihn mit bis zu einer Straße, über die er zur Hauptstraße gelangen sollte. Ansell, noch immer im Pelzmantel – Biber, nicht Bär –, stand benommen neben dem Laster und dankte dem Fahrer für die Fahrt.

»He«, sagte der Mann durch die heruntergekurbelte Scheibe, »ich geb dir zehn Dollar für den Mantel. Meine Frau könnt so einen gebrauchen.«

Ansell dachte darüber nach. In dem Mantel konnte er nicht herumlaufen, aber es fiel ihm auch nicht ein, wem er gehörte.

»Okay.« Er schüttelte das Gewicht ab, und die Kälte biss nach ihm. Irgendwann im Laufe der Nacht hatte er seinen Schal verloren. »Das Stück behalt ich«, sagte er und machte den Kragen ab, der mit kleinen Metallhäkchen am Halsausschnitt festgemacht war.

Der Mann zuckte mit den Schultern. »Dann neun Dollar.« Er zog ein paar schmutzige Scheine aus einer Kiste unter dem Sitz.

»Zu gütig«, sagte Ansell und reichte ihm den Mantel. Dann ging er in Richtung einer größeren Straße davon.

»He, Neun-Dollar-Mann!«

»Ja?«

»Pass auf dich auf, okay?« Der Mann warf den Mantel auf die Sitzbank und winkte zum Abschied. Für Ansell sah es so aus, als würde er mit einem kleinen Bären neben sich davonfahren.

Am Rand der Felder, wo Licht das Gras heilt

Amaël hatte keine große Hoffnung mehr für den kleinen Bären. Bruno lag seit vier Tagen nahezu reglos da und öffnete nur gelegentlich die ins Leere blickenden Augen. Dann träufelte Amaël ihm mit einem Lappen etwas Wasser auf den Gaumen. Sein verletztes Bein war am Gelenk noch immer heiß, und er hob es nicht an, wenn er sich im Schlaf bewegte. Amaël hatte ihm in der Nacht zuvor ein Sulfonamid gespritzt, dann noch einmal am Nachmittag. Man konnte nie wissen. Aber Bruno hatte Gewicht verloren und war womöglich immer noch dehydriert, deshalb sah er aus wie ein Geschöpf, das sich in einem übergroßen Bärenkostüm verlor. Genesung, eine stille Anstrengung. Es waren nur noch ein paar Wochen bis zur Lammzeit, und Amaël war dankbar für den Bären im Haus, fern der eiskalten Scheunen mit ihrem Gestank nach Blut, Mist und Nachgeburt. In der Praxis fertigte er kleine Skizzen von Bruno an und leistete ihm Gesellschaft. Ein Gläschen von etwas Warmem. Und manchmal sprach er mit Bruno und erzählte ihm Dinge, die er sonst niemand sagen konnte.

Gelegentlich aber spürte er es. Das konnte er schon von klein auf: Er spürte, ob ein Tier leben wollte oder nicht. Doch bei Bruno änderte sich das im Laufe des Tages mehrmals. Letzte Nacht hatte Amaël in der Praxis geschlafen, für den Fall, dass er sich zum Sterben bereit machte. In den frühen Stunden ergriffen Bären Besitz von Amaëls Träumen. Bären waren Wegbereiter – eine Möglichkeit, in die Wälder und die Welt zurückzukehren. Manchmal führten sie ihn zum Rand der Felder, wo Licht das Gras heilte und er den Glanz in ihren Pelzen sehen konnte: schwärzlich, bläulich, bräunlich, rötlich. Eine merkwürdige Menschlichkeit lag in ihrem Gang. Eine Lässigkeit, wenn sie mit nach innen gedrehten Füßen, so wie sie es immer taten und immer tun würden, zwischen den Bäumen verschwanden.

Amaël hatte Bruno in einen der größten Käfige gelegt, die sich über eine Seite der Praxis erstreckten. In kleineren Käfigen saßen zwei Katzen, die sich von Erfrierungen erholten und ihren Unmut kundtaten, sich den Raum mit einem Bären teilen zu müssen. Amaël öffnete die Käfigtür und kauerte sich neben die sich langsam hebende Brust des Bären. Konnte der Bär ihn spüren, wie er ihn beschwor zu leben? Pferde, Hunde, Katzen konnten Unsichtbares spüren, konnten fühlen, wenn etwas in den Raum kam, in den Ecken lungerte. Sie hatten ein Zweites Gesicht. Warum also nicht auch Bären? Bis letzte Woche war er einem Bären noch nie so nahe gekommen, deshalb war er unsicher, ob sein Gefühl ihn nicht trog. Er fuhr mit den Fingern durch Brunos Schulterkrause. Der Bär rührte sich nicht, sondern blieb, was er war: etwas von einem Schatten. Amaël streckte die Hand aus, legte sie auf Brunos großen kantigen Schädel und wartete, ob er in ihm etwas spürte. Aber nein. Natürlich nicht.

Am fünften Morgen zuckten Brunos Augen. Amaël kniff ihn in die Oberlippe und zupfte daran. *Komm schon. Wach auf, Bruno.* In seiner Kehle rasselte es leise, aber er rührte sich nicht. Amaël sah jede Stunde nach ihm und als Erstes nach einem Hausbesuch. Am Nachmittag drehte sich Bruno auf den Rücken und nahm seine Umgebung in sich auf. Er nieste mehrmals, schüttelte den Kopf und starrte den Käfig und das Deckenlicht darüber an. Er streckte und dehnte jedes Bein, bis auf das verletzte, doch auch das schien sich besser bewegen zu lassen.

»Hallo, Bruno«, sagte Amaël. Er hatte nicht darüber nachgedacht, was passieren würde, wenn der Bär aufwachte und nur er allein da war.

Amaël ging zum Haustelefon hinüber. »Mrs. Po-kay, hallo, könnten Sie bitte etwas Haferbrei mit rohen Eiern machen … Ja, ich weiß, dass ich schon … es ist für Bruno … den Bären. Er ist wach, ja.« Amaël schaute zu, wie Bruno mit der langen Zunge über die Nähte am Mundwinkel fuhr. »Ja, klopfen Sie einfach. Ich bringe es ihm selbst.«

Amaël kauerte sich über Bruno, um sich die Wunden besser anschauen zu können, ohne sie zu berühren. Bruno verbarg sein Gesicht halb, schaute ihn aber kurz mit seinen dunklen Augen an, bevor er den Kopf zur Wand drehte. Amaël hielt Ausschau nach abrupten, unmotivierten Bewegungen. Einer Art Entsicherung. Winzigen Zeichen. Bruno begutachtete ihn erneut. Ein Geschöpf der Mythen, der Träume und Albträume, der Stahlfallen und tiefen Gruben. Schließlich ließ er die goldenen Augen durchs Zimmer schweifen, und der Moment war vorbei. Dann schob er die Schnauze in die Tiefen einer Pferdedecke und gähnte.

Andere Hinweise auf seinen Charakter gab er Amaël nicht. Er war beurteilt und Brunos Aufmerksamkeit für unwürdig erachtet worden.

Kurz darauf kam Pearly herein. »Hi«, flüsterte sie.

Amaël behandelte Brunos Wunden mit Jod. »Ah, da bist du ja, Pearly.«

Sie ging auf Zehenspitzen durchs Zimmer. »Wie geht es ihm?«

»Schau selbst.«

Sie zögerte, versuchte den Ton seiner Stimme abzuschätzen und kam näher. Bruno schleckte aus einer Schüssel.

»Bruno!«, kreischte sie und rannte zum Käfig.

»Vorsichtig. Er braucht Ruhe.«

Pearly nickte und kauerte sich dann zu ihm. »Hi, Brunnie.« Er hielt sich an seine Schüssel, beobachtete sie aber während des Fressens. »Was isst er denn da?«

»Haferbrei.«

»Mehr nicht?«

»Und Eier. Kauen kostet viel Kraft. Dein Bär ist erschöpft.« Er wies auf die Schüssel. »Halt sie ihm schräg. Er ist immer noch zu schwach, um den Kopf zu halten.«

Und dann war Pearly ein glückliches Kind, weniger gequält, weniger bedrängt. Der Bär und sie berührten sich mit den Nasen und rieben die Gesichter aneinander. Bruno legte ihr eine Pfote in den Schoß. Sie hielt sie fest. Eine ganze Weile saßen sie so da: Der Bär machte kleine Geräusche, und sie antwortete mit seltsamen Wörtern. *Jenseits,* fand Amaël. *Dunkle Magie*.

»Was frisst er denn daheim am liebsten?«, fragte Amaël, um den Augenblick zu durchbrechen.

»Sachen mit tiefen Wurzeln. Lupinen, Schachtelhalm. Dinge mit viel Sonne drin, wie Löwenzahn.«

»Schätze, davon werde ich gerade nicht viel finden«, sagte Amaël. »Was noch?«

»Marmelade, Melasse, Dosenmilch, Forelle. Mama hat ihn jedes Jahr aufgepäppelt, damit er eine Weile schlafen konnte in seiner Winterkiste.«

»Das können wir besorgen«, sagte Amaël. »In ein paar Tagen vielleicht.«

Bruno steckte die Schnauze tiefer in die Schüssel, und als er wieder auftauchte, hustete er und schnappte nach Luft.

»Immer langsam«, schimpfte Pearly ihn und tätschelte den Samt seiner Ohren. »Ihm geht es viel besser. Oder?«

Amaël antwortete nicht darauf. Er hatte so etwas schon öfter gesehen. Manchmal gewannen sehr kranke Tiere für ein, zwei Tage etwas Energie zurück, einen Appetit, ein Interesse an der Welt, und gingen dann ein. Dafür gab es keine Erklärung, aber das wollte er einem Mädchen nicht sagen, dessen Welt so zerrissen war.

»Im Traum letzte Nacht«, fuhr Pearly fort. »Da habe ich Bärenzähne bekommen. Schon wieder.« Sie zeigte auf einen Augenzahn. »Ich glaube, das ist ein Zeichen.« Sie saß da und dachte noch eine Weile nach. »Und Bärentatzen auch. Ich renne, und plötzlich hab ich große Bärenfüße!«

»Wovor läufst du denn weg?«

Eine ganze Weile antwortete sie nicht. »Das kann ich nicht sagen. Das müssten Sie selbst sehen.«

Der Gesang des kalten Glases

Ansell ging noch eine Woche weiter und fragte bei jedem Farmhaus, jedem Kiwanis-Club, jedem Gemeindehaus nach Pearly und Bruno. Er gewöhnte sich an die Blicke, mit denen Fremde ihn bedachten, aber nicht ans Wetter, ans tagtägliche Hier-Draußen-Sein, die kalten und dann die wärmeren Tage, an denen der Geruch von Schlamm in der Luft hing. Müde Erschöpfung setzte sich in ihm fest. Es gab Tage, an denen er viel langsamer vorankam als erhofft, und solche, an denen er an Waldrändern entlangtrottete, kurz davor, ins Camp zurückzukehren. Eines Nachmittags holte er sich an einer Imperial-Tankstelle eine Straßenkarte. Er studierte sie vor Ort bei einem Kaffee am Holzofen, in Gesellschaft von ein paar Lastwagenfahrern und einem alten, arthritischen Fuhrmann. Jeder gab seine Meinung dazu ab, wie man am besten ein Mädchen und einen Bären aufspürte, die sich im ersten Frühling durchs Gelände schlugen.

Doch tief in seinem Herzen hatte Ansell bereits entschieden, dass heute der letzte Tag seiner Suche sein sollte. Nirgendwo hatte er auch nur das Geringste von den beiden gehört. *Morgen gehe ich zurück. Vielleicht sind sie ja schon zu Hause.* Er hatte geglaubt, er sei aus härterem Holz geschnitzt, aber in jeder Scheune, jeder Kirchenbank, jedem

YMCA hatten ihn Zugluft, seltsame Geräusche und mitternächtliche Erinnerungen daran, dass er zweifellos sein Ziel aus den Augen verloren hatte, aus dem Schlaf gerissen. Er hatte die Wetterkapriolen, die frei herumlaufenden Hunde und die Männer im YMCA satt, die sich schnarchend unter ihren groben Wolldecken herumwälzten; alle stanken sie nach altem Schnee und Füßen. Er vermisste es, die Tage in der Wärme des Kochhauses zu verbringen. Einen Gutteil der Zeit hier Draußen hatte er damit verbracht, an Pearly zu denken und seine Gedanken hin und her zu wenden. Und er war zu der sanften Überzeugung gelangt, dass seine Gefühle für sie sehr viel komplexerer Natur waren, als er gedacht hatte. Sie hauchte den Dingen Leben ein. Und wenn er an sich dachte ohne sie, dann geriet in ihm etwas aus dem Lot. *Ein letzter Versuch noch. Ein letzter Versuch, heute.*

Zum Abschluss fragte Ansell nach Pearly und Bruno an einer Bahnstation, in der er vor dem höllischen Wetter Zuflucht gesucht hatte, das nicht Schnee noch Regen war. Der Stationsvorsteher sagte, Nein, nein, so etwas Wunderliches wie ein Mädchen mit einem Bären habe er schon seit Langem nicht mehr gehört. Er lachte etwas, sah Ansell an, als wäre der ein Schwachkopf, und verriet ihm dann die Abkürzung hinter dem Kinderheim entlang, über die Felder, wenn Ansell einen schnellen Weg zurück zur Landstraße und schließlich zu den Holzstraßen suchte.

Ansell blieb an dem steilen Hügel vor dem roten Ziegelbau stehen und schaute den Kindern zu, die Schlitten fuhren und stritten und kleine Spiele mit komplizierten Regeln spielten. Die Fenster des Heims waren dunkel in der wolkenverhangenen Trübnis. Die Kinderstimmen trugen weit, bis jenseits der Felder, die an den Wald grenzten. Irgendwann kam er an eine eingehauste Brücke, überquerte sie und freute sich an dem wenigen Schutz, den sie bot. Nur die alten Lehmnester der Schwalben fingen das fahle Licht an den Rändern der Brückenmünder ein. Jetzt konnte er nur noch die kahlen Bäume hören, die im Wind wie Zähne knirschten. Ein schmaler Pfad führte ihn aus den Bäumen auf eine Rodung. Falscher Weg. Er wollte schon umdrehen, als er zwischen den Bäumen etwas entdeckte. Pferde. Für echte Pferde waren sie allerdings viel zu groß. Sie sahen aus wie aus Knochen gebaut. Er ging auf sie zu. *Wenn schon sonst nichts, kann ich mich wenigstens kurz hinsetzen, raus aus diesem Wind.*

Die Pferde waren aus Windbruch, Treibholz, Bugholz, Treppenspindeln und gedrechselten Beinen kaputter Stühle gemacht. Sie waren um die drei Meter hoch, und jedes einzelne zeigte eine bestimmte Haltung: locker, verspielt, majestätisch, frei. Solche Pferde fand man in der Mythologie, wo sie Göttern gehörten und von jenen gestohlen wurden, die die Götter beneideten. In den Lücken und zwischen ihren Rippen steckten blaue Tonicflaschen, die mit Draht so befestigt worden waren, dass der Wind sich in den Flaschenhälsen verfing und traurige Klänge blies. Das nackte Licht fiel durch sie hindurch und warf blaue Schatten in den Schnee. Die Pferde waren gebeutelt von Frost und Eisregen.

Er ging näher, tat noch einen Schritt, und etwas spannte sich um seinen Knöchel. Eine Kojotenschlinge. *Shit.* Im selben Augenblick kam aus den Bäumen ein verlotterter

Deutscher Schäferhund hervor, raste durch den Schnee auf ihn zu. Geduckt. Ganz Reißzähne und lange Schnauze. Die Halskrause so dicht wie bei einem Wolf. Der Hund kam näher, Ansell griff nach seinem Taschenmesser. »Hau ab!«, sagte er und versuchte immer noch verzweifelt, sich aus der Schlinge zu befreien. Der Hund bäumte sich ein paar Schritte entfernt auf, sprang vor und zurück, blieb aber auf Distanz. Eine tiefe Narbe reichte ihm von der Stirn bis hinter die Ohren. Ansell wappnete sich, um Platz zu schaffen für den Schmerz, den der Hund verursachen würde.

»Sheba!«, rief eine Frau. »Sheba!« Sie tauchte hinter einer dunklen Wand aus Virginiakiefern auf, zwei tote Hasen über der Schulter. Sie sprang über ein paar Stümpfe, um den Hund besser sehen zu können. Sie war leichtfüßig, aber kräftig.

Die Lefzen des Hundes waren immer noch zu einem wütenden Knurren verzogen. Ansell schätzte, er könne von der Stelle aus, an der er stand, alle Zähne zählen. Die Frau packte einen Stock und schlug damit gegen den Stamm einer umgestürzten Kiefer. Der Hund stockte und drehte sich um. Die Frau bedeutete ihm, zu ihr zu kommen. Er wich ein paar Schritte zurück und beäugte Ansell aus schmalen goldenen Augen. Wägte ab.

»Sie kann nicht hören!« Die Frau kämpfte sich durch den Schnee, um den Hund abzufangen, bevor er wieder lossprang, und legte ihm eine selbst gemachte Leine um den Hals. »Ein Farmer hat auf sie geschossen, als sie Hühner geklaut hat. Geschieht ihr wohl recht«, sagte sie, »aber der Schuss hat sie nur gestreift, und seitdem ist sie eine armselige, mausetaube Hühnerdiebin.«

»Heißt das nicht mausetot?«

»Was?«, fragte sie und hantierte an der Leine herum.

»Nichts. Vergessen Sie's.«

»Sieht aus, als hätt ich Sie gut erwischt«, sagte sie und zeigte auf die Schlinge. »Wenn Sie den Fuß heben, ganz grade nach oben, müsste sie abgehen.«

Ansell versuchte es ein paarmal. Um Gleichgewicht ringend, hob er das Bein in der Schlinge nach oben, was ihn auf der anderen Seite noch tiefer einsinken ließ. Er kam sich dumm vor und wünschte, sie würde wegschauen. Schließlich lockerte sich die Schlinge und gab ihn frei. Der Hund schlich sich seitwärts an und schnüffelte an dem Schnee, den Ansell berührt hatte. Ansell ignorierte ihn, weil er annahm, dass er ignoriert werden wollte.

»Was machen Sie denn hier?«

»Ich hab die Pferde gesehen.«

Sie warf einen Blick hinüber. »Ja«, sagte sie. »Ich musste die einfach machen.«

»Das waren Sie?«

»Im Laufe der Zeit, ja.« Der Wind frischte ein wenig auf, und die Flaschen machten durch die Pferde hindurch Töne. »Ich wollte sie blau anmalen«, sagte sie und zuckte mit den Schultern, »aber ich bin nie dazu gekommen, Farbe zu holen.«

»Haben Sie denn keine Angst, dass sich der Hund in den Schlingen verfängt?«

Wieder zuckte sie mit den Schultern. »Das sind nicht meine. Wenn ich eine finde, zieh ich sie raus.«

Dann standen sie ein paar Augenblicke linkisch beieinander, schauten dem Hund zu, der zwischen ihnen herumschnüffelte, und lauschten dem Gesang des kalten Glases in den Pferden. Sie warf die Schlinge in ein Erlengestrüpp und hob dann die Hasen hoch, die sie in den Schnee hatten fallen lassen. »Schätze, ich könnte Ihnen wenigstens was zu essen anbieten?«

»Ich würd nicht Nein sagen.«

Der Hund führte sie einen ausgetretenen Pfad entlang, bis sie zu einem kleinen blauen Haus mit Lebkuchenleisten kamen. Schneewehen hatten die Vorderseite bis unter die Dachkante begraben. Sie betraten das Haus von der Seite, vorbei an einer halbhohen Mauer aus Feldsteinen, die die Tür vor dem schräg hereinfallenden Wetter schützte.

»Ihr Haus liegt versteckt«, sagte Ansell, um etwas zu sagen.

»Ja«, sagte die Frau, »und manchmal bin ich versteckt vor meinem Haus.«

Nichts mit Glanz

Den ganzen nächsten Tag über wollte ich Amaël unsere zwei Dollar geben und Bracken verlassen. Doch als ich am späten Nachmittag im Broken Hill House fertig war, ging es Bruno schlechter. Er wollte nichts fressen oder trinken. Er wollte den Käfig nicht verlassen und drehte uns den Rücken zu. Ich hatte den Eindruck, er hatte aufgegeben.

»Ich kann es noch spüren«, sagte Amaël. »Als ich ihm heute früh Haferbrei gebracht habe, da hat er mich angeschnaubt, mich ja von seinem Fressen fernzuhalten. Er hat noch nicht aufgegeben.«

Ich nickte, aber es kam mir vor, als würden wir nie damit aufhören, uns aus dem eigenen Grab zu ziehen. Amaël schlug vor, wir sollten Bruno ein wenig antreiben, ihn zum Gehen bewegen, seinen Kreislauf ankurbeln. Er ließ mich Brunos schlimmes Bein massieren, in Eis einpacken und vorsichtig bewegen. Ein paar Tage zuvor hatte Mrs. Pocket mehrere Mehlsäcke zusammengenäht und an beiden Seiten feste Griffe befestigt. Die legten wir als Schlinge hinter Brunos Vorderläufe, sodass wir einen Teil seines Gewichts tragen konnten. Wir achteten darauf, ihn nicht zu sehr zu ermüden. Nur ein paarmal durchs Zimmer – ein humpelnder Bär und zwei Hoffende, die ihn anführten. Nur noch eine Runde.

Einmal fragte Amaël: »Hast du schon mal darüber nachgedacht, was du tun willst, wenn er auf dem Bein nicht wieder laufen kann?«

»Was meinst du?«

»Ein Tier, ein wildes vor allem, muss laufen können, Pearly. Und nach allem, was du erzählst, ist es eine ziemliche Strecke.«

»Er läuft, oder ich nehm ihn huckepack«, sagte ich und biss die Zähne zusammen. »Wir müssen hier raus.«

Amaël, der noch immer die andere Seite der Schlinge hielt, nickte, aber ich sah das leise Mitleid in seinen Augen.

Wenn Bruno nicht mehr weiterwollte, führten wir ihn in den Käfig zurück, und ich setzte mich noch eine Weile zu ihm. Den Kopf an den seinen gelehnt. Ich konnte seinen kratzenden Atem hören, seine heilenden Wunden riechen und seine Gedanken schwinden hören. Ich lag an diesen Nachmittagen neben ihm, wollte ihn in unser Leben zurückholen, doch in seinen Augen war wenig Licht. Ich hatte nicht den Mut, über die Schwierigkeiten nachzudenken, in die ich uns gebracht hatte. Stattdessen wünschte ich mir, dass Bruno nur noch einen Tag bliebe, denn wenn er ginge und ich nicht, würde ich die Welt nicht mehr auf dieselbe Weise lieben. Und dieses Wissen befleckte mich mit einer neuen Art von Einsamkeit. *Zweiauge*, flehte ich. *Zweiauge, hör bitte auf zu schlafen*.

Menschen auf den Straßen, das Getrappel von Hufen, das Platschen von Reifen. Ich umging das alles, hielt mich an Seitenstraßen, Hinterhofwege und Hundepfade. Ich hasste Bracken. Ich hasste das Gegaffe, die glotzenden Häuser.

Und noch mehr. Vieles mehr. Ich fühlte mich schlecht wegen Bruno, und so nahm ich auf dem Heimweg zum Broken Hill House unter dem grauen Himmel einen anderen Weg, vorbei an der Kirche mit dem Turm wie ein vorspringender Fangzahn, nur um zu sehen, was dort drinnen war. Da wusste ich noch nicht, dass es in Bracken richtige und falsche Aufenthaltsorte gab. In den Wäldern waren die falschen Orte leicht zu erkennen, aber hier Draußen zeigten sie sich nicht so leicht.

Ich ging ohne eine besondere Absicht zur Kirche hinüber. Abgesehen vom gelegentlichen Krächzen einer Krähe kam das einzig andere Geräusch von Bettlaken, die halb gefroren und steif wie Metzgerpapier an einer Leine flatterten. Auf dem Friedhof spielten ein paar Kinder bei den hohen Schneewehen. Sie waren ganz vertieft, ich hörte ihren Singsang: *Wer hat Angst vorm bösen Wolf?* Sie rannten los wie gehetzte Hirsche, nur um von einem Jungen zurückgescheucht zu werden, der einen Hut mit schlackernden Ohrenklappen trug. Ein paar der Kindergesichter waren noch ganz ungeformt, andere bereits argwöhnisch, beinahe grausam. Ein Mädchen in übergroßem Karomantel und ausgelatschten Stiefeln drehte sich um und schaute mir nach. Sie trug eine Wolfsmaske. Sie allein kreischte nicht über die Felder.

Die Kirche war leer. Das Bleiglas war ganz bunt vor dem grauen Tageslicht. Ich ging ein wenig umher, fuhr mit den Fingern über die Lederränder der Gesangbücher, strich mit der Hand über das gewachste Holz der Bänke, bevor ich mich setzte. Ich spürte keine besondere Nähe zu Gott. Ich kam mir nicht auserwählt vor. Niedrig brennende Kerzen flackerten in roten Gläsern. Ein hohes Kreuz in der Mitte. Jesus. Ein dünner, fast nackter Mann. Maria, die von einem Engel beim Lesen unterbrochen wird. Dieser Teil schien mir am lebhaftesten im Gedächtnis geblieben zu sein, dass Maria beim Lesen unterbrochen wird, auch wenn ich die ganze Geschichte kannte.

Ich löste die Hasenpfote von meiner Latzhose und drückte die Krallen in das dicke Bienenwachs der Bank. BRUNO & PEARLY EVERLASTING. Die Kirche war nur eine leere Hülle. Nur ein Haufen Dielen, auch nichts anderes als ein Camp. Nichts Besseres. Ich dachte an Ivy. Dachte mir neue Lebenswege aus. Forschungsreisende. Löwenbändigerin. Filmstar. Und Bruno und ich? So, wie die Schäfer in der Bibel von ihren Wanderungen zurückkamen, voller Neuigkeiten von hier Draußen, dem, was sie gelernt und gehört hatten, so empfand ich Bruno und mich.

Ich zog die zwei Dollar aus meiner Socke und hielt sie eine Weile in der Hand. Morgen würde ich sie Amaël geben. Ich würde sie glatt streichen – die Gesichter sollten in dieselbe Richtung schauen – und sagen: *Die hier sind für dich, von Bruno und mir*. Ich hatte das schon ein paarmal geübt. Dann stand ich von der Bank auf und schüttelte die Kälte ab. Ich schloss die Tür hinter mir, immer noch nicht von etwas Göttlichem erfüllt. Ich hatte nichts mit Glanz berührt.

Der Herzschlag einer weit entfernten Bestie

Später ging ich von der Praxis zurück zum Broken Hill House. Gefrierender Regen glasierte die Straßen; der Glanz ließ die Welt zerbrechlich erscheinen. Im Haus beklagten Loretta und Mr. Nevers, wie kalt es sei. Mrs. Prue sei oben und ruhe sich aus, *ihr brummt mal wieder der Schädel,* sagte Loretta und verdrehte die Augen. Mrs. Prues schnell auftretende Kopfschmerzen kamen regelmäßig dann, wenn die Gäste sie beschuldigten, mit der Wärme knausrig zu sein. Ich fühlte mich einsam und fand, Papas Gewürzkuchen könnte helfen, die Stimmung zu heben, und sei eine gute Ausrede, ein wenig Wärme ins Haus zu bekommen.

Nach kurzer Zeit ging der Kuchen auf und löste sich dann vom Pfannenrand. Ich öffnete die Ofentür mit einem Knarzen und drückte die Finger in die nachgiebige Oberfläche. Ich drehte mich um und sah Ruby Mae, Loretta und Mr. Nevers in der Tür stehen und zuschauen. Ruby Mae, die sich einen Schal wie eine Wahrsagerin um den Kopf gewickelt hatte, ließ die Perserkatze auf den Hinterläufen tanzen und sprechen wie eine Puppe.

»Was ist das denn für ein Rezept?«, fragte Mr. Nevers. »Das ist ja wie … nein, nicht ganz … aber wie …«, suchte er nach Worten, fand aber keine, denn Papas Kuchen war keiner, über den lange gesprochen werden wollte.

»Kann ich das Rezept haben?«, fragte Loretta mit ihren wie dunkle Pflaumen glänzenden Lippen.

»Ich hab keins. Er ist jedes Mal anders.«

»Und Chummy?«, fragte Ruby Mae. Ich kratzte ein paar Reste aus der Pfanne und gab sie ihr in die Handfläche. Vorsichtig machte sie eine Faust darum und rannte dann mit klobigen Schritten ins Wohnzimmer, um sie Chummy anzubieten, der Wache saß.

Das Wetter graupelte gegen die Fenster, wir standen für einen Augenblick zufrieden in der kleinen Küche herum, tranken Tee und aßen Kuchen. Obwohl ich in Gegenwart der Gäste noch immer gehemmt war, brachte ich doch ein paar Worte über Bruno heraus, als jemand an die Hintertür hämmerte. Alle erstarrten, mit dem Kuchen und den Teetassen auf halbem Weg zu den Mündern.

Mrs. Prue, die vom Lebkuchenduft angelockt gerade die Treppe herunterkam, schlurfte in Hausschuhen zur Tür. »Ethel? Du holst dir doch heut den Tod da draußen«, sagte Mrs. Prue zu einer Frau, die wir von unserem Platz am Ofen aus nicht sehen konnten.

»Was? Mein Mädchen?« Mrs. Prues Stimme klang gereizt, als sie die Tür weiter öffnete. »Komm besser rein. Dann klären wir das.«

Eine Frau trat in die Küche und stampfte den Schnee von den Stiefeln. Ein Veilchenduft ging ihr voran. Er stach in die Luft und wollte sich nicht mit den Gewürzen des Kuchens vermischen. Alles an der Frau war mondfarben: graue Haare, trübe, kurzsichtige Augen. Bis auf ihren roten Lodenmantel, wie man ihn sich in den Staaten kaufen würde, und den blutroten Lippenstift. Die Frau, die im Stedmans

Variety die Haarspange hatte mitgehen lassen. Die Fuchsstola mit den toten Augen war verschwunden.

»Tee? Kuchen?«, fragte Mrs. Prue.

Ethel schüttelte den Kopf und sah mich mit ihren kleinen Augen böse an. »Da ist sie ja«, sagte sie und zeigte mit blitzenden Ringen auf mich. »Die hier hab ich aus der Kirche kommen sehen.«

Mrs. Prue schaute zwischen uns hin und her. Die anderen stellten ihre Teller und Becher ab. Ich war dankbar dafür, dass sie in der Nähe blieben.

»Die hier«, wiederholte Ethel, und der Frost auf ihren Worten qualmte durch die Küchenluft. »Dein Mädchen. Die mit dem blauen Auge. Eine ganz gewöhnliche Diebin.«

Ich versteckte mich in dem Wort wie eine Treppe im Keller. Reglos stand ich da und brannte vor Scham. Ich hielt den Blick auf Ethel gerichtet, um herauszufinden, wie tief ihre Bosheit ging. Und sie wiederum suchte nach meinen Schwachstellen. Ich hatte schon solche kennengelernt, deren Bosheit nur oberflächlich war, wie bei einem sturen Hund, der sich durch ein wenig Zuwendung besänftigen ließ. Bei manchen aber ging es bis ins Mark, das hatte ich bei Swicker erfahren. Ich befürchtete, Ethel könnte zu dieser zweiten Sorte gehören.

»Ethel ist wegen irgendeiner Dummheit hier, wie es scheint. Will dich gesehen haben, als du Schmuck verkauft hast und um die Kirche geschlichen bist, Pearly«, sagte Mrs. Prue.

»Hab ich auch«, sagte Ethel fest.

Ich sah zu viele Zähne; zwei Reihen, mit scharlachrotem Lippenstift befleckt.

»Ich hab dich heut Morgen drüben im Little Egypt gesehen, wie du was aus Gold verkauft hast, das nicht deins war, und ich hab dich aus unserm Zelt und unsrer Kirche kommen sehen. Ich hab dich gesehen, und Arty Maillet auch.« Maillet sprach sie englisch aus.

»Arty Maillet?«, schnaubte Mr. Nevers. »Zur Hölle, der Kerl würde dir nicht mal die Ärmel seiner Weste geben.«

Etwas in mir löste sich. »Nein, Ma'am«, sagte ich. »So was hab ich nicht getan.«

»Prediger Ichabod hat mir erzählt –«

»Wer ist denn Prediger Ichabod?«, fragte Mrs. Prue. »Wie der arme Kerl aus der Geschichte? Der kopflose Cowboy?«

»Prediger Ichabod aus dem Zelt Davids natürlich«, schnappte Ethel und wies in Richtung der Erweckungskirche unterhalb des Hauses.

»Was hast *du* denn bei den Holy Rollers zu suchen gehabt?«, fragte Mrs. Prue.

»Ich? Nun, ich habe dort mitgeholfen, und die hier, hat mir Prediger Ichabod streng vertraulich erzählt, die hier ist einfach ins Zelt spaziert und hat ihm die Kette geklaut.«

»Wie ein Bankräuber?«, fragte Mr. Nevers.

»Nein, nicht wie ein Bankräuber. Ichabod hat die Kette zum Predigen abgenommen und neben seine Bibel gelegt. Beides von seiner lieben verstorbenen Mutter. Und die hier ist da rumgeschlichen und hat sie geklaut, als wir gesungen haben. Priester Ichabod hat sie gesehen. Und ich hab gesehen, wie sie sie verkauft hat und wie sie aus der Kirche gekommen ist. Unserer Kirche.«

Mrs. Prue lehnte an der Arbeitsplatte. »Deine Kirche und dein Zelt?«

Ethel winkte mit erneut aufblitzenden Ringen ab. Ich dachte an die kalte Stille der Kirche, die angekrochen kam und an meinen Ärmeln und Konturen schnüffelte. Ich dachte an meine zwei Dollar. *Amaël, die hier sind für dich, von mir und Bruno*. Würde sie mir die jetzt wegnehmen? Ich dachte an Swicker – ein kriechendes, ein schleichendes Wort, noch im Tode. Polizei. Gefängnis. Mord. All das Blut. Mein Herz hinter meinen Ohren, hinter meinen Augen. Konnte es sich selbst zu Tode schlagen?

»Ich führ hier keine Räuberhöhle, Ethel, ich hoffe also, du hast Beweise, bevor du meine Leute beschuldigst, dass sie uns Sachen vor der Nase wegklauen. Pearly ist ein hart arbeitendes Mädchen.« Sie sah Ethel streng an. »Was hast du überhaupt beim Little Egypt gemacht?«

»Ich? Ich bin nur spazieren gefahren, das ist ja wohl nicht verboten. Du weißt, wie manche von diesen Campleuten sind«, sagte Ethel, sah sich im Zimmer um und lenkte alle umherstreifende Aufmerksamkeit auf sich. »Ohne Kirche. Und leben auch noch mit Bären. Man stelle sich das mal vor!«

»Also, Augenblick mal. Ich hab vor dem Krieg selbst ein paar Jahre in den Camps gearbeitet«, sagte Mr. Nevers mit einigem Stolz. »Und ich hab dort nur Menschen getroffen, die in harten Zeiten hart gearbeitet haben. Sie beschuldigen –«

»Ohne Kirche«, wiederholte Ethel.

Mrs. Prue verdrehte die Augen. »Pearly, warst du heute in Ethels Kirche und in Ethels Zelt, und hast du eine Kette verkauft, die Priester Bob –«

»Ich-a-bod. Priester Ichabod«, kreischte Ethel.

»Ja, Mrs. Prue, aber ich hab nichts gestohlen, und er ist gar kein richtiger Prediger. Nur so ein Wanderprediger. Ich bin ihm schon mal begegnet, an einem Lagerfeuer. Er hatte sich das ganze Gesicht mit heiligem Dreck eingeschmiert und …«, ich schaute allen fest in die Augen, denn ich wusste ja, wie seltsam sich meine Geschichte anhörte, »… und die Kette hat meiner Mutter gehört. Und die hat sie vererbt bekommen bis hinunter zu meiner achten Großmutter Slaywrock.«

Mr. Nevers dachte einen Augenblick darüber nach. »Na, das ist aber eine Geschichte«, verkündete er.

Ich beließ es bei meiner Erklärung. Vor meinem geistigen Auge sah ich, wie ich aus Bracken gejagt wurde und Bruno immer noch in Amaëls Praxis saß und gesundete und auf mich wartete. Ich spürte, wie mein Gesicht heiß wurde, war dankbar für das Halbdunkel in der Küche und sagte schnell: »Ich hab nichts genommen. Ich bin, ich bin nur hin …«

»… um zu beten oder deine Gedanken zu hören. So wie jeder das von Gott gegebene Recht hat«, beendete Mrs. Prue den Satz für mich. »Also, Ethel, warum setzt du dich nicht und isst ein Stück von Pearlys Kuchen und trinkst eine Tasse Tee, und wir klären das Ganze?«

Ethel hielt noch eine Weile die Stellung, dann gab sie nach, warf die Stiefel von sich und schlurfte zu dem kleinen Tisch, an dem Mr. Prue jeden Morgen sein Frühstück aß. Wie aufs Stichwort kam Mr. Prue herein, stampfte sich den Schnee von den eigenen Stiefeln und wischte ihn sich von den Hosenaufschlägen.

»Dorfversammlung, hm? Wen steinigen wir heute?«,

fragte er und sah uns über seine beschlagenen Brillengläser hinweg an.

Alle standen da mit ihrem kalten Tee und schwiegen. Ich war allein in meinem Kopf. Losgelöst.

»Ethel behauptet, Pearly hat die Kirche bestohlen und geklaute Halsketten verkauft«, sagte Mrs. Prue.

»Ah, Plünderung der Einheimischen? Da wär sie ja nicht die Erste«, sagte er. Er streckte die Hand aus wie ein Blinder und berührte jeden einzelnen Gegenstand, bis er die Zuckerschale und den kleinen dazugehörigen Löffel fand. Er rührte für ein paar Sekunden im Tee, dann drehte er sich zu Ethel um. »Ich sehe, du trägst die hübsche neue Brille nicht.«

Ethel fuhr sich mit den Fingern übers Gesicht. »Nein, Alwyn. Die hab ich gestern im Gemeindehaus liegenlassen, als wir für die Heirat der kleinen Whitcome geschmückt haben.«

»Ja«, sagte er und nahm ein Stück Kuchen in die staubige Hand. »Könnt schwer sein, zwei Mal an einem Tag einen Meisterdieb zu erspähen, hm?«

Ethels Aufmerksamkeit strich durch das Zimmer; ihre Wangen waren so rot, als würde sie Fieber bekommen. »Ich weiß, was ich gesehen hab.«

»Aber sicher«, sagte er. »Meine Güte, dieser Kuchen ist wirklich gut. Hast du den gemacht, Pearly? Auch noch eine Meisterköchin.«

Ich nickte, wollte nicht gesehen werden.

»Wirklich gut«, wiederholte er. »Also, Pearly, jetzt, wo du den Richter und die Geschworenen des Ortes kennst, hast du noch was zu deiner Verteidigung zu sagen?«

»Aber, Mr. Prue«, klagte Mrs. Prue. »Das ist doch keine Art –«

»Jetzt ist Pearly Everlasting dran, Mutter Prue, und das ist nur recht ... Ach, was trug denn der Meisterdieb, als er die Gemeinde ausgeraubt hat, Ethel?«, fragte Mr. Prue und nahm sich noch ein Stück Kuchen.

Ethel dachte einen Augenblick nach. »Einen roten Mantel, Wollhose und schwarze Mütze.« Ihr Unterkiefer mahlte, und sie musterte mich streng. Von oben nach unten. Von oben nach unten.

»Klingt für mich nach dem ganzen vermaledeiten Ort.«

»Ich weiß, was ich gesehen hab, Alwyn«, wiederholte Ethel.

»Ich dachte, ich hätte Harold oder Gerald heute in ihrem neuen Auto da herumdüsen sehen«, fuhr Mr. Prue fort. Ich fragte mich schon, ob er wohl ein Nickerchen brauchen würde, nachdem er in so kurzer Zeit so viele Wörter gesagt hatte. »Schick, der Wagen.«

»Ich hab auch einen von beiden gesehen«, warf Loretta ein. »Kann sie nicht auseinanderhalten, aber einer von den beiden kam von der Fabrik heruntergeschossen, in genau solchen Klamotten.«

»Na und? Meine Jungs sind gute Jungs. Es gibt kein Gesetz dagegen, durch die Gegend zu fahren. So sind Jungs nun mal. Und die Fabrik gehört uns schließlich.«

Es fühlte sich an, als würde das ganze Zimmer darüber feixen. Ich hatte zwar keine Ahnung, wer Harold oder Gerald waren, aber ich nahm an, dass sie zu Ethel gehörten und einen gewissen Ruf genossen.

Ethel blickte zwischen den anderen umher – jetzt fühlte

sie sich in die Ecke gedrängt –, und was sie sagte, war halb gezischt, halb gemurmelt. »Kleidet sich wie so ein Hinterwäldler«, sagte sie und versuchte, ein wenig von ihrem Vorteil zurückzugewinnen. »Bestimmt eine kleine Miss Tut-was-ihr-gefällt. Stecken bis zum heidnischen Hals in Bäumen und sonst nichts. Möcht gar nicht erst drüber nachdenken, was die in diesen Camps so treiben.«

Ich sah mich aus ihren Augen da stehen wie ein Dummkopf, mit Gabel, Teller, einem halb gegessenen Stück Kuchen, das mir in der Kehle steckte. Genau so hatte Swicker mich und Bruno angeschaut. Der Raum schloss sich um uns.

»Ich hab Sie gesehen, Sie alte Schrulle. Ich hab gesehen, wie Sie bei Stedmans eine Haarspange gestohlen haben!«

Ich wartete darauf, dass die schwarzen Sterne vor meinen Augen verschwanden, und das Herz in meiner geballten Faust pochte den Takt. Sie fummelte an etwas in ihrer Tasche herum, und ich fragte mich, ob die kleine Spange immer noch dort drin war.

»Also, was für ein Mundwerk«, sagte Ethel. »Dabei hab ich nur was Hübsches für Lucilles kleines Mädchen gekauft. Sie muss seit Wochen das Bett hüten. Hat was an der Lunge. Ich hab ihr nur was Hübsches gekauft.« Wieder dieses fürchterliche Grinsen.

»Ist nicht verboten, Ethel«, sagte Mrs. Prue. Sie räumte Teller und Gabeln zusammen und tat ganz so, als wäre etwas beendet. Ich half ihr dabei, alles zur Spüle zu tragen.

»Du kümmerst dich um den Abwasch, und ich mach die Wäsche fertig, Pearly«, sagte sie und nahm das Bügeleisen, schwer wie ein Amboss, vom Ofen. Ich hörte, wie sie hinausging, ihre Pantoffeln schlurften über das rissige Linoleum. Ich hörte, wie Loretta ging, wie Mr. Nevers ging, wie Mr. Prue seine Pfeife nahm und den alten Tabak aus dem Kopf klopfte. Ich drehte Ethel den Rücken zu, doch ich konnte die Gehässigkeit spüren, die sie ausstrahlte, und ihren Blick, der sich in die kleinen Knochen in meinem Nacken bohrte.

Schließlich stand sie auf. »Das hier ist noch nicht erledigt, Fräulein. Der Pfarrer wird davon hören. Und dann die Polizei.« Dann sagte sie noch etwas, eine Mischung aus Französisch und Englisch, das sich für mich wie eine Beschwörung anhörte, aber nur für Mr. Prue bestimmt war, der immer noch fest an seiner Pfeife zog.

»Schön, dass du vorbeigekommen bist, Ethel«, sagte er, dann schlug die Hintertür so fest zu, dass Schnee vom Verandadach fiel.

»Ein harter Knochen, diese Frau, Pearly«, sagte Mr. Prue in die Stille nach Ethels Abgang. »Immer auf dem hohen Ross. Sie war schon bei den Lutheranern, den Vereinten, den Heiligen der Letzten Tage drüben in Joli-Rocher, ich glaube, die Presbyterianer mussten sie eine Weile ertragen und noch ein paar andere, die Holy Rollers eingeschlossen. Womit ich sagen will, sie ist nicht gerade wählerisch.«

Ich nickte und drehte mich wieder zur Spüle um. Tränen brannten rau in meiner Kehle. Hinter mir öffnete und schloss sich die Tür ein zweites Mal.

Mrs. Prue kam wieder in die Küche geeilt. »Weiß Gott allein, wie diese Frau alle aufbringt«, murmelte sie und schaute Ethels drahtiger Gestalt hinterher, die den Gehweg entlangmarschierte, wo der Schnee sie wieder in Empfang nahm. »Dabei sollte ich es wissen.« Sie machte sich daran, die Reste unserer kleinen Teegesellschaft einzusammeln. »Und wo ist jetzt der Zuckerlöffel hin?«

Mr. Prue lachte. »Diese Ethel. Die sollte man beim Reinkommen wiegen und beim Hinausgehen.« Er zwinkerte mir zu, wickelte ein weiteres Stück Kuchen in Wachspapier und steckte es sich in die Tasche der Arbeitsjacke. »Erinnert mich an diese scheckige kleine Ziege, die wir mal hatten. Die die Polsterung aus den Sitzen des alten Ford vom Nachbarn gefressen hat, weißt du noch, Minnie?«

Mrs. Prue musste ein Grinsen unterdrücken. »Es reicht, Alwyn«, mahnte sie.

Nachdem er wieder hinaus zu seiner Werkstatt gegangen war, hörte Mrs. Prue auf herumzuhantieren, und drehte sich zu mir um. »Ich bin stolz auf dich, Fräulein. Dass du Ethel die Stirn geboten hast«, sagte sie, nicht ohne Sanftheit in der Stimme. »Sie ist gehässig. Aber wenn du sagst, die Kette war deine, dann ist es auch deine Sache, ob du sie verkaufst. Das geht sie nichts an.«

»Ich hab gesehen, wie sie bei Stedmans gestohlen hat.«

»Na, das ist kalter Kaffee, aber pass auf. Wenn sie in die Ecke gedrängt wird, kann sie böse werden.«

»Was macht sie dann?«

»Oh, sie macht dich im ganzen Ort schlecht. Sie ist so falsch wie nur was.«

»Woher wissen Sie das?«

Sie schwieg für ein paar Sekunden und seufzte dann. »Sie ist meine Schwester.«

»Aber Sie … Sie haben noch nie …«

Und dann erzählte sie mir von Ethel Broade. Dass der

Familie von Ethels Mann die Axtfabrik gehörte, deren Turbinenrad Wasser aus dem Frederick Stream schöpfte und es dann wieder hineinschüttete, dass es so laut donnerte wie der Herzschlag einer weit entfernten Bestie.

Die Fabrik gehörte den Broades seit 1905, als sie das Gebäude der stillgelegten Bug Death Chemical Company gekauft hatten. Im richtigen Licht konnte man das Wort Death vom alten Schild noch immer durch das neue leuchten sehen, das mit seinen scharfen Kanten und dem goldenen Rand oft das Nachmittagslicht einfing und biblisch über die Fabrikfront abstrahlte.

»Ich hab für diese Leute nichts übrig und sie nichts für mich«, sagte Mrs. Prue und schüttelte Krümel von ihrem Tuch in die Spüle. »Ethel hat da eingeheiratet, sie wird sie nicht mehr los. Außerdem sind wir Schotten, Pearly, das heißt, wir klüngeln. Und sind sehr nachtragend. Wenn ich als Letzte sterbe, hab ich gewonnen.« Sie reichte mir noch einen Teller. »Und jetzt erzähl mir doch mal, wie es deinem Bären so geht.«

Und mir nichts, dir nichts wurden Mrs. Prue und ich so was wie Freundinnen. Ich erzählte ihr, dass ich Mamas Kette verkauft hatte, um für Brunos Pflege zu bezahlen, wenn auch nicht, warum ich sie überhaupt gehabt hatte. Ich erzählte ihr von Brunos guten Tagen und ein wenig von seinen schlechten. Ich zeigte ihr die zwei Dollarscheine und hoffte, das würde sie davon abbringen, die Polizei zu rufen, sollte sie daran denken. Und dann fragte ich sie, wo ich wohl Melasse, Marmelade und Äpfel kaufen könne.

»Wo kriegt man so was?«

»Bei A & P, wie alles andere auch. Warum?«

»Wo ich die Bohnen gekauft hab?«

»Ja.«

»Krieg ich das alles für vierzig Cent?«

»Warum denn vierzig?« Sie reichte mir den letzten Teller.

»Das habe ich mir hier von der Arbeit gespart. Bruno frisst immer noch nicht richtig, also dachte ich, ich kaufe ihm seine Lieblingssachen.«

»Aber hast du das nicht für die Stiefel gespart, die du bestellen willst?«

»Ich kann ja wieder sparen.«

Sie seufzte. »Ach herrje, jetzt fütter ich auch noch einen Bären durch.« Sie humpelte zur Speisekammer hinüber, nahm Melasse und ein Glas Erdbeermarmelade heraus.

»Du behalt dein Geld«, sagte sie und gab mir die Gläser. »Das wirst du noch brauchen.«

Ein Fremder war unterwegs

Am Tag nach Ethels erbaulichem Besuch beschloss ein Mister River-end Michaels, zum Broken Hill House zu kommen und mit mir, dem Mädchen von weit her, zu reden. Er war ganz Geschäftigkeit und polierte Schuhe und erklärte, er wolle gern seinen besonnenen Rat anbieten und dass sein Besuch nur wenig mit Tafelsilber und noch weniger mit Gott oder dem Zelt Davids zu tun habe. Er beabsichtige lediglich, mit eigenen Augen zu sehen, wie *ein* Mädchen so viel Wut in einer Frau zum Kochen bringen konnte, die aus nichts anderem bestand.

»Vielleicht schließen wir besser die Vorhänge«, schlug er vor, als er in der schummrigen Küche stand und mich verlegen anlächelte.

»Pearly, zieh sie zu, dann gibt's für Zaungäste nichts zu sehen«, sagte Mrs. Prue und übernahm sanft die Kontrolle.

»Also, Pearly«, sagte er, als wir alle um den Tisch saßen. »Ich bin Reverend Michaels. Ich habe gehört, du kommst von einem Berg ein ganzes Stück entfernt von hier.«

»Ja, River-end. Vom Greenlaw Mountain«, sagte ich mit meiner braven Stimme. »Wir sind Bergadel.«

»Reverend heißt das«, korrigierte Mrs. Prue.

»Hab ich doch gesagt«, flüsterte ich.

»Also, das sind bestimmt drei, vier Tage zu Fuß, bei

gutem Wetter«, fuhr er fort. »Ein paar wirklich einsame Meilen.«

»Ich hab ja Bruno«, sagte ich. »Und gute Schneeschuhe. Von den Paul-Brüdern gemacht.«

River-end Michaels nickte und wackelte weiter mit dem Kopf, und ich musste an eine Strauchkiefer denken, in die der Wind gefahren ist. »Die Prues sind sehr freundlich gewesen, dir Arbeit und Unterkunft zu geben. Und wie ich höre, kümmert sich der Tierarzt um dein Haustier, deinen Bären?«

»Ja, Sir. Aber er heißt Bruno, River-end. Er ist mein *Bruder,* und wir wollen, sobald wir können, wieder heim in den Wald.«

»Darf ich fragen, warum du so von ihm denkst? Bruno?«

»Er und ich sind zusammen aufgewachsen, und er hütet all meine Geheimnisse und ich all seine«, antwortete ich, auch wenn ich es langsam leid war, das den Leuten hier Draußen erklären zu müssen und dieser River-end immer noch mehr wissen zu wollen schien, noch mehr und noch mehr.

»Wenn Sie wegen der Kirchensache hier sind, ich hab nicht –«

»Das weiß ich, Pearly. Ich hab dich aus der Kirche kommen sehen. Du hast nicht ausgesehen, als wärst du schwer beladen gewesen. Ich bin wirklich nicht hier, um über all das zu sprechen, aber …«, sagte er und lächelte ein wenig. »Ich würde dir gern helfen, wenn ich kann. Wenn du in Schwierigkeiten steckst, zum Beispiel, oder … oder dir Sorgen machst wegen Mrs. Broade und dieses Schlitzohrs von Wanderprediger und ihrer Anschuldigungen.«

»Ethel Broade weigert sich, in irgendeinem anderen Licht gesehen zu werden als ihrem eigenen«, sagte Mrs. Prue und stellte einen Becher Tee und ein Stück von meinem Kuchen vor den River-end.

Der versuchte weiter, meine Geschichte aus mir herauszubekommen. Wie war ich in Bracken gelandet? Wie konnte ein Bär mein Bruder sein? Wie konnte ein Mädchen im Winterwald überleben? Wie gegen wilde Bären kämpfen? Wie? Wie? Wie? Wie? Immer so fort. Er musterte mich eingehend und sagte dann etwas, das klang wie »bring uns Leid und bitt're Kümmernis«.

Ich wusste nicht, was ich darauf sagen sollte, also saß ich eine Weile stumm da, mahlte mit den Zähnen und ließ die Fingerknöchel knacken, wie Ansell es machte. »Ein paar Männer daheim mochten Bruno nicht.«

»Und die Kette?«

Ich ließ wieder einen Knöchel knacken. »Die gehört mir. Schon immer.«

Die beiden langen Bughölzer an Mrs. Prues Stuhl knarzten, während sie vor und zurück schaukelte, vor und zurück, im Takt der laut tickenden Küchenuhr.

»Und du bist sicher, dass du nicht in Schwierigkeiten steckst?«, fragte sie und sah mich fest an. »Uns kannst du es sagen.«

Sie hatte die Perlenkette angelegt, die ihr eine Tante aus Neuengland geschickt hatte und die sie ihre Mississippi-Flussperlen nannte, dabei waren es nur mit Fischschuppen und Öl bemalte Glasperlen. Sie war nach oben geeilt, sobald sie den Wagen des River-ends in der Einfahrt hatte keuchen hören. Die Perlen juckten in der Hitze des

Kohlenofens, der nur brannte, weil der River-end gekommen war. Sie zupfte an den Perlen, wenn sie glaubte, dass es niemand merkte.

Ich sah den River-end an. »Kann Ihr Gott machen, dass es Bruno besser geht, River-end?«

Ich sah, dass die Frage ihn mehr erschütterte, als er sich anmerken lassen wollte. »Nun«, sagte er, »wir könnten beten und –«

»Beten!«, sagte ich wütend, denn die Antwort kannte ich schon. »Wenn das alles ist, wozu Gott gut ist, dann kann ich ihn nicht brauchen.«

Statt dagegenzuhalten, wie ich erwartet hätte, verstummte er neben dem Ofen und pickte kleine Stückchen von seinem Kuchen. Die Perserkatze saß auf dem Boden neben dem Feuer. Er hatte ihr ein eigenes Stückchen abgegeben, und sie hatte sich auf den Webteppich vor dem Kohlenfeuer gelegt, knetete an den Maschen und schnurrte wie ein kleiner Motor. Mit dem Rücken zum Feuer, was hieß, dass noch ordentlich Schnee fallen würde. Und dann drehte sie ihre Pfoten in Richtung Feuer, was hieß, ein Fremder war unterwegs.

Ein dünnes Irgendwas, aber immerhin

Ich muss mich erst noch um die hier kümmern«, sagte sie und legte die Hasen auf die Arbeitsplatte. Sie hängte ihren Wollmantel an einen Haken hinter der Tür und tat dann mit Ansells Jacke dasselbe. Sie zog ihre Stiefel aus und schlüpfte in ein Paar rehlederner Mokassins mit Stulpen. Ansell setzte sich im nachmittäglichen blauen Schein in einen muffigen, dick gepolsterten Sessel. Er sah zu, wie sie das Feuer in dem alten Ofen mit seiner rot geziegelten Feuerstelle anschürte und die Hasen mit sanftem Griff auf der Arbeitsfläche anordnete. Sie war groß und bewegte sich, als sei sie aus Wasser. Was war das Wort dafür? *Gertenschlank*. Er mochte das Wort, und er mochte es, ihr zuzuschauen, wie sie sich trotz seiner Anwesenheit konzentriert ihrer Aufgabe widmete. Der Hund legte sich auf eine Decke neben dem Ofen, schaute Ansell aber unverwandt an. Ansell beobachtete ihn, wie der Hund ihn beobachtete.

Er sah sich im einzigen Zimmer der kleinen Hütte nach Anzeichen dafür um, dass noch jemand hier lebte, mit ihr. Aber der Raum wirkte ihr Eigen. Sie strich mit der Hand über die beiden rotfleckigen Hasenfelle und zog dann die Bälge von den schlanken Körpern. Mit einem Filiermesser schlitzte sie die Bäuche auf, griff hinein wie in einen Beutel und schaufelte die dunkelvioletten Eingeweide heraus, ließ sie in eine Schüssel glitschen, dann brach sie Fleisch und Knochen auf.

Bei dem Geräusch drehte sich Ansells leerer Magen um. Sie stellte die Schale auf den Boden, und der Hund kam herüber und machte sich über die Innereien her. »Wenn ich die Knochen erst koche, bricht sie sich einen Zahn daran ab. Bis auf die, die das Gewicht tragen. Die sind dann zu spröde für sie.«

»Hm-hm. Ich bin übrigens Ansell.«

»Anastasia.«

»Anastasia? Ist das dein richtiger Name?«

Ansell bedauerte den Ton seiner Stimme, aber der Tag, die Feuchtigkeit, die Entscheidung, mit leeren Händen zurück ins Camp zu gehen, hatten eine ungewohnte Stimmung in ihm ausgelöst. Er musste weitersprechen, damit seine Gedanken sich nicht an dem Hund stießen, der neben ihm die Weichteile im Ganzen herunterschlang.

»Nein, aber er gefällt mir, und wir leben in veränderlichen Zeiten. Wir denken doch ständig ans Danach, oder?«

Sie schnitt ein Stück Speck ab und bräunte es an. Dann gab sie die zerlegten Hasenteile mit gehackten Zwiebeln und Wasser in einen Topf und legte einen Deckel darauf. »Gleich mache ich noch eine Soße.« Sie schaute in einen Tontopf. »Ich habe noch etwas *soupe à n'importe quoi*, wenn du schon Hunger hast«, sagte sie. »Irgendwas-Suppe. Ein dünnes Irgendwas, aber immerhin …« Sie wärmte den Topf auf, und bald roch es im Zimmer nach Zwiebeln und Wurzelgemüse. Sie gab ihm eine Schüssel voll, dazu eine dicke Scheibe Haferbrot, das vor Melasse glänzte. Der Hund bekam ein kleineres Stück, ebenfalls mit Aufstrich.

Auf dem Fensterbrett über der Spüle stand eine Reihe geschnitzter Pferde. Auf einem niedrigen Tisch eine weitere geschnitzte Figur. Ansell ignorierte den finsteren Blick des Hundes und nahm sie in die Hand: ein Bär mit einem kleinen roten Häkelschal um den Hals.

»Hab ich erst vor ein paar Tagen geschnitzt. So einer lief hier herum, merkwürdig war das«, sagte sie und wischte mit ihrem Stück Brot durch die Melasse auf ihrem Teller. »Ich wünschte, es gäb Pastete«, seufzte sie.

»Wie war das? Mit dem Bär?« Das Blut pochte Ansell in den Ohren.

»Ach ja. Ich kontrolliere gerade meine Fallen und, es war wirklich ungeheuerlich, ich schau auf – na, Sheba war die Erste –, ein tiefes Brummen und Knurren. Ich schau also auf, und da, ein Stück im Wald, wo der Schnee zwischen den Bäumen tiefer liegt, seh ich einen Jungen in einem roten Mantel, und dann seh ich, dass neben ihm ein Bär geht, mit einem leuchtend roten Schal.« Sie nickte zu dem geschnitzten Bären in Ansells Händen hinüber. »Wie aus einem Märchenbuch. Ich hab gerufen, aber sie haben mich nicht gehört. Gingen einfach weiter, also, auf Schneeschuhen, durch diesen ganzen tiefen Schnee. Und der Junge …« Sie hielt inne und leckte sich Melasse vom Daumen. Das Nagelbett ganz dunkel vom Hasenblut. »Der Junge, mein Ernst, war ganz ins Gespräch vertieft mit dem Bären.«

Ansell atmete aus. »Wohin sind sie gegangen?«

Als sie alle seine Fragen beantwortet hatte, bemerkte Ansell verwundert, dass es schon fast dunkel war. Eis zischte an den Fensterscheiben. Sie lud ihn ein zu bleiben, und er willigte ein.

Diese Art Wut auf die Welt

Sie sahen nicht gleich aus, aber doch recht ähnlich. Die Jungs vom Happy Birthday. Einer trug eine Brille mit Silbergestell. Einer ein Klappmesser in einer rehledernen Scheide am Gürtel, auch wenn er nur selten Grund hatte, es zu zücken. Sie kleideten sich wie Männer in weit entfernten Städten, Männer, die viel älter waren als sie mit ihren knapp zwanzig Jahren. Es erinnerte ans Kino, die Art, wie sie ihre Homburgs schräg über einem Auge trugen; die meisten Männer in Bracken trugen Schiebermützen oder solche mit Ohrenklappen. Alle in der Stadt nannten sie hinter ihrem Rücken die Musketiere der Pig Alley oder, weniger anschaulich, einfach nur die Zwillinge.

In ihrem lärmenden Nash Special Six, einem kastenförmigen Coupé in der Farbe roher Leber, waren sie allgegenwärtig. Als ich den Wagen das erste Mal sah, musste ich an ein Tier denken, das auf ein Feld oder in einen Sumpf gehörte. Er strich durch die paar Straßen von Bracken, schoss, klapperte und lärmte den Hügel zu ihrem Haus hinauf oder in die andere Richtung, zur Axtfabrik.

Beim ersten Mal blieb ich stehen, weil ich dachte, sie wollten nach dem Weg fragen. Die beiden hatten sich offensichtlich bereit gemacht für diese Begegnung und Gesichter aufgesetzt, die sie für bedrohlich hielten und zweifellos im

Kino gelernt hatten. Sie waren nicht gut aussehend, und ihre Gangsterallüren stellten ihre Schlichtheit nur noch deutlicher heraus. Der eine war lang und schlaksig, der andere hatte einen Stiernacken; beide hatten sie breite Nasen, ein fliehendes Kinn und blasse Gesichter mit dunklen Augenringen, zu schmale Oberlippen und klobige, pferdehafte Zähne. Beide atmeten sie durch den Mund und hatten etwas von einer Ziege an sich; etwas Wuchtiges, Unintelligentes, das sie zu viel reden ließ. Um sich schlau zu geben.

Nach einer Weile lernte ich, dass ihre Abstammung von der einzigen begüterten Familie des Ortes sie den anderen Jungen in Bracken entfremdete und ihr unausgesprochenes Los als Erben der Axtfabrik dafür gesorgt hatte, dass sie über die Jahre immer mehr auf die Gesellschaft des jeweils anderen angewiesen sein würden. Sie waren im Ort dafür bekannt, dass sie sich gegenseitig unaufhörlich schlechtmachten; oft dehnten sie ihren Unmut auch auf weitere Familienmitglieder aus. Doch wehe, jemand sagte etwas Böses über Harold zu Gerald oder über Gerald zu Harold, dann standen sie Rücken an Rücken. Wenn ein Junge sich mit einem von ihnen anlegen wollte, dann musste er gegen beide antreten. Sie waren sehr nachtragend und hatten deshalb beschlossen, dass ihre Mutter – eine Frau, der sie besonders abgeneigt waren – ihre Loyalität gegen das merkwürdige Mädchen aus den Wäldern verdiente. Später meinten manche, es sei genau diese Gehässigkeit gewesen, die den Zwillingen zum Verhängnis wurde; warum geschah, was geschah.

Weil Geräusche sich dort Draußen, außerhalb der dunklen Geometrie der Wälder, anders ausbreiteten, schätzte ich die Entfernung falsch ein, als ihr Wagen auf meinem Weg zur Praxis das erste Mal neben mir hielt. Er wurde langsamer, bis ich den feinen Schotter unter den Rädern knirschen hörte. Ein kurzes Stück vor mir blieb der Nash stehen und wartete. Es war das einzige neue Auto im Ort, aber ich konnte sehen, dass Stoßfänger und Kühlergrill auf der rechten Seite jetzt schon eingedellt waren und zwei der Speichen Macken hatten. Ich hatte Mr. Prue vor ein paar Tagen darüber klagen hören, wie die Zwillinge ein Pferd mit Karren überholen wollten. Sie waren zu dicht vorbeigefahren, und das Pferd hatte dem Wagen einen Tritt verpasst und sich aus den Strängen gerissen.

»Ethels zwei Jungs rasen mit ihren Krötenlederhüten wie die Irren um die Pferde rum. Man sollte die beiden wegbringen und erschießen«, hatte er über seinem ziehenden Tee gesagt.

»Willst du mitfahren?«, fragte der mit der Brille; er ließ seinen Arm aus dem Fenster baumeln, und zwischen den Fingern qualmte trotz der Kälte eine Zigarette.

Der Fahrer trommelte mit den Daumen auf das Lenkrad aus Walnuss und starrte auf die leere Straße hinaus.

»Konnte von hinten gar nicht sehen, was du bist«, fuhr der auf dem Beifahrersitz fort. »Junge, Mädchen, Junge, Mädchen. Verflucht, hast uns ganz schön verwirrt.«

Ich ging unter den durchhängenden Telefonleitungen weiter und hörte den Wind darüberstreichen. Ich ging vorsichtig und hielt mich an den Straßenrand, für den Fall, dass ich in Stücke zerfiel. Ich wusste, hier Draußen war meine Kleidung etwas, dessen ich mich schämen sollte. Ich wusste, wie ich aussah, ich hatte seit meiner Ankunft ja schon andere gesehen, die mich musterten: rauf und runter rauf und runter rauf und runter. *Dreckige kleine Waldratte.* Aber das gab ihnen keinen Grund, gemein zu sein.

»Wir haben gehört, dass du Geschichten über unsere liebste Frau Mutter in die Welt setzt«, rief der auf dem Beifahrersitz über den Motor hinweg. »Dass sie nichts als eine Diebin wär. Das sagt ja wohl die Richtige.«

Ich ging weiter durch den Schneematsch, und Nässe drang durch meine zwei Paar Wollsocken. Ich grub die Hasenpfote ins Fleisch meiner Handfläche. Vor meinem geistigen Auge wuchsen mir ein dichtes Unterfell und Schutzhaare – eine ölige Schicht gegen die Feuchtigkeit um mich herum.

»Vielleicht sollte jemand eine Kugel in deinen Bären da jagen, hm? Dir mal ne Lektion erteilen.«

Ich biss mir so fest auf die Unterlippe, ich hätte geschworen, das Blut bedeutete, dass neue Zähne durchkämen.

»Gibt's ein Problem?«, rief Amaël vom Eingang des Futtermittelgeschäfts herüber. Er hielt einen Teddybären und ein neues Paar Lederhandschuhe in den Händen. »Irgendwas, das ich wissen müsste?«

Warum hielt er diesen blöden Bären in der Hand? Ich schaute auf meine Schnürsenkel und schüttelte den Kopf. Nein. Kein Ärger.

»Nein? Dann düst ihr zwei mal besser ab nach Hause.«

Der Zwilling auf dem Beifahrersitz johlte. »Ist das dein neuer Freund?« Er blökte fast vor Lachen.

Der Zwilling hinterm Steuer drückte aufs Gas, und Matsch bespritzte meine Hosenbeine. Im Wegfahren brüllten sie ein Wort, das ich nicht kannte. Als ich mich zu

Amaël umdrehte, war er rot im Gesicht. Er zuckte mit den Schultern und lachte verloren. »Alles in Ordnung, Pearly?«

»Ja«, sagte ich. Ich wollte nicht darüber reden.

Er sah mich eine ganze Weile prüfend an. »Haben die das schon mal gemacht?«

Ich kam mir blöd vor, mich mit ihm zu unterhalten, wie er das Spielzeug in Händen hielt. Ich wartete, bis das Brummen des Autos verklungen war. »Wozu ist das denn?«

»Für Bruno.«

»Bruno?«

»Ja, ich dachte, dieser Teddybär könnte ihm im Käfig Gesellschaft leisten, und die hier« – er wedelte mit den Lederhandschuhen – »sind für mich, wenn Bruno beschließt, richtig wach zu werden.«

Ich hielt das alles für Geldverschwendung, aber mir gefiel der Gedanke, dass Bruno mit etwas Weichem schlafen würde. Amaël reichte mir den Teddy, um ihn zur Praxis zu tragen. »Ich hab so einen noch nie in der Hand gehabt.«

»Du hattest nie einen Teddybären?«

»Nicht so einen. Ich hatte einen Sockenbären und einen echten Bären.«

Er lachte. »Ja, du hast einen echten Bären!«

»Wir werden ihn nicht mitnehmen können, wenn wir gehen«, sagte ich und hoffte, seine Gefühle nicht zu verletzen.

Er nickte und lächelte. »Schon in Ordnung, Pearly. Das ist nur für jetzt.«

»Okay«, sagte ich. »Nur für jetzt.«

»Ich hab eine Überraschung für dich«, sagte Amaël im gedämpften Licht der Praxis und reichte mir etwas Schlangenartiges.

»Was ist das?«

Er steckte mir die Enden in die Ohren und führte mich zu dem schlafenden Bruno. Ich kniete mich hin, und er legte das flache Ende auf Brunos Brustkorb. Ich hatte schon gesehen, wie Amaël das machte, war aber nicht auf die Idee gekommen zu fragen, ob ich auch mal hören durfte.

»Ich bin mit dem Feuerwehrpferd draußen«, sagte er, drückte mir die Schulter und ging.

Und dann. Große Geräusche. Nur durch eine Haut getrennt. Ich lauschte, wie sich in Bruno Saiten dehnten und kreuzten. Seine Pfade klangen und führten uns in die Wälder und zu den Gerüchen zurück: eine Andeutung von Mäusen in der Ecke eines Schuppens, die gähnen und sich dann im feuchten Stroh umdrehen. Handöl auf einem Türknauf. Tote Asseln, die in Dielenritzen stecken. Wirbelnde, aufsteigende Nachtluft. Essig, der in Gurkenhaut eindringt. Menthol auf Zungenbiss. *Ich bin in dir,* sagte ich zu Brunos schlafender Gestalt. Sein Gesichtsausdruck jetzt immer derselbe, wenn Bären denn Lebewohl sagen könnten.

Von diesem Nachmittag an behandelten mich die Zwillinge wie eine Aufgabe, eine Möglichkeit, ihre Tage auszufüllen. Sie machten es sich zur Gewohnheit, vor dem Happy Birthday zu stehen und mir über das Klackern der Kugeln und der Jukebox hinweg gemeine Dinge an den Kopf zu werfen. Fünf, sechs Mal am Tag am Broken Hill House vorbeizufahren. Mir in dem röhrenden Nash zu folgen, wann immer ich nach Bracken ging. Ich wusste, dass Ethel Gerüchte über mich verbreitete. Ich sah, wie die Leute den Blick von mir abwandten. Und jedes Mal, wenn ich hinter mir einen lauten Motor anrollen hörte, bekam ich weiche Knie. Die Zwillinge schnickten brennende Zigaretten aus dem Beifahrerfenster, und einmal blieb eine rosige Wunde, als die Glut mir die Wange versengte. Ich bezweifelte, dass ich mich jemals wieder unversehrt fühlen würde, und ging unterwegs stets mit den Händen tief in den Taschen: Eine hielt das kleine Messer, die andere meine Hasenpfote. Ich fing an, die Zwillinge zu hassen. Ich hatte nicht gewusst, zu solchem Hass fähig zu sein. Trotz Miles und Swicker vor ihnen. Und manchmal stand ich bei Nacht mit gezücktem Messer am Fenster der Praxis, während Amaël und Bruno schliefen. Ich sah zu, wie der Himmel blau wurde und zuzog; die Sichel des Aprilmondes hing über mir, und als das Feuerwehrpferd gegen die Seiten seines Stalls trat, wusste ich, ich war nicht allein mit dieser Art Wut auf die Welt.

Knochen und Himmel und Wälder und Wetter

Vom Sturm eingeschlossen. Ansell schlief noch zwei weitere Nächte in dem blauen Haus und dann noch zwei weitere, und wartete darauf, dass die Eisstürme vorüberzogen. Anastasia, ihr richtiger Name war Anna, erzählte ihm in diesen langen Stunden verlorene Geschichten von großen Pferden, einem alten Tiger, einer Eisenbahn, die den Bahnhof verließ, und manchmal kehrte sie zu dem Bären mit dem Schal und dem Jungen zurück, der ihm vorgesungen hatte, aber sie fragte ihn nicht nach Einzelheiten aus oder wie es dazu gekommen war, dass er nach den beiden suchte oder was sie ihm bedeuteten. Sie fragte nicht nach seinen Narben oder was er tief im Innersten fühlte. Sie sprachen über andere Dinge und aßen Schüssel um Schüssel Haseneintopf. Manchmal brachen draußen vor den Fenstern dick in Eis gepackte Äste wie Gewehrschüsse, und dann schwiegen sie und lauschten der Stille, bevor sie wieder zu sprechen begannen.

Sie erzählte ihm, dass sie aus Neuengland gekommen war, nachdem sie sich von einer langen Krankheit erholt hatte, die sie zu lange auf der Nachtseite des Lebens gefangen gehalten hatte. Und als sie sich wieder erholt hatte, hatte sie sich einen neuen Namen gegeben und ihre Familie verlassen, weil sie nicht mehr glaubte, dass die jenen Gnade und Vergebung gewährte, die es am nötigsten hatten. Also zog sie in den Norden und fand ihr kleines Haus und erschuf die Pferde und arbeitete drei Tage in der Woche drüben im Kinderheim, wo sie Zimmer putzte, und an anderen Tagen fuhr sie den Büchereibus, wenn es genug Benzin gab. In dieser Welt war sie nun zufrieden: ihrer Welt aus Knochen und Himmel und Wäldern und Wetter, sagte sie. Das alles gefiele ihr bestens, sagte sie und öffnete eine Flasche Erdbeerwein, die sie für den Winter aufgespart hatte.

Ansell konnte ihren Gedanken nicht immer folgen, und manchmal redete sie so lange, dass er sich irgendwo im Dazwischen verlor – umgeben vom Rauschen ihrer Stimme und dem des Windes. Wenn sie eine Pause vom Reden brauchte, ließ sie sich von ihm Bruno in allen Einzelheiten beschreiben, seinen Unfug und seine Missetaten, und sie skizzierte ihn in verschiedenen Posen in Ansells kleines Notizbuch. Er beschrieb Brunos Augen, in denen ein gewisses Licht stand und die nicht die Augen eines vollkommen wilden Wesens waren. Aber er beschrieb ihr nicht Pearly Everlasting. Er wollte nicht, dass Anna sie zu ihnen ins Zimmer holte. Anna glaubte, sie müssten in Bracken sein, dem letzten Ort vor dem langen Marsch zurück in die Wälder, und sie hatte das Gefühl – wie sie in den paar Tagen immer und immer wieder betonte, um Ansell zu trösten –, dass sie ganz in der Nähe sein müssten. Den Sturm abwarteten. Auf ihn warteten.

In diesen Nächten träumte er von Pearly. Pearly mit einem Felsbrocken in der Hand. Pearlys entschlossener Gesichtsausdruck, der leicht mit Zorn verwechselt werden konnte. Er lauschte dem nächtlichen Flackern seines

Herzens und zählte die Zeit, bis er wieder ihre Fährte aufnehmen konnte.

Als er an jenem vierten Morgen erwachte, war alles mit Eis überzogen. Die Pferde glänzten im trüben Licht wie Filigran. Die Birkenkronen waren so im Eis verschlossen, dass sie einen Tunnel bildeten.

»Du kannst auch bleiben. Wenn du willst«, sagte Anna und legte eine Hand auf seine Brust. »Du wärst hier glücklich.«

Der erste richtige Trost seit einer ganzen Weile. Es wäre leicht, Ja zu sagen. Es war auch leicht, Nein zu sagen.

Der folgende Tag begann grau, und der Horizont war kaum in Sicht, bis die Sonne herauskam – die flüchtigen Farben des Frühlings entzündete – und der Schnee von den Traufen tropfte und vom Dach glitt.

Anna stand im frühen Licht und sagte: »Bald gibt es wieder Nachmittage.« Sie schaute zu, wie er sich mühte, seine schäbigen, kaputten Stiefel zuzubinden, ganz zerlaufen von all den Wintermärschen im letzten Monat. Sie ging zu einer Holztruhe in der Zimmerecke und zog ein Paar fast neue Stiefel heraus. »Größe 45?« Sie hielt sie oben und an den Sohlen fest wie etwas Kostbares und reichte sie ihm.

»Wem gehören die?«

»Ist das wichtig?«, entgegnete sie, ging zurück zur Küche und kochte Tee.

Nach dem Frühstück folgte er ihr hinaus, vorbei an den Pferdestandbildern, scheckig jetzt im feuchten Tauwetter. Sheba lief mit ihnen den von Pfützen übersäten Pfad entlang. Stumm gingen sie weiter, bis sie an ein kleines Häuschen kamen: *Lesezimmer*. Anna ging hinters Haus. Wenige

Augenblicke später erwachte hustend ein Motor, und ein Lieferwagen kam um die Ecke. Sheba und Ansell stiegen ein; im Wagen hing ein schwerer Geruch nach Papier und Dingen, die eine Weile in der Kälte gestanden haben. Anna fuhr ihn zur Landstraße und entschuldigte sich dafür, dass sie nicht genug Benzin hatte, um ihn noch weiter zu fahren. Sie blieb am Straßenrand stehen und beobachtete ihn, und als schließlich ein Laster anhielt und Ansell mitnahm, sah er sie noch immer dort stehen.

Mittendrin

Jetzt, wo die Zwillinge mich jagten, brauchte ich länger, um zur Praxis zu kommen. Ich musste mich durch Hinterhöfe und die engen Gassen zwischen den Häusern und Scheunen schlängeln, um ihnen auszuweichen. Manchmal scheuchte ich Hunde auf – solche mit Leine und solche ohne – oder Hühner, Schafe, eine rote Kuh, die in der Sonne döste. Alle brüllten mich an auf meiner Suche nach einem Weg, auf dem ich unbemerkt bleiben konnte. Und dann fand Mr. Prue eine schnellere Möglichkeit, wie ich vom Broken Hill House zu Bruno und wieder zurück kommen konnte. Eines Nachmittags rief er mich vom Hinterhof zu sich.

»Pearly, komm mal kurz her.« Er stand neben seiner Werkstatt, und an seinem Bein lehnte ein altes Ding mit weitem Rahmen. »Hab was im Schuppen gefunden. Dachte, das könnte nützlich sein, um zu Bruno zu fahren.«

»Was ist das?«

»Na, ein Fahrrad. Hast wohl noch nie eins gesehen, nehm ich an.« Er betrachtete es, runzelte die Stirn, skeptisch. »Ist in schlechtem Zustand, aber ich hab es geölt.«

Ich bestaunte den blauen Rahmen, der im Nachmittagslicht glänzte.

»Wenn du gerade Zeit hast, zeig ich dir, wie man damit fährt«, sagte er.

»Okay«, sagte ich, ohne zu wissen, was von mir erwartet wurde.

Er sah mich an. »Du bist ein wenig klein dafür, aber es wird schon gehen.« Er schob das Fahrrad zur Hintertreppe. »Okay, jetzt steig da hoch und wirf ein Bein drüber.«

Ich tat wie geheißen.

»Warum machst du das denn?«

»Was?«

»Vorne rumgehen und von links aufsteigen? Ich hab es rechtsrum hingestellt, damit du direkt die Einfahrt runterfahren kannst.«

»Na, so macht man es bei Pferden. Man geht nicht hintenrum. Man steigt von links auf.«

»Das hier ist kein Pferd. Es wird dich nicht treten.«

Ich zuckte mit den Schultern. »Trotzdem.«

Er murmelte etwas und drehte das Fahrrad herum, damit ich mich auf die Stufen stellen und von links aufsteigen konnte. Mit einem Fuß stand ich auf der Treppe, der andere baumelte frei. »Es ist größer als ich!«

»Das ist schon in Ordnung. So, ich halt dich am Sitz fest, und du trittst in die Pedale.«

Aber den Fuß zu heben und beide auf die Pedale zu stellen fühlte sich an, als hinge ich irgendwo in der Schwebe, wo ich nicht hingehörte. Ich kippte sofort in Mrs. Prues Dorothy-Perkins-Ramblerrosen.

»Sind das meine Rosen?«, rief Mrs. Prue durchs Küchenfenster.

»Alles in Ordnung, Mutter Prue!«

»Haltet euch ja von …«

Er riss das Rad und mich aus den stachligen Büschen

hoch. »Probieren wir's gleich noch mal«, sagte er und zwinkerte. »Ein Stück weiter weg.«

Ich verbrachte eine ganze Stunde mit Aufsteigen und Umfallen, rappelte mich hoch, um die Füße wieder auf den Boden zu kriegen, und blieb mit dem Hosenbein in der Kette hängen, bis ich kurz davor war, das Fahrrad wieder in die Rosen zu pfeffern. Ruby Mae hatte ein Sky-King-Dreirad, ein verblasstes rotes Ding mit Messingplaketten. Sie nannte es ihr Veloziped, was mich an vielbeinige Kreaturen erinnerte, die tief im Boden lebten. Sie zog es aus der Scheune und fuhr neben mir her, eierte die Einfahrt hinunter und trällerte: »Ist ganz einfach, Pearly!«

Ich konzentrierte mich auf Mr. Prues verwirrende Anweisungen – *Kopf hoch, treten, bremsen, nicht zur Seite lehnen, treten, nicht bremsen, nach vorn schauen, nein, nach vorn* – und hörte Ruby Maes harte Reifen hinter mir, dazu ihren schiefen Gesang: »Brok-ko-li! Brok-ko-li! Brok-ko-li-hi!« Sie hatte sich eine alte Lederschultertasche mit zu langem Riemen umgehängt. Darin steckte die Katze. Sie trug einen pinkfarbenen Schal und schaute mich jedes Mal mürrisch an, wenn Ruby Mae mich überholte.

Nach ein paar Stunden konnte ich mit dem Rad Rechtskurven fahren, die enger und enger wurden, bis ich umfiel, weil kein Platz mehr war. Und kurz darauf fast geradeaus. Mr. Prue stand dabei und beobachtete meinen Fortschritt. Er rief keine Anweisungen mehr, also wusste ich, dass ich es richtig machte. Abgesehen von dem einen Mal in Ebonys Rückwärtsauto, hatte ich nie darüber nachgedacht, dass es außer Schlitten und Pferden noch andere Möglichkeiten gab, durch die Welt zu kommen, ohne den Boden zu berühren. Es fühlte sich gut an, dieses Vorankommen, das die Welt blau und grün und fremd zerlaufen ließ, als wäre man ein Tier auf der Flucht. Und auch wenn ich annahm, dass Bruno das Fahrrad hassen würde, liebte ich bald das Geräusch der Kette auf dem Zahnrad und das leise Ticken, wenn ich den Hügel hinuntersauste. Es trug mich zu einer Art Frieden mit der Welt, der immer dann endete, wenn meine Füße den Boden berührten. Jetzt schon wusste ich, dass ich dieses Gefühl und das Fahrrad schrecklich vermissen würde, wenn es an der Zeit wäre, Bracken zu verlassen.

In den folgenden Tagen fragte mich Mr. Prue immer wieder, ob ich bei meinen Fahrten durch den Ort Ethel Broade gesehen habe. Sie sei so ungefähr die Letzte, der ich begegnen wolle, entgegnete ich. Trotzdem, sagte er, wenn ich ihr über den Weg laufen sollte, solle ich sie mal zu ihm schicken. Er wolle mit ihr sprechen. Würde ich machen, sagte ich, hoffte aber, dass es nicht dazu kommen würde.

Als ich am Freitag mein Fahrrad vor Amaëls Haus abstellte, standen Mrs. Pocket und mehrere andere Nachbarsfrauen dicht gedrängt vor der Praxis, während Brackens Sattler und noch ein paar andere Männer vor dem Fenster kleine Kinder in die Höhe hielten. »Siehst du ihn? Siehst du, wie er sich bewegt?«, fragten sie immer wieder.

Als Mrs. Pocket mich entdeckte, trat sie aus dem schützenden Kreis der gluckenden Frauen hervor, deren Atem über ihnen dampfte. Sie trug ihr verkniffenstes Gesicht. »Na, wird ja auch mal Zeit!«, sagte sie laut genug, dass sich die ansehnliche Menge umdrehte und glotzte. »Hast du eine Ahnung, was da drin los ist?«

Ich drückte mir eine Kralle der Hasenpfote unter den Daumennagel und schob mich an jenen vorbei, die das Fenster umstanden. *Also hör mal.* Erst sah ich nur mein eigenes Gesicht in dem trüben Glas, dann, dass sich dicht über dem Boden etwas Dunkles bewegte. Anhielt. Sich wieder bewegte. Und dann schlitterten die Scherben des Frühstückstellers, den ich am Morgen auf dem Schreibtisch abgestellt hatte, durch das Zimmer, zusammen mit Gipszangen und Zahnfeilen, und mitten darin saß Bruno und leckte träge die Butter von einer Scheibe Toast.

»Bruno!« Ich klopfte gegen die Scheibe. Er drehte sich zu meiner Stimme hin um, aber ich trat bereits ein.

Amaël stand auf dem Schreibtisch und flüsterte: »Guter Bär, guter Bär.« Er wedelte mit einem Besen in Richtung Bruno, der jetzt um die Tischbeine herumjagte.

»Ach, Pearly!«, sagte er. »Endlich! Ich habe den Käfig aufgemacht, um nach unserem Freund zu sehen, und er ist ausgebrochen, und jetzt schau dir das mal an.« Er zuckte mit den Schultern. »Ruck, zuck bin ich der Gefangene.«

»Brunnie! Wie zum Teufel geht's dir?« Auf seinen schwachen Beinen sah er immer noch ganz schön mitgenommen aus. Er stieß den Kopf unter meinen Arm, sodass ich das Gleichgewicht verlor. Er beschnüffelte mich ringsum, und sein bandagiertes Bein stieß überall an, und seine Füße rutschten auf dem Linoleum umher, während er den Geruch meiner sauberen, fremd nach Seife riechenden Haut aufnahm.

»Ich hab versucht, ihm was zu fressen zu geben, aber er ist wütend geworden«, sagte Amaël und stieg vom Tisch. Den Besen hielt er noch immer vor sich.

»Er wollte seine Schüssel«, sagte ich und wies auf die Holzschale, die ich in der ersten Nacht in die Praxis hinübergebracht hatte. »Er frisst zwischendurch auch so mal was Kleines, aber sein Abendessen will er nur aus der.« Ich schüttete alles in die Schale, er kam herbeigetollt und roch an den Rändern, dann schob er seine Schnauze hinein. Er hustete in seinen Haferbrei, holte tief Luft und tauchte wieder hinein. »Immer langsam.«

Ich gab ihm ein Stück Toast, das ich auf dem Boden fand. Er setzte sich auf den Hintern, legte es auf die Rückseite seiner Pfote wie auf einen kleinen Teller und knabberte an den Ecken herum. Er leckte sich die Butter aus dem Fell und schnüffelte an jedem Haar nach fettigen Krümeln. Mit den abrasierten Stellen und den gekräuselten Nähten sah er aus wie ein weggeworfenes Kinderspielzeug. Amaël zog die Jalousien zu, damit die Nachbarn nach Hause gingen. Er hielt sich in einiger Entfernung und beäugte Bruno.

»Bruno, lern deinen Heiler kennen«, sagte ich.

Bruno trat mir fast auf die Fersen. Er hatte ein verblüffend gutes Gespür dafür, wann er im Mittelpunkt stand; reine Eitelkeit hielt ihn in unserer Nähe. Amaël reichte ihm auf der flachen Seite des Besens einen Apfel, um Abstand zu wahren. Bruno nahm ihn entgegen und setzte sich hin, um ihn mit seinem gesunden Arm zu fressen, ohne dabei den Blick von Amaël zu nehmen. Der entschied, er müsste Bruno jeden Tag etwas Beruhigungsmittel geben, bis sein Bein nicht mehr so geschwollen und die Nähte ganz verheilt wären.

»Das tut ihm nicht weh, und er bleibt auch trotzdem wach. Nur nicht ganz so wach. Bei den Stichen in seinem

Mund kann man kaum verhindern, dass sie wieder aufgehen. Aber die sind fast verheilt.«

Er schickte mich raus in den Schnee, um einen Lappen nass zu machen, ich brachte ihn wieder herein und wir packten Brunos geschwollenes Schultergelenk aus. Ich presste den kalten Lappen dagegen. Alles, was ich wollte, war, den ganzen Tag bei Bruno zu bleiben. Ich wollte ihn nie wieder verlassen.

»Also, wenn das nicht das Jämmerlichste ist, was man je gesehen hat«, sagte Mrs. Pocket abschätzig, als sie Amaëls Tee herunterbrachte und Bruno von der sicheren Entfernung der Haustür aus beobachtete, wie er mit seinem krummen Bein gegen die Stühle stieß. Seit Bruno in der Praxis war, weigerte sie sich, das Zimmer zu betreten, aus Angst davor, zerfleischt zu werden. »Ein Teufel auf vier Beinen«, hatte sie mehr als einmal gesagt.

Ich wollte über Nacht bei Bruno bleiben, aber Amaël sagte Nein, er brauche seine Ruhe. Also fuhr ich mit dem Rad zurück zum Broken Hill House und fühlte mich zwanzig Kilo leichter als irgendwann in den letzten Monaten. Ich hatte die Zwillinge und ihren Hass fast vergessen. Ich hatte fast vergessen, dass dieser Ort uns fremd und abstoßend fand.

Vom tiefen Licht erleuchtet inmitten des Getöses

Ein paar Meilen außerhalb von Bracken, am Canaan River, gab es einen Flößerplatz; jetzt, wo der Winter vorbei war, drängten sich dort an der Engstelle die Stämme dicht an dicht. Die Flachstellen waren schattig vor Lachs. Der Lasterfahrer, der Ansell an jenem Tag dreißig Meilen mitgenommen hatte, fuhr langsamer, um zusehen zu können, wie die Männer die Stämme über den See bugsierten und warpten. Die Winde knarzte derart laut, dass die Männer nach langen, nassen Stunden auf dem Wasser ganz nervös waren. Im Camp war Ansell mehr als nur einmal aus dem Kochzelt gerufen worden – die Nacht war nur von den Leuchtfeuern an den Ufern erhellt –, damit er einen Brocken Schmalz herausbrachte, das man ins Loch der Winde schmieren konnte, um das Quietschen des unter Spannung stehenden nassen Holzes zu stoppen.

»Pass auf, dass dich der alte Dungarvon Whooper nicht erwischt, ja?«, sagte der Lasterfahrer und grinste so breit, dass man seine tabakfleckigen Backenzähne sah. Er winkte mit drei Fingern und wendete und fuhr in die Richtung zurück, aus der er gekommen war. Whooper, Splitterkatze, Shagamaw, Wampus, Hintertück. Der Geist, der, so behaupteten die Männer, auf Stümpfen saß und sie bei der Arbeit beobachtete, bis sie sich verurteilt und verfolgt fühlten. Pearly nannte ihn Old Jack. Andere Männer lachten nervös, wenn die Namen des Wesens laut ausgesprochen wurden – Holzfäller waren ein abergläubischer Haufen, selbst die vollkommen Durchgeknallten, die immer die Flößer stellten, die Wasserspringer, die keine Angst hatten, dass der Tod sie hereinlegte.

Obwohl die Sonne bereits unterging, war die Flößerei noch in vollem Gange. Die Camplichter brachen sich im Wellengang. Stromschnellen versetzten den Fluss so in Rage, dass er die Stämme zum Sägewerk trieb. Der Lasterfahrer hatte Ansell gesagt, dass die Straße noch ein paar Meilen stromaufwärts führe, bevor man den Fluss überqueren könne. So spät am Tag empfehle es sich allerdings, Zeit zu sparen, indem man unterhalb der Schleuse übersetzte und dann auf der anderen Seite wieder auf die Straße stieß. Ansell stand am Flussufer und sah, wo das Floßholz festhing, wo Männer die losen Stämme zusammentrieben und mit Kanthaken an den verkeilten Stämmen zerrten. Flussaufwärts riefen sich Flößer in Stollenstiefeln gegenseitig Anweisungen zu: »*Allez, les gars!*«, »Versuch mal den Mistkerl da!«, und kämpften, um den Stau aufzulösen.

Der Fluss war rostbraun von der Rinde, die von den Stämmen gerieben wurde. Wann immer Ansell solches Wasser überquerte, spürte er die Toten, direkt unter der Oberfläche, tief in den mörderischen Strömungen. Die Stämme hatten so eine Art, zusammenzustoßen und Wasser und Luft voneinander abzuschneiden. Und Ansell wusste, dass dann in vielen Fällen nichts mehr auftauchte. Kam ein Flößer um, begrub die Crew ihn unter einem Baum und nagelte seine Stiefel an den Stamm. Ansell hatte im Lauf der Jahre solche traurigen Mahnmale zu Gesicht bekommen: alte Lederfetzen und rostige Stollen, die noch immer an einer Schwarzfichte baumelten.

»Wollen Sie rüber?«, rief ein Junge in einem Stocherkahn unterhalb der Blockade zu Ansell hinüber. Er hatte Ufer und seichte Stellen nach verirrten Stämmen abgesucht, doch jetzt musste er darauf warten, bis der Stau stromaufwärts aufgelöst wurde.

»Komm ich auf der Seite nach Bracken?«, fragte Ansell über den Lärm hinweg.

Der Junge stakte das Boot näher heran.

»Trägt das Ding uns beide?«

»Das würd sogar auf Tau schwimmen!«, sagte der Junge und behielt den Stau im Auge. »Aber wenn Sie rüberwollen, dann jetzt. Ist die Blockade mal gefunden, sind die Stämme schneller hier als verbrühte Katzen.«

Ansell rutschte das schmierige Ufer hinunter und sprang das kleine Stück hinüber ins Boot, und der Junge, ein paar Jahre jünger als er, stakte wieder über den Fluss. »Sie müssen es eilig haben«, sagte er und schaute wieder flussaufwärts.

Ansell nickte. »Ich suche ein Mädchen und einen Bären.«

»Die gehören zu Ihnen?« Der Junge lachte. »Unglaubliche Sache. Meine Schwester hat drüben in Bracken davon gehört, vom Vetter des Bruders ihrer Friseurin. Irgend so ein Mechaniker, der keine blauen Autos repariert.« Er hielt inne und dachte nach. »Ein Bär und ein Mädchen. Spazieren die ganze Nacht umher. Durch ihren Hinterhof, schwört sie.«

»Ich will sie heimholen«, sagte Ansell, und sein Herz flatterte bei der Aussicht, sie schon bald zu finden.

»Wo ist denn daheim?«

»Camp 33. Keine Ahnung, wo wir nächstes Jahr sind.«

»Kurz vor dem Gelobten Land.« Der Junge lächelte. »Aber es gibt nichts Besseres, als das hier.« Er wies mit seiner Stange auf den Fluss. »Das ist eins der wildesten Gewässer, die auf Gottes schöner Erde fließen.«

Sie hatten die halbe Strecke zurückgelegt, als sich eine Stille über die Männer oben beim Stau senkte, und dann hörten sie windabwärts jemanden pfeifen.

»O Jesus«, sagte der Junge. »Barnwall Jackson ist da!« Er hielt inne, und beide schauten sie hinauf, wo sich die Männer geteilt hatten und einem Einzelnen Platz machten, der pfeifend an ihnen vorbeiging. Er zog den Mantel aus und ging zu der Stelle, wo das Gewirr am größten war. Er beugte sich vor und klopfte gegen jeden Stamm und beugte sich dann noch weiter vor, so als hielte er es für möglich, dass die Stämme mit ihm redeten; dann fing er wieder an zu pfeifen.

»Wir beeilen uns besser!« Der Junge wies mit dem Kinn zum Ufer. »Barnwall findet immer den richtigen Stamm, komme, was wolle. Der kriegt das auf. Der schickt die Stämme los!«

Bewunderung und jetzt auch ein wenig Furcht in seiner Stimme. Er stach in den Fluss, als wolle er eine Bestie erstechen. In Ansells Kopf vermengten sich das Dröhnen der Strömung und das Pfeifen und seine eigene eisige Angst, ins Wasser zu fallen.

»Den Kerl kriegst du nicht mal mit einem Schuss von

einem Stamm!«, rief der Junge und stach wieder und wieder in den Fluss, bis der Bug in flaches Wasser kam. Dort hielt er das Boot stabil und schaute flussaufwärts. »Besser, wir warten hier«, sagte er. »Peitscht vielleicht ruck, zuck alles zu Schaum. Wette, das wird ein Mordslärm!«

Und tatsächlich pfiff der Mann wieder über den Stau hinweg und zog dann mit dem Kanthaken an einem mittelgroßen Stamm.

Ein Röhren, als hätte man die Bestie geweckt. Die Stämme knarzten und schossen dann jäh flussabwärts, wo Ansell und der Junge im flachen Wasser standen.

»*Ça vâ le djâble!* Auf geht's, Jungs! Auf geht's!«, johlte der Bootsführer und wedelte mit seinem Filzhut den anrauschenden Stämmen und der Gestalt von Barnwall Jackson zu, vom tiefen Licht erleuchtet inmitten des Getöses. Er sprang behände über Stämme und pfiff noch immer zu dem wilden Schwall aus Holz und Eis und dunklem Wasser.

Wie die Stämme flussabwärts rasten wie Donner oder Gewehrfeuer oder eine Stampede, da verkantete einer. Bevor der Junge noch staken konnte, traf der Stamm das Boot. Der Junge behielt das Gleichgewicht, aber Ansell wurde rücklings ins Wasser geschleudert. Er versank und sah die Oberfläche, einmal, zweimal, dann spürte er, wie sein Schatten sich von der Wirbelsäule trennte.

Ein paar Sekunden hielt ihn sein Mantel in der Schwebe, bauschte sich unter der Oberfläche, doch dann drang Wasser ein und zog ihn mit immer mehr Gewicht nach unten. Seine rudernden Gliedmaßen wurden steif. Der Herzschlag des Wassers pulsierte drückend gegen seine Ohren, die luftleere Lunge. Schmerz drang weiß in seine Glieder, die, taub von der Kälte, dennoch von Dingen getroffen wurden, die sich unsichtbar unter der Oberfläche bewegten.

Ich habe das Beste und das Schlimmste dieses Flusses gesehen.

Und dann war es vorbei. Der Junge zerrte ihn hoch an die graue Luft, und er kam neu auf die Welt. Das ölige Flusswasser gefror an ihm wie zu Fischschuppen. Der Junge sagte etwas, aber Ansell klapperten die Zähne, und sein Herz donnerte ihm in den Ohren. Er fühlte sich zu leicht, um am Boden des Bootes sitzen zu bleiben. Er verspürte eine unerklärliche Traurigkeit.

»Ein Aas von Fluss! Aber ich hab dich, Mensch, ich hab dich!« Der Junge ruderte ihn zurück ans Ufer, während hinter ihnen die Stämme in brunftiger Raserei vorbeidonnerten. Er schrie in Richtung Zelt, und ein paar Männer eilten herbei. Sie brachten Ansell in das Zelt, in dem Tag und Nacht ein Feuer brannte, um die Männer zu trocknen und zu wärmen. Jemand zog ihm die Kleidung von den starren Gliedern, und er wurde noch leichter, erst als man ihm dicke Wolldecken umlegte und ihn näher ans Feuer brachte, bekam er wieder Gewicht. Er fühlte sich blutleer. Nach einer Weile spürte er, wie seine eisstarren Haare in der Hitze aufzuweichen begannen. Der Hilfskoch gab ihm einen Becher mit Tee und hieß Ansell, ihn mit beiden Händen festhalten.

Okay, dachte Ansell. *Okay.*

»Diese verfluchten Wälder sind noch mal unser aller Tod«, sagte jemand von der anderen Seite des Zeltes her, wo er Teller in einer Schüssel wusch.

Ansell blieb in jener Nacht bei den Männern, und der

Körper tat ihm weh von den unsichtbaren Dingen, die gegen ihn gestoßen waren, und von all den Flößern, die hereinkamen, um sich umzuziehen, und sich die Zeit nahmen, ihm auf die Schulter zu klopfen und ihm zu sagen, was für ein verdammter Glückspilz er war. Selbst Barnwall Jackson, der dem Holz zuhörte, kam irgendwann herein und schüttelte ihm die Hand mit der eigenen Bärenpranke. Als es zu dunkel wurde für sein Boot, kam der Junge ins Zelt, setzte sich neben Ansell und erzählte fast manisch die Geschichte immer wieder von vorn. *Ich hab ins Dunkle gegriffen und einen Mann zurück ins Leben geholt.*

Leiser Gesang, der den Regen brachte

Frühlingswinde. Ein Gewirr von Gänsen löste sich aus ihrer pfeilförmigen Formation, und andere Vögel kehrten in die grünenden Baumkronen zurück, zur Hälfte von Krähen belegt, die ihr Revier beanspruchten. Als ich eines Tages in Amaëls Praxis vorbeikam, um nach Bruno zu sehen, folgte er gerade Rankin, der beim Ausmisten der Scheune und der Käfige half. Rankin ließ Bruno oft mit einer Schaufel oder einem Rechen spielen, den er gerade nicht brauchte. Bruno ging gern hinter ihm her, in seine eigenen Gedanken vertieft. Aber die Leute ließen Bruno nicht in Ruhe. Kinder kletterten auf den Zaun und triezten ihn. Eines Tages kam er aus der Scheune und legte sich mit herabbaumelnden Beinen zum Schlafen in eine Eiche. Ich erwischte Jungs dabei, wie sie mit Steinen nach ihm warfen, um ihn aufzuwecken.

Ich konnte nicht riskieren, mit einem Bären im Ort gesehen zu werden, also spazierten wir nur nachts durch Bracken. Bruno hasste Halsband und Leine immer noch. Ausgeschlossen von der Welt des Tageslichts, stapften wir durch die letzten Felder des Ortes und die angrenzenden Wälder und wanderten wie der Wind, damit Bruno am Tag länger schlief. In manchen Nächten gab der Frühling den Temperaturen einen solchen Schubs, dass die Schneewehen dampften und die frischen Blätter im Wind raschelten. Ich spürte ihn dort noch immer: Old Jack, der auf seinen Sitzknochen kauert und die kleinsten Schatten jagt. Manchmal war er ein leiser Gesang, der den Regen brachte. Andere Male nur dieser modrige Geruch des Frühlings, der aus Bodenhöhlungen drang. Doch ich schob die bösen Gedanken beiseite, die verborgene Hälfte der Dinge. Bruno war fast geheilt. Wir waren bereit, nach Hause zu gehen.

Noch immer fuhr ich durch Nebenstraßen und Hinterhöfe, um auf dem Weg zur Praxis den Zwillingen zu entgehen. Dennoch fanden sie mich. Eines Tages fuhren sie so nah an mich heran, dass einer von ihnen meine Lenkstange packte und nicht mehr loslassen wollte. Dann gab der andere Gas. Ein paar Sekunden lang konnte ich nichts tun, als mich im Sattel zu halten, und der Zwilling rüttelte an meinem Lenker und drückte mich gefährlich zur Seite.

»Pass auf, kleines Hündchen! Oh! Oh! Fast wärst du hingefallen!«

Ein Mann in einem Laster hörte meine Schreie. Er schnitt dem Nash den Weg ab, ließ seinen Laster mitten auf der Straße stehen und marschierte auf die Zwillinge los. Er hatte einen Stiernacken, und jeder konnte sehen, dass er stark war.

»Raus aus der verdammten Kiste!«, sagte er zu dem Zwilling am Steuer. Der Junge rührte sich nicht. Der Mann ging zur Fahrerseite und zog die Tür auf, obwohl Harold oder Gerald an der inneren Klinke zog. Er packte den Jungen am Kragen, zerrte ihn heraus und schüttelte ihn. Heftig. »Willst du unbedingt jemanden umbringen, du Pisser?«, brüllte er. »Und du!« Er zeigte auf den anderen Zwilling, der immer noch meine Lenkstange festhielt. »Lass sie los.«

Der Junge hob die Hände. Ich fiel auf die Straße.

»Alles in Ordnung?«, fragte der Mann.

Ich nickte und wischte mir den Schlamm von Gesicht und Händen.

»Euch zwei sollte man abknallen«, sagte der Mann und schubste den Jungen wieder gegen die Seite des Wagens. Ich konnte Spuren an seinem Hals sehen, wo die Fingernägel des Mannes oder der eigene raue Kragen ihm die Haut aufgekratzt hatte. Der Zwilling versuchte taumelnd, im Schlamm Fuß zu fassen. »Wenn ich euch noch mal bei so ner Nummer erwische, dann ist mir egal, wer euer Vater ist. Ist das klar? Sie hätte umkommen können!«

Die Zwillinge, die wie ausgeblutet aussahen, konzentrierten sich auf ihre Schuhspitzen.

»Ob ihr das verstanden habt, ihr kleinen Schleimscheißer?«

»Wir haben doch schon Ja gesagt!«, sagte der fahrende Zwilling mit zitterndem Kinn.

Der Mann sah mich an. »Und du geh nach Hause, okay?«

Ich nickte, wusste aber, dass ich nicht wieder aufs Fahrrad steigen konnte. Nicht, solange die beiden noch da waren. Ich schob das Rad und spürte das Gewicht meines Häutemessers in der Manteltasche, während das Rad durch breite Reifenspuren klapperte und quietschte. Als ich um die Ecke war, ließ ich mich an eine Scheunenwand sinken und wartete darauf, dass sich mein Zittern legte. Ich hörte, wie der Mann wegfuhr, und dachte, die Zwillinge würden sich wieder auf mich stürzen, doch der Nash röhrte durch den Ort davon, spuckte an den Kurven Schotter und fuhr dann weiter zu dem großen Steinhaus auf dem Hügel jenseits der Axtfabrik. Ich blieb noch ein paar Minuten sitzen, bis meine Handflächen nicht mehr bluteten und mir die Beine wieder gehorchten.

Als ich in der Praxis ankam, herrschte dort Chaos. Bruno hatte es geschafft, den Riegel zu öffnen und aus dem Käfig und dann der Praxis zu entfliehen. Er war dabei erwischt worden, wie er den Milchmann bestohlen und die Lieferpferde scheu gemacht hatte, als er sich auf seinen dicken Hintern gesetzt und drei Flaschen Milch getrunken hatte. Der Milchmann erzählte jedem in Bracken davon, der es hören wollte, was bedeutete, dass es nur eine Frage der Zeit war, bis die Polizei vorbeikam, um nachzusehen.

»Jetzt muss es schnell gehen«, sagte Amaël und fegte Fensterglasscherben zusammen.

»War das Bruno?«

Er fegte weiter.

»Amaël?«

Er stand auf und balancierte die Scherben auf einem Stück Zeitungspapier. »Nein, Pearly«, sagte er. »Jemand hat heute früh das Fenster zerschossen. Ich hatte nur noch keine Zeit ... der Milchmann ...« Er zog ein paar Schrotpatronen aus der Tasche.

»Das war für Bruno bestimmt«, sagte ich.

»Wir wissen nicht –«

»Und ob wir das wissen.«

Er schwieg kurz und wählte sorgfältig seine Worte. »Ich denke, du und Bruno müsst jetzt gehen, Pearly.« Er berührte mich an der Schulter. »He«, sagte er und wartete, dass ich ihn anschaute. »He, es könnte was Schlimmes passieren. Okay? Sogar in der Nacht.«

»Okay«, sagte ich, fühlte mich ganz schwer und fragte mich, ob sich unser Leben jemals beruhigen würde. »Ich mach uns noch heute bereit.«

Als ich zum Broken Hill House zurückkam, waren Ethel und der River-end dort. Ich kam in die Küche, und da standen sie mit Mrs. Prue.

»… es geht nicht nur um die Diebereien, sie stellt auch meinen Jungs nach und –«

»Was ist passiert?«, fragte ich.

»Pearly, gut, dass du da bist. Komm rein«, sagte Mrs. Prue, und ihre Stimme verheimlichte etwas.

»Sagt es ihr einfach. Sagt ihr, was auf sie zukommt!«, verlangte Ethel und zeigte mit einer glänzenden, geschmückten Hand auf mich. »Na los.«

»Pearly«, setzte der River-end an, »es sieht so aus, als habe Ethel sich entschlossen, dich wegen Diebstahl bei der Polizei anzuzeigen. Dieser Prediger da –«

»Prediger Ichabod. Ich-a-bod«, sagte Ethel.

»Ja, nun, sie sagt, sie hat einen Brief von diesem Prediger, in dem er behauptet, du hättest die Kette genommen. Ich habe ihnen schon gesagt, dass du aus der Kirche nichts gestohlen hast, und das glauben sie mir auch, aber das mit der Kette ist schwer zu widerlegen, weil du sie ja hier verkauft hast.«

»Sie gehört mir. Warum glauben die mir das nicht?«

»Es geht nicht um dein Wort, Pearly«, sagte Mrs. Prue und sah Ethel böse an. »Es geht darum, wer das Geld hat.«

»Also, die Polizei hat mich gebeten, herzukommen und erst mit dir zu reden«, sagte der River-end. »Ethel hat zufällig gesehen, wie ich in die Einfahrt gebogen bin. Sie haben vor, morgen zum Tierarzt zu fahren und sich um deinen Bären zu kümmern, und –«

»Nein!«, sagte ich. »Nein! Wir verschwinden, heute Nacht. Jetzt sofort, aber lassen Sie die nicht zu Bruno. Nichts von dem, was man sich vom Camp erzählt, ist wahr. Ich würde ins Gefängnis gehen, damit man ihn in Ruhe lässt!«, sagte ich.

»Hab ich's nicht gesagt?«, meinte Ethel. »Die ist bereit, ins Gefängnis zu gehen. Das stelle man sich mal vor. Na, sie wird schon kriegen, was ihr –«

»Genug, Ethel«, sagte der River-end. »Sie ist doch noch ein Kind.«

Er sah mich an, im Licht war sein Gesicht voller Schatten, und da wusste ich, dass er keine Ahnung hatte, wie er das hier in Ordnung bringen sollte.

»Ethel, du beschließt jetzt mal besser zu gehen«, sagte Mrs. Prue. »Ich hab mehr als genug von deinen Dummheiten.«

Ethel warf mir einen schiefen Blick zu und ließ sich Zeit. »Die hätte überhaupt nie herkommen sollen«, sagte sie. »Gesindel. So einfach ist das. Gesindel.«

»Ethel, du bist so was von boshaft! Geh nach Hause!«, warnte Mrs. Prue.

»Ich werde alles in meiner Macht Stehende tun, okay, Pearly? Das ist noch nicht vorüber«, sagte der River-end, als Ethel weg war.

Ich nickte, konnte aber kaum atmen. Gefängnis. Haft. Ein Henker, der meine Zukunft kannte. Der River-end ging eben zu seinem Wagen – neben dem Ethel wartete, vor bösen Gedanken fahrig und verbissen –, als Mr. Prue von einer Auslieferung zurückkam, nachdem die Frühlingsfluten einige alte Schilder mit sich gerissen hatten.

Noch bevor er seinen Laster abgestellt hatte, rief er schon etwas durchs offene Seitenfenster.

»Ich war schon fast bis zum Mond auf der Suche nach dir.«

»Nach mir?«, fragte der River-end.

»Nein, nach Ethel. Ich hab was, das ich ihr schon seit Tagen zeigen will.«

»Was ist es denn, Alwyn?«, fragte sie. »Ich habe Dringendes zu tun.«

Mr. Prue sprang aus dem Laster wie ein erheblich jüngerer Mensch und hüpfte die Stufen hinauf. »Na, dann schaut euch das mal an.«

»Meine Schuhe sind etwas nass«, sagte der River-end, während Ethel in die Küche stapfte.

»Ach, lassen Sie sie an«, sagte Mrs. Prue.

Am Küchentisch zog Mr. Prue eine Zeitschrift aus der Weste. »Also, das hier habe ich an der Texaco oben bei Kings County gefunden.« Er strich die Seiten glatt. »Pearly, sieht aus, als wärst du in einer Zeitschrift.«

Er blätterte durch die glatten Seiten, bis er zur Mitte kam, wo man die Klammern sah. Und da waren wir: Mama und Bruno und ich. Wir alle zusammen. Bruno und ich an ihrer Brust, unter der Doppelhornkette. Ich hielt mich auf der rechten Seite an ihrem geblümten Kleid fest, und Bruno, der nur ein dunkles, flauschiges Etwas war, hing ihrem Herzen am nächsten. Sie schaute, wie ich fand, mit vollkommener Zufriedenheit auf uns beide herab. Ein stiller Augenblick. Selten. Neben dem Foto fand sich eine Kopie von Mamas handschriftlicher Notiz, einer Art Freigabe, die sie der Liederfängerin gegeben hatte, welche das Foto vor all den Jahren gemacht hatte. Mama hatte unterschrieben mit *Brunos Nährmutter*.

Ich war ganz weit weg von mir, und die in meinen Lungen eingesperrte Luft schmerzte.

»Ja, da soll mich doch …«, quiekte Mrs. Prue und tippte mit dem Finger auf das körnige Foto. »Die kleine Kette gehört zu Pearly.«

Der River-end griff nach der Zeitschrift. Seine Hand zitterte ein wenig. »Ist das die Kette?«, fragte er. »Ist sie das?«

Ich nickte.

»Aber wie bist du in die Zeitschrift gekommen?«, fragte Mrs. Prue.

»Die Liederfängerin, das hab ich doch von Anfang an gesagt. Sie hält Vorträge und schreibt Artikel über die alten Sitten, über Mordballaden und Leute in Liedern und Bruno und mich.«

»Bin mir nicht sicher, ob das da die alten Sitten sind«, kicherte Mr. Prue, bis Mrs. Prue ihm einen Klaps auf den Arm versetzte.

»Das ist noch kein Beweis«, schnauzte Ethel. »Nichts als ein altes, unscharfes Bild.« Aber niemand hörte ihr noch zu. Und die fehlende Aufmerksamkeit scheuchte sie bald hinaus. »Das ist noch nicht vorbei«, rief sie vom Hof herüber, und ihre Reifen fraßen sich in die Einfahrt, als sie losfuhr.

Der River-end versprach, die Zeitschrift am nächsten Morgen zur Polizei zu bringen und Ethels Anschuldigungen aus der Welt zu schaffen. Ich wusste, er musste in Gedanken immer wieder zu unserem Bild zurückkehren und zu einer Welt, von der er keine Vorstellung hatte, einer Welt, die es vor jenem Abend nicht gegeben hatte: die dunkle, höhlenartige Enge unserer Hütte und die dünne Frau – unsere Mama –, die uns die Brust gab. Und ich wusste, er konnte nicht sagen, ob das nun falsch war oder unheilig oder noch etwas anderes, das er gar nicht benennen konnte. Er konnte nicht sagen, ob das, was er gesehen hatte, gut war oder von einer verdammenswerten Verbindung sprach, aber das war nicht wichtig. Wir waren freigesprochen. Und mehr als bereit, solche bösen Orte zu verlassen, wie Bracken ganz sicher einer war.

Die Umrisse alter Holzhügel und windgeformter Baumgruppen

Bis auf uns schliefen alle. Bruno war schlecht gelaunt aufgewacht und sauer auf die Welt. Deshalb dachte ich, der lange Marsch in der Nacht würde ihm guttun. Wir stapften an der Bahnstation vorbei und folgten den dunklen Schwellen, bis wir an ein Gestrüpp kamen. Etwa eine Stunde lang waren wir parallel zum Ort gegangen. Wir hatten Verstecken gespielt – ich verbarg mich hinter dickeren Stämmen und sprang heraus, wenn Bruno näher kam. Wir hatten gerungen, bis Bruno die Sache zu ernst nahm; er schnappte kräftiger zu, passte seine Bisse an.

»Schluss jetzt«, sagte ich und schlug ihm mit dem Knöchel auf die Schnauze.

Eine Weile saßen wir auf zwei umgestürzten Bäumen und lauschten. Merkwürdiges Knacken und Scheuern. Das Pochen der Hercules-Turbine, die ein Stück weiter weg die Axtfabrik betrieb, wie ein Herzschlag. Schneeflecken und Pfützen rings um Torfmoossenken.

»Es fühlt sich an, als ob wir durch … als ob wir in ein Zimmer getreten sind und irgendwas unterbrochen haben«, sagte ich zu Bruno, der außerhalb meiner Sichtweite um einen Baumstumpf herum buddelte. Ich rief nach ihm. Es brauchte zwei Versuche, dann kam er zurück, bleckte die

Zähne und brachte den dichten grünen Geruch des Frühlings mit.

Vor uns blitzte etwas zwischen den Bäumen auf. Lang und dunkel und niedrig. Meine beiseitegeschobenen Gedanken kehrten zurück. Ich erstarrte, lauschte, ob dem Schatten ein Jaulen oder Heulen oder ein schwerer Tritt auf Totholz folgte. »Bist du mein Tod?«, flüsterte ich prüfend. Nichts. Ich besah mir den Fleck in zehn, zwölf Metern Entfernung und beobachtete Bruno, ob der etwas witterte. Aber nein, er kitzelte noch immer Ameisen heraus und fuhr mit der langen Zunge über alte Rindenstücke.

»Nichts«, sagte ich, erkannte aber meine Stimme nicht. Es war wirklich schwer, nicht mehr nach Old Jack Ausschau zu halten.

Um aus dem Wind zu kommen, ging ich zur Axtfabrik hinüber und wartete auf Bruno. Wir waren schon ein paarmal hergekommen, nur um uns aufzuwärmen, durch eine Seitentür, die nur mit Draht verschlossen war. Und dann die Hintertreppe hinauf, wo die fünfte Stufe auf der rechten Seite knarzte, vorbei an den Maschinen, die wie ein zerlegter Frachtzug aussahen. Bruno mochte Treppen nicht besonders, also musste ich ihm den Vortritt lassen und mit der Schulter von hinten drücken, wann immer er zu lange stehen blieb und in den dunklen Ecken herumschnüffelte.

In jener Nacht wartete ich auf der windabgewandten Seite des Gebäudes. Am Tag hätte ich von dort Broken Hill House sehen können, Brackens Straßenlichter und die Spitzen der Dächer im Rest des Ortes; und dahinter, stellte ich mir vor, unsere Wälder: die Umrisse alter Holzhügel und windgeformter Baumgruppen, mit Balsam Pappeln, die alles überragten, und der kalten Luft, in der alles näher klang. Der Frühling, der an prallen Knospen schlürfte.

Schließlich gab ich mich meinem Zittern geschlagen. Und da tat ich es: Ohne nachzudenken, trat ich hinter der Fabrik hervor, legte die Hände um den Mund und sang laut Brunos Lied. Mein Ruf brachte die Jagdhunde zum Bellen, die am anderen Ende des Ortes in einem großen, offenen Zwinger lebten. Ich wartete auf das vertraute Knacken von Zweigen, wenn Bruno zu mir zurückkehrte. Stattdessen hörte ich von der Bachseite der Fabrik her gedämpfte Schritte. Menschliche Schritte. Zwei Paar Beine. Und da erkannte ich meinen Fehler.

Sie stritten sich gerade um eine Flasche Rum. Als sie um die Ecke kamen, versuchte der Kleinere eben, sie dem Bruder aus der Hand zu reißen. Sie trugen nicht ihre Städterkleidung, deshalb brauchte ich einen Augenblick, um sie zuzuordnen. Stattdessen hatten sie beide Wollmützen mit Ohrenklappen auf. Und sie waren auf Krawall aus.

Später, Jahre später, bekam ich mit, dass sie eine andere Geschichte erzählten: Ein Panther, sagten sie. Ein Panther hatte sich aus der Dunkelheit gelöst. Eine Meute wilder Hunde angeschlagen. Sie hatten gejault, und dann … dann kehrte Old Jack durch seine Wälder heim. Sein haariger Rücken. Seine mahlenden Sitzknochen. Sein stinkender Atem. Sein Schnalzen und …

»Was zum Teufel macht die hier?«, fragte der ohne Brille.

»Spionieren«, meinte der andere und schlug mir die Mütze vom Kopf in den Schnee. »Ob sie noch was findet, um schlecht über unsere Familie zu reden.«

Als ich mich bückte, um die Mütze aufzuheben, holte mich ein Tritt in den Magen von den Beinen. Dort unten im Schneematsch fühlte sich die Nacht dunkler an. Ich versuchte aufzustehen, wurde wieder zu Boden getreten und dachte, dass alles in meinem Leben bis zu diesem Punkt ein einziger Fehler nach dem anderen gewesen war. *Vielleicht sterbe ich hier Draußen,* dachte ich. *Vielleicht komme ich nie wieder nach Hause.* Ich hatte Angst, sie könnten Bruno was antun.

Sie ließen zu, dass ich aufstand. Ich wischte mir Schnee und Matsch aus dem Gesicht und versuchte daran zu denken, ihnen nicht den Rücken zuzudrehen, da entdeckte der mit der Brille die Hasenpfote an meiner Gürtelschlaufe.

»Na, schau mal an. Ein frühes Geburtstagsgeschenk für unsere liebe Ma, finde ich. Du nicht, Harold?«

Ich umklammerte die Pfote fest. Harold kniff die Augen zusammen. Er schaffte es kaum, stehen zu bleiben und geradeaus zu schauen. Er sah glasig und überreizt aus. Neben meinem Knie steckte ein Axtstiel halb gefroren in einer Pfütze. Ich versuchte an mein Messer zu kommen, das in meinem Stiefel steckte. Ich versuchte, an den Axtstiel zu kommen. Gerald packte mein freies Handgelenk und verdrehte es und mich, bis sich mein Rücken nicht weiter biegen ließ. »Bitte«, sagte ich. »Bitte tut mir nicht weh.«

Brunos Herzschlag, und dann kurz darauf

Ansell verfluchte die Welt hier Draußen. Er verfluchte die Nässe, den Schlamm, den Schlamm, den Schlamm, die unablässige Kälte, die er nicht abschütteln konnte. Er verfluchte die langen Tage und noch längeren Nächte, die in den letzten Wochen seine Gedanken neu geordnet und kleiner hatten werden lassen. Wie waren die Holzfäller Nacht für Nacht ins Camp zurückgekehrt, nachdem sie jeden Tag mit einer solchen Menge Wetter zu kämpfen hatten? Er hatte gehört, wie sie den Wind verflucht, sein Drängen verdammt hatten, wenn er aufbrauste und es zu wild trieb – die Pferde scheu machte, durch die Bäume heulte und auch ihnen seltsame Gedanken kommen ließ. Ansell hatte gleichmütige Männer gesehen, die über das Wetter tobten, als stellte es ihnen nach.

Er ging, bis er auf einen Laut stieß, böig, ausgestoßen. Ein weiterer Laut folgte. Formte einen Klang, Pearlys Bärenlied nicht unähnlich. Er brach hoch über der gefrorenen Luft, rief und schwankte unruhig suchend hin und her. Dann wurde alles still. Und wartete.

Ansell ging in die Richtung, in der das Geräusch begonnen hatte. Ein paar Schritte entfernt bewegte sich etwas über den Schnee, wie ein Brandfleck im trüben Mondlicht. Es kam näher, den Kopf gesenkt, schmatzend, Zähne aufeinanderschlagend. Im milchigen Schein des Mondes bäumte es sich mannshoch auf. Es reckte den kantigen Kopf prüfend in die Luft, dann griff es zum Schein an, schnaubend und dass der Schnee spritzte.

»Hau ab!«, brüllte Ansell, stampfte auf das Tier zu und machte sich größer. »Hau ab!«

Der Bär wiegte den Kopf hin und her und musterte ihn. Und dann sah Ansell es: das Lederhalsband mit den Ochsenherzen. »Du lieber Himmel. Bruno?«

Der Bär ging auf alle viere, schmeckte noch immer die Luft und stürmte dann mit aller Wucht gegen Ansells Brust, verschlug ihm den Atem und schob ihn gut zwei Meter vor sich her, bevor er im Schneematsch Fuß fassen konnte.

»Mich legst du nicht rein, du raffiniertes Miststück!«, sagte er und lachte. »Was ist nur mit deinem Gesicht passiert, alter Freund? Und wo zum Teufel ist Pearly?«

Der mit der Brille packte meine Handgelenke und drückte seine Daumen tief in die weichen Stellen zwischen den kleineren Knochen, sodass ich meine Finger weder beugen noch strecken konnte. Die Hasenpfote fiel irgendwo zu Boden. Der Junge, dessen Augen jetzt groß und babyhaft wirkten, schlug mir meine Hände hart ins Gesicht.

»Warum haust du dich denn selber?«, bellte er und holte erneut mit meinen Händen aus. Seine Wut, eine Wut, die ich fast verstehen konnte – gegen etwas oder jemanden gerichtet, der nicht ich war –, schoss mir durch die Knochen.

Wieder schlug er mich, und die Rumflasche fiel aus seiner Manteltasche und zerschlug auf dem Boden. Er sah zu, wie sich der Schneematsch dunkel färbte, und fuhr wieder zu mir herum. »Jetzt schau mal, was du angerichtet hast!«

Ich wusste nicht, ob ich vor Schmerzen weinte oder wegen der Demütigung, dass es die eigenen Hände waren, die mir ins halb gefrorene Gesicht schlugen.

Die ganze Zeit über lehnte Harold an der Fabrikwand und hielt sein wächsernes Gesicht in den Wind. Kein Mumm. Keine eigene Meinung. In dem Moment sah ich sein ganzes Leben vor mir, unter den ledrigen Fittichen seines Bruders.

Blut glitschte mir über die Zähne, als meine Hände mir wieder gegen den Mund schlugen. Ich hörte die kleinen Knochen in meinem rechten Handgelenk brechen. Schmerz spie Funken hinter meinen Augen. Meine Unterlippe platzte auf. Ich sackte zu Boden. Noch immer versuchte ich, mit der freien Hand den Axtstiel zu fassen, mein Messer, die Hasenpfote, irgendwas. Inwendig fragte ich ein letztes Mal: Bist du mein Tod?

Gerald stolperte erneut, und wir fielen beide zu Boden. Ich fasste meine Hasenpfote. Ich sah den fleischgewordenen Old Jack in der Wut des Jungen. Ich machte eine Faust um die Hasenpfote, und mein Körper überließ sich etwas anderem. Von irgendwo außerhalb meiner selbst spürte ich, wie meine Hüftknochen lang wurden und sich bogen wie die eines Hasen. Hitze durchfuhr mein dunkles Fleisch. Ein strenger Geruch, Moschus und Drüse. Ich zerkratzte das Gesicht des Jungen mit den harten Krallen meiner Pfote.

Wieder gellte ein animalischer Schrei. Bruno stellte sich auf die Hinterläufe, schnüffelte in die Luft und versuchte herauszufinden, woher er kam.

»Nur ein Fuchs, der sich einen Hasen holt«, sagte Ansell.

Bruno bellte noch ein paarmal und rannte dann los. Ansell folgte ihm, so gut er konnte. Er schaffte es gerade so mitzuhalten, weil Bruno unter seinem zerlumpten Fell ganz dünn war und auf einem Bein humpelte. Während er einen Hügel hinauf- und um die Rückseite der Fabrik herumstürmte, klangen nun auch seine Rufe fast menschlich.

Wieder kratzte ich mit meiner Pfote über Geralds Gesicht. Er löste seinen Griff und gab mir so die Gelegenheit, etwas Raum zwischen uns zu schaffen. Genug, um mein Messer aus dem Stiefel zu ziehen. Das Nächste, woran ich mich erinnere, ist, wie ich rücklings auf Harold fiel, der immer noch nicht aufrecht stehen konnte. Ich hörte ihn schreien, bevor er den steinigen Hügel hinunter in den Frederick Stream purzelte. Und dann entwich ich meinem Schmerz.

Als ich zu mir kam, stand Bruno über mir, sodass ich dem Jungen nicht ins Wasser folgen konnte. Ich brach auf dem Schnee zusammen und schlang einen Arm um Brunos Hals. Mein Messer dunkel im Schneematsch. Bruno kugelte sich hinter mir zusammen, schob seine Schnauze unter mein Kinn und eine Tatze mit den langen Krallen über meine Brust. Ich stellte mir vor, wie wir beide tief und in Sicherheit im Baum des Königs steckten. Schließlich trug die Dunkelheit alles mit sich fort. Alles, was ich noch hörte, war Brunos Herzschlag und dann kurz darauf meinen eigenen. Nicht mehr das Herz eines Hasen, sondern wieder das meine.

Unsere gemeinsame Dunkelheit, unser Verständnis der Welt

Viele Tage lang blieben wir im Baum des Königs. Bruno und ich, im Schlaf vereint. Und Old Jack hockte indessen in der Nähe, gehüllt in Rauch und das Schwarz alter Feuer. Manchmal wachte ich auf und hatte keine Luft mehr in mir. Manchmal wachte ich auf und spürte seinen ledrigen Anflug nur Zentimeter von meinem Gesicht entfernt.

In anderen Träumen war Ansell da, hielt meine Hand, fuhr mir mit dem Daumen über die Lippen. Oder ich hatte ein fremdes Gesicht vor mir, mit Zähnen und Hängebacken – eine Maske aus Ruß und rotem Avon-Lippenstift auf fettigem Metzgerpapier. Ruby Mae. Sie kam auf Zehenspitzen mit ihrem Stapel Totenbildchen in mein Zimmer geschlichen. *Such dir eine Karte aus, Pearly. Mach schon.*

Und dann, eines Morgens, wurde es im Zimmer kühler, ich kletterte aus dem Baum des Königs und fand mich im Broken Hill House wieder. Eine junge Frühlingsbrise drückte die Netzgardinen gegen die Scheibe wie ein langsam atmendes Geschöpf. Der Stuhl war wieder nur ein Stuhl, auf dem meine zerlumpte Kleidung lag – und daneben sein Schatten –, und ich verspürte eine kindliche Scham, all das je für etwas anderes gehalten zu haben.

Der Rest der Wahrheit schob sich langsam und stückchenweise zwischen den Schlaf. Mrs. Prue kam zu mir, als ich schließlich wieder wach bleiben konnte. Die kleinsten und ein paar der größten Knochen in meinen Händen seien gebrochen, sagte sie, deshalb waren meine Hände in dicke Gazewickel eingepackt und fühlten sich an, als würden sie jemand anderem gehören. Ab und zu schüttelte ich sie, um das Blut in ihnen zu bewegen und das Kribbeln zu stoppen, das den Schmerz überlagerte. Meine lockeren Zähne. Mein geschwollenes Gesicht. Meine aufgeplatzte Lippe, dunkel vernäht wie ein alter Stiefel. Ich hatte das Gefühl, im schmerzgezeugten Körper einer anderen zu stecken, während mein alter, der auf Bäume kletterte, mit Bären rang, Feuerholz hackte und singend durch Rodungen sprang, für immer verloren gegangen war.

Ich hörte zu und stellte manchmal Fragen. Mrs. Prue erzählte mir, dass Ansell und Bruno Bracken verlassen hatten.

»Ansell war hier?«

»Er hat nach Bruno und dir gesucht. Und nach dem, was ich so gehört hab, war das kein Zuckerschlecken.«

»Aber jetzt sind sie weg?« Ich blinzelte Tränen fort und versuchte, einen Weg durch meine Gedanken zu finden. »Aber ich bin nur ich selbst mit ihnen zusammen im Wald.«

»Ich hatte so ein Gefühl. Ich hatte ein Gefühl, dass was Schlimmes passieren würde, habe es praktisch im Traum gesehen.« Sie schüttelte den Kopf, vielleicht enttäuscht darüber, dass die Zeichen nicht eindeutig gewesen waren. »Du hättest tot sein können.« Sie spielte ein wenig an der Überdecke herum und redete dann weiter. »Amaël und sein Freund Raymond haben sie weggebracht. Bruno und

Ansell. In Raymonds Laster.« Sie tätschelte meinen Arm. »Pearly, hier war es für Bruno nicht sicher, wo doch bei allen die Nerven blankliegen.« Wieder richtete sie den Saum meiner Decke. »Manche sagen, Jungs sind nun mal Jungs und sie haben nur Spaß gemacht. Dann ist das Ganze wohl ausgeufert mit dir. Und manche fragen sich, was du überhaupt da zu suchen hattest. Mitten in der Nacht. Allein. Als Mädchen. Aber das ist natürlich alles ein Haufen Blödsinn.«

»Es ist also niemand wütend?«

»Nein, das nicht. Amaël hat sich nur Sorgen um Bruno gemacht. Es gibt hier ein paar durchgeknallte Jäger, weißt du, und …« Sie lächelte traurig. »Aber jetzt kann nichts mehr passieren. Du siehst sie alle früh genug wieder.«

Später erfuhr ich, dass nicht alle so über Bruno dachten – dass er ein nichtsnutziger Bär war. Viele nannten ihn einen Helden, und manche meinten, er hätte mehr Verstand als diese beiden Zwillinge zusammen. Ich erfuhr, dass Bad Cheque Charlie, der Vater der Zwillinge, gefordert hatte, die Polizei solle Bruno erschießen, und dass einige der Männer in der Axtfabrik gedroht hatten zu gehen, wenn meinem Bruder etwas zustoßen sollte.

»Wann?«

»Was, ›wann‹?«

»Wann sind sie los?«

»Letzten Freitag.«

»Wann war das?«

»Vor zwei Tagen.«

»Also sind sie schon dort.«

»Amaël sollte jeden Moment zurück sein.«

Die Holzfäller waren schon alle in ihre eigenen Dörfer und Städte zurückgekehrt, um an Orten, die ich nur vom Namen kannte, Heu zu machen und Vieh zu hüten und Felder zu pflügen. Und die anderen, die nirgendwo verbunden waren, wanderten, wohin sie wollten, um Arbeit zu suchen oder in einsamen Kaschemmen zu trinken, bis die Wanderbosse sie im Herbst wieder durch die Wälder zu den Camps brachten. Vor meinem inneren Auge sah ich unser Camp. Abgebaut. Brunos Winterkiste und unser Baumhaus. Anderswo wiederaufgebaut. Die Tannenzweige aufgestapelt wie ein verlassenes Nest.

»Ich hab Bruno doch nicht wehgetan, oder?«

»Aber natürlich nicht.«

»Ich war … ich hatte mein Messer und …«

Ich konnte ihr nicht erzählen, dass ich für einen Augenblick zu einem Hasen geworden war. Wie mein Blick sich in jener Nacht geweitet hatte, bis sich darin Old Jacks eigenes vernichtendes Spiegelbild zeigte. Etwas Altes oder Fremdes hatte sich in mir versenkt und Platz gesucht zwischen meinen langen pelzigen Ohren. Wie soll man denn von so etwas erzählen?

»Ich komm doch nicht jeden Tag die Treppe hoch, wo mir die Kälte so in der Hüfte steckt, um mich an deinem mürrischen Gesicht zu erwärmen. Also, warum schaust du nicht mal, was du da auf dem Nachttisch hast?«, sagte Mrs. Prue.

Mein kleines Häutemesser, meine zwei Dollar für Amaël und die Zeitschrift mit Mama, Bruno und mir darin. Meine Glückspfote war verschwunden. Ich beugte mich ein wenig weiter aus dem Bett vor, und da, unter einem der Dollarscheine, schimmerte es golden. Mamas Doppelhornkette. »Aber wie?«

»Ach, ich glaub, das überlass ich lieber Mr. Prue«, sagte Mrs. Prue, nahm die Kette und legte sie mir um den Hals. »Gibt ja eigentlich keinen Grund, sich herauszuputzen, aber schaden kann es nicht, nehm ich an. Vater Prue!«, rief sie in den Flur hinaus, »Los, rein mit dir.«

Ein schüchternes Schlurfen, dann steckte Mr. Prue sein verschmutztes Gesicht zur Tür herein. »Ah, Pearly. Du bist also wach?«

»Na, komm schon rein«, sagte Mrs. Prue. »Er lungert jetzt schon seit Tagen vor deiner Tür rum. Schlimmer als die Katze. War schier krank vor Sorge.«

»Danke für meine Kette«, sagte ich.

Er starrte auf etwas jenseits der Baumwollgardine. »Ein Mädchen hat ein Recht auf das Erbe seiner Mutter. So eine besondere Kette, ein Geschenk des Königs und all das. Sie hat ihn zusammengeflickt, als er vom Pferd gefallen war, Mutter Prue.«

»Hab davon gehört. Ganz schön noble Vergangenheit.«

Er klopfte mir auf die Schulter und schaute mich noch ein paar Sekunden aus feuchten Augen an. »Na, ich komm noch mal reingeschneit, wenn du nicht so viel Gesellschaft hast.«

»Ein paar Nächte lang hat er einfach da in dem Sessel in der Ecke gesessen und dir beim Schlafen zugeschaut, nur um sicher zu sein, dass du außer Gefahr bist«, erklärte Mrs. Prue, als er weg war. Sie deckte mich wieder warm zu. »Du rufst einfach, wenn du was brauchst, ja? Die Ohren von Ruby Mae sind spitz genug für uns alle zusammen. Sie wird dich schon brüllen hören.«

»Danke, Mrs. Prue.«

Aber da war sie schon hinausgegangen und tat so, als habe sie nichts gehört.

Als ich mehr wach war, als dass ich schlief, las sie mir aus der Zeitung vor. Einmal erzählte sie mir, dass für eine Doppelhinrichtung ein Henker angeheuert worden sei. Sie blätterte weiter, und dort stand in einem kleinen Kasten ein kurzer Bericht über das, was mit den Zwillingen und mir passiert war. Drei Jugendliche, stand da, seien am Wochenende hinter Broades Axtfabrik verletzt worden. Ein Junge liege noch mit einem Schädelbruch im Krankenhaus. Dann stand dort noch etwas über Schutzmaßnahmen und Sicherheit. Kein Wort über Bruno und mich.

Mrs. Prue zischte durch ihre kleinen Zähne. »Eine ganze Reihe Leute hat sich gemeldet und gesagt, wie hässlich die beiden Jungs zu dir gewesen sind. Ansell hat auch einen Zeitungsausschnitt dabeigehabt, über den Tod von eurem Campboss, und er hat gesagt, Bruno und du habt ihn gefunden und du hättest die ganze Zeit über Angst gehabt, die Mounties würden dich holen kommen. Wegen Mord? Himmelherrgott, du hättest was sagen sollen, Pearly.« Sie sah mich streng an und hielt Ausschau nach der Hitze einer Lüge. »Du weißt sonst nichts darüber, oder? Der Holzschätzer war's, und sonst keiner!«

»Was Swicker geholt hat, hat sich mir nie gezeigt.« Und das war, fand ich, genug an Wahrheit.

Am Morgen stand ein Milchkrug mit Blumen vom Wegesrand auf meinem kleinen Tisch. Mottengrüne Stiele, weiße Blüten. Getrocknete Silberimmortellen. *Pearly Everlasting*. Mama hatte sie immer in ihren Rachen- und Halstee getan. Aber es wollte mir nicht in den Kopf, wer da neben meinem Bett saß. Er beugte sich zu mir, während meine Augen den Schlaf losließen.

»Pearly«, sagte er. »Mensch, bist du vielleicht schwer zu finden.«

»Ansell?« Er saß da und war genauso schön wie damals, als ich ihn zum ersten Mal gesehen hatte.

»Na, guten Morgen, Sonnenschein«, sagte er. »Ich hab mit Amaël zusammen Bruno ins Camp zurückgebracht, aber ich wollte hier sein, wenn dir endlich einfällt, aufzuwachen.«

In seiner Latzhose und dem karierten Hemd wirkte er in Mrs. Prues rosengeblümtem Zimmer so fehl am Platz, wie man es sich nur vorstellen kann. »Sind das Blumen aus Mamas Sammlung?«, fragte ich.

»Ganz genau«, antwortete er. »Ich hab einen kleinen Strauß eingepackt und mitgebracht. Ein kleines Stück Zuhause.« Er berührte das getrocknete Büschel und dachte nach. »Meinst du, du und Bruno seid jetzt bereit, die Herumstreunerei sein zu lassen?«

»Ich war … Ich war eine Weile mit Bruno unten im Baum des Königs. Wie wenn er im Herbst gut Speck angesetzt hat.«

»Er strengt sich an, das wieder zu tun, Pearly.« Er streckte die Hand aus, um die Stiche an meinen Lippen zu berühren, überlegte es sich dann aber anders.

»Tut nicht mehr so weh«, log ich.

»Hovela, hovela«, sagte er, wedelte mit der Hand vor meinem Gesicht herum und lächelte leicht.

Natürlich erinnerte er sich daran, dass ich ihm Mamas heilende Worte für mich und Bruno genannt hatte. Ich ließ die Tränen über meine geprellten Wangen kullern. Ich konnte nicht anders. »Ich glaub, ich muss nie wieder in die Stadt, Ansell.«

Er lachte verhalten und griff sich dann meine Hand. »Gar nicht so leicht, so als Großstädterin, hm?«

Wir schwiegen eine Weile auf diese Weise, Hand in Hand, dann fragte ich: »Geht's Bruno gut?«

»Der fühlt sich pudelwohl.« Ansell tätschelte meine Schulter. »Hast gut auf ihn aufgepasst, weißt du?«

Der Gedanke, wie weit weg Bruno war, versetzte mir einen Stich. »Ist Papa richtig sauer?«

Ansell stand auf und setzte sich neben mich aufs Bett. Er legte einen Arm um mich, und ich lehnte mich an seiner Brust an. Er roch wie zu Hause. »Niemand ist sauer, Pearly. Wir sind nur froh, dass wir dich in einem Stück gefunden haben.« Er tätschelte meine Hand. »Na ja, so gut wie, hm?«

»Ich will nach Hause, Ansell.«

»Tja«, sagte er, »ich hab hier nur rumgesessen und gewartet, dass du das sagst, kleine Lady.«

Als wir uns am nächsten Tag daranmachten aufzubrechen, kamen die Liederfängerin und Ebony von Smoke River herüber. Sie hatten die Nachrichten gelesen. Mein Name war zwar nicht genannt worden, aber dass einer der Zwillinge darauf beharrt hatte, von einem Grizzly angegriffen worden zu sein, hatte sie nachdenklich gemacht. Ich wollte, dass sie Amaël kennenlernten, aber er war zu einer Art Zeremonie gerufen worden, weil Bracken das genesene Feuerwehrpferd endlich in den Ruhestand schickte.

»Hat sich viel verändert«, sagte die Liederfängerin, setzte sich neben Ansell und nahm ihn kurz in den Arm.

Ich wusste, was sie meinte: Ich würde nach Hause gehen, und Bracken würde sich nach einer Weile wieder über dieser Unruhe verschließen, und in ein paar Wochen oder Monaten würde sich niemand mehr daran erinnern, dass Bruno und ich hier mal bei Nacht durch die Straßen und Höfe gegangen waren. Wir schauten in die Fenster, als niemand dachte, wir könnten dort draußen sein. Wir hatten in ihre Privatsphäre geblickt, und dafür waren wir bestraft und beinahe umgebracht worden. »Ich bin so weit«, sagte ich zu ihr.

»Da wette ich«, sagte Ebony. »Du bist deine eigene Abenteuergeschichte, du Wilde.«

Eine Weile sprachen wir über die Wälder und Bruno und erinnerten uns Ansell zuliebe an Brunos Rettung aus dem Schuppen des Tierhändlers. Und als es nichts mehr über meine Hände oder mein Gesicht oder Bruno zu sagen gab, erinnerte uns Ansell daran, dass Amaël demnächst vorfahren würde.

Und vor meinem geistigen Auge sah ich endlich den ganzen Heimweg vor mir. Ich sage zu Amaël: Hier sind zwei Dollar von Bruno und mir. Und er nimmt sie an. Und dann verlassen wir Bracken – seine Schaufenster und Straßen, seine Farmen und Steinmauern – und fahren bis zu der Stelle, wo die Landstraße sich teilt und ein Weg in die Wälder führt. Nach kurzer Zeit nehmen wir wieder die mäandernden Wege, vorbei an den Birken, die uns mit ihren Augen folgen, kommen durch Camps, die auf-, und solche, die abgebaut und ausgeschlachtet werden, wo vergessene Werkzeuge ins Fleisch der Bäume einwachsen. Und obwohl meine Augen sich schließen wollen, bleibe ich wach.

Durch die Bäume erblicke ich kurz ein paar der Männer und Jungen, die Mama über die Jahre hinweg zu heilen versucht hat. Die plötzliche Unfälle hatten und bald darauf den Tod fanden. Ich sehe die überwucherten Senken, in denen früher Camps standen und Zugpferde lagen, die nun schon lange tot sind, auch wenn ich manche davon noch immer beim Namen nennen kann. Ich sehe Ivy in ihren Filmstarschals und allerlei Glitter unten am Flussufer, wo sie ihr Spiegelbild erhascht und mit einem Stück Spiegel die Luft aufblitzen lässt. Ich sehe Mama, die dort sitzt, wo die dunkle Iris des Crooked Deadwater sich an vermoosten Steinen stößt und sein leise klickendes Wasser nach anderswo dahinfließt. Und ich sehe Mama, die sich kurz auf einem Stumpf ausruht, ihren Gedanken nachhängt und ihr Lied über den armen Mönch singt, der tanzt, tanzt, immer nur tanzt.

Und während wir höher und weiter kommen, treten diese von Menschen berührten Welten auseinander wie Granitsplitter, die sich entlang einer glitzernden Ader abspalten. Vor meinem geistigen Auge treibt Amaël den Laster hart voran, flüstert *merde,* wenn die weichen Reifen im Schotter nicht greifen oder der Laster über den ruppigeren Stellen bockt, aber *bon, bon,* wenn es klappt. Ich lehne mich an Ansell und bete den Laster die steilen Staubserpentinen hinauf. Und als wir den letzten Knick in der letzten tief ausgefahrenen Kurve vor der Hütte erreichen, wo die Sonne am schönsten untergeht, da sehe ich sie, unten in der seichten Stelle des Bächleins. Erst Vater, der sich aufrichtet, als er den Laster hört, und mit dem Hut winkt. Er wirkt sehr gealtert, aber sein Gesicht strahlt wie das eines gerade Erlösten. Ansell öffnet die Tür, und ich steige aus dem Laster und singe mein Lied. Einmal. Noch einmal. Bruno, mein Bruder, mein Bär, stellt sich mit vom Bärentraubensaft verschmierter Schnauze auf die Hinterläufe und prüft die Luft.

Er schüttelt sich das Bachwasser aus dem Fell und kommt auf mich zu, und Wasser glitzert um ihn herum und fängt das Sonnenlicht wie Flammenflitter. Er hastet durch die Sonne, dann durch den Schatten, nun in voller Geschwindigkeit auf mich zu. Vor meinem geistigen Auge. Durch die Sonne und dann durch Schatten. Nur noch eine Minute. Den Bruchteil einer Sekunde – den falschen und den richtigen –, bevor ich mich wieder um unsere geteilte Dunkelheit, unser Verständnis der Welt zusammenrolle. Und wir wissen, in einem anderen Wald, gar nicht so weit entfernt, hat es bereits angefangen zu schneien.

ZULETZT

Alle meine Erinnerungen sind mit Bäumen verbunden. Mit lebenden Bäumen und imaginären Wäldern und Wäldern, die verschwunden sind – und von denen ich noch immer träume, ich würde sie durchstreifen, so wie andere wohl von Häusern träumen, die sie mal kannten.

Und Bruno und ich? Wir verlassen Greenlaw Mountain nicht mehr sonderlich oft. Wenn das Wetter umschlägt, tun mir die Hände furchtbar weh, und meine Nägel sind nie wieder gerade gewachsen. Und Bruno, nun, der ist jetzt ein alter Bär, und schon das tagtägliche Einerlei macht ihn müde.

Ansell lebt jetzt bei Bruno und mir, und wir lieben uns, so gut wir können. Wenn er ins Tal geht, um einzukaufen, erzählt er im Dorf noch immer die alten Geschichten, dabei bin ich mir nicht sicher, ob sich wirklich noch jemand dafür interessiert. Bis zum heutigen Tag schwört er, dass es keine Kleinigkeit gewesen sei, uns fünfzig Meilen außerhalb des Waldes aufzuspüren. Er schwört auch darauf, dass merkwürdige Geschöpfe in unserem Wald leben, knapp außer Sichtweite.

Genau wie Papa gewarnt hat, verschwinden die alten Sitten. Die Unternehmen schaffen jetzt Maschinen heran, die das Land aufreißen und die Bäume abräumen. Die Luft dort unten riecht oft wund und verbrannt. Aber Hirsch, Bär, Rebhuhn und Hase streifen noch immer über die alten Transportwege, die unter dichtem Brombeergestrüpp liegen – ein Kommen und Gehen fernab der Maschinen.

Die neuen Holzfäller leben jetzt dort unten inmitten unserer Gespenster und Gräber. Denselben, an denen auch Bruno und ich auf unseren Wanderungen entlang der überwucherten Rückewege vorbeikommen. Und manchmal schreibe ich den Prues und Amaël, der Liederfängerin und Ebony. Ich schreibe ihnen langsame, sorgfältig komponierte Briefe und bringe sie in die Camps zur Post. Ich schreibe ihnen gern, dass Papa noch immer das beste Essen der ganzen Gegend kocht. Ich erzähle ihnen, dass die Bäume hier oben auf dem Greenlaw Mountain so hoch geworden sind, dass das Frühlingslicht in ihrem Geäst lebt und nur selten herauskommt, um unseren Hof zu wärmen. Doch wenn der Sommer kommt, fällt das Licht bis auf den Boden und ergießt sich weit – ein Teppich, auf dem Bruno jeden Tag länger döst. So vergehen unsere Tage. So halten wir sie fest.

Danksagung

Im Winter 1903 arbeitete sich der Naturfotograf William Lyman Underwood zu einem Holzfällercamp tief in den Wäldern von Maine vor, um dort eine Frau zu fotografieren, die ihre neugeborene Tochter zusammen mit einem verwaisten Bärenjungen stillte. Diese Begegnung führte zu seinen Memoiren mit dem Titel *Wild Brother: Strangest of True Stories from the North Woods*. Zwar ist *Pearly Everlasting* rein fiktiv, doch die ursprüngliche Inspiration zu der Geschichte waren Underwoods Begegnung und lange Freundschaft mit Bruno, nachdem der Bär im Alter von zwei Jahren für den Rest seines Lebens in ein Tierasyl gebracht wurde. Meine Geschichte spielt in New Brunswick; ich entschuldige mich für die vielen geografischen Freiheiten, die ich mir herausgenommen habe. Letztlich ist es das New Brunswick von Pearly Everlasting und Bruno.

Die folgenden Bücher halfen mir bei meinen Recherchen: Donald MacKay *The Lumberjacks;* Mike Parker *Woodchips & Beans: Life in the Early Lumber Woods of Nova Scotia* und Michel Pastoureau *The Bär: History of a Fallen King*.

Dank für das so herzliche Willkommen allen beim UBC / HarperCollins Prize for Best New Fiction. Für die Umsicht und Achtung dem Team von HarperCollins, vor allem meiner Lektorin Janice Zawerbny, deren wohldurchdachte Vorschläge dieser Geschichte den Weg wiesen. Für ihr Ja dazu und ihren Glauben an das, was ich erzählen wollte, meiner Agentin Rachel Letofsky. Für die finanzielle Unterstützung dieses Buchs dem Canada Council for the Arts und Arts Nova Scotia. Dafür, trotz Zeitunterschieds stets zu einem Gespräch über Bären da zu sein, Jeff Melland. Für die unerschöpfliche Unterstützung und den Optimismus meiner Familie Moore, vor allem Laurie Moore, die voller Begeisterung eine frühere Fassung gelesen hat. Für die Jahre am Meer und ein stilles Zimmer für mich, George Moore. Meiner Familie, die in diesen Wäldern von New Brunswick zu Zeiten der Weltwirtschaftskrise gearbeitet hat, all den Fuhrleuten, Schmieden und Holzfällern. Ich habe eure Küchengeschichten genommen und versucht, sie größer zu machen. Dafür, dass sie vor einigen Jahren als Erste gesagt hat: »Ich habe eine kleine Geschichte über einen Bären gefunden, die dir vielleicht gefallen wird« – es handelte sich um einen Auszug aus Underwoods Memoiren im *Down East Magazine* –, meiner Mutter und Dauerbesucherin in meiner Welt der Illusionen, Carol Seger. Dafür, immer zu wissen, was zu sagen ist, Dawn Lyons. Für seine Freundschaft und die Liebe zum Wort, Joe Nelson. Ich wünschte, Du hättest die Gelegenheit gehabt, alles bis zur letzten Seite zu lesen, guter Joe.